KING

97

Della stessa autrice:

Stronze si nasce
Una Cenerentola a Manhattan
Due cuori in affitto
La verità è che non ti odio abbastanza
Appuntamento in terrazzo
Prima regola: non innamorarsi
Il mio regalo inaspettato
Bugiarde si diventa
Non è un paese per single
Ti aspetto a Central Park
Innamorati pazzi
Una ragazza d'altri tempi
Lo Spezzacuori

Ventinovesima edizione: maggio 2024

ISBN 978-88-227-4269-8

www.newtoncompton.com

Realizzazione a cura di Corpotre, Roma
Stampato nel maggio 2024 da Puntoweb s.r.l., Ariccia (Roma)

Felicia Kingsley

Matrimonio di convenienza

Newton Compton editori

A chi ha sempre creduto nella favola.
A chi non ci ha mai creduto.

1
La versione di Jemma

Mi sembra di aspettare da ore su questo divano, nel silenzio della sala d'attesa. Sul tavolino c'è una pila di giornali, tutta roba di finanza e vecchie gazzette della Law Society di nessun interesse, almeno per me.

Mi hanno infilato nell'appuntamento tra l'una e le due, anche se avevo spiegato che sarei dovuta essere in teatro per la *matinée*, ma non c'erano alternative sull'agenda di Derek Wharton.

In tutta sincerità, non so cosa io stia facendo qui, né perché sia stata convocata, ma la segretaria – assistente, come ha specificato acida – non ha voluto spiegarmelo.

Spero che mamma e papà non siano stati denunciati dalla polizia doganale per le "erbe aromatiche" che hanno fatto arrivare dall'India.

Finalmente le massicce porte si aprono con uno scatto sordo della maniglia e ne esce Derek.

«Jemma, prego, accomodati», m'invita con fare caloroso.

Derek ha sempre dimostrato più anni della sua età e, da quando ha preso in mano lo studio del padre, questa sua caratteristica è ancora più evidente: cortese, gentile, sorridente, ma con l'aria di un quarantenne. Gli abiti taglio classico e le camicie regimental, poi, non aiutano ad alleggerirne la figura.

«Vorrei perdermi in chiacchiere e sapere come stai eccetera eccetera, ma tra poco più di un'ora gli attori vanno in scena e li devo ancora truccare. Adriana mi licenzia se tardo anche oggi, quindi via il dente via il dolore», taglio corto.

Oltre ad avere poco tempo, sono davvero in ansia, così cerco di andare dritta al punto. Voglio sapere perché sono qui, dato che, grazie a Dio, in venticinque anni non ho mai avuto bisogno di avvocati.

«Certo, immagino che tu sia curiosa. Per farla breve, ti ho convocato per una cosa che riguarda tua nonna Catriona».

«Derek, non so se lo sai, ma è morta un mese fa».

«Ne sono ben informato. Si tratta appunto di questo. A suo tempo, lei aveva nominato mio padre suo esecutore testamentario. Nel frattempo sono subentrato io e ho preso in carico tutti i suoi clienti», fa una breve pausa per assicurarsi la mia attenzione. «Tua nonna ha lasciato un testamento».

«Non ne avevo idea». Non ho visto mia nonna per anni, e quelle poche volte che è successo di certo non mi parlava di simili questioni.

«Sono fatti abbastanza riservati, tanto che spesso i beneficiari non ne sanno nulla».

«Beneficiari?».

Derek accenna un sorriso, sfilando un foglio da una cartellina lucida. «Per fare chiarezza: tua nonna aveva diseredato tua madre a causa della sua scelta di vita».

«Se la metti così, mia madre sembra una criminale. Ha solo voluto sposarsi per amore invece che con uno sconosciuto scelto dai miei nonni».

«Per tua nonna Catriona, da allora, è stata indegna del diritto di successione. Non avrebbe lasciato il suo patrimonio – perdonami, cito parole sue – "A una sbandata e a quel signor nessuno di suo marito"», poi mi mostra il foglio. «Vedi? È scritto proprio qui, di suo pugno».

Do uno sguardo alla grafia svolazzante. «Ho sempre pensato che mia nonna fosse una donna adorabile», commento ironica.

«Tuttavia, Catriona ha disposto che la sua eredità vada a te».

Spalanco la bocca dallo stupore. Il chewing-gum mi cade di bocca, ma lo recupero prontamente, riprendendo a masticarlo. «IO?»

«Sì, ti designa come sua erede per i suoi beni mobili e immobili».

«Mobili? Accidenti!», io abito in un monolocale, dove diavolo li metto tutti i suoi mobili?

«Già, un ingente patrimonio! Quando avrai più tempo, avrò modo di farti l'inventario».

Solo a pensarci inizio ad agitarmi sulla poltrona come se fossi costretta a stare seduta.

«Ti ho dovuto convocare per chiederti se intendi accettare o rifiutare l'eredità».

«Mi hai preso per una pazza? Certo che accetto! Dove devo firmare?».

L'espressione di Derek si fa seria. «Sull'eredità c'è una clausola».

«Clausola?»

«Sì, un vincolo, una *conditio sine qua non*», continua lui.

«Non iniziare a parlare avvocatese...».

«Tua nonna ha vincolato l'eredità al tuo matrimonio. Finché non ti sposi, non puoi entrare in possesso dei beni».

«Così su due piedi? Subito? Ora?»

«No, Jemma. Hai tutto il tempo che vuoi».

«Meno male! Dovrò convincere Alejandro. Sai, ci frequentiamo da quasi un mese, ma chissà! L'amore fa miracoli!». Sbircio l'orologio sul caminetto alle spalle di Derek. «Ora devo proprio scappare. Il direttore artistico sarà già all'ingresso dei camerini, per sbraitarmi addosso». Così dicendo mi alzo, infilandomi in fretta la giacca di ecopelle lilla.

«Scusa, Jemma, quest'Alejandro ha un titolo?»

«In che senso?». Non mi piace il suo tono indagatore.

«Tua nonna ti nomina erede solo nel caso in cui tu sposi un uomo di nobili origini, con tanto di titolo».

«Cosa?!», esclamo scioccata.

«Che sei libera di scegliere tuo marito tra i pari del Regno Unito...», poi Derek riprende a leggere il testamento: «...e Belgio e Danimarca. Non Francia, anche perché è una repubblica».

Derek deve essere impazzito. Almeno credo. Lui invece è serissimo.

«Quindi non sarò mai erede! E allora per cosa mi hai convocato? Questa è un'assurdità!».

«È mio dovere metterti a conoscenza di tutto. Il tuo rifiuto non è che il cinquanta per cento delle probabilità di risposta. Avresti anche potuto dirmi di sì».

«È ridicolo! Tanto valeva diseredare anche me! Anzi, non

nominarmi per niente! Non si è sposata per calcolo mia madre, tantomeno lo farò io!».

«Tua nonna desiderava un futuro diverso per te».

«Al diavolo mia nonna e la sua fissa per i blasonati!».

Derek cerca di rassicurarmi mentre mi accompagna alla porta. «Il testamento resta valido finché non rinunci in via formale. Accetta il mio consiglio: rifletticí su, a mente fresca, domani o dopodomani...».

Saluto distratta e penso a mia nonna: sono furibonda, non mi sarei mai aspettata una presa in giro simile!

Quando arrivo in teatro, gli attori sono già in agitazione per il mio ritardo di un'ora abbondante. Sì, perché dopo che sono uscita dallo studio di Derek, la metro si è bloccata senza motivo nel tunnel tra Embankment e Charing Cross. Londra all'ora di punta non perdona.

Cerco di sgattaiolare nei camerini ma Adriana mi aspetta appostata nel corridoio per darmi una bella strigliata. È il direttore artistico, viene da Milano e tutti la chiamiamo "Finta italiana": priva di senso dell'umorismo, non mangia mai e lavora sempre.

«Grazie per averci degnato della tua presenza. Vorrei passare il prossimo quarto d'ora a farti sentire inadeguata e tristemente incompetente, ma lo spettacolo va in scena tra poco e hai tutta la compagnia da truccare. Muo-vi-ti. E inizia da Angelique prima che abbia una crisi di pianto e perda la voce».

«Scusa Adriana». Ma lei mi ha già voltato le spalle per andare da Oliver, il regista.

Attori isterici! Li ho truccati tutti e ventitré a tempo record, l'ultimo dieci secondi prima che si alzasse il sipario.

Prendo il kit e mi trasferisco dietro le quinte, pronta a ritoccarli nelle uscite. Ormai sono due anni che lavoro nella compagnia, con otto repliche la settimana, conosco il musical a memoria e so con esattezza quando e dove escono di scena gli interpreti. Il primo anno è stato il massimo, ci si divertiva, c'era molta complicità ed eravamo una grande squadra.

Oliver era ancora sposato con Medea, soprano e primadonna dello spettacolo; Michael, uno scozzese indiavolato con una pericolosa propensione all'alcol, era il direttore artistico e Sarah, la mia quasi migliore amica, era la costumista.

Poi Michael ha avuto un coma etilico, così Adriana l'ha sostituito in via definitiva; Oliver e Medea hanno divorziato; Medea ha cambiato compagnia e al suo posto è arrivata l'instabile ed emotiva Angelique; Oliver è caduto in depressione e, infine, Sarah ha deciso di tentare la fortuna a Broadway e se n'è andata a New York.

Io invece sono rimasta qui, a rammendare gli abiti di scena nel tempo libero, con una primadonna isterica, un direttore artistico sadico e un regista con attacchi di panico.

Credendo di aver acquisito abbastanza esperienza, anche se in una produzione secondaria, ho iniziato a consegnare il mio curriculum ai direttori artistici dei maggiori musical del West End: *Mamma mia!*, *I miserabili*, *Il fantasma dell'Opera*...

Sto ancora aspettando una risposta, mi hanno assicurato che mi faranno sapere. Non credo che abbia influito più di tanto la mia risposta: «Chi?», alla domanda: «Cosa ne pensi dello stile di Andrew Lloyd Webber?».

Sono ancora in contatto con Sarah e mi ha detto che se trova qualcosa di buono per me, là a New York, me lo farà sapere. Baratterei tutto ciò che ho per andare a lavorare a New York; Londra mi sta stretta, con tutta la sua nebbia, la sua serietà e la monarchia... Certo, per Sarah è facile, lei è di famiglia ricca, non è un problema vivere alla grande negli Stati Uniti... Io già tiro la cinghia qui.

Ho sempre vissuto con i miei genitori in una palazzina a Lewisham, uno dei quartieri del sud-est di Londra, e forse non con la migliore reputazione. Se è vero che a nessun londinese piace andare a sud del Tamigi, be', io abito proprio all'estremo Sud. Quando ho ottenuto il mio primo incarico, ho fatto due conti e, non potendo permettermi un affitto in una zona più centrale, mamma e papà hanno concordato con il proprietario del condominio di sistemare il nostro seminterrato per farne un monolocale. Non è così male, ho anche una finestra! D'accordo, ogni tanto ci si addormenta davanti qualche barbone e non entra molta luce, però c'è.

Sarah viveva in un monolocale mozzafiato, uno vero però, nuovissimo, a Fulham, e spesso mi fermavo a dormire da lei, almeno fino a quando non si è fidanzata con Derek. Sì, Derek, l'avvocato. Erano vicini di casa e lui abitava al piano di sopra, così quando si sono fidanzati, sono andati a vivere insieme nel suo appartamento, che era molto più grande. È stato così che ho conosciuto Derek, anche se allora era solo un praticante nello studio di suo padre. Non eravamo molto in confidenza, ma quando Sarah se n'è andata a New York, spesso veniva in teatro, un po' per abitudine, e andavamo a berci una birra. Andavamo anche allo stadio insieme la domenica per vedere l'Arsenal, poi è stato ammesso alla Law Society e non è più venuto alle partite per non farsi arrestare in qualche rissa. Ho scoperto che è l'avvocato di mia nonna solo oggi. Il mondo è piccolo davvero!

Mia nonna. Per strada vedo un sacco di nonnine amorevoli che portano a spasso i nipoti, li vanno a prendere a scuola, comprano loro un sacco di regali e schifezze da mangiare. Mia nonna Catriona ha sempre tenuto le distanze con me. Non una nonna, solo Catriona. Catriona e basta.

L'ho vista poco e ci ho parlato ancora meno. Mia madre me la faceva incontrare il minimo indispensabile e lei non si sforzava di stare insieme a me. Forse la persona con cui ha parlato meno che con me è stato mio padre.

Da Catriona mi arrivavano le buste per Natale e per il compleanno. Di solito contenevano un bigliettino in pergamena con un asettico "Auguri" e un assegno da cinquecento sterline. Mi ha pagato l'apparecchio per i denti e per tre anni l'ho odiata.

Ero così felice che i miei non potessero permettersi la parcella del dentista, che non m'importava di avere denti storti se potevo continuare a masticare chewing-gum e orsetti gommosi.

E non è finita qui: quando avevo sei anni, Catriona si è offerta di pagare la retta di una, a detta sua, "scuola per bene" e così l'ho frequentata per quattro mesi. Poco dopo Natale, i miei genitori hanno scoperto che il consiglio scolastico era composto da conservatori filotatcheriani, così mi hanno ritirata per mandarmi alla scuola pubblica, il tutto con grande disapprovazione di mia nonna.

In seguito l'ho vista forse una volta l'anno, per il mio "esame": quanto ero cresciuta, se ero in salute, se andavo bene a scuola. Quasi sempre la lasciavo delusa e, ogni volta che aprivo bocca, lei alzava gli occhi al cielo.

Viveva in una di quelle case monumentali, vicino a Grosvenor Square. Se ci tornassi oggi, sicuramente busserei al portone sbagliato. È accaduto anche per la sua veglia funebre. Ho suonato a una casa identica, ma in una strada prima. Catriona non era vecchissima e nemmeno malata quando è morta. Ha avuto un infarto, da un giorno all'altro, almeno così ha detto la domestica.

Io non ho pianto. Ce l'ho messa tutta, so che si dovrebbe piangere quando muore una nonna, ma anche pensando alle cose più tristi, non sono riuscita a versare una lacrima. Mia madre invece sì. Ha pianto per giorni, forse perché sapeva che stavolta non ci sarebbe stata mai più occasione di fare pace. È restata alla veglia a lungo, io invece sono scappata in fretta e furia perché dovevo arrivare in tempo a teatro per la rappresentazione serale. Proprio come oggi.

2
La versione di Ashford

Detesto guidare in città. Il traffico è lento, le strade sono invase di pirati che ignorano il codice della strada e sono costretto a tenere sempre i finestrini chiusi per colpa dello smog. In particolare nell'ora di punta.

Ho detto chiaramente a Derek di evitare orari impossibili, perché io vengo da fuori e non voglio stare in auto per ore.

Ieri alle due sarebbe stato perfetto, sarei comunque stato in città per una seduta della Camera, ma niente da fare, aveva fissato un appuntamento con una cliente un attimo prima che lo chiamassi.

E quindi eccomi, infognato nel traffico di mezzogiorno a contare i passanti nell'attesa che quelli davanti a me si decidano a muoversi.

Quando arrivo allo studio, Derek sta leggendo il «Times».

«Ashford! Entra, accomodati! Era un po' che ti aspettavo!».

«Vuoi scherzare? Sono stato bloccato almeno quaranta minuti. La prossima volta vieni tu a Denby Hall!».

«A proposito di Denby, tutto a posto? Tua madre?»

«Più o meno, tutto come al solito. Anche mia madre, insopportabile come al solito».

Derek conosce mia madre e non può trattenersi dal fare una risata. «Il tempo passa ma lei non cambia!».

«Già», concordo. «Se non altro sta pensando di andarsene a Bath per un paio di mesi, per la mezza stagione».

«A Bath? In una SPA? Bellissimo!».

«Certo che no. Mia madre non andrebbe in una SPA aperta al pubblico nemmeno dietro minacce. No, figurati! Starà a Upper Swainswick, la nostra tenuta nel Somerset».

Derek sembra confuso. «Tenuta a Bath?»

«Sì, Derek. È appena tre miglia fuori dal centro, edificio georgiano, quattro acri di parco, ricordi?».

Derek sembra assalito dal panico e si china concentratissimo a scartabellare tra una pila di documenti sulla scrivania. «Come hai detto che si chiama?»

«Bleech House», gli ricordo. Ma è suonato, oggi?

«Bleech House… Bleech House…», ripete tra sé e sé come un mantra, poi, dopo qualche minuto, osservando un documento, corruga la fronte. «Bleech House? A Upper Swainswick?»

«È quello che ho detto poco fa», confermo.

«Ashford, sei sicuro che tua madre abbia specificamente detto che andrà a Bath nella vostra tenuta?»

«Non potrebbe essere altrimenti…». Non capisco cosa stia farneticando.

«Il motivo per cui ti ho convocato è la tua situazione economica. Quando hai incontrato l'ultima volta il tuo consulente finanziario? È passato molto tempo?».

Il suo tono inizia a preoccuparmi, tanto che la mia voce si fa incerta nel rispondergli. «L'ultima volta che ho parlato con Smith? Sei mesi fa, quando è morto mio padre. Avevo intenzione di rivederlo tra un paio di mesi per gli aggiornamenti».

Il volto di Derek si tende in un'espressione allarmata. «Tra due mesi è troppo tardi. Ashford, mi rendo conto che l'aver delegato a me e Smith la gestione dei tuoi beni ti esoneri dal dovertene preoccupare in prima persona, ma devo raccomandarti di essere più sollecito negli incontri periodici». Derek fa una pausa per poi riprendere con tono ancora più grave. «Smith e io ci conosciamo dai tempi di Oxford e spesso ci consultiamo a vicenda riguardo alle questioni lavorative. Mi ha mandato un report comunicandomi che la situazione gli sta sfuggendo di mano e di essere in grave difficoltà con i tuoi conti. Bisogna trovare un accordo con la banca».

«Conti in difficoltà? Di cosa stai parlando? Sei mesi fa i miei conti non erano in difficoltà!».

«Le cose sono cambiate», Derek mi guarda stranito. «Possibile che non li controlli mai?!».

«*Io* non controllo! Pago Smith per farlo! E pago te per la gestione dei miei immobili!», mi difendo. «Smith mi dice quanto posso spendere e al resto pensa lui. Adesso mi puoi dire qual è il problema?»

«Ecco, quando tuo padre è morto sei diventato duca di Burlingham, hai ereditato titoli, possedimenti e tutto il resto. Inoltre le azioni in cui tuo padre aveva investito quasi l'intero capitale sono andate a picco negli ultimi mesi dato che le società che le hanno emesse sono in grave crisi. Ora, in qualità di tuo procuratore, ho dovuto agire in via cautelare nel tuo interesse proponendo alla banca la tenuta di Bath a garanzia del piano di rientro del tuo scoperto».

«Vorrai scherzare, spero», chiedo incredulo.

«Purtroppo no, il conto è in rosso».

Guardo sempre più attonito le cifre precedute dal meno. «Ma che fine hanno fatto gli altri soldi? Mio padre non può aver investito tutto!».

«Tutti i tuoi beni generano spese: le tasse, la manutenzione, i consulenti, il personale, senza contare il tuo stile di vita abbastanza dispendioso... La banca ti ha concesso i pagamenti a debito, ma ora ti chiede di rientrare».

«Stiamo parlando di tre milioni di sterline!», protesto.

«A voler essere precisi, la scopertura in banca è di cinquecentomila sterline, il resto è la possibile perdita che potrebbe derivare da un eventuale *default* degli investimenti fatti a suo tempo da tuo padre. La banca, non mi chiedere come, ma sappi che è plausibile, potrebbe essere venuta a conoscenza della situazione precaria del tuo portafoglio titoli e per questo motivo ti chiede di rientrare immediatamente dal fido di cassa minacciandone la revoca e intentando azione legale nei tuoi confronti o in alternativa di prestare loro idonee garanzie».

«Dannazione!», impreco trattenendomi dal battere il pugno sul tavolo.

«Per questo, quando mi dicevi che tua madre sarebbe andata a Bath, ho capito che tra te e Smith non c'era stato uno scambio d'informazioni. Tra i tuoi possedimenti, la tenuta di Bath credo sia quella più opportuna da usare come garanzia».

Scatto in avanti sulla sedia come lo schienale bruciasse. «Non è possibile! A mia madre verrebbe un infarto se sapesse che siamo al verde!».

«Allora Denby Hall», ribatte Derek lapidario.

Ora non ho dubbi sul fatto che il mio avvocato sia impazzito. «Denby? Ma è la residenza storica di famiglia! Non se ne parla!».

«Ashford, ti servono soldi e ti servono subito», rincara lui. «Dovresti iniziare a valutare la vendita di qualcuna delle tue proprietà, altrimenti davanti alla tua insolvenza, la banca potrebbe procedere legalmente fino ad arrivare a un possibile pignoramento».

«Derek, mi serve tempo».

«Devi andare in banca a parlare con il funzionario», seguita lui.

«Ci penserò, tu però mi devi trovare una soluzione», sono le mie ultime parole prima di uscire dallo studio.

Volevo fare un salto al club per vedere chi ci fosse in giro, a sentire le ultime novità, ma mi è passata la voglia.

Sono indigente. Io, dodicesimo duca di Burlingham, mi ritrovo con i creditori alla porta di casa!

Con che faccia mi dovrei presentare in giro?

Se mi chiedono "Ciao Parker, come va?", non posso rispondere "Una meraviglia, sono al verde!".

Per non parlare del fatto che non posso permettermi nemmeno di offrire un giro di whisky ai miei amici. Bella scena farmi tagliare la carta di credito in pubblico. No, deve esserci un errore! Deve esserci una soluzione!

Guido premendo sull'acceleratore più del dovuto per uscire da Londra il prima possibile, come se il mio problema fosse legato alla città e volessi lasciarmelo alle spalle con una manciata di miglia.

Quando rientro a Denby Hall fatico a trovare un domestico che mi apra i cancelli.

Perché questa maledetta casa pullula di gente che quando serve non c'è mai? Si può sapere dove vanno a finire i miei soldi, se devo scendere dall'auto e aprirmi i cancelli da solo?

D'accordo, mi sono fatto delle domande stupide. Basta arrivare al portone per accorgermi che mia madre ha chiamato a raccolta tutti, dagli stallieri alle cameriere, passando per le cuoche, l'autista e il giardiniere.

«Buongiorno, Sua Grazia, bentornato», mi saluta Lance, il maggiordomo, intento a trasportare quello che sembra l'intero mobilio dell'ala est.

«Lance? Mi puoi spiegare cosa sta succedendo qui?», chiedo travolto dal turbinare dei domestici indaffarati.

«Ordini della duchessa».

«Naturalmente, ma perché?», insisto io.

«Per portarli a Bath», risponde Lance sempre restando sul vago.

Sento il ticchettio familiare dei tacchi sul marmo dei gradini d'ingresso. «È necessario rivedere la disposizione dei mobili e dell'arredo. Sia a Bath che qui», afferma una voce femminile dal tono dispotico, proprio alle mie spalle.

Mi volto e vedo mia madre sotto l'arco del portone, le braccia incrociate, che mi guarda con aria di sfida.

«Perché mai sarebbe necessario?» le chiedo.

«Sei il nuovo duca di Burlingham, per cui ho disposto che siano rinnovate tutte le tappezzerie e la biancheria per la casa con le tue iniziali sotto lo stemma. Va da sé che il cambiamento coinvolge anche gli interni».

«Non ho mai chiesto niente di tutto ciò», obietto io.

«Io sì. Ho già chiamato l'architetto; verrà domani e inizieremo a studiare insieme il rinnovamento di Denby Hall. Poi tra due giorni andrò a Bath e farò la stessa cosa con Bleech House e...».

«Non puoi andare a Bath!», la interrompo allarmato.

«Cosa?», lei mi guarda come se avessi parlato al contrario.

«Ferma tutto, non puoi andare a Bath».

Dio, fa' qualcosa! Paralizzala, fulminala, ma non farla andare a Bath!

Lei invece non sembra prendermi sul serio. «Non ho mai sentito una sciocchezza più grossa».

E adesso cosa m'invento? «Non puoi! Attendiamo ospiti, ho bisogno che tu sia qui per aiutarmi a riceverli in modo adeguato!».

«Puoi riceverli con Portia, fareste un figurone...».
«No! Sono ospiti mooolto importanti, devi riceverli tu».
«E chi sarebbero mai? In sei mesi non ci ha mai fatto visita nessuno!», ribatte stizzita.
Nota dolente che inacidisce mia madre ogni giorno che passa: sono duca da mesi e non abbiamo ancora avuto visite illustri.
Cerco di temporeggiare. «Non te lo posso dire, è un segreto».
Mia madre alza gli occhi al cielo, sempre più spazientita. «E quando arriverebbero, si può sapere?»
«No! Sorpresa! Non lo so nemmeno io. Potrebbero arrivare da un momento all'altro, per questo mi servi qui».
Il viso di mia madre si trasfigura, con gli occhi sgranati come se le fosse apparsa la Madonna. «È la regina! Viene la regina! Con tutta la famiglia reale! È per questo che non puoi dirlo, vero? È top secret!».
Che cosa ho fatto? A questo punto non mi resta che stare al gioco. Se con questa me la cavo, sono Dio. «Ehm... Già, ma fa' come se non ti avessi detto nulla».
«Ascoltatemi tutti, fermatevi e rimettete tutto in ordine. Abbiamo una visita reale da pianificare. Margaret, con me!», urla mia madre rientrando con passo risoluto alla volta del suo studio seguita a ruota dalla sua dama di compagnia e la sua muta di corgi in sovrappeso. Odio quei cani.
Sì, mia madre ha anche una dama di compagnia, ma a lei piace chiamarla "segretaria particolare", perché, pur con tutti i suoi limiti, si rende conto che parlare di dame di compagnia nel ventunesimo secolo è ridicolo.
Inutile, non riesco ad arginare una delle sue follie senza fargliene venire in mente una peggiore.
Se non altro, ho messo un freno alle migliaia di sterline che stava per spendere.
Ora però ho questioni più urgenti da affrontare.

Metto sottosopra lo studio di mio padre cercando disperatamente di ricostruire la mia situazione economica per capire come è successo questo disastro. Non c'è niente. Niente di niente. Solo cartacce inutili, vecchi documenti ammuffiti, qualche scontrino, ma niente di utile. Anche lui si è sempre appoggiato a Smith, il nostro consulente finanziario, e qui non c'è nulla.

Solo ora mi rendo conto di quanto ho fatto male a delegare ad altri qualcosa di così delicato. Pensavo che se mio padre si era fidato, allora potevo farlo anche io. Ho pensato malissimo. No, da oggi mi ci metto io dietro questa scrivania, non ne voglio più sapere di consulenti.

Mentre gattono tra mucchi di fogli ingialliti sparsi sul pavimento, Lance mi sorprende alle spalle facendomi sobbalzare.

«Sua Grazia, chiedo scusa. Ho visto la luce accesa e ho pensato che qualcuno l'avesse dimenticata, non immaginavo di interrompere il suo lavoro. Sono le due di notte passate, ormai».

«Figurati Lance», dico abbandonandomi con la schiena contro la parete e i gomiti appoggiati alle ginocchia.

«Ha l'aria stanca, se posso permettermi».

«Lo sono… Lance, mio padre non ti aveva mai parlato dei suoi investimenti?»

«Suo padre si confidava spesso con me, ma non dei suoi affari finanziari. Qualcosa non va?»

«Niente che valga la pena discutere».

«Posso suggerirle una dormita rinfrancante? Ha l'aria stressata, da quando è rientrato da Londra».

Annuisco e lo congedo. Mi soffermo ancora un po', domandandomi come diavolo sia potuto succedere a mio padre, morigerato e oculato, di farsi infinocchiare con un investimento disastroso.

E di lasciarmi al verde. Con mia madre che mi alita sul collo!

Ritorno alla scrivania per spremermi le meningi, devo inventarmi un piano B.

Potrei aprire i nostri castelli ai turisti. Al pensiero, ho un colpo al cuore: la famiglia Parker, da quando detiene il ducato di Burlingham, ha sempre fatto vanto di non aver dovuto trasformare le proprie tenute in attrazioni turistiche per ciccioni con sandali di gomma, come la maggior parte dei nobili decaduti sono stati costretti a fare per racimolare il budget necessario a riparare il tetto o la caldaia.

Faccio due calcoli per valutare questa strategia, ma anche se funzionasse, ci vorrebbe troppo tempo: per mettere insieme i soldi che devo alla banca più gli interessi dovrei istituire visite guidate per almeno sei anni. Davvero troppo tempo.

Accartoccio un foglio scarabocchiato e lo lancio dall'altra parte dello studio a colpire la boiserie intagliata.

Mentre attraverso la galleria dei ritratti per arrivare alla mia stanza, sento il peso degli sguardi dei miei antenati su di me. Tutti severi, seriosi, che mi guardano dall'alto in basso e mi giudicano. Lo so cosa pensano: che io, come duca di Burlingham, sia davvero inadeguato. Rischio di far decadere il nome della famiglia Parker.

La prossima volta devo ricordarmi di passare dalla galleria delle armi! È un giro più lungo, ma almeno evito le facce incazzate dei miei *cari* estinti.

E stanotte non dormirò un accidente.

3
La versione di Jemma

Adoro fare sorprese! Quello che preferisco della vita di coppia sono le ricorrenze e l'organizzazione delle feste a sorpresa. A chi non piace?

E i regali?

E i cioccolatini?

E le rose?

Lo so, chi si ama dovrebbe festeggiare ogni giorno, non solo per i compleanni, gli anniversari e San Valentino, ma io credo nel lieto fine, credo nel principe azzurro, credo nella favola.

Credo che quando Alejandro mi vedrà con il mio completino intimo in pizzo trasparente, me lo strapperà con i denti.

L'ho incontrato in un locale cubano a Camden, esattamente un mese fa. Mi ha invitato a ballare una salsa e poi non abbiamo più smesso fino alla chiusura. Ci hanno dovuto buttare fuori e siamo andati a casa mia. Sì, insomma, si sapeva che sarebbe finita così, o da me o da lui.

Alejandro è di Caracas, alto, con i capelli lunghi neri e spettinati, degli occhi scuri e penetranti in cui mi sono persa appena mi ha portata sulla pista con lui. E le mani forti, ferme, che quando le appoggia alla mia vita, sento di appartenergli. Sì, è amore, ne sono sicura. Deve esserlo, se mi fa sentire così.

Oggi, che guarda caso è anche il giorno di pausa in teatro, ho deciso di fargli una sorpresa: sto andando a casa sua, con il mio completino sexy sotto il cappotto, e mangeremo distesi sul letto le prelibatezze che ho comprato da Fortnum & Mason (anche se non me lo posso permettere, per una occasione speciale posso spendere un po' dei miei risparmi), poi faremo qualcosa di super romantico, tipo il bagno insieme con le candele. Adesso che ci penso, non so se nel suo appartamento c'è

la vasca da bagno... Anche la doccia andrà benissimo, useremo un sottofondo musicale molto sensuale.
Il suo appartamento è a Barnet, vicino alla metro, almeno devo fare poca strada all'aperto, perché l'aria fredda s'infila sotto il cappotto e ho le chiappe gelate.
C'è un ragazzo che sta uscendo dal portone che dovrebbe essere quello di Alejandro. Gli chiedo conferma. Va bene, lo ammetto, non sono mai stata a casa sua, ma una volta abbiamo condiviso il taxi che si è fermato prima da lui e poi ha portato a casa me.
«Scusami, abita qui Alejandro, giusto? Ragazzo alto, moro, forte accento latino-americano...».
Lui mi guarda incerto. «Non so se si chiami Alejandro, ma c'è un ragazzo così al quarto piano».
È Alejandro, ne sono convinta.
Salgo in fretta, rischiando di cadere per le scale a causa dei miei tacchi.
Busso alla porta e mentre sento dei passi avvicinarsi mi sbottono velocemente il cappotto, e proprio quando vedo girare la maniglia, apro i lembi mostrandomi orgogliosa. «Buon mesiversario!».
E poi mi copro inorridita. «Non sei Alejandro!».
No, decisamente non lo è. Quello che mi ha aperto è un signore sulla sessantina che mi guarda sbalordito. «Non sarò Alejandro, ma sei la benvenuta!».
«Chiedo scusa, Alejandro non abita qui?».
Il signore si sporge verso di me e mi fa cenno con la testa verso il corridoio. «Quella porta laggiù, cara».
Mi rendo conto che al quarto piano ci sono altri tre appartamenti e ringrazio con muta cortesia per l'indicazione.
«Ragazzo fortunato», sento commentare mentre mi avvio lungo il corridoio.
Busso di nuovo, con sicurezza e penso davvero che Alejandro sia fortunato.
Mi apre, maestoso a torso nudo, ancora umido di doccia. «Jemma?».
Tolgo il cappotto facendolo scivolare sul pavimento. «Festeggiamo?».

Lui mi guarda dubbioso. «Ehm... Cosa, scusa?».
Perché non mi sembra contento?
«Ma il nostro mesiversario, no? Ci siamo conosciuti un mese fa», cerco di infondergli il mio entusiasmo, oltrepassandolo per entrare in casa.
«Non ti stavo aspettando».
«Ovvio! Sennò che sorpresa sarebbe, scusa?», dico.
Alejandro non accenna a cogliere il senso della mia visita. «Non ti ho mai detto che abito qui».
«Ho le mie risorse. Ora, che ne dici di andare di là e rilassarci un po'? Ti aiuto ad asciugarti...».
La mia mano fa per spingere la porta della camera ma, invece del legno, la appoggio su qualcosa di caldo e morbido.
«Aiutare ad asciugare chi?», la cosa calda ha una voce femminile.
Mi volto e vedo una ragazza, anche lei dai tratti latino-americani, nuda, e noto con orrore che la mia mano è sul suo seno. La ritraggo di scatto.
«Alejandro! Chi... Chi è lei?», chiedo inorridita.
«Sono Shoanah».
«È Shoanah», le fa eco lui.
«Ho capito che è Shoanah, ma cosa ci fa qui, nuda?»
«È mia moglie», risponde con l'aria più naturale del mondo.
Vorrei scomparire: sono qui, in perizoma e reggicalze, con il mio – credevo – fidanzato e sua moglie nuda.
«Tu non mi hai mai detto di essere sposato!», lo accuso mentre recupero il mio cappotto per coprirmi.
Alejandro mi guarda senza battere ciglio. «Non me lo hai mai chiesto».
Resto a bocca aperta, senza sapere cosa dire. Shoanah mi osserva e interviene: «Per me può restare, è carina. Mi piace».
Lui pare entusiasta dell'idea. «Sì, puoi unirti a noi se ti va, finché sei qui...».
«Ah, che schifo!», commento abbottonandomi fino al collo in fretta e furia. «Alejandro, sei un bastardo!», è tutto quello che riesco a dire prima di precipitarmi giù per le scale e lasciarmi quella scena agghiacciante alle spalle.

Buon mesiversario, Jemma! Mi piace fare le sorprese, ben mi sta!

Mentre il freddo mi sale su per le gambe, non faccio che sentirmi sempre più stupida. Mi accuccio sul primo posto che trovo libero in metropolitana, tirando giù l'orlo del cappotto per coprire il pizzo del reggicalze.

Mi sento osservata, come se tutti quelli intorno a me potessero vedere il mio intimo sotto il cappotto. Mi faccio pena!

Mentre organizzavo la sorpresa tutta contenta, pensando alla notte di passione che avremmo passato, Alejandro stava ripassando il *Kamasutra* con Shoanah!

Varco la soglia di casa pestando passi rabbiosi a ogni gradino fino all'appartamento dei miei.

«Sono una stupida!», annuncio senza salutare, accasciandomi su uno dei cuscini sparsi sul tappeto.

Mia madre fa capolino dalla cucina. «Che cosa hai detto, tesorino?»

«Che sono una stupida», borbotto di nuovo.

«Lo sai che non mi piace che tu diffonda onde negative al tramonto. È quasi ora della meditazione!».

Lacrimoni iniziano a rigarmi le guance. «Puoi farla più tardi?»

«Posso sincronizzarmi con il fuso orario delle Azzorre. Ma perché piangi?»

«Alejandro è sposato!». Il mio pianto rasenta la disperazione.

«Sposato?»

«Sono andata a casa sua per fargli una sorpresa per il nostro mesiversario e l'ho trovato a letto con un'altra. Era sua moglie!».

Finalmente mia madre esce dalla cucina per abbracciarmi, ma mi ritraggo. «Mamma! Ti prego vestiti! Ne ho abbastanza di persone nude per oggi!». A parte il foulard colorato tra i lunghi capelli ramati con qualche ciocca ingrigita, non indossa nulla.

Nota a margine: i miei genitori sono nudisti, o naturalisti, come si definiscono loro.

Sarebbe il momento di aprire una parentesi sui miei, ma in questo momento non ne ho la forza.

«Anzi, mamma, non avresti qualcosa da prestarmi?», mi sbottono appena la giacca, per farle capire che non indosso altro.

Torna dalla camera con due caftani ricamati. M'infilo quello verde acido, dal forte odore di patchouli.
Lei si siede nella posizione del loto sul cuscino accanto a me. «Aiutami a ricordare, Alejandro...?»
«Il ballerino di salsa».
«Non era Roberto?», chiede mamma confusa.
«Anche. Lui però ballava il merengue».
«Merengue? Ero convinta che fosse Fernando...».
«No, mamma. Fernando era quello del paso doble, alla festa della vigilia di Natale».
«Mi sembrano tutti uguali... Mah! Sarà l'età», mia madre alza le spalle in segno di rinuncia. «Quindi Alejandro è sposato?»
«Già», resto muta senza sapere cos'altro dire per poi esplodere. «Ma cos'ho che non va? Li faccio scappare, io, gli uomini?»
«Tu sei perfetta, Jemma!», è la battuta d'entrata di mio padre, di ritorno dalla radio. «Ti ho sentito urlare dalle scale», poi va a dare un bacio a mamma. «Cos'è successo?»
«Alejandro è sposato», comunica lei con tono grave.
«Ma non era Roberto?», chiede papà.
«No, lui l'aveva tradita con una pattinatrice».
«La pattinatrice? Non era quella con cui avevi beccato Fernando?»
«No, Fernando era quello che aveva una relazione con sua sorella», lo corregge mamma.
Papà si picchia una mano in fronte. «Come ho fatto a dimenticarlo!».
«Non importa chi o come. La storia è sempre la stessa: non riesco a tenere in piedi una relazione, che vengo sempre tradita con un'altra!».
Mamma mi pettina i capelli in una treccia come quando mi vuole parlare dei grandi temi della vita. «Be', Jemma, prima dovresti considerare se qualcosa che va avanti da dieci giorni si possa definire relazione».
«Un mese!», la correggo. «E poi anche tu e papà vi siete sposati conoscendovi appena!», le rispondo in tono accusatorio.
«Erano altri tempi, eravamo compagni spirituali e lo abbiamo capito subito».

Le sue argomentazioni con me non attaccano. «Anche Alejandro e io saremmo potuti essere compagni spirituali! Solo che lui ha una moglie! E lei ha anche proposto di fare una cosa a tre!», protesto indignata.

Mamma e papà invece si scambiano uno sguardo d'intesa.

«Si può sapere cosa avete?», chiedo infastidita.

Mamma cerca di spiegarsi. «Jemma, tu sei molto legata al possesso fisico. Intendi l'amore e le relazioni come un confinamento materiale del tuo compagno».

Io li guardo sempre più disorientata.

Anche papà dà il suo contributo. «Sì, Jemma, quello che vuole dire tua madre è che, negli anni Settanta, l'amore era libero. Potevi avere anche cinque o sei partner».

«L'amore di gruppo...», continua lei.

Mio padre le sorride. «L'estasi del corpo può essere data da chiunque, ma solo tua madre mi regala l'estasi dello spirito...».

«E così è per me con tuo padre. La monogamia, come la intendi tu, è molto restrittiva».

«Per carità! Vi prego!», cerco di eliminare dalla mente l'immagine dei miei genitori, negli anni Settanta, poco più che ventenni, in un'orgia.

«Carly, forse avrebbe bisogno di un aiutino per tranquillizzarsi».

«Hai ragione, Vance, le preparo subito qualcosa di caldo».

Mio padre mette sul giradischi *Imagine* di John Lennon, mentre mia madre arriva dalla cucina con un vassoio e tre tazze colme di tè fumante.

Riesco appena a prenderne un sorso che lo risputo subito.

«Jemma, tesoro, scotta! Sii paziente!», mi rimprovera mio padre.

«Cosa ci hai messo qui dentro, mamma? È un infuso di marijuana, vero?».

Lei si stringe nelle spalle e mi fa segno con la mano, avvicinando pollice e indice. «Poco poco...».

«Mamma! Qualcosa di rilassante! Una camomilla era più che sufficiente!».

«Da piccola dormivi così bene!».

Voglio bene ai miei genitori, ma vanno presi a piccole dosi. Mi alzo per tornarmene giù, nel mio bugigattolo.
«Dove vai?»
«Giù da me. Ho mal di testa. Faccio una doccia e mi metto a letto».
«Ma ho preparato l'hummus per cena!».
«Sono tentata, ma no, grazie!».

Mia madre è stata cresciuta da mia nonna Catriona in modo tale da diventare una signora dell'alta società inglese e sposare un nobile. La famiglia di mia madre, infatti, ricca ma senza titoli, aspirava a salire i gradini della scala sociale e mia nonna Catriona ha sempre avuto la questione della nobiltà molto a cuore.
Una volta maggiorenne, è stato scelto uno sposo titolato per mia madre, ma il matrimonio è saltato perché, mentre era a Southampton in visita a un'amica, è scappata a un concerto e lì ha conosciuto mio padre. Si sono sposati e hanno fatto ritorno a Londra, scatenando le ire dei miei nonni. Per chi da più di un secolo produce armi e forniture belliche, trovarsi in casa una figlia pacifista, per giunta sposata con un hippy dai capelli lunghi fino al sedere, è un dramma. È stata disconosciuta su due piedi. Per un po' hanno vissuto in un kibbutz a Wadi Ara, poi in una comune a Goa e, solo quando mia madre è rimasta incinta, hanno fatto ritorno in Inghilterra.
Mio padre fa il DJ in una radio rock indipendente, indossa abitualmente jeans a zampa e porta i suoi lunghi capelli brizzolati raccolti in un codino. Mia madre pratica massaggi olistici per riequilibrare i chakra e prepara rimedi naturali con le erbe che coltiva in terrazzo. Sono hippy a tutti gli effetti e mi hanno cresciuto nella libertà più totale, senza sgridarmi mai, perché sono contrari ai rimproveri. A volte mi domando come ho fatto a sopravvivere fino a venticinque anni.
Per dirne una: i miei erano convinti che sarebbe nato un maschietto, così avevano deciso di chiamarmi Jimi come Jimi Hendrix. Poi si è scoperto che ero femmina, quindi da Jimi sono diventata Jemma.
Quando dico hippy, intendo quanto sopra: bere, mangiare,

fumare marijuana a casa mia è ordinaria amministrazione, la loro auto è un allegro furgoncino color melone, sono nudisti e io ho sempre frequentato campeggi e spiagge nudiste, non hanno televisione, sono vegani, ecologisti, animalisti e antimonarchici.

Dico "sono", perché il bello di avere due genitori hippy è che ho sempre avuto la libertà di scegliere. E quando a quattordici anni sono stata al concerto dei Backstreet Boys, ho scelto di mangiare da McDonald's. E ho dichiarato amore eterno al manzo con il formaggio.

Purtroppo sulla questione monogamia e tradimenti – fisici, per lo meno – non posso contare troppo sull'appoggio dei miei, avendo loro partecipato alla rivoluzione sessuale.

Dopo essere stata almeno mezz'ora appoggiata alla parete della doccia con l'acqua scrosciante in faccia (che diventa bollente se l'inquilino del primo piano tira lo sciacquone o gelata se lo fa quello del secondo), mi trascino a letto per seppellire questo disastroso pomeriggio sotto una coltre di lenzuola.

A malapena mi accorgo di un messaggio.

È Derek.

Mi hai detto di venire a capo della questione della tua eredità. Forse ho trovato una soluzione. Ne parliamo domani sera a cena al Berners alle otto.

4
La versione di Ashford

Come previsto, non ho chiuso occhio. Ho meditato di tutto per risolvere la situazione e trovare i soldi: quando sono arrivato a pensare di trasformare Denby in una casa d'appuntamenti come Tom Cruise in *Risky Business* ho guardato in faccia la disperazione.

Alle cinque ho gettato la spugna e mi sono alzato definitivamente.

Accendendo il cellulare trovo un messaggio di Derek.

Lì, sullo schermo, c'è la risposta alle mie preghiere.

Mi hai detto di venire a capo della questione dei debiti di tuo padre. Forse ho trovato una soluzione. Ne parliamo domani sera a cena al Berners alle otto.

Se devo tornare a Londra, va bene. È un sacrificio, ma stavolta lo faccio volentieri.

Come se i muscoli si fossero tutti rilassati di colpo, ripiombo sul letto e stavolta mi lascio abbattere da un sonno pesante.

È Lance a svegliarmi, su insistenza di mia madre.

A mezzogiorno passato, secondo lei, è inammissibile che io me ne stia a letto quando, da un momento all'altro, potrebbe farci visita la famiglia reale.

Un giorno troverò il coraggio di confessarle che non c'è nessuna famiglia reale in arrivo. Ma quel giorno non è oggi.

Mi alzo, stavolta carico di un'energia che non avevo addosso dalla finale del campionato di polo dell'anno scorso.

M'infilo un maglione di cachemire, i pantaloni sdruciti e agguanto la mia racchetta da tennis.

Sì, oggi, fuori, ci sono dieci gradi, ma dentro mi sembra di avere un reattore nucleare, quindi esco nel campo a tirare due rovesci al muro.

Ciò che amo di più della tenuta sono gli spazi all'aperto: ogni scorcio è diverso e non sembra mai di essere nello stesso posto, da qualsiasi punto si guardi. Gli esterni sono un gioco labirintico che guida in un percorso di giardini tematici.

Denby Hall è un palazzo del diciottesimo secolo, rimaneggiato e ampliato negli anni dai vari duchi di Burlingham, senza un apparente progetto d'insieme. È ciò che gli conferisce carattere e unicità rispetto alle classiche magioni inglesi, studiate a tavolino.

Il campo da tennis è ricavato da una delle corti interne, chiuso su tre lati dalle pareti di pietra coperte da edera rossa rampicante. Il lato lungo aperto si affaccia sul lago. Al primo piano si apre una galleria che fa da tribuna al campo.

Confesso che la tentazione di colpire mia madre, quando la vedo lassù, è sempre fortissima. Prima o poi mi toglierò questa soddisfazione.

Mia madre è come il mal di pancia: bello fin quando non ce l'hai.

Mio padre è stato un grand'uomo a tenerla a bada per quarant'anni, dopodiché ha pensato bene di passarla a me. Io, dopo trenta scarsi, sto valutando se darmi alla macchia.

Mia madre è una maniaca del controllo, non c'è bisogno che lo dica: prima controllava mio padre, adesso sta concentrando tutte le sue energie su di me.

Sì, perché fare la duchessa per metà della sua vita non le è bastato; adesso sta profondendo i suoi sforzi nel fare la duchessa madre.

Fintanto che io non sarò sposato, la donna dei Burlingham più importante è lei.

Sono davanti a un bivio: o tenermi mia madre tutta la vita o soppiantarla con una moglie che sia una duchessa nuova di zecca.

E mia madre non potrebbe che approvare due generi di donna per me.

Tipo uno: timida, sottomessa e senza carattere – meglio ancora se muta – che lasci a mia madre il controllo di tutto.

Tipo due: una complice. Qualcuno così simile a lei da potermi incastrare, una a destra, l'altra a sinistra, costringendomi a seguire le loro volontà. In pratica, un assedio.

Sono quasi dieci anni che guizzo come una saponetta dalle mani di una debuttante a quelle di un'altra, con baronesse e contesse che mi hanno nemmeno troppo segretamente incluso nel loro piano familiare. Non essermi ancora fatto mettere il cappio al collo dopo tutto questo tempo lo ritengo un vanto.

Dovreste esserci a uno qualsiasi degli eventi a cui partecipo: una sfilata infinita di figlie/nipoti/cugine/sorelle di, che a detta di mia madre non posso fare a meno di conoscere.

Certo, se fossi al verde sul serio, come ventiquattro ore fa mi prospettava Derek, nessun padre mi butterebbe la propria figlia tra le braccia.

Sì, l'unico lato positivo della bancarotta è che potrebbe essere un deterrente efficace per le scalatrici sociali.

Una cosa è certa, non appena Derek mi dirà come pensa di procedere per recuperare i miei soldi, spedisco mia madre a Bath e non la voglio né vedere né sentire per sei mesi.

Non fraintendetemi, le voglio bene, ma i suoi modi superano la mia soglia di tolleranza.

Io non sono abituato a vivere in famiglia.

Sono sempre stato affidato a tate e governanti e non appena mi è spuntato il primo dente, ho fatto il mio ingresso in collegio per uscirne solo una volta maggiorenne.

La mia vita a casa era fatta di visite natalizie, vacanze primaverili e pause estive e di solito c'era sempre un sacco di gente oltre a me e ai miei genitori.

Potete immaginare quanto mi sembri strano svegliarmi ogni giorno a casa e trovarmi sempre con mia madre intorno. La mia non è cattiveria, semplicemente non ci sono abituato.

In più, si è messa in testa che deve trasformarmi nel perfetto duca di Burlingham, quindi la sua invadenza nella mia vita privata supera ogni limite.

Infatti ora è là, sotto le arcate di pietra, a osservarmi e prendere le misure. Starà valutando se per il mio ritratto ufficiale io debba posare in piedi o seduto.

Quando iniziano a cadere le prime gocce di pioggia, con un colpo di racchetta recupero le palline sparse per il campo e mi avvio verso le mie stanze.

Mi sento in forma e mi preparo per la serata come se dovessi andare a ritirare un premio.

Quando arrivo al Berners, Derek è già al tavolo ad attendermi.
«Ashford, ben arrivato! Sei puntualissimo».
«Non avrebbe potuto essere altrimenti. Sai, dopo la notizia che mi hai dato ieri, stanotte non ho chiuso occhio. Precipitarmi qui è davvero il minimo, anche se…».
Derek aggrotta le sopracciglia incupito. «Anche se…?»
«Anche se lo trovo piuttosto inusuale. Sì, insomma, sarei venuto nel tuo studio su appuntamento, o al più per un pranzo. Addirittura una cena?»
«Sì, hai ragione. Una cena per parlare di lavoro è un po' particolare, ma in effetti si tratta di cose particolari».
«Ho capito, ho capito», lo interrompo. «Hai scoperto che mio padre aveva un conto in un paradiso fiscale», dico sottovoce.
«Paradiso fiscale? Cosa? No! Cioè, voglio dire, lo aveva?», mi chiede stupito.
«Diamine, che ne so! Sei tu l'avvocato!».
«No, non ci sono conti off-shore, che io sappia».
Faccio spallucce. «Credevo… Hai parlato di cose particolari!».
Derek fa cenno di sì con la testa. «Sì, è una cosa poco ortodossa e volevo parlarne così, in modo informale».
La cameriera arriva al tavolo e Derek s'interrompe.
«Eccomi. Sono in ritardo ma ce l'ho fatta», si scusa trafelata.
Io non perdo tempo e ordino subito. «Sì, siamo seduti già da un po'. Comunque, io prendo uno Chateaubriand, asparagi alla griglia e purè tartufato».
Lei mi guarda stranita, alzando un sopracciglio.
«Cosa non ti è chiaro?», le chiedo io.
Derek tossicchia dall'altra parte del tavolo.
«Tutto», è la secca risposta di lei.
La osservo incredulo: scarpe da ginnastica con i brillantini, fuseaux aderenti in similpelle, maglione leopardato striminzito e trucco acceso. Non c'entra niente con l'ambiente, ma chissà, forse è il suo primo giorno di lavoro.
«Allora, non c'è niente di difficile. Un filetto di manzo Cha-

teaubriand. Per gli asparagi direi che non ci siano problemi, e il purè tartufato è semplice purè con olio al tartufo».

La sua reazione per me è uno shock. Chiude un occhio, tende il braccio verso di me, la mano a due centimetri dal mio volto e abbassa uno dopo l'altra le dita tranne il medio che resta alzato.

«Fermo così che ti metto a fuoco...».

Derek si alza e appoggia le mani sulle spalle della cameriera. «Jemma, calmati. Che ne dici di sederti? Non fare così, non siamo allo stadio».

«Derek, che stai facendo?», chiedo allibito.

«Jemma non è la cameriera. C'è stato un equivoco».

Sono piuttosto disorientato. «Scusa, se non è la cameriera, cosa ci fa qui?»

«Ci faccio», interviene lei con strafottenza, «che mi ha invitato lui, qui! Potrei dire lo stesso di te, comunque».

«Sì, Ashford. Jemma è una mia cliente. O meglio, sua nonna lo era, ma tecnicamente ora lo è lei».

«E cena con noi?», domando.

«Sì, se vogliamo ordinare, sta arrivando il cameriere. Quello vero».

«Sarà meglio», taglio corto io. «Io prendo...».

Jemma m'interrompe: «Lui prende uno Chateaubriand con asparagi alla griglia e purè tartufato. Il filetto è di manzo, gli asparagi sono semplici asparagi e il purè è condito con olio al tartufo», facendomi il verso con voce carica di astio.

«Hai un futuro», sibilo io piccato.

«Un branzino alla griglia, per me», mormora Derek imbarazzato.

«Le avete le alette di pollo fritte?», chiede lei scorrendo il menu.

«Se la signora desidera pollo, abbiamo dello splendido *coq au vin*».

Lei aggrotta la fronte e io trattengo a stento una risata. Sono più che certo che in un posto così una come lei non abbia mai messo piede in tutta la vita.

«Si può sapere cos'hai da ridere?», mi chiede Jemma sbattendo le palpebre.

Io faccio spallucce.
Lei decide di ignorarmi e si rivolge di nuovo al cameriere. «Quella cosa che ha detto, il coco-eccetera va benissimo. Con patatine fritte».
Dopo che il cameriere se n'è andato, restiamo a lungo in silenzio finché Derek non decide di rompere il ghiaccio.
«Jemma fa la truccatrice teatrale. Lavora in un musical».
«Affascinante», è il mio commento piatto.
«Era la migliore amica della mia ex, te la ricordi, quella che si è trasferita a New York?»
«Poco», rispondo laconico.
«Sei proprio di compagnia, Ashford!», osserva sarcastica Jemma.
«E tu molto educata. I piedi di solito si tengono per terra, non sulla sedia», dico lanciandole uno sguardo di disapprovazione.
«È un piede solo. Sto comoda così».
«Vi prego, non siate infantili», ci rimprovera Derek.
Io sto perdendo la pazienza. «Derek, mi spieghi perché siamo qui a cena per parlare di me e mi trovo a tavola con Tarzan?».
Jemma non è da meno. «No, Derek, alla *mia* cena, voleva dire. E perché mi ritrovo a tavola con Adolf Hitler?».
Siamo tutti e tre stretti intorno al tavolo e ci ricomponiamo solo per permettere ai camerieri di posare le portate.
Derek prende tempo tagliuzzando il suo branzino. «Ora vi spiego tutto, ma lasciatemi finire prima di interrompermi».
Io e Jemma ci facciamo muti, tutt'orecchi.
«Come accennavo prima, Jemma è la nipote di una mia defunta cliente. Ashford, oltre che mio amico di vecchia data, è figlio del deceduto Henry Parker, anche lui cliente di mio padre. Entrambi avete delle situazioni molto complicate che, a meno di miracoli, e in ambito legale se ne verificano pochi, temo non abbiano soluzione».
A me suona un campanello d'allarme: perché diavolo nel messaggio mi ha scritto di aver trovato una soluzione, se non è vero?
«Jemma potrebbe in teoria beneficiare di un'ingente eredità: la famiglia della nonna era attiva nell'industria bellica nella produzione di armamenti, tuttavia la sua eredità è vincolata.

Per Ashford si è verificata la situazione inversa: è il legittimo erede ma suo padre, con una serie di investimenti incauti, ha disperso la maggior parte delle fortune e ora si trova a dover far fronte a molti debiti. La situazione è questa: se Jemma non si sposa, non erediterà mai i beni della nonna; se Ashford non ripiana la sua situazione finanziaria, si troverà con le proprietà pignorate, cosa che non fa certo onore al suo titolo. La mia soluzione, come vi ho premesso, non è ortodossa: Jemma deve sposare un uomo in possesso di un titolo nobiliare perché l'eredità sia valida. Jemma sei fidanzata?»

«No, da ieri, non più», borbotta lei.

A sentire l'introduzione di Derek ho già i brividi lungo la schiena.

«E ieri, Jemma», continua Derek, «eri fidanzata con un uomo in possesso di un titolo nobiliare?»

«Era un ballerino di salsa».

«Molto bene. Jemma non può ereditare nulla perché non è sposata con un uomo blasonato. Tu, Ashford, sei ufficialmente duca di Burlingham dalla morte di tuo padre. Tuttavia, come risulta dall'analisi finanziaria che abbiamo fatto ieri, molti dei tuoi beni sono a rischio. Confermi?».

Mi sento la testa pesante. «Confermo».

«E confermi che nelle ultime ventiquattro ore non hai trovato il denaro per rifondere le banche?»

«No», rispondo seccato.

«Non hai nemmeno pensato di vendere una delle tue proprietà?»

«Assolutamente no. Se lo venisse a sapere mia madre, ne morirebbe».

«E confermi anche che, a parte te, nessuno è a conoscenza della tua situazione economica?»

«Sì, fino a dieci minuti fa, quando hai spiattellato tutto in faccia a lei, Derek», gli faccio notare indicando Jemma con fastidio.

«Se proprio vogliamo fare i pignoli, nemmeno la *mia* situazione è più molto privata, adesso!», ribatte lei.

«È una questione secondaria, ora. Alla luce di quanto vi ho illustrato, se Jemma sposasse te, Ashford, lei avrebbe la sua eredità e con una parte del suo patrimonio, potresti coprire i debiti con le banche e rimetterti in sesto. Tu resti duca, con tutte le tue proprietà, e nessuno saprebbe nulla. Tu, Jemma, erediti e non dovrai mai più pensare a lavorare in vita tua».

Anche se penso che Jemma sia una pazza completa, lei sembra sconvolta quanto me, tanto che esplodiamo all'unisono in proteste.

«Frena un attimo. Ieri ti ho chiesto di trovarmi una soluzione, non un marito».

«Le due cose coincidono, Jemma», dice Derek lapidario.

«Non puoi pensare che l'unico modo per pagare i miei debiti sia sposare una sconosciuta per i suoi soldi!».

«Certo, Ashford, puoi giocare alla lotteria, se pensi di avere miglior fortuna», il mio amico non è molto tenero nemmeno con me.

«Io credo nell'amore, quello a prima vista, credo nel batticuore, nelle farfalle nello stomaco, credo nel principe azzurro! Non puoi mettermi davanti a un assegno, un testamento e dirmi: sposati e diventerai milionaria».

«Miliardaria», la corregge Derek.

«Mi sento in vendita, messa all'asta», borbotta lei.

Il mio amico fa spallucce. «Non ti ho messo io in questa posizione, è stata tua nonna».

«Che tenera famigliola la tua», non posso fare a meno di osservare.

Jemma ringhia contro di me: «Senti chi parla, tuo padre ti ha lasciato in mutande».

«Touché». Ormai la situazione è talmente paradossale che ho deciso di prenderla a ridere.

Derek è impassibile. «Penso che dovreste considerare la cosa».

«Derek, mettiamo per assurdo che accettassi: l'hai vista? Te la immagini, lei, duchessa?».

Derek fa spallucce. «Perché no?».

Anche Jemma è riluttante a considerare la cosa. «No, Derek, mettiamo, per assurdo, che *io* accettassi: si è mai vista la principessa salvare il principe azzurro dal recupero crediti? No! E poi, scusa, che ci guadagno? Me lo sposo, eredito i *miei* soldi, che vanno a saldare i *suoi* debiti?»

«Jemma, un giorno, quando vorrai, ti farò l'inventario della consistenza della tua eredità. I debiti di Ashford sono solo una goccia nel mare che ottieni!».

Al tavolo cala il silenzio. Ognuno è assorto nei suoi pensieri e Derek ci squadra per attendere una nostra risposta.

«È ridicolo», mormoro io.

«È assurdo», mi fa eco Jemma.

«Non sarei mai dovuto venire», dico alzandomi da tavola.

5
La versione di Jemma

Io, sposata con quello?

Io voglio passione nella mia vita, non calcolo e convenienza. Voglio il calore di un abbraccio, la scossa di un bacio!

Con quell'Ashford siamo proprio fuori strada. Tutto intero, rigido nella sua camicia immacolata, la cravatta bella stretta al collo, seduto in modo composto come vuole il bon ton. No, grazie.

E poi a me piacciono i maschi latini: mori, abbronzati, con gli occhi scuri, che trasudano testosterone. Dei suoi capelli castani e gli occhi verdi non so cosa farmene.

Non capisco come diavolo sia saltato in mente a Derek una cosa del genere.

E poi, che carattere orribile che ha! Tratta chiunque come se fosse un suo servitore. Se non è arroganza la sua, allora non so cosa sia l'arroganza. Sarà anche duca, ma non può trattare tutti come se fossero inferiori, anche perché io, inferiore rispetto a lui, non mi ci sento proprio.

Non so se sono più arrabbiata o sconfortata. Quando ieri ho letto il messaggio di Derek, ho pensato sul serio che ci fosse una soluzione per superare l'ostacolo matrimonio, e invece ieri sera ho proprio fatto i conti con la delusione. Derek soluzioni non ne ha, a parte quella di sposare Ashford, e ciò significa che non erediterò mai una sola sterlina.

Non sono una persona venale, non penso che i soldi facciano la felicità e non ho mai considerato l'ipotesi di diventare ricca, ma ora non posso fare a meno di pensarci. Con l'eredità della nonna potrei prendere un bell'appartamento per me in centro, una casa in campagna per i miei genitori, con tanti animali, e comprarmi una bella macchina, magari una Porsche (chissà se la fanno in rosa). Potrei comprarmi dei vestiti firmati, come quelli che vedo su «Cosmopolitan», basta mercatini delle pulci e negozi di seconda mano!

E poi potrei seguire l'Arsenal in trasferta con tutta la tifoseria ogni domenica!

E andare in vacanza ai Caraibi! O comunque, andare in vacanza e basta.

Sono cose che ho sempre sognato di fare, ma adesso che sono a un soffio dal riuscirci, dover rinunciare è una tortura.

Se accettassi la proposta di Derek, però, mi ridurrei a una libbra di carne in vendita in macelleria.

Io voglio al mio fianco un uomo che mi adori, voglio essere la luce dei suoi occhi, non il dito nel suo occhio. Sì, perché Ashford mi ha fatto sentire così: inutile, indesiderata, superflua e fastidiosa. Sogno un uomo per il quale essere indispensabile, come l'aria che respira.

Io voglio Reth che salva Rossella O'Hara in pericolo; voglio Jack che annega per Rose; voglio Romeo che si avvelena per Giulietta. Io voglio la favola. L'ho sempre voluta e so che se non smetto di crederci, alla fine la avrò.

I miei genitori hanno sfidato le loro famiglie per stare insieme e dopo trent'anni si amano come il primo giorno.

A Ashford non serve una donna da adorare, è ovvio che adora se stesso e la cosa gli basta e avanza. A lui serve una bella statuina da mettere in mostra, un manichino da portare in giro. Forse aveva ragione: io come duchessa non sono adatta, sono troppo umana, voglio troppe cose per calarmi nel ruolo di una bambola di porcellana.

A colazione, mangiando i biscotti al grano saraceno fatti in casa da mia madre, penso che se raccontassi ai miei questa storia, si farebbero delle gran risate.

È l'una e mezzo, così, un po' controvoglia, tolgo il pigiama e mi vesto per andare al teatro degli orrori.

Oggi, prima dello spettacolo pomeridiano, c'è una riunione della compagnia.

Spero che sia per comunicarci che dall'anno prossimo metteremo in scena un musical più allegro, con nuovi costumi e che io potrò creare qualche nuovo trucco un po' più vivace. Questo spettacolo che racconta la separazione di una famiglia ai tempi dell'influenza spagnola mi sta uccidendo dentro, e va avanti da troppo tempo. Mi sono sempre chiesta cosa spinga gli spettatori a venire a vederlo. In tutta onestà non c'è la fila al botteghino, e il perché non è un mistero. I musical devono mettere allegria, non deprimere.

Per una volta, arrivo quasi puntuale, o meglio, meno in ritardo del solito, ma la colpa non è tutta mia; io ce la metto tutta, ma c'è sempre qualche disguido tra metro e autobus!

Adriana alza gli occhi al cielo quando mi vede, così prendo subito posto affossando nel sedile, nel tentativo di nascondermi dal suo sguardo.

Oliver annuncia, con il suo fare flemmatico, che ha pensato a un nuovo spettacolo: le ultime ore di Ruth Ellis, l'ultima donna condannata alla pena di morte in Inghilterra nel '55. Lo spettacolo è incentrato sulla protagonista che racconta la storia della sua vita, nella sua cella. Il tutto con una scenografia spoglia e minimalista.

Io sento il bisogno di dire la mia. «Ruth Ellis ha avuto una vita alquanto movimentata. È stata una modella, una ballerina di night, si è trovata in un giro di prostituzione, ha avuto due mariti, un sacco di amanti e ha gestito un club… Secondo me una vita del genere si può portare in scena con uno spettacolo molto dinamico e coinvolgente. Mettiamo in scena la Londra dei primi anni Cinquanta, con musiche ritmate che rimangono in testa!». La storia mi stimola e penso che a una produzione del genere lavorerei molto più motivata.

Oliver non sembra della stessa opinione. «Voglio concentrarmi sul dramma interiore». E con quelle poche parole mi mette a tacere.

Niente scenografia, niente musica ritmata, niente di niente.

Motivo: sente il bisogno di orientarsi verso qualcosa di moderno.

Produttore: quello precedente si è ritirato, quindi ora lo spettacolo è autoprodotto da Oliver in società con Adriana.

Teatro: sempre lo stesso ma con affitto più alto.
Budget: ridotto all'osso.
Terminata la riunione, prendo coraggio e vado da Adriana per farle qualche domanda, anche se lei mi osserva con sguardo assente.
«Adriana, nel tuo ruolo di direttore artistico, dal momento che dovremo iniziare a preparare il nuovo spettacolo, vorrei chiederti qualche indicazione per il trucco e i costumi di scena, così da prepararti delle proposte».
«Di cosa stai parlando?»
«Di ciò che devo fare io: il trucco degli attori e i costumi».
«I costumi saranno molto semplici e il trucco non servirà. Il viso nudo comunica molto di più il tormento dei personaggi».
«Quindi, scusa, niente trucco, niente abiti... Io che faccio?».
Adriana tamburella le dita sullo stipite della porta. «Ne ho discusso con Oliver, la tua figura nella compagnia non serve più. Ritieniti libera».
«Ma... mi stai licenziando così, su due piedi?».
La faccia di bronzo di Adriana è indescrivibile. «No, su due piedi equivarrebbe a licenziarti senza motivo. Io i motivi te li ho dati», dopodiché sparisce nel camerino chiudendomi la porta in faccia.
Non credo alle mie orecchie e il mio cervello non vuole assimilare le informazioni appena ricevute, così corro a cercare Oliver e quando lo trovo, lo tartasso senza troppi preamboli.
«Adriana mi ha licenziato. Ha detto che ne avete parlato insieme e non vi servo più».
Oliver fa di sì con la testa, scuotendo la chioma unticcia. «Sì, sai, non devi essere arrabbiata. È una questione di budget; abbiamo dovuto tagliare le spese superflue...».
«Superflue? Mi stai dicendo che sono superflua?»
«Jemma, il tuo ruolo non è indispensabile per il nuovo spettacolo, devi ammetterlo».
Gli punto il dito contro senza riuscire a offenderlo come vorrei, quindi volto le spalle e marcio verso la porta, voltandomi solo all'ultimo. «Sapete, cosa vi dico? Che lo spettacolo vecchio era orribile, questo sarà ancora peggio. Come buttare un'ottima

occasione nel cesso. Qualcun altro prima o poi avrà la vostra stessa idea, ma la metterà in pratica meglio! Siete solo dei "vorrei ma non posso" e non serve che vi auguri di fare fiasco perché so già che accadrà! Qual è stata l'ultima volta che abbiamo avuto più di quindici spettatori, parenti esclusi? Mi licenziate? Bene! Me ne vado con gioia da questo mortorio!».

E poi mi ritrovo sola, inviperita, sul marciapiede, sotto la pioggia, senza un lavoro. E senza ombrello.

6
La versione di Ashford

Per la seconda notte di fila me ne sto sdraiato a letto, insonne, a contemplare il buio.

La bancarotta è quanto di più umiliante potesse capitarmi: è uno dei motivi che possono farmi espellere dalla Camera dei lord – diventando lo zimbello del Parlamento – e metterei a rischio il mio stesso titolo.

La questione è semplice: il titolo nobiliare è onorifico e chi non risponde dei propri debiti è disonorato, perché la sua parola non ha valore.

L'altra notte ero *solo* agitato dalla notizia della bancarotta, stavolta posso dirmi decisamente incazzato con Derek. Non ha trovato una soluzione, non ci ha neanche provato. Ha pescato un caso umano più disperato del mio tra le sue pratiche disperate e l'ha buttato nel mucchio sulla scrivania, per vedere cosa saltava fuori.

Uomo più donna, debiti più eredità, uguale matrimonio. Complimenti! Gli ci è voluta una laurea a Oxford per diventare un avvocato così mediocre! Gli sarebbe stato sufficiente guardare *Perry Mason* per ottenere risultati migliori!

Come ha potuto anche solo immaginare di farmi sposare quella là!

Quella Jemma mi ha sconvolto! Sui suoi modi stendiamo un velo pietoso, mi sembrava di essere a tavola con un camionista, con tutto il rispetto per la categoria.

E vogliamo parlare dell'aspetto? Ho vissuto trent'anni nella beata convinzione che le donne ci tenessero e curassero il loro aspetto, ma Jemma ha fatto vacillare ogni mia certezza.

Quel trucco da clown, quei vestiti mal assortiti, troppo provocanti anche per una ballerina di night club, quei capelli mezzi rosa lunghi fino al sedere... Una Spice Girl mancata.

E le Spice Girls sono la *summa* del trash anni Novanta.

V'immaginate una qualsiasi delle Spice Girls che diventa duchessa?

No. Appurato che Derek brancola nel buio, devo essere io a prendere in mano la situazione.

Prima di colazione, indosso uno dei miei migliori completi di sartoria, deciso a fare il giro delle banche in cui ho conti in rosso per un confronto risolutivo.

Proprio mentre sto stringendo il nodo alla cravatta, sento bussare alla porta con insistenza: è Lance.

«Sua Grazia, perdoni il disturbo, ma è richiesta la sua presenza al piano di sotto».

«Dieci minuti e scendo. Sono sicuro che qualsiasi pretesto abbia accampato mia madre, possa aspettare».

«Veramente, la duchessa è all'atelier del tappezziere. Ci sono due visitatori in attesa all'ingresso che chiedono la sua presenza».

Sbuffo allacciandomi il polsino. «Che seccatura. Se sono stati così scortesi da presentarsi senza avviso o invito, allora pazienteranno tutto il tempo di cui avrò bisogno».

«Dicono di essere della Royal & Treasures Bank».

Le parole di Lance hanno su di me l'effetto di una sirena antimissile.

Abbandono i gemelli sul letto e mi precipito fuori dalla stanza investendo il mio maggiordomo.

Quando vedo ai piedi delle scale i due bancari dall'aria seria che stringono ciascuno una lucida ventiquattrore, per un attimo mi manca il respiro.

«Signori, benvenuti a Denby Hall. Siete della Royal & Treasures Bank?».

I due si scambiano un'occhiata prima di far scattare la serratura della valigetta per estrarne un foglio.

«Sì, duca di Burlingham, siamo emissari dell'ufficio legale. La banca ha inviato più note al suo consulente e al suo avvocato, sollecitando a una tempestiva compensazione degli scoperti. Ne è stato informato?»

«Ne abbiamo discusso», accenno io, restando vago per non metterli troppo in allarme.

«Bene, quindi è anche consapevole del fatto che, non essendo pervenute risposte al piano di rientro, ci siamo visti costretti ad agire con un'azione più ostile. Prego». Il più alto dei due mi consegna il foglio.

Più che leggerlo lo guardo, perché il panico mi ha assalito e non sono in grado di recepire ciò che vedo.

L'impiegato non attende la mia reazione per annunciare l'inevitabile: «Questa è l'ultima notifica, per informarla che la banca procederà per vie legali e non ne seguiranno altre. Se la Royal & Treasures non riceverà risposta, sarà costretta ad avviare la procedura per il recupero crediti esigibili, fino a ottenere dal tribunale una sentenza esecutiva in merito».

«Recupero crediti? Intendete...». Mi si stringe la gola e non riesco nemmeno a dirlo.

«Attraverso un pignoramento».

«Cosa? No, non potete farlo!», non so come oppormi.

«Potrà esporre le sue obiezioni al giudice stesso, quando la convocherà. Ma il mio consiglio è di cogliere quest'ultima occasione per ripianare i suoi debiti. Un pignoramento non gioverebbe alla sua immagine».

«Ascoltatemi. So che dalla morte di mio padre la situazione è precipitata, questa mattina sarei venuto in sede da voi per parlarne. Sediamoci intorno a un tavolo e troviamo una soluzione. Sono duca di Burlingham, di sicuro tra i miei possedimenti...».

«Che secondo la Royal & Treasures Bank in questo momento sono alquanto a rischio...», dice l'impiegato alto e magro, con l'entusiasmo di un becchino.

Alla fine del vialetto vedo una leggera nuvola di polvere alzarsi sotto le ruote dell'auto di mia madre.

Mia madre e quelli della banca, insieme, qui, mentre mi stanno parlando di pignoramento.

«Quarant'otto ore. Datemi quarant'otto ore e riavrete i soldi con gli interessi. Fermate il procedimento! Vi do la mia parola che vedrete fino all'ultima sterlina».

«Quarantotto ore sembrano poche, vista la cifra di cui si sta parlando».

Pensa, Ashford, pensa in fretta. «Sto per sposarmi», mi sento dire di getto. «Mia moglie è una donna molto ricca. Vi garantisco quanto ho detto».

I due si guardano con un'alzata di sopracciglio molto eloquente.

«La banca è molto seria su questo, rifletta su quanto le abbiamo comunicato. La situazione è molto grave. Nessuno degli attori coinvolti in questa faccenda desidera un'esposizione mediatica. Lei *in primis*, immagino».

Mentre i due becchini fanno cenno di saluto per andarsene, mia madre, nel fare il suo ingresso, trasecola. «Ashford, mi dici per favore chi è tutta questa gente?».

La prendo in disparte perché gli agenti non ci sentano. «Ho chiamato una squadra di sicurezza per un sopralluogo. Denby Hall potrebbe aver bisogno di sorveglianza per quella *visita*», enfatizzo bene la parola "visita".

«La visita reale», puntualizza lei con gli occhi lucidi, come se ciò rendesse la cosa sempre più tangibile e concreta.

«Esatto, i due signori in completo e valigetta sono gli agenti dell'impresa, gli ho fatto vedere un po' la tenuta in modo che possano valutare come implementare la sicurezza».

«Oh, Ashford, che splendida iniziativa! E io che non credevo t'interessasse».

«Scherzavo, mamma. Tu non capisci mai quando scherzo». E grazie a Dio, vorrei precisare.

Mia madre si ritira nella serra mentre, in un misto di sollievo e terrore, osservo l'auto dei bancari lasciare Denby.

Con la mossa di un felino Lance mi si affianca. «Sua Grazia la duchessa non dovrà mai saperlo, vero?»

«È una delle cose che ti porterai nella tomba, Lance».

«Lo immaginavo».

Sorpreso e arrabbiato con me stesso, prendo il cellulare per chiamare Derek.

7
La versione di Jemma

Nell'ufficio di Derek regna un religioso silenzio. Ashford e io sediamo uno di fronte all'altra, Derek a capo del lungo tavolo di legno lucido e la segretaria dall'altro.

«Jemma Pears, con il matrimonio con il qui presente Ashford Parker, dodicesimo duca di Burlingham, accede al suo diritto ereditario sul patrimonio lasciato da sua nonna Catriona. Il patrimonio consiste in: una tenuta...».

Sì, ci ho provato a stare attenta, ma non ci riesco. Derek sta leggendo una per una le voci dell'inventario, un fascicolo di ben ottantanove pagine, pieno di numeri, parole come Manor, Park, House, Monet, yacht, titoli, azioni... E io non ci capisco più nulla.

Men che meno quando mi porge un foglio con gli estratti conto, fitto di numerini indistinguibili.

Quando Derek si accorge che sto fissando il malloppo cartaceo con lo sguardo vitreo di una cernia, prende un block notes e ci scarabocchia in grande un numero solo e me lo porge.

«D'accordo, Jemma, dato che è evidente che non sei in grado di seguire ciò che ti dico, questo è tutto ciò che devi sapere: l'ammontare del conto che, da domani, sarà a tuo nome».

Sgrano gli occhi davanti alla cifra: non ho mai visto un numero del genere in vita mia! Sembra un numero di telefono internazionale. Sia io che Ashford ci sporgiamo sul tavolo increduli.

Vedendo la sua espressione sconcertata, prendo il foglio e lo stringo contro il petto.

«Giù le zampe, questa è roba mia! Su questi soldi le mani ce le metti quando e se lo dico io», minaccio possessiva.

«Se non fosse per me, quei soldi te li potresti sognare solo di notte».

Derek mi strappa il foglio, lo appallottola e lo butta via con aria scocciata. «Andiamo avanti. Ashford Parker, duca di Burlingham, con il matrimonio che contrae con la qui presente Jemma Pears, entra in possesso della cifra pattuita per la compensazione del debito accumulato con le banche, tale da restituirgli la piena proprietà dei suoi immobili».

Derek ci guarda a turno per capire se è tutto chiaro.

«Resta solo un punto da definire», inizia Ashford con il suo piglio arrogante. «La vita coniugale. Siamo in quattro seduti a questo tavolo e in quattro sappiamo che è un matrimonio di convenienza, motivo per cui riterrei opportuno, dopo la firma all'ufficio del registro in municipio, che ognuno di noi continuasse la propria vita così come l'ha condotta fino a oggi».

«Concordo. Non c'è bisogno che nessuno sappia niente», faccio eco io.

Derek tossisce nervoso. «Be', Ashford, magari a Portia dovrai dire qualcosa, no?»

«Che c'entra Portia?»

«Chi è Portia?», chiedo curiosa.

«Vogliamo lasciare fuori Portia? Non c'è bisogno che sappia niente!».

«D'accordo», fa Derek alzando le mani in segno di resa. «Supponevo solo...».

«Supponevi male, come fai spesso negli ultimi tempi!», lo rimbecca Ashford.

«Comunque a me sta bene fare finta di niente. Te li immagini i miei genitori se sapessero che mi sono sposata per denaro? Li ucciderebbe!».

«Perché, mia madre? Se vedesse Jemma, si farebbe deportare nelle colonie!».

«Colonie non ne abbiamo più», nota Derek.

«Per mia madre sì».

Derek sorvola facendo leva sul lato positivo della cosa. «Su con la vita, amici miei! Entro domani tutti i vostri problemi saranno risolti. Jemma, non ti dovrai più preoccupare di cercare lavoro in quei teatri di serie B. Tu, Ashford, puoi riprendere a testa alta il tuo posto in società».

Ashford mi fissa dritto negli occhi. «E confido che, dopo domani, io non ti rivedrò mai più».

Il mio sguardo ricambia il suo astio. «Puoi giurarci».

Come ci si veste per un matrimonio falso? Cioè, il matrimonio è vero, ma i motivi no. Io non amo Ashford, lui non ama me e non abbiamo nessuna intenzione di vivere assieme.

Saremo solo io, Ashford, Derek e il pubblico ufficiale, nell'aula anonima, e tutto si risolverà in quindici minuti scarsi, quindi ci vuole un look sobrio, niente di speciale, niente che gridi "sposina fresca".

Quando arrivo, Ashford passeggia su e giù per i gradini del municipio con aria annoiata, mentre Derek è in disparte, al telefono.

«Ce ne hai messo ad arrivare!», mi accoglie Ashford, simpatico come sempre.

«Ho dovuto aspettare che i miei uscissero di casa per non dover dare loro spiegazioni».

«Non è un mio problema, non volevo sapere il motivo, solo fartelo notare».

La sua battuta suscita in me rabbia pura, facendomi venire voglia di rispondergli a tono. «Comunque, puntuale o in ritardo, non fa differenza. Ho cambiato idea. Magari dovrò sgobbare nei peggiori teatri di Londra e non trovare niente di meglio di ballerini latino-americani con cui condividere una pizza d'asporto nel mio seminterrato, ma sono sempre stata povera, ci sono abituata e non mi fa paura restarlo per tutta la vita. Stanotte ci ho pensato e io voglio un matrimonio d'amore. Dovrai trovare qualcun altro che ti dia i soldi. Per quel che mi riguarda, posso fare come se l'eredità di mia nonna non fosse mai esistita».

Sul suo viso, l'espressione di arroganza lascia posto al terrore puro.

Annaspa, vorrebbe dire qualcosa, lo vedo in difficoltà. Dio, grazie per questo spettacolo. Per la prima volta, questo borioso aristocratico snob è senza parole.

«Vedi, Ashford, ti ho dimostrato che non puoi essere sempre tu ad avere l'ultima parola. Siccome dopo oggi non t'incontrerò mai più, almeno mi sono tolta una soddisfazione. E, per inciso, sono ancora dell'idea di sposarti, quindi entriamo, facciamo questa cosa e a mai più rivederci».

Ashford mi afferra per un gomito e mi trascina verso l'entrata. «Sai cosa sei tu? Il principio di un esaurimento nervoso!».

«Tesoro, sii delicato, stiamo andando a sposarci!», lo prendo in giro. «Amoreee miooo».

«Non ripeterlo, mi dai i brividi».

Consegniamo le copie dei nostri documenti d'identità e residenza, e mentre completiamo gli adempimenti burocratici per la pratica matrimoniale, l'impiegata ci osserva con occhi sgranati. Dobbiamo sembrarle una coppia anomala per essere due sposini novelli: facce scure, muso lungo, voce distaccata e ci strappiamo la penna di mano come due bambini delle elementari.

«Vi sposate?», ci chiede l'impiegata.

«A lei cosa sembra?», risponde acido Ashford.

«Volevo essere sicura…».

Ashford le passa i documenti firmati, con un gesto secco. «Ora ne è sicura».

«Jemma Pears e Ashford Parker. Duca di Burlingham! Caspiterina, nientemeno! Signorina, ha trovato il principe azzurro!», esclama la donna.

«Già, azzurro. Come un merluzzo», le rispondo.

L'impiegata smette di fare domande, visibilmente disorientata, e ci assegna un numero. «Mettetevi in fila. Quando sarà il vostro turno, il pubblico ufficiale vi chiamerà».

Davanti a noi si snoda una fila infinita così ci accodiamo in silenzio.

«In fila come se fossimo all'ufficio immigrazione. Come sono caduto in basso», borbotta Ashford, al mio fianco.

«Confermo, per quanto riguarda te. Io in basso ci sono sempre stata, per cui non noto la differenza, a parte la tua fastidiosa presenza».

Ashford sbuffa e si volta per guardare altrove.

Passa la bellezza di un'ora, una tortura massacrante per me, sui tacchi, senza una sedia disponibile. E soprattutto, per tutto il tempo, Ashford non parla. Derek si è imbucato nell'ufficio di un procuratore, per cui non ho proprio nessuno con cui chiacchierare per ingannare il tempo. Abbandono Ashford per giocare con le macchinine insieme a un bambino di sì e no quattro anni, la cui mamma è in fila davanti a noi. Lei è ben contenta di cedermi suo figlio per un po', così mi levo le scarpe e mi metto a giocare sul pavimento con lui. Facciamo finta che io sono il controllore dell'autorimessa e lui deve parcheggiare le macchine. Il problema si pone quando Kelib decide che la lucida scarpa di Ashford è un dosso sul quale tutte le sue macchinine devono passare.

Al primo transito, Ashford salta come una molla.

«Si può sapere che ti prende? È solo una macchinina, mica una motosega!».

«Se sei regredita allo stadio "giardino d'infanzia", evita di coinvolgermi».

«Dovresti farti delle domande se, dopo un'ora in tua presenza, preferisco la compagnia di un bambino di quattro anni», gli faccio notare.

Lui fa spallucce, trattenendo una risata. «In realtà, non me le faccio. Comprendo alla perfezione perché tu sia più a tuo agio con un bambino di quattro anni».

La mamma solleva Kelib da terra e si volatilizzano in una stanza, dopodiché una voce metallica annuncia il nostro turno.

Mi rialzo da terra, mentre Ashford è già entrato a grandi falcate, così, ancora scalza, lo raggiungo davanti al pubblico ufficiale che celebrerà il matrimonio. Non avevo notato quanto fosse alto. È vero che sono senza tacchi, ma Ashford è alto davvero. Per un attimo mi sento inspiegabilmente in soggezione non potendo vedere oltre le sue spalle.

Derek porge un fascicolo con tutti i nostri documenti.

«L'altro testimone?», domanda il celebrante senza alzare gli occhi dalla cartellina.

Derek alza lo sguardo al soffitto sbuffando esasperato.

«Non basta lei, servono due testimoni», puntualizza quello.

Derek cerca di prendere tempo. «Lo so. La mia assistente è in ritardo, ma dovrebbe arrivare a momenti...».

«Non ho tutta la giornata!», l'ufficiale è visibilmente irritato.

«C'è Claire, l'impiegata. Capita molte volte che le coppie si presentino qui senza aver letto i requisiti da regolamento. In questi casi intervengono alcune delle impiegate».

Derek vola agli uffici e torna con Claire, la segretaria che ci aveva fatto compilare i documenti.

In un quarto d'ora il celebrante ci legge i nostri diritti, chiede a Ashford se lo vuole (il suo sì non è proprio carico di entusiasmo), poi lo chiede a me (per un attimo vorrei scioccare il mio sposo dicendo "No"), firmiamo il registro, quindi veniamo dichiarati marito e moglie e rispediti fuori.

È finita. Sono sposata.

E SONO RICCA!

8
La versione di Ashford

Non sono così meschino da non provare una punta di vergogna per aver accettato soldi da una donna. Mentre Jemma firmava tutti quegli assegni, avrei voluto scavarmi una fossa nel pavimento della banca. Però bisogna anche saper razionalizzare: tecnicamente si è trattato di una semplice transazione. Io le ho, diciamo, prestato il mio titolo per ereditare, quindi i suoi soldi li considero un compenso.

Questo è ciò che ho pensato fino a ieri, quando sono tornato a casa con l'animo leggero, di nuovo in pace con me stesso e con le banche.

Stamattina sono addirittura euforico. Prima di tutto, ho assicurato a mia madre che la visita reale mi sarà annunciata con un anticipo di una settimana, che quindi può tranquillamente andare a Bath come aveva previsto. Perciò, tra meno di quattro ore, tra me e lei ci saranno un centinaio di miglia di amorevole distanza.

Inoltre, mi sono reso conto di una cosa straordinaria che ora mi mette in una posizione di assoluta predominanza.

Prima di questa storia io ero un pesce da pescare per una qualsiasi delle debuttanti dell'Hertfordshire. Volente o nolente, qualcuna sarebbe riuscita a sposarmi – anche con l'aiuto del cloroformio, qualora si fosse rivelato necessario – e io avrei finito per condurre una vita del tutto simile a quella dei miei.

Ora non più. Sono già sposato per legge, ma libero *de facto*, per cui, da adesso in poi, nessuna potrà più avanzare pretese su di me.

Non credevo che l'avrei mai detto ma, grazie al matrimonio, sono un uomo libero.

È vero, mia madre ha una personalità ingombrante, ma niente

in confronto a una moglie-duchessa, più duchessa che moglie. Se c'è una cosa che non voglio, è avere intorno un trapano vestito Chanel che mi dice dove andare, cosa fare, come farlo, tutto il giorno, tutti i giorni.

Non sono esagerato, le duchesse-contesse-baronesse sono tutte così. Le principesse delle favole, che colgono fiori e cantano, non esistono. C'è solo un mucchio di bisbetiche petulanti pronte a fare a gara con altrettante galline come loro: chi è vestita più elegante, chi ha organizzato il gala più riuscito, chi sa ballare meglio, chi è più magra…

Sono talmente pieno di energia che mi sono alzato all'alba per farmi una cavalcata per la tenuta e, rientrando, pregusto già l'abbondante banchetto che ho fatto preparare per colazione, senonché, attraversando l'ingresso, sento dei lamenti femminili disperati.

Mia madre.

Nella migliore delle ipotesi, avrà scoperto che in cantina sono finite le bottiglie di Château Lafite del 1986, con una visita reale alle porte.

Nella peggiore delle ipotesi, invece, non c'è limite alla catastrofe.

La trovo nello studiolo con Margaret, attorniata dai suoi corgi, in preda all'agitazione più estrema.

Marcia su e giù per lo studio con un fazzoletto in una mano e il quotidiano nell'altra.

Dio, ti prego, fa che non abbia letto di una visita reale alla tenuta di una delle sue rivali storiche!

«Una cosa del genere mi rovinerà la reputazione per sempre! Questo tipo di cose vanno programmate, studiate, non si mettono in piedi così! Che figura ci faccio io? E la famiglia, poi? Non ne sappiamo nulla!», si dispera.

Margaret cerca di farmi cenno di uscire fintanto che mia madre mi dà le spalle, ma lei è più veloce e si volta di scatto bloccandomi. «Figlio degenere! Come hai potuto farmi una cosa simile! Infangare il buon nome dei Parker così!».

La guardo sbalordito senza capire. «Mamma? Che cosa stai dicendo?»

«Ah, fai il finto tonto? Anch'io stamattina non sapevo cosa dire a lord Fairfax e a lady Westbridge quando mi hanno telefonato per farmi le loro congratulazioni! Poi apro il giornale», dice tendendomi il brandello di una pagina. «E mi tocca leggere questo!».

Dopo le prime righe sbianco in volto. C'è un articolo che comunica *urbi et orbi* che io, Ashford Parker, dodicesimo duca di Burlingham, ieri ho preso in moglie la misteriosa e sconosciuta Jemma Pears.

«Mio figlio, erede di una stirpe secolare, sposato con rito civile in segreto! Con una Miss Nessuno, Jemma Plum».

«Pears», la corregge Margaret.

«Sempre frutta è!». Mia madre è fuori di sé. «Ti rendi conto? Neanche fossi uno zingaro! Prendi, vai a Londra, ti sposi con una sconosciuta, e non dici nulla. Mi domando solo, se non lo avessi scoperto sul giornale, quando lo avresti detto?»

«Io...». La risposta è facile: mai.

«Ah, ma io lo sapevo che c'era qualcosa sotto. In tre giorni sei andato e tornato da Londra tre volte. Cos'è? Una poco di buono ti ha fatto girare la testa?»

«Mi hai preso per stupido?». Non so cosa dirle, tutto questo non faceva parte del mio piano originale. Ora come ora, il mio solo piano B è lasciare che sbollisca.

«Allora, l'hai messa incinta?», la vena indagatrice di mia madre non accenna a placarsi.

«No, mamma. Non dire idiozie. Adesso ti calmi e ti prepari per andare a Bath».

«Come puoi pretendere che mi calmi! Il tuo matrimonio sarebbe stato un evento sociale di prima importanza! Tu avresti dovuto sposare una ragazza di buona famiglia, conosciuta nell'ambiente, adatta a diventare duchessa. Sarebbe stata una cosa in grande, all'altezza del tuo titolo, del tuo status sociale...».

«Senti, mamma, lo status è sempre stato una tua priorità, e tutte queste fanfare sulla cerimonia principesca sono sempre state solo nella tua testa, perciò mi dissocio!».

«E Portia, allora?», aggiunge lei.

«Perché tiri fuori Portia?», sbotto.

«Lei sarebbe stata una duchessa perfetta».
«Per qualcun altro, forse!», ribatto io.
«E tu mi vuoi dire che questa Jemma invece per te è la duchessa perfetta».
«Di sicuro non ha niente a che vedere con quei manichini imbellettati che mi propini festa dopo festa, che mi coprono di salamelecchi e adulazioni, convinte che sia la strategia giusta per farsi sposare!».
«Se non altro so chi sono e da dove vengono, conosco i loro genitori e so che sono persone rispettabili», strepita.
«Solo perché non conosci i genitori di Jemma, non vuol dire che non siano persone rispettabili!».
All'improvviso mi ritrovo a difendere Jemma, ma sapete come si dice: il nemico del tuo nemico è tuo amico.
«Quindi, è così che la metti: ti sei innamorato perdutamente e ti sei sposato. Bene, adesso che hai una moglie, mi spieghi cosa dobbiamo farci?»
«In che senso, mamma?»
«Ho delle persone, amici, conoscenti, gente di rango, come noi, che verrà qui, giorno dopo giorno, aspettandosi di vedere la tua duchessa. Cosa dovrei fare? Come funziona questa tua trovata del matrimonio a sorpresa?».
Non funziona. Non funziona perché nel mio piano non c'era un *dopo*.
Nel mio piano non c'era un ficcanaso che correva a dare la notizia ai giornali.
Mentre lascio lo studio di mia madre estenuato, il mio cellulare vibra nella tasca: è Derek.
Non gli lascio nemmeno il tempo di salutarmi. «Adesso mi spieghi cosa diavolo è successo! È su tutti i giornali, Cristo santo!».
«Fuga di notizie. L'impiegata dell'anagrafe ha parlato. Ha chiamato qualche testata scandalistica dicendo di essere la testimone, e aveva le copie dei documenti che provavano il matrimonio».
«Tra un'ora sono in studio da te», chiudo la conversazione senza troppi complimenti.

9
La versione di Jemma

Mia madre e mio padre stanno facendo un rito propiziatorio alla dea Parvati, protettrice delle unioni matrimoniali.

Sono seduta a gambe incrociate, con una benda sugli occhi, nella mano destra tengo una candela, e nella sinistra una piuma. I miei genitori girano intorno a me a ritmo del tamburello suonato da mio padre, mentre mia madre brucia bastoncini d'incenso.

Mi hanno fatto fare un bagno – doccia, per essere precisi – purificante con oli essenziali, per iniziare la mia nuova vita coniugale, e ora odoro quasi come un bosco di conifere.

I miei l'hanno presa bene. Sono contenti che io abbia trovato il mio compagno d'anima, anche se è un lord.

Tutto ciò mi ha spiazzato: io dormivo beatamente, quando i miei hanno fatto irruzione nel mio appartamento. Mia madre era andata a comprare gli avocado al Deli di fronte a casa e il giornalaio le ha fatto i complimenti per il mio matrimonio, sventolandole davanti al naso l'articolo con il certificato di matrimonio firmato da me e Ashford.

Che la loro reazione sia stata positiva è irrilevante. Ora sanno che sono sposata, si aspettano che io abbia un marito pronto all'uso, che me ne vada di casa e mi trasferisca nel nido d'amore. Questo è un problema, ma la cosa non doveva venire fuori e quindi non ci avevo pensato. Vediamo… Potrei trasferirmi in una delle proprietà di mia nonna, o affittare un attico mozzafiato con vista su Hyde Park e fingere che il mio amato marito è impegnato in viaggi all'estero. I lord ne fanno di queste cose, no?

Appena sento vibrare il cellulare e leggo un messaggio di Derek che mi convoca nel suo studio, ne approfitto per mol-

lare candele e incensi, e volo fuori di casa come se ci fosse il terremoto.
Trovo anche Ashford, con mio grande disappunto, e Derek sembra piuttosto imbarazzato.
«Chiedo scusa a entrambi per quanto è successo, la fuga di notizie sui giornali ha compromesso parte dell'accordo».
«Cos'è quest'odore?», chiede Ashford annusando l'aria.
«Oli essenziali», rispondo secca. «Continua pure Derek, le voglio proprio sentire, le tue scuse».
«L'impiegata che ha fatto da testimone è corsa dai giornali. A quanto pare è una maniaca di cronaca rosa, e quando si è trovata davanti al duca di Burlingham che firmava le carte per un matrimonio lampo segreto, non le è sembrato vero».
«Derek, per questa "fuga di notizie" mia madre era da camicia di forza, stamattina. Per non parlare di tutti quelli che hanno telefonato per congratularsi e chiedere i dettagli della storia che non ho voglia di divulgare».
«Immagino», commenta asciutto Derek.
«A noi non ha telefonato nessuno», dico io.
«Mi pare ovvio», il tono di Ashford è sempre lo stesso. Snob e arrogante.
«La questione è questa», taglia corto Derek. «Divorziare è fuori discussione. Con il prestito che ti ha fatto, Jemma vanta dei diritti, per cui in un divorzio ti può richiedere indietro tutto con gli interessi, ora e subito. Varrebbe a dire piazzare una bella ipoteca su una delle tue tenute e direi che non è il caso. Per quanto riguarda te, Jemma, divorziare a ventiquattro ore dal matrimonio che ti ha assegnato un'eredità miliardaria sarebbe un motivo più che sufficiente per qualsiasi giudice per accusarti di truffa».
Ashford mugugna tra sé e sé: «Quando inizia a blaterare così, è in arrivo una delle sue brillanti idee».
«Come dici, prego?», chiede Derek piccato.
«Nulla, continua», Ashford fa spallucce.
«Non vi resta che fare buon viso a cattivo gioco».
Entrambi lo guardiamo scettici. «Vale a dire?»
«Vale a dire che se i tuoi, Jemma, si aspettano che tu inizi la

vita coniugale con tuo marito, e se tu, Ashford, sei circondato da persone che smaniano per conoscere tua moglie, l'unica soluzione è fingere di vivere come una coppia. Almeno finché non sarà passato un periodo di tempo ragionevole prima della separazione. Che so, un anno, e le tue rendite avranno fruttato quanto basta per restituire a Jemma il suo denaro».

Siamo ammutoliti. Nella stanza la tensione è palpabile.

«Avanti, Ashford, la tua tenuta è immensa! Riuscireste a stare giorni senza nemmeno incontrarvi!».

«Non se ne parla! A casa mia, lei non ce la voglio!».

«Oh, molto bene, vorrà dire che vi trasferirete da Jemma, nel suo monolocale seminterrato».

«Io non voglio vivere con lui!». Poi a voce più bassa, dico a Derek. «Sono nel pieno della mia maturità sessuale, non ho intenzione di rinchiudermi in clausura per un anno!».

Ashford si fa avanti, intromettendosi. «Stessa cosa vale per me. Ho una vita privata e ci tengo che rimanga tale».

«Quanto la fai lunga! Mi sembra che i tuoi abbiano vissuto da separati in casa per tutto il loro matrimonio, dovresti essere un esperto in materia! È solo per poco. Nessuno si scandalizzerà, se dopo un matrimonio lampo, nella vita di tutti i giorni vi accorgete di non essere fatti l'una per l'altro e divorzierete. Nel frattempo cercate di mantenere le apparenze, così tu ti salvi la faccia!».

Ci prendiamo qualche minuto per riflettere, poi Ashford dichiara: «È fattibile, ma ho delle condizioni».

«Anch'io», mi affretto a puntualizzare.

«Camere separate», annuncia lui.

«Non sono tenuta a dirti nulla di ciò che faccio e dove vado».

«Agli eventi pubblici sei mia moglie, in privato, tu fai la tua vita, io la mia».

«Voglio essere libera di frequentare altri uomini», rilancio.

«Va bene, ma non lo farai nella mia tenuta. Ho molti domestici, non voglio che inizino a spettegolare».

«Tua madre, quella da camicia di forza, non voglio averci niente a che fare».

«Mia madre è già in partenza per Bath, non la vedrai nemmeno e se siamo fortunati, con la crisi di nervi che ha avuto stamattina, ci resterà abbastanza a lungo da non incontrarla per un bel pezzo».

«Siamo d'accordo, allora», annuncia Derek. «Da adesso vivrete a Denby Hall, privatamente avrete le vostre vite, agli eventi pubblici vi presenterete come coppia». Poi ci guarda soddisfatto. «Anche stavolta abbiamo fatto un ottimo lavoro».

10
La versione di Ashford

Mi hanno incastrato. Tutti i miei programmi sono andati in fumo.

Riesco a trattenere a fatica gli spasmi di rabbia, mentre Jemma sale sulla mia auto, diretta a Denby.

L'ho accompagnata a casa, dove ha raccolto in una sacca sportiva le sue cose, l'ha buttata in fondo all'abitacolo e ora siede accanto a me, avvolta in una nuvola d'incenso, nemmeno fosse una fumeria d'oppio di Shanghai.

«Abiti lontano?», mi chiede subito lei.

«Dipende cosa intendi con lontano».

«Non lo so, lontano. Lontano normale».

«Lontano rispetto a cosa?», insisto.

«Ma tu non puoi limitarti a rispondere a una domanda? Devi sempre farne un processo?».

Ignoro il suo tentativo di punzecchiarmi poi, voltandomi a guardarla, provo un brivido di terrore. «Ehi, giù i piedi dal cruscotto, lo rovini».

«Capirai, quest'auto è vecchia!».

Eresia! «È d'epoca! Non vecchia».

Jemma fa spallucce. «Come ti pare».

«Non è come mi pare, è così e basta. È una Jaguar Roadster del 1956. Non sono io a dirlo, è il certificato».

«Perché non ne compri una nuova?», mi chiede lei petulante.

«Perché mi piace questa».

Sembra non volermi dare tregua. «Quanto manca?»

«Vuoi parlare per il resto del viaggio?»

«Come si accende l'autoradio, qui?»

«Sta' ferma, lascia fare a me», dico allontanando la sua mano, pericolosamente vicina ai pulsanti.

Come i bambini, appena parte la musica, si acquieta sul sedile, come ipnotizzata.

Non capisce che vorrei che lei fosse trasparente?

Poco prima di arrivare alla tenuta mi sento in dovere di farle qualche piccola premessa. Non ci vuole un premio Nobel per capire che non ha mai frequentato ambienti di un certo tipo.

«Senti, Jemma, siamo quasi arrivati, perciò ti devo informare di alcune cose. Primo, Denby Hall è la residenza di famiglia con il maniero e il parco. Tra custodi, giardinieri, domestici e cuochi, ci sono quasi venti persone. Questo vuol dire che non saremo mai soli, ma ci saranno occhi e orecchie ovunque, quindi è meglio se stai attenta a ciò che dici e a non lasciarti sfuggire niente. Sappi che non ti mancherà mai nulla e sarai sempre servita e riverita, potrai condurre una vita più che agiata di cui, vedrai, non ti lamenterai. Ti chiedo solo di essere discreta, di non fare scenate e, per quanto tra di noi non corra buon sangue, di cercare di tenere un profilo neutrale. Non contraddirmi apertamente e non cercare conflitti, ne andrebbe della credibilità della storia che abbiamo messo in piedi. Funzionerà se io rispetto il tuo spazio e tu il mio. Spero tu sia d'accordo con me».

Incrocio le dita sperando che abbia compreso il mio discorso.

«Sì, sì, ho capito la storia della servitù e tutto il resto ma, ehi! Io non faccio scenate, per chi mi hai preso?».

Non ho la forza per rispondere.

Jemma invece sembra punta sul vivo. «Senti, giochiamo a carte scoperte: tu non mi piaci, io non ti piaccio e, per come la vedo io, ti sto facendo un favore, per cui se la smettessi di farmi prediche, lo gradirei tantissimo».

È una guerra persa in partenza.

Quando entriamo nella tenuta, per tutto il vialetto, fino all'ingresso, Jemma tiene la faccia schiacciata contro il finestrino. «Accidenti ma questo posto è tutto tuo?»

«Già».

«Ma quanto ci vuole a girarlo tutto?»

«Giorni».

«Sta' tranquillo, Ashford, se sei di così poche parole, non c'è nessun pericolo che tu e io litighiamo».

Quindi, la tecnica è questa? Mutismo assoluto?
Lascio le chiavi dell'auto a Paul perché la porti nella rimessa, intanto Lance corre ad accoglierci.
«Sua Grazia, bentornato. Vedo che ha un'ospite».
Metto su la mia famigerata faccia di bronzo, che negli ultimi giorni ho imparato a sfoggiare con naturalezza. «Ti correggo, Lance. Non si tratta di un'ospite, ma di una persona che è qui per restare. Si tratta di Jemma Pears, mia moglie».
«Dunque, erano vere le voci che ho sentito?»
«Assolutamente», confermo spavaldo.
«Se è così, allora do il benvenuto anche alla duchessa». E così dicendo fa un breve inchino nella direzione di Jemma.
Lei non coglie e si volta a destra e a sinistra guardandosi alle spalle. «A chi?», bisbiglia.
«Tu, sei tu», le sussurro.
«Ah, d'accordo», dice lei tendendo la mano a Lance. «Tanto piacere».
Lance la guarda stordito, poi guarda me con aria interrogativa, per sapere cosa fare.
Gli faccio un cenno con la testa, così anche lui stringe la mano di Jemma.
«Posso occuparmi del suo bagaglio, se permette?»
«Preferirei di no, sono le mie cose e voglio sapere dove vanno a finire. L'ultima volta ho dato il mio beauty case a una hostess e non l'ho più ritrovato. Preferirei non cascarci di nuovo».
«Non siamo in un aeroporto, Jemma», le faccio notare.
«Fa lo stesso, la mia roba va dove vado io».
Se l'inizio è questo…
Siamo colti di sorpresa da un rumore di tacchi in cima allo scalone e una voce fin troppo familiare mi colpisce l'orecchio.
«Ashford, hai caricato un'autostoppista o cosa? Non lo sai che sono tutti psicopatici con precedenti penali?».
Mia madre ci osserva dall'alto come se fosse Dio sceso in terra.
«Mamma! Non dovresti essere in viaggio per Bath?», chiedo sul chi va là.
«Camiciadiforza», bisbiglia Jemma.
Mia madre attende di scendere le scale e trovarsi davanti a

noi, prima di rispondere: «Ho pensato che non sarebbe saggio lasciare la tua nuova moglie ad ambientarsi nella tenuta da sola, con la visita reale alle porte. Ho deciso di restare per istruirla sui suoi compiti e doveri. A proposito, per quando la attendiamo?», fa una breve pausa e poi guarda Lance indicando Jemma. «Questa è la nuova aiutante per lo stalliere? Lance, accompagnala da John, così la può mettere subito al lavoro».

«Mamma, ti presento Jemma, mia moglie», le comunico impassibile.

Il viso perfettamente truccato di mia madre va in frantumi. Si è appena resa conto che ha di fronte non la stalliera, bensì la nuova duchessa di Burlingham.

«Salve», è la battuta di entrata di Jemma.

Mia madre la guarda allibita senza dire nulla.

Persone di rango inferiore la salutano con un inchino accennato, mentre i borghesi fanno un inchino completo. Jemma, a testa alta, le tende la mano sorridendo spavalda.

«Ashford...», inizia mia madre senza sapere come continuare.

«Sì, mamma?»

«C'è molto, molto lavoro da fare, qui». Si controlla a stento.

«Mamma...», cerco di anticiparla, sapendo che una parola sbagliata potrebbe trasformare Jemma in una bomba a orologeria.

«È più che ovvio che non ha idea del ruolo che ha, della posizione della nostra famiglia, del comportamento da tenere in società e Dio sa cos'altro. Temo che si rivelerà un vaso di Pandora. Ashford, la tua è stata una scelta pericolosa».

«Fate pure come se non ci fossi!», ironizza Jemma.

«Certo che sì», è la risposta glaciale di mia madre.

«Forse, mamma, non è l'atteggiamento giusto per affrontare la cosa».

«La aspetto nel mio studio per esaminarla». Detto questo, mia madre gira i tacchi e se ne va.

11
La versione di Jemma

Mi sento piccola. Tutto qui è gigantesco. La tenuta è immensa, il palazzo è mastodontico, le stanze sono smisurate, Ashford è alto e sua madre è una stronza da primato olimpico.

«Benvenuta a Denby, Jemma», mi annuncia Ashford.

«Tua madre, Camiciadiforza, non era nei patti», gli rinfaccio.

«Ti accorgerai che mia madre sfugge al mio controllo e la cosa è abbastanza frustrante».

«Ma l'hai sentita? Ha detto che starà qui per istruirmi. Non mi sembrava che stesse facendo le capriole dalla gioia, e non provare a dare la colpa all'artrosi!».

Ashford sbuffa. «Ammetto che non ha più la schiena di una volta, ma immaginerai quanto la cosa l'abbia sorpresa!».

«Tanto quanto ha sorpreso me. Ehi, Ashford, apri bene le orecchie: la sottoscritta non ha né bisogno né voglia di essere istruita su un bel niente!», protesto a braccia incrociate.

Ashford alza di nuovo il sopracciglio nel suo modo odioso. «Sulla voglia non nutro alcun dubbio, sul bisogno, permettimi, ho qualche riserva».

Lance, vedendo che tra di noi sta crescendo la tensione, si sente in dovere di intervenire. «Posso suggerire che i duchi, magari stanchi per il viaggio, trovino ristoro in un riposo e magari un bel bagno caldo?».

Ashford sospira rumorosamente. «Grazie Lance».

Lance fa un cenno col capo e ci invita a seguirlo per le scale.

Va bene, le scale a casa mia sono così strette che può salire solo una persona alla volta, hanno gli scalini con il bordo sbeccato, il corrimano traballa e con una colonnina sì e tre no. Questa sembra quella di un centro commerciale: curve ampie, tappeto rosso e le sculture sui parapetti. In pratica un monumento.

«Mi sono permesso di far preparare gli appartamenti padronali nell'ala est», dice Lance con una punta di orgoglio.

Al primo piano camminiamo per un lungo corridoio col pavimento di marmo a scacchi bianchi e neri su cui si aprono una serie di pesanti porte intagliate. Non riesco a non pensare al castello della *Bella e la bestia.* Guardo Ashford, un passo dietro di me, immusonito e scontroso. La bestia ce l'abbiamo.

Lance apre una delle porte con gesto teatrale e ci guida nella stanza. «Questa è la stanza di lady Jemma».

«Jemma e basta va benissimo», dico io per rompere il ghiaccio.

Lance però non si scompone. «Devo insistere, lady Jemma».

Ashford interviene prima che io possa ribattere. «Non cercare di sovvertire un ordine più grande di te. Nessuno tra i domestici ti chiamerà Jemma, nemmeno se lo scrivi sui muri».

Lance tossicchia per attirare l'attenzione, mentre spalanca i pesanti tendaggi.

Io resto impalata a bocca aperta. È sul serio il castello della *Bella e la bestia*!

La camera è ampia, disseminata di tappeti spessi un palmo, con due grandi finestre ad arco e seduta imbottita, alla mia destra c'è un letto a baldacchino di almeno tre piazze! Al diavolo Ashford! Potrei restare mesi in questa stanza e morire felice.

«L'alloggio è di suo gradimento?»

«Diamine, Lance, me lo domandi pure? Dovevi vedere dove abitavo prima! Avevo una finestra grande quanto un vassoio da caffè e per giunta i passanti facevano fare la pipì ai cani contro gli spigoli!».

Lance si volta perplesso verso Ashford, che gli fa un gesto noncurante con la mano.

Inizio ad aprire le porte. Quella a destra del letto dà su una stanzetta piena di scaffali.

«La cabina armadio, milady».

«Non ci credo! Ehi, Lance, dammi retta, questo è più simile al mio vecchio appartamento!», dico lanciando di peso il mio borsone con i vestiti nell'immenso guardaroba vuoto.

«Quella è la stanza da bagno», dice Lance indicando la porta a sinistra del lettone.

Bagno? È un centro benessere! C'è una vasca olimpionica, una doccia abitabile e tavolo da toeletta da diva del cinema.

«Credo che inizierò da questa stanza», dico esaminando i flaconcini di prodotti da bagno, meditando di tuffarmi al più presto a mollo.

«Bene, vedo che sei sistemata e soddisfatta. Posso lasciarti accomodare. Ci vedremo a cena, devo sbrigare delle cose», dice Ashford uscendo dalla stanza seguito da Lance.

«Un momento, e questa?», chiedo indicando una porta a due battenti sulla parete opposta al letto.

Lance si volta impassibile per rispondermi. «Sarebbe la stanza da letto di Sua Grazia, il duca».

Ashford ha la faccia di uno che è stato appena svegliato con una secchiata d'acqua gelata. «Scusa, Lance, e la mia camera nell'ala ovest?»

«La duchessa sua madre, ha disposto che fossero preparati gli appartamenti padronali per lei e la sua consorte. Naturalmente, sta a voi, ehm, decidere quale delle due stanze usare». Per uscire dall'imbarazzo, Lance cambia argomento. «Abbiamo avuto ordine di preparare per gli ospiti tutte le stanze dell'ala ovest in vista della...», poi Lance abbassa la voce, quasi a bisbigliare, «della visita reale».

Ashford inizia a girare su se stesso come un gatto senza baffi. «In questa casa hanno tutti perso la testa! Non ho mai parlato di cambiare la stanza! Ho ancora qualche autorità sotto questo tetto?».

Lance non fa una piega. «Sembrava una cosa abbastanza sensata».

Ashford attraversa la mia stanza a grandi falcate per aprire con gesto sgarbato la porta comunicante. C'è un'altra porta a due battenti identica alla mia, che apre con altrettanta rabbia.

«È tutto vero», mormora con stizza tra sé e sé, constatando che tutti i suoi effetti sono stati trasferiti in quella stanza.

Anch'io mi rendo conto con orrore che Ashford, che dovrebbe starmi a miglia di distanza, dormirà nella camera accanto a me.

Ashford la richiude con violenza ed esce come una furia.

Io e Lance restiamo in piedi al centro della stanza scambiandoci occhiate attonite.

«Se lady Jemma permette, io mi congederei. La duchessa madre la attende nello studiolo per un breve colloquio».

«Camiciadiforza ha anche un nome?»

«Come, prego?»

«Camiciadiforza, la madre di Ashford, ha anche un nome?».

Posso vedere, dall'espressione contratta di Lance, che sta cercando di soffocare una risata. «Lady Delphina».

Sono sicura che mentre Lance usciva, tra sé e sé sussurrava "Camiciadiforza" ridacchiando.

Dopo aver telefonato ai miei genitori e aver annunciato loro il mio trasferimento, rassicurandoli che sarei tornata a trovarli il prima possibile, raccolgo tutta la mia forza interiore per affrontare Camiciadiforza.

Ci ho messo tre quarti d'ora a trovare lo studiolo!

Ho scoperto che non c'è una scala sola, ma ce n'è una ogni venti passi e sono certa che, quando sono arrivata, non c'erano.

E i corridoi! Ce ne sono più che alla stazione di King's Cross!

Incappo di nuovo in Lance, che mi guida con fare comprensivo verso il famoso studio di Camiciadiforza.

Mi annuncia, poi mi dà in pasto a lady Delphina.

È seduta su una poltrona accanto alla finestra e dietro di lei sta in piedi una spilungona con i capelli raccolti in uno chignon strettissimo.

Delphina è inespressiva. Il viso è tirato come una fionda (chirurgia plastica, sospetto), il caschetto biondo cenere (tinta fresca) è immobile, calcificato dalla lacca, e dal tailleur bianco senza l'ombra di una piega, che sembra scolpito nel gesso, sbucano due gambe secche con le ginocchia a punta (ma mangia?).

«Jenna», mi fa cenno di sedermi sulla poltrona di fronte alla sua.

«È Jemma. Con la *emme*. Dovevo essere maschio e chiamarmi Jimi come Hendrix. Poi l'ostetrica ha annunciato che ero una femminuccia e Jimi è diventato J-e-m-m-a», dico scandendo il mio nome.

Lady Delphina alza un sopracciglio con fare scettico. «Possiamo iniziare».

«Lei chi è?», chiedo indicando la donna alle sue spalle.

«Margaret. La mia segretaria particolare», fa una pausa osservandomi. «Alzati e fai un giro su te stessa, lentamente».

«Perché?».

Mia suocera mi lancia uno sguardo truce. «Perché lo dico io è una motivazione sufficiente. Voglio guardarti meglio».

Questi nobili si danno tante arie, ma le paroline magiche "per favore" non le dicono mai.

Mi alzo controvoglia e inizio a ruotare con fare svogliato.

«Ne hai ancora per molto?», è la domanda acida di Camiciadiforza.

«Sto ruotando lentamente», spiego. Me l'ha chiesto lei!

«Così è troppo», sbuffa.

«Non mi è stato specificato quanto lentamente», dico continuando la mia piroetta.

«Basta così, risiediti. Margaret, segna: tutto da rifare. Capelli, mani, viso, abbigliamento, postura. Tutto».

Io mi rimetto sulla poltrona, appoggiandomi pigramente al bracciolo. Quando Delphina si gira verso di me, i suoi occhi schizzano fuori dalle orbite.

«Quella poltrona è della regina Vittoria!».

«Non mi sembra che ci fosse seduta nessuna Vittoria quando sono entrata».

Camiciadiforza mi ignora di nuovo per voltarsi verso Margaret. «Scrivi anche questo: ineducata e priva di contegno».

«Quanti complimenti in una volta sola», commento ironica.

«La tua famiglia? Madre, padre, nonni?»

«Mia madre si chiama Carly, insegna yoga e lavora in un centro di massaggi olistici. Mio padre Vance fa il DJ per una radio rock indipendente. I genitori di mio padre non li ho mai conosciuti. Sono morti che lui era molto piccolo, ma so che mio nonno era scozzese».

«Scoz... zese?», la voce di mia suocera è strozzata.

«Già, il cognome di mio padre è MacPears, ma l'impiegata dell'anagrafe si è sbagliata e mi ha registrato come Jemma Pears. Pears e basta, il "Mac" se l'è scordato».

«Per una volta la leggerezza di una pubblica impiegata è stata provvidenziale! Salvo che tu non lo dica in giro, possiamo tralasciare le tue origini paterne», sospira la megera.

«Mio nonno era di Edimburgo», continuo indifferente, ma lei continua a ignorarmi.

«Margaret, scrivi: nessun legame paterno rilevante», poi guarda di nuovo me. «Nonni materni?»

«Mia nonna è morta da poco, Catriona Straw».

«È un nome che ho già sentito».

«La sua famiglia produceva armi. Fucili per lo più...».

Camiciadiforza si tocca la testa con aria sconsolata. «Il principe Carlo è pacifista, ambientalista e animalista. Come glielo spieghiamo che mio figlio ha sposato una ragazza che proviene da famiglia di guerrafondai?».

Colgo la palla al balzo per punzecchiarla un po'. «Non escludo che tra i miei parenti ci fosse qualche criminale nazista».

«Faccio finta di non aver sentito. I tuoi studi? Che collegi hai frequentato?»

«Collegi? Nessuno. I miei hanno preferito le scuole pubbliche, perché potessi tornare a casa la sera e stare in famiglia».

«Università? Oxford, Cambridge...?»

«Nessuna università», rispondo io breve.

«Come sarebbe a dire?»

«Non sono andata all'università. Ho fatto un corso di Cosmetologia dopo il diploma».

Lei sospira pesantemente, scambiandosi occhiate con Margaret. «Tempo sprecato, a quanto vedo».

«Non direi, fino a qualche giorno fa era il mio lavoro. Facevo la truccatrice teatrale per un musical».

Delphina sembra percorsa da una scossa da mille Volt. «Tru... Truccatrice teatrale?»

«Sì! Preparavo gli attori per la scena», ribatto.

«Inconcepibile...», mormora tra sé e sé mia suocera. È la goccia che fa traboccare il mio personale vaso di pazienza.

«Sì, di sicuro è inconcepibile, per una donna come lei, lavorare per guadagnarsi da vivere. Si tenga forte perché sto per dire qualcosa che la sconvolgerà: la persona qua davanti, la sottoscritta Jemma Pears, non si è mai vergognata del suo lavoro e non inizierà certo adesso».

Delphina mi fulmina, incrociando le braccia con aria severa. «La farò breve. Mio figlio ti ha sposato, ma non comprendo il perché. Amore? Ne dubito. Infatuazione? Probabile. In ogni caso, si renderà conto, conoscendoti, che non fai per lui. Ho già una lunga lista di cose che non vanno in te e ho passato solo dieci minuti in tua compagnia. In ogni caso, fin tanto che mio figlio non riprende a ragionare, mi devo assicurare che tu non metta in imbarazzo la famiglia più di quanto non lo sia già».

Famiglia? Siamo nel film *Il padrino*?

«Vi posso promettere una cosa», dico indicando minacciosa Delphina e la sua dama di compagnia. «Non vi conviene iniziare una guerra contro di me». Con un balzo lascio la poltrona e mi dirigo verso la porta. «Ora, signore, vado a dedicarmi a me stessa con un lungo bagno e, se proprio devo, vi rivedrò a cena».

E così dicendo, esco.

E adesso come torno nella mia stanza?

12
La versione di Ashford

Una volta mi hanno regalato un libro dal titolo *Il peggiore dei casi*.

Era un manuale che dava istruzioni brevi e sintetiche per cavartela in situazioni di emergenza: disinnescare una bomba; far atterrare un aereo; far partorire una donna in taxi, ma nessuno dei capitoli contemplava lo scenario: madre maniaca del controllo incontra nuora ultras sposata a sorpresa.

Quanto darei per avere le istruzioni adesso! Sono più che certo che se ci fosse un capitolo sul tema, la soluzione sarebbe: dattela a gambe e scappa più lontano che puoi.

Jemma e mia madre si sono incontrate neanche due ore fa e in casa si è già instaurato lo stesso clima mite e sereno di un film di Sergio Leone: duellanti che si guardano in cagnesco, armati fino ai denti.

Mi sento confuso. Di solito sono sempre piuttosto sicuro di me, ma gli eventi recenti mi hanno disorientato: troppo caos, troppe minacce, troppi ultimatum. Se dovessi dire come sto, non saprei che rispondere.

Sollevato: non ho più debiti con le banche.

Ostaggio: sono sposato con l'equivalente umano di una testata nucleare innescata.

Smarcato: nessuna donna farà a gara per sedersi accanto a me alle cene.

Bersaglio mobile: mia madre non mi darà pace per lamentarsi di Jemma.

Vendicato: con Jemma come nuora mia madre è sulla buona strada per un'ulcera perforante.

Esautorato: in casa mia non riesco a impormi. Sono il duca, ma a quanto pare non importa a nessuno.

Come sono arrivato a complicarmi la vita così?

Con l'aggravante che, in un castello di duemila metri quadri, tra me e Jemma non c'è che una parete a separarci.

Ah, e mia madre non va più a Bath.

È quanto riesco a pensare mentre attendiamo Jemma per la cena.

Io sono a un capo del lungo tavolo, mia madre all'altro, come consuetudine.

Tra di noi ci sono la bellezza di sette posti.

Sarebbe normale che lei sedesse alla mia destra, ma questo è un segnale abbastanza chiaro del fatto che non voglia cedere un briciolo della sua autorità sotto questo tetto, anche se lei è la vedova di mio padre e il duca sono io.

Il posto per Jemma è stato apparecchiato esattamente a metà tra me e mia madre, con tre sedie vuote da una parte e tre dall'altra, un'equilibrata via di mezzo, che la pone vicino a entrambi e a nessuno. Se non altro, non ci sarà pericolo di fare conversazione.

«Sentite, gente, dovete darmi una cartina, una guida, farmi un disegno con due frecce, o quello che vi pare, perché io non mi oriento in questo maniero. Grazie a Dio ho il bagno in camera, altrimenti l'avrei fatta in un vaso!».

Jemma è arrivata. Le sue battute di entrata sono sempre d'effetto. Io ormai sono pronto, ma mia madre è colta alla sprovvista.

«Sei in ritardo Jemma. Noi sediamo a tavola allo scoccare delle sei e mezzo», sottolinea, infatti.

«A che ora fate colazione? Perché se dormo sotto il tavolo, domattina sarò puntuale di sicuro, tanto mi sembra di vedere che c'è abbastanza posto!».

Decido d'intervenire per anticipare la risposta di mia madre che sta già schiumando bile dalla bocca. «Jemma, domattina scenderemo insieme per la colazione, così non ti perderai». Sì, insomma, siamo sposati, che impressione daremmo se dopo la prima notte a Denby ognuno facesse colazione per i fatti suoi?

Jemma fa per sedersi sulla prima sedia libera, quella accanto a mia madre, tanto che lei, inorridita, s'irrigidisce contro lo schienale.

«Lady Jemma, abbiamo apparecchiato il suo posto, prego, si accomodi», la invita Lance scostando la sedia.
«Wow», commenta Jemma. «Mi avete piazzato proprio a distanza di sicurezza! Guardate che l'ho fatta, la doccia!».
«Non sono interessata ai dettagli delle tue abluzioni, purché siano regolari. Per quanto riguarda i pasti, è consuetudine disporre i posti a tavola così». Eccola, mia madre, che cerca di espandere la sua autorità a macchia d'olio.
«Con tre posti liberi tra una persona e l'altra? E quando avete ospiti che fate? Affittate lo stadio di Wembley?»
«In quei casi il protocollo è diverso. Se hai finito con le domande, posso far servire le portate. Lance, procedi pure», ordina mia madre.
Mentre inforco il mio aspic, vedo con la coda dell'occhio Jemma indugiare sul suo piatto.
«Non è di tuo gradimento?», le chiedo senza guardarla. Se sostenessi il suo sguardo, potrebbe pensare che io sia seriamente interessato al suo appetito.
«Non lo so, dovrebbe?».
Eccola, risponde a una domanda con una domanda, sembra programmata per intavolare una discussione.
«Dire di sì sarebbe la risposta più appropriata», la apostrofo io.
«Sarebbe di aiuto se sapessi cos'ho nel piatto», dice dando un colpetto al cilindro di gelatina davanti a lei con fare dubbioso.
«È aspic. Un tortino di vitello, uova e carciofi in gelatina».
«Se muovo il piatto, trema come il sedere di mia zia Jean mentre fa le scale», osserva Jemma sempre meno attratta dall'antipasto.
Mia madre appoggia rumorosamente la forchetta nel piatto, sconcertata. «Mio Dio, che razza di oscenità mi tocca sentire».
«Ma è vero!», obietta Jemma.
Decido di intervenire con una soluzione diplomatica. «Servite la portata successiva a mia moglie. Non gradisce l'aspic».
Quando le posano davanti il secondo piatto, batte le mani entusiasta. «Alette di pollo! Che meraviglia!».
«È quaglia», la correggo.
Jemma ne afferra una con la mano e la osserva scettica. «Da lontano mi sembravano alette».

E la addenta. Sì. Impugna la quaglia saldamente tra le mani e ci affonda i denti.

Mia madre ha quasi un mancamento, tanto che si fa spremere del limone nell'acqua.

«Jemma», cerco di attirare la sua attenzione verso di me e le faccio cenno, oscillando la forchetta tra le dita, di usare le posate.

Mi viene in mente una sola parola: Neanderthal.

Jemma si dà da fare con le posate e la sento borbottare: «Ossicini stronzi». Poi, getta la spugna e abbandona le posate spingendo via il piatto.

«Servitele il dolce», ordino in tono secco, in parte sollevato perché, grazie a Dio, questo metterà fine alla cena.

Jemma affonda il cucchiaio nella coppa di spuma bianca, lo annusa e fa ricadere il cucchiaio. «E il dolce vero dov'è?»

«È quello, Jemma», sibilo irritato.

«Sentite, lo scherzo della schiuma da barba nella coppa di gelato lo facevo anch'io, ma avevo quattro anni!».

«È syllabub. Fa parte del ricettario storico della famiglia Parker», ribatte mia madre in tono asettico.

«Avete anche qualcosa al cioccolato nel ricettario di famiglia?».

Mia madre respira lentamente per mantenere il controllo. «Non stasera».

Mi sbuccio una mela desiderando che il pavimento della sala da pranzo le inghiotta entrambe.

«Domani sera invece? Biscotti ripieni di dentifricio? O gelato al sapone per piatti?».

Mia madre sbotta: «Non tollero sbeffeggi alla nostra tradizione culinaria da parte di una patita del pollo fritto».

«Meglio il pollo fritto di quell'uccelletto tutto ossa!».

Il viso di mia madre è contratto dal disgusto. «Signorina, prima di poter decidere cosa deve essere servito, è necessario che impari a stare a tavola. Non sono abituata ad avere selvaggi come commensali!».

«Signore», le interrompo alzandomi in piedi. «Io vado al club».

Sono fuori! Fuori! Fuori! Fuori da quella gabbia di matti, anzi matte! Stringo il volante della mia auto per tutto il tragitto come un carcerato stringe il lenzuolo a cui è appeso mentre evade.

Credevo impossibile che esistesse una donna con un carattere peggiore di quello di mia madre, ma mi sono dovuto ricredere. E ora queste due donne vivono sotto lo stesso tetto: il mio.

Non stanno mai zitte, hanno opinioni su tutto e sentono l'irrefrenabile bisogno di condividerle con me. Mezza giornata così e sono già sfinito.

Non avrei mai pensato di arrivare a dovermi nascondere in casa mia, ma per evitarle mi devo inventare ogni sorta di espediente.

Ah, ma stasera le ho fregate tutte e due, ho preso giacca, chiavi e tanti saluti. Me ne vado al club. Circolo strettamente riservato ai gentiluomini.

«Duca di Burlingham», mi saluta con un inchino Furber, il maggiordomo del club, quando gli consegno impermeabile e ombrello.

«Furber, che si dice? C'è gente stasera?», chiedo lanciando un'occhiata alle stanze semivuote del primo piano.

«Non un numero eccessivo per ora».

«C'è già Harring?»

«Il visconte non è ancora arrivato. Lo aspetta?»

«Sì, avevamo appuntamento. Strano. Comunque, credo che andrò di sopra, nella sala da biliardo. Quando arriva, digli che lo aspetto».

«Sarà fatto, Sua Grazia».

Salgo i gradini dello scalone a spirale, tre a tre, finché non arrivo nel lungo corridoio di porte bianche. Apro quella della sala da biliardo e quando faccio scattare la maniglia, sono colto di sorpresa: gente in piedi sul tavolo, file di uomini che alzano bicchieri di cognac dall'angolo bar, e le loro parole sono coperte dalle note di *Just a Gigolo/I Ain't Got Nobody.* Quelli in piedi sul tavolo improvvisano una danza grottesca.

Una pesante manata alle spalle mi coglie di sorpresa. «Ashford Parker! Maledetto! Ti sposi e non ci dici niente!».

«Harring!», esclamo stupefatto mentre il mio amico mi abbraccia in una stretta poderosa.

«Cos'è questa storia? Toccata e fuga a Londra, senza dire niente a nessuno, trovi la tua bella e in quarantotto ore te la sposi?».

Fanculo i giornali. «Veramente Harring…».

«Dovremmo toglierti il saluto!».

«Lo so, avrei dovuto invitarvi alla cerimonia…», metto le mani avanti.

Harring m'interrompe. «Che si fotta la cerimonia! Io parlo dell'addio al celibato! Se lo avessimo saputo prima, ti avremmo fatto una festa con i fiocchi. Stasera siamo qui per rimediare», poi mi tira in piedi sul tavolo da biliardo con gli altri. «*I… ain't got noboоody…* Furber! Champagne!», ordina con scioltezza.

«E così? Che ne hai fatto di Portia, eh? L'hai rottamata? Sai che ti dico, amico? Hai fatto bene», poi rivolto agli altri. «Ce n'è di più per noi!». E dal mucchio selvaggio si alza un boato assordante.

Lasciate che vi spieghi come funziona questo delicato meccanismo: agli eventi sociali, serate ufficiali, manifestazioni in pubblico, ognuno dei presenti nella sala è un esempio di contegno e buon costume, ma tra le quattro mura del club per gentiluomini – definizione a parte – si trasforma in un'orda di vandali che si lascia andare alle peggiori nefandezze da postribolo. Proprio come stasera.

Mi trascinano da un gruppetto all'altro e mi versano generose bicchierate di cognac, m'infilano in bocca sigari Havana e mi riempiono di pacche su spalle e braccia, neanche fossi un sacco da box.

«Allora?», continua Harring sopraffatto dall'entusiasmo. «Quando ce la fai vedere la tua sposina? La tieni nascosta?».

Sinceramente sì. «Ehm, Harring, quando sarà il momento, la conoscerai».

«Ma perché fai sempre il misterioso? Com'è riservato questo ragazzo! Ehi, versategli ancora da bere, così si scioglie un po'! Champagne, cognac, brandy, benzina… qualsiasi cosa!».

«Harring…», cerco di frenarlo.

«Non tenerci all'oscuro delle gioie matrimoniali. Se uno come te che maaai avrei detto si sarebbe sposato, da un giorno all'altro torna con la fede al dito, deve essere successo qualcosa di eccezionale! Un evento!».

Certo, la bancarotta! In momenti del genere lo vorrei affogare. «Certe cose succedono e basta, non puoi evitarle».

«Ragazzi! Il vecchio Ashford, qui, è innamorato, sentito?».

Il gruppo intorno a me mi afferra di peso e, sollevandomi, mi lancia per aria accompagnando la scena con lazzi volgari.

«Ehi Ash, lo sai che ti sei perso? Volo privato a Parigi, seratona al Crazy Horse con quelle belle cavalline selvagge francesi tutte nude, poi Concorde e... Rio de Janeiro. E prima di tornare a Londra, ultimo scalo in Thailandia. Brutto idiota, se ce lo avessi detto prima di sposarti, quest'addio al celibato non te lo saresti scordato neanche da morto».

È da quando abbiamo finito l'università che Harring è fissato con Rio de Janeiro. In realtà sapevo che avrebbe pronunciato la parola Rio De Janeiro nell'arco di mezz'ora al massimo. Harring ha in testa una cosa sola.

Restituisco al mio amico la pacca sulle spalle. «Che cosa devo dirti, Harring? Lo terremo in serbo per te!».

«No, amico, quella donna deve ancora nascere!».

«Ce l'hai una foto?», mi chiede Samuel Coulsen.

«Di chi?», chiedo.

«Ma di tua moglie, no! Come, di chi?», ribatte lui piazzandomi una sberla sul collo.

«No, no mi dispiace», ammetto alzando le mani.

«Eddai! E faccela vedere!».

«Faccela vedere! Faccela vedere! Faccela vedereee!», si alza un coro da stadio guidato da Samuel e Harring.

«Gente, non ce l'ho la foto», ripeto.

Samuel si volta verso la massa alle sue spalle. «Ragazzi! Non ha la foto».

«Nooo!», il loro disappunto si leva come un boato.

«Punizione! Punizione! Punizione!», urlano tutti.

«Bagno nel Tamigi!», inneggia Harring.

«Oh, ragazzi, calma! Quale bagno nel Tamigi?»

«Che addio al celibato sarebbe senza un arresto per balneazione vietata?».

I gentiluomini, o supposti tali, con Samuel e Harring in testa, mi sollevano per le gambe, altri due per le spalle, e mi portano in parata fuori dal club, giù per tutto lo Strand al grido di: «Il maritino Ash va a fare il bagno».

Devo dire che non mi ricordo molto altro.

13
La versione di Jemma

Ho vagato per tutta Denby per un'ora buona, finita la cena. L'idea era tornare in camera mia, ma mi sono ricordata che stasera c'è la partita di coppa, Borussia Dortmund-Arsenal. Dovevo trovare una TV!

Mi sono infilata in un corridoio a casaccio e ho iniziato ad aprire le porte: quadri, statue, strumenti musicali, scrivanie, libri, altri tavoli da pranzo, tappeti, ma niente che assomigliasse a un televisore.

Poi, ho trovato una scala e sono salita. Altri divani, poltrone, camini, poi letti, letti, altri letti (ma cosa cavolo è questo posto? Un albergo?).

Iniziavo a innervosirmi, il fischio d'inizio era già stato dato da cinque minuti e non volevo credere che in tutto questo castello non ci fosse una misera TV!

Ho fatto un'altra rampa di scale e ora mi trovo in un corridoio più stretto, con altre porte.

Senza troppe speranze inizio ad aprirle, finché in una non scovo un televisorino di quelli con il tubo catodico. La stanza è piuttosto spoglia, con pochi arredi, ma c'è tutto quello che mi serve: un divano e una presa della corrente.

Afferro trionfante il telecomando e cerco di sintonizzarmi sperando che non sia una di quelle partite che iniziano con un gol al primo minuto. Sospiro di sollievo quando in cima allo schermo compare un rassicurante 0-0. Non mi sono ancora persa niente.

Dio, quanto vorrei adesso le mie alette di pollo!

Che si fotta Delphina, lei e tutto il suo ricettario di schifezze gommose!

Inveisco contro il centrocampo che sembra non aver intenzione di toccare palla, quando sento la serratura scroccare alle mie spalle.

«Allora, Martin? Glielo facciamo come una capanna a questi mangiacrauti? Alvin ha scommesso che uno di loro si farà espellere entro la fine del primo tempo... Oh, chiedo scusa, lady Jemma, ehm, non sapevo fosse qui... Io...», indugia una voce maschile.

Mi volto, sorpresa: è Lance. Ha dismesso la sua uniforme e adesso è avvolto in una comoda tuta sintetica con lo stemma dell'Arsenal cucito sul petto.

«Non mandarmi via, Lance. È l'unica stanza in cui ho trovato una TV. Ti prego, stasera c'è la coppa. Solo novanta minuti e me ne vado».

«Si figuri, se preferisce le lascio l'uso esclusivo della stanza!».

«No, Lance. Guardare le partite da sola è davvero triste. Mi piace tifare in compagnia, è come se il mio sostegno arrivasse di più!», gli faccio cenno di accomodarsi accanto a me. «Ce l'ho fatta per un soffio! Rischiavo di perdermi il primo tempo! Ce n'è voluto a trovare un televisore qui dentro».

«Questi sono gli alloggi dei domestici», osserva Lance con una punta d'indecisione.

«Be', lasciatemi dire che vi trattate meglio di quegli altri laggiù! Allora? Siamo solo noi due? Nessun altro viene a darci man forte per sostenere i Gunners? Avanti, giochiamo fuori casa, il tifo vale doppio!».

«Stanno arrivando anche Campbell e Bowen». Lance non fa in tempo a terminare che i due spuntano trafelati dalla porta.

«Allora, a quanto stiamo? Ne abbiamo già presi?».

Faccio un breve riassunto del gioco. «Zero a zero da quando ho acceso la TV. Niente gialli, niente rossi. Solo una punizione tirata alta sulla traversa. Il portiere crucco non ha fatto una piega», commento io senza staccare gli occhi dallo schermo. «Arbitro, ti serve un cane guida? L'hanno visto tutti che c'era fallo!», poi mi volto di nuovo verso Bowen e Campbell ancora impalati sulla soglia. «Allora, non vi sedete?».

Loro mi osservano impietriti. «Lady... lady Jemma».

«Va tutto bene, prendete posto», li sollecita Lance.

Nella stanza regna il silenzio assoluto e per la prima volta in vita mia, durante una partita di calcio, vedo tre uomini di mezza età rigidi come degli stoccafissi sotto sale. «Sentite, è tutto a posto, sono una donna alla quale piace il calcio, non un fenomeno da baraccone con tre occhi in fronte! Sì, riesco a comprendere il semplice meccanismo di due squadre con maglie di colore diverso che devono lanciare una palla nella rete della squadra del colore opposto. Ora potete pure rilassarvi!».

Loro mi guardano ancora più impietriti di prima e muovono a malapena gli occhi nelle orbite. Si appoggiano allo schienale solo quando Lance li incoraggia con un cenno del capo.

«Crossa! Crossa per l'amor del cielo! Non vedi che Sanchez è già davanti alla porta?», urlo e gli altri tre fanno un salto indietro sul divano. Campbell, un omino sulla quarantina con i capelli rosso rame, è così scosso da urtare una busta che giace ai suoi piedi. Il colpo provoca un familiare tintinnio.

«Campbell! Hai delle birre e non offri? Non si fa! La tifoseria è una grande famiglia! Si condivide!», lo canzono io.

Lui diventa rosso fino alla cima delle orecchie. «Ehm, sì, ma non pensavo gradisse birra». Si allunga verso la busta e mi porge una bottiglia. «Può andare?»

«Guinness! Altroché», la prendo e faccio saltare il tappo con lo spigolo del tavolino, poi la alzo verso di lui. «Grazie mille, Campbell, a buon rendere! Ai Gunners!».

Gli altri tre alzano le loro scure verso di me, in risposta. «Ai Gunners».

Non facciamo in tempo a bere un sorso che... «GOL!», urliamo insieme alzandoci in piedi come se una scossa fosse passata sotto il divano.

Ora che siamo in vantaggio, ci sediamo molto più rilassati e ci godiamo il gioco fino alla fine del primo tempo.

«Quindi, lady Jemma è tifosa di calcio?», domanda Lance non appena iniziano gli spot pubblicitari.

«Non si vede?», chiedo, a sottolineare l'ovvio.

«Diciamo che è una caratteristica inaspettata».

Paul Bowen finalmente apre bocca. «Sì, insomma, non è che di duchesse ne capitano spesso da queste parti! E di certo mica per guardare le partite. Quando io e Camp siamo entrati, stava per venirci un colpo!».

«Sì, Bowen, ho notato. Da parte mia non pensavo di trovare così tanti tifosi dell'Arsenal, tra queste fredde mura».

«Da quando segue il calcio?», mi chiede Bowen, curioso.

«Da sempre».

Lance, per la prima volta, mi sorride apertamente. «Papà tifoso?»

«No, a dire la verità mio padre non va matto per il calcio, e in casa non abbiamo neanche la televisione. A scuola stavo quasi sempre con i maschi. Le ragazze dicevano che puzzavo, così a ricreazione giocavo sempre con i ragazzi. Parlavano di partite, calciatori, squadre, e anch'io mi sono appassionata».

Campbell trattiene a fatica il riso. «Lady Jemma, chiedo scusa per l'impertinenza, ma... Ha detto che puzzava?»

«Sì, mia madre è un'ecologista e non ha mai voluto usare saponi e detersivi industriali. Fa il bucato solo con prodotti biologici il cui unico risultato è far puzzare i vestiti di cane bagnato. Per questo le bambine non mi volevano a giocare con loro. Per i maschi la cosa non faceva differenza, erano sempre sudati e sporchi di terra ed erba per fare caso a me. Mi mimetizzavo...».

«Anche a me a scuola capitava la stessa cosa, ma per via della mia merenda. Mia madre mi faceva sempre panini con lo stilton...», ridacchia Bowen toccandosi la pancia rotonda. «E si vede che ne ho mangiati un bel po'!».

Sullo schermo compare di nuovo lo stadio e noi ci facciamo muti neanche fossimo in chiesa.

Almeno finché non segniamo un altro gol, per puro caso, al novantesimo minuto. Ai tre fischi dell'arbitro ci buttiamo l'uno verso l'altro abbracciandoci come se avessimo vinto una guerra.

Finite le interviste al rientro negli spogliatoi, spegniamo il televisorino e ci guardiamo in faccia. O meglio, io guardo Lance, Campbell e Bowen cercando di prendere tempo. Sì, è ora di levare le tende, sono io l'intrusa qui. Anche se, a dirla tutta, mi sono sentita più a casa in mezzo ai domestici, in un salottino spoglio per novanta minuti, che tutto un giorno nelle lussuose stanze del palazzo.

«Io... Forse...», inizio.

«Desidera che la riaccompagni nei suoi appartamenti?», chiede Lance.

«Ehm, ok, ma Lance, abbiamo appena guardato una partita e bevuto birra assieme, che ne dici di darmi del tu?»

«Il protocollo me lo impedisce».

«Mi fa sentire a disagio», ammetto.

«Ci si abituerà», mi risponde lui con aria comprensiva, dopodiché apre la porta e mi fa cenno di seguirlo.

Auguro la buonanotte a Campbell e Bowen e mi accodo a Lance che mi guida per i corridoi.

Denby Hall è immersa nel silenzio e nella penombra, i lunghi corridoi sono illuminati dalle luci soffuse di candelabri appesi alle pareti, che forse una volta servivano per le candele, ma oggi montano elaborate lampadine a forma di germoglio.

Lance cammina davanti a me con lunghi passi silenziosi e io, sentendomi troppo chiassosa, mi sfilo le scarpe col tacco e cammino scalza sul freddo marmo.

«Grazie della compagnia, Lance. Mi sono goduta la partita molto di più. Sono abituata a stare in prima linea sugli spalti con la tifoseria. Vi chiedo solo scusa per aver invaso i vostri spazi. È assurdo che siate gli unici dotati di una TV!».

«Nessuna invasione. È stato un piacere anche per me e credo di poter dire lo stesso di Campbell e Bowen. È la benvenuta ogniqualvolta lo vorrà».

«Allora mi prenoto per tutte le prossime giornate di campionato e di coppa!».

«Sarà mia cura riservarle il posto migliore, e Bowen provvederà alla birra. Guinness o ha altre richieste?»

«La Guinness è perfetta», dico tuffandomi sul letto, provando per la prima volta oggi un guizzo di vita.

«Bene, allora le auguro buonanotte, Sua Grazia».

«Buonanotte Lance, a domani».

Lance fa per chiudersi la porta alle spalle poi rientra. «Ancora un'ultima cosa. Le svelo un segreto», poi preme un interruttore accanto al comodino e con uno *ziiin*, un televisore grande come un quadro da museo fa la sua comparsa sbucando da dietro il cassettone.

14

La versione di Ashford

Sono rientrato alla chetichella, nemmeno fossi Arsenio Lupin. Perché? Perché i miei vestiti sono ancora umidi di acqua del Tamigi ed emanano un lezzo di fogna indescrivibile tanto che per guidare fino a Denby senza sporcare il sedile mi sono dovuto sfilare i pantaloni.

Tolgo da uno dei tavoli dell'ingresso la tovaglia damascata decorativa e me la avvolgo addosso.

Non sono l'immagine della virilità con tutta questa seta color salmone avvolta intorno ai fianchi, anzi, sembro Mata Hari in missione, ma non ho intenzione di farmi sorprendere con le chiappe al vento, o perderei l'ultimo briciolo di autorità che mi è rimasta tra queste mura.

Se Harring non fosse il mio migliore amico dai tempi del collegio, dopo stasera gli avrei messo le mani addosso. Però è anche l'unica persona in questo tetro mondo a farmi fare una risata anche quando non è il momento. Sì, i pezzi forti di Harring sono le battute fuori luogo ai ricevimenti reali, alle messe o ai funerali, ed è sempre molto attento a farsi sentire da chiunque. Ognuno di noi ha il suo ruolo: io, dei due, sono quello con i freni inibitori e senso del decoro.

La verità è che ci è rimasto male quando ha saputo del mio matrimonio; io e lui è come se avessimo fatto un tacito accordo di non sposarci mai, o quantomeno il più tardi possibile. È stato un po' come se lo avessi pugnalato alle spalle. Forse non sono tanto spregiudicato quanto lui, o tanto assatanato, ma si può dire che eravamo complici nei nostri crimini. Crimini finiti, per questo gli ha dato particolarmente gusto buttarmi nel fiume.

Ci ho messo tutta la mia buona volontà, una volta soli, rientrati al club, per convincerlo che sono ancora l'Ash che conosce.

«E così, mi abbandoni, solo sul mio cammino dell'eterno scapolo impenitente?»

«Non farmi sentire in colpa, te la caverai...».

«Non parlo mica di me. Mi dispiace per te. Trent'anni e sei già in ceppi! Non sperare di venirmi a chiedere aiuto. Io ti avevo ben avvisato, in tempi non sospetti». Harring sa dissimulare bene il suo disappunto dietro una maschera comica.

«Facciamo così, se ne avessi bisogno, non sarà te che verrò a cercare».

«Certo, se parli da innamorato...». Ecco, voleva una prova, voleva sentirlo con parole mie. E l'istinto di Harring non sbaglia nello scovare una mia bugia. Se avessi detto che amo Jemma non mi avrebbe creduto.

«Harring, è andata così. Mi sono sposato. La cosa mi ha preso così sul momento, è stato l'impulso. Ho voluto farlo e basta. Ho una moglie, ma niente è come credi. Nella tua testa t'immagini un matrimonio convenzionale, una vita di coppia standard con tutte le preclusioni del caso. Sappi che non ho sposato una donna convenzionale e la nostra storia non lo è. È tanto turbolenta quanto improbabile, e forse è questo che fa di lei l'unica donna che avrei mai potuto sposare. Chiunque altra avrebbe voluto il matrimonio da manuale. Ma non Jemma».

A queste mie parole Harring ha alzato un sopracciglio con scetticismo. «Sarebbe a dire?»

«È un'anticonformista, ed è assolutamente a favore delle relazioni aperte. È questo che intendo quando ti dico che non è cambiato nulla».

L'espressione di Harring da scettica si è fatta incredula. «Fammi capire bene: ti sei sposato, "Vuoi tu prendere... Eccetera... Finché morte non vi separi", per dirmi che il vostro in fin dei conti è un matrimonio aperto?».

Mi sono limitato ad annuire per non correre il rischio di scoprire le mie carte. Il dettaglio che ci siamo sposati per soldi, che in verità ci disprezziamo, che non condividiamo nulla e men che meno la questione letto, è stato omesso.

«Sei stato baciato dalla fortuna, amico. Non so quanti poveri diavoli vorrebbero essere al tuo posto».

Cacchio, devo essere sembrato sincero!

«Sì, ma Harring, questo rimane tra me e te, e non deve uscire da questa stanza. Ci sono già abbastanza chiacchiere sul mio matrimonio senza che si diffondano anche questi particolari».

«Vecchio mio, non sono mai stato tanto ansioso di conoscere la tua sposa. Voglio vedere con i miei occhi questa meraviglia!».

La meraviglia? Non riesco a non pensare alle parole di Harring mentre mi accascio sul letto. Jemma russa come un treno merci. Uno dei lati negativi (ammesso che ce ne siano di positivi) delle stanze comunicanti è che solo una porta separa me da Jemma e dal suo sonno pesante.

Harring è ansioso di conoscerla. Già so che nella sua testa s'immagina un monumento di femminilità da paralizzare il traffico, e queste non sono le parole che userei per descrivere Jemma. Aggraziata e leggiadra come un tir a quattro assi. Posso solo sperare che stordisca Harring con la sua parlantina e che lui perda conoscenza dopo tre minuti e una stretta di mano.

Un attimo prima di sprofondare nel sonno, un pensiero terribile mi assale: domani i domestici faranno le nostre camere, e benché le stanze siano separate, potrebbero trovare insolito, se non sospetto, che la prima notte sotto lo stesso tetto, da duca e duchessa sposini novelli, ciascuno abbia dormito nel proprio letto, chiuso nelle rispettive stanze. Ci dovrebbero essere almeno abiti sparsi in ovunque, lenzuola trascinate agli angoli più remoti e segni tangibili di passione irrefrenabile. Ergo, almeno uno dei due letti non deve essere sfatto.

Non posso dormire a letto. È assurdo, sono a casa mia, ma non posso dormire comodo sul mio letto a tre piazze. È quanto penso mentre cerco di accomodarmi sul divanetto.

Sarà il caso che io e Jemma concordiamo questa cosa, non posso passare i prossimi mesi a dormire più scomodo della mia muta di cani da caccia; una notte io e una notte lei mi sembra più che democratico.

Questo almeno per le prime settimane, quando è normale che una coppia di novelli sposi dia libero sfogo alla propria passione. Poi potremmo passare alla media politicamente accettabile di un paio di volte a settimana.

Alla fine, una volta fatto un calendario mentale credibile delle nostre simulazioni sessuali, riesco a prendere sonno.

Sento bussare alla porta, ed è come se mi stessero bussando sul cranio. Fanculo Harring e tutto il suo brandy misto a champagne. Il brandagne, come lo chiama lui. Devo ricordarmi di dirgli che il sapore fa schifo quanto il nome. Se non cadavere, stamattina, mi sento poco al di sopra della prognosi riservata.

«Avanti», mugugno. Niente.

Mi trascino con passi pesanti per aprire, ma in corridoio non c'è nessuno. La mia credibilità è talmente compromessa che perfino i domestici giocano a farmi "bussa e scappa"?

Il bussare continua e inizio a pensare che sia solo un parto della mia immaginazione, finché non mi rendo conto che proviene dalle mie spalle: la porta tra la mia stanza e quella di Jemma.

Le apro e la trovo nel vano comunicante tra le due camere; una specie di terra di nessuno che, prevedo, diventerà il nostro campo di battaglia privato.

«Sei orribile», è il suo esordio pacato.

«Io mi sono appena svegliato, devo ancora farmi una doccia. Tu che scusa hai?», dico osservando il suo trucco marcato e i suoi capelli arricciati in boccoli improbabili.

«Io sono già pronta», ribatte senza cogliere la mia nota sarcastica.

Faccio spallucce. «Appunto».

«Be', se non ricordo male, ieri sera hai detto che saremmo scesi insieme per la colazione. Preferirei che mantenessi la promessa, perché non credo di riuscire a sopportare un'altra tiritera di tua madre sulla puntualità, gli orari, l'etichetta e tutte le cose che piacciono tanto a voi nobili».

«Dammi cinque minuti».

Mi dirigo verso la doccia imprecando e un attimo prima di gettare i miei vestiti nel bucato ho un'illuminazione: li rigiro al contrario e li semino sul pavimento della stanza di Jemma lasciando una chiara traccia che porta dalla mia stanza al suo letto.

«Cosa ti salta in mente?», battibecca lei già pronta alla polemica.

«Dove sono i tuoi vestiti di ieri sera? Puoi darmeli?»

«No, se non mi dici cosa stai facendo?»

«Secondo te?», dico indicando gli indumenti sul pavimento in modo plateale.

Alza i palmi al cielo in segno di resa.

«Tra poco i domestici rifaranno le stanze e se vogliamo avvalorare la tesi del nostro matrimonio d'amore a prima vista, sarà meglio dare l'impressione di aver fatto delle acrobazie da Cirque du Soleil. Ora, sempre che tu non sia uno di quei rari esemplari di donna che fa sesso vestita come un fondista alle Olimpiadi invernali, mi faresti la cortesia di darmi i tuoi vestiti?»

«Farò di meglio!», infatti, Jemma, non solo getta i suoi vestiti sul pavimento assieme ai miei, ma inizia a disfare il letto con veemenza, strappandone i cuscini e le lenzuola. Se non altro è stata recettiva. Mi ha fatto faticare ma è stata recettiva.

Un momento. Cosa sta facendo con quel lenzuolo? Perché lo sta legando al sostegno del baldacchino?

«Jemma, che diavolo è quello?»

«Mai sentito parlare di *bondage*?», ribatte con tutta la naturalezza di cui è capace.

«No! Voglio dire sì, ma no!», protesto. «Senti Jemma, apprezzo lo sforzo, ma mi basta che i domestici immaginino che abbiamo fatto del normalissimo sesso, non serve illuminarli con dettagli sui miei gusti erotici!».

«Niente bondage?»

«No», rispondo lapidario.

«Nemmeno queste?», dice lei facendo dondolare due vistose décolleté rosse con tacco a spillo.

«No, nemmeno fetish».

«Sei una lagna!», protesta lei lanciandole di nuovo nella cabina armadio.

«Non ti preoccupare, sono dettagli che non scoprirai mai».

«Lo voglio ben sperare», ribatte Jemma con una smorfia di disgusto.

«Il ribrezzo è reciproco». Scendo le scale precedendola, e ad attenderci davanti al giardino d'inverno c'è Lance. «Jemma», sussurro tra i denti. «Puoi, senza protestare o fare polemiche, mettere su un bel sorriso da neosposa soddisfatta e gratificata?»

«Per sentirti un maschio alpha hai proprio bisogno di trattarmi sempre come una minorata?».

Ecco, lo sapevo che sarebbe finita in polemica.

15
La versione di Jemma

Si sta già rivelando più dura del previsto. Doveva essere un soggiorno prolungato nella privacy di una magione di campagna, uno lontano dall'altra, invece mi ritrovo in una corsa a ostacoli a due, legati per la caviglia.

A cosa mi riferisco? All'essere obbligati a tenere in piedi la farsa degli sposi novelli, con l'entusiasmo di una messa a morto.

A casa mia, la colazione è il momento più bello della giornata: crema al cioccolato spalmata sul pane, latte caldo con i cereali al miele, riviste di moda e TV sintonizzata sui canali di gossip.

No, non a Denby. Oggi ho scoperto che per colazione mangiano prosciutto affumicato e salmone, centrifugati di carota e caffè annacquato. E poi niente riviste, solo quotidiani che Ashford usa, ne sono certa, più per barricarsi da me, che per leggerli. Chi mai li leggerebbe? Sono così noiosi, tutti in bianco e nero, scritti a caratteri così piccoli, senza foto.

Delphina è a distanza di sicurezza, ci saluta con un secco buongiorno, senza staccare gli occhi dal suo piatto, e appena ci sediamo, lei lo allontana e fa per andarsene. Lance entra in sala con il suo solito contegno e annuncia: «Lord Davenport e la moglie sono giunti in visita. Posso dire loro di accomodarsi nel salottino azzurro in attesa che possiate riceverli?».

Delphina si accascia sulla sedia come se le si stessero sciogliendo le gambe. «Murray e Audrey Davenport? Proprio loro?», chiede sconvolta.

«Precisamente. Sono appena rientrati dal loro ultimo viaggio e sono passati per un saluto», conferma Lance con un piccolo inchino.

«Falli accomodare», sussurra lei con un filo di voce poi, per la prima volta, lancia un'occhiata verso di noi. «Li accoglierò io. Andrò di là, farò gli onori di casa e cercherò di dare loro una versione credibile del vostro matrimonio. Tra mezz'ora, e solo allora, quando avranno bevuto fino all'ultima stilla delle mie parole, ci raggiungerete per un saluto educato ma veloce, e tornerete alle vostre occupazioni. Non vi tratterrete, per lo meno finché non potremo fare una vostra presentazione ufficiale in società», è la sua strategia risoluta.

Per contro, Ashford resta barricato dietro al «Times» e si limita a liquidarla con un: «Fa' come ti pare».

Delphina esce dalla stanza brontolando. «Certo, "Fa' come ti pare", dice lui! Tocca a me mettere le pezze sui suoi strappi! Tocca a me spegnere gli incendi, tocca a me arginare i fiumi in piena!».

«Quando sarai arrivata allo scioglimento dei ghiacci polari e al buco dell'ozono, i Davenport se ne saranno già andati, mamma», la gela Ashford.

Una cosa la condividiamo: il fastidio per Delphina.

Osservo il siparietto tra madre e figlio finché Ashford ripiega il giornale e mi apostrofa secco: «Quando andremo di là, lascia parlare me con i Davenport. Tu limitati a salutare, al resto penso io».

«Bene, me lo segno sull'agenda delle cose di cui non me ne frega un accidente», rispondo con un sorriso falsissimo.

«Prima o poi, Jemma, ti toccherà. I Davenport non sono che i primi di una lunga processione che, con la scusa di un saluto informale, busseranno alla porta per vedere i nuovi e felici coniugi. I Davenport sono amici di famiglia da anni, e poi, fidati, è meglio che tu li conosca così, a piccole dosi, che a un ricevimento ufficiale insieme ad altri duecento estranei che ti sfilano davanti».

«Ashford, l'accordo era che io facessi la mia vita».

«L'accordo è dare un'immagine credibile del nostro matrimonio. E devo sollecitarti a non tirare mai più fuori questa storia. Ci sono sempre orecchie che ascoltano».

«Mi sento un ostaggio».

«Non fare la vittima, Jemma».

«Se proprio vuoi che reciti il ruolo della gioiosa sposina potresti trattarmi, almeno in pubblico, senza quell'atteggiamento di superiorità, o comunque non come una deficiente».

«Non ti tratto come una deficiente», controbatte Ashford sorseggiando il suo caffè.

«Ah, no? Ti rivolgi a me solo per criticarmi, umiliarmi o darmi ordini come a un cane».

«E tu solo per punzecchiarmi e fare polemica. Renderesti tutto molto più semplice se facessi ciò che ti dico senza sollevare inutili obiezioni».

«Inutili obiez... Molto bene, non credevo di doverlo fare così presto ma mi vedo costretta a giocarmi questa carta». Sollevo le maniche per dare importanza alla mia battuta. «Ashford, devo ricordarti che sono i *miei* soldi che coprono i tuoi debiti in banca, forse un minimo di rispetto me lo devi».

Lui si alza, spazzolando via briciole immaginarie dal suo maglione blu di cachemire. «I *tuoi* soldi sono legati al *mio* titolo, quindi, se per ora hai finito con i drammi, possiamo andare di là. Se riuscissi a non far venire un infarto a Davenport te ne sarei grato», e fa per uscire dalla sala senza aspettarmi.

Nel salottino, o meglio, *parlour*, come lo chiamano i nobili – un salotto dedicato solo agli incontri ristretti tra amici per parlare, una stanza solo per parlare, vi rendete conto? – Delphina sta dando spettacolo di sé, intrattenendo gli ospiti nel ruolo della madre amorevole.

«E quando ormai ero rassegnata a tenermelo scapolo a bighellonare per casa, mi ha sorpreso! Ashford è entrato a Denby con la sua sposa al braccio, sorridente come un bambino la mattina di Natale! Devo dirvi la verità, era un po' che avevo notato in lui un cambiamento. Andava spesso a Londra senza apparenti motivi, tornava a orari improbabili, sempre avvolto da quest'aura misteriosa e trasognata. A una madre non sfuggono certe cose, avevo intuito che c'era un *affaire* sotto, ma un matrimonio non lo avrei mai immaginato. Lei è una ragazza così particolare. È un'artista, molto coinvolta nel campo teatrale. La compagnia ha pianto quando ha saputo che il mio Ashford se la sarebbe portata via!».

La donna seduta accanto a Delphina sul divanetto stringe

la tazza di tè senza bere. «Eppure ci saremmo tutti giocati la nostra fortuna sul fatto che Ashford avrebbe sposato Portia».

«Non capisco come sia possibile!», commenta mia suocera – bugiarda! – e continua a dare la sua versione dei fatti. «Ashford è un ragazzo dai gusti difficili, che a volte non capisco nemmeno io, ma con Portia, nooo. Sono solo amici, lo sono stati per così tanti anni che ora potrebbero essere solo fratelli», ed esplode in una risata che, almeno a me, suona falsissima. Poi si volta verso di noi, un metro dietro la porta. «Oh! Ecco gli sposini! Ashford, Jemma, entrate a salutare i nostri ospiti!».

Accidenti a Delphina che sta giocando a fare la suocera perfetta. Almeno lei è capace di recitare, Ashford è negato, o almeno, non s'impegna.

Ashford mi mette una mano dietro la schiena senza toccarmi, ma vicino quanto basta per dare l'idea che mi stia guidando con dolcezza dentro la sala. Mi domando cosa accadrebbe se mi spingessi all'indietro fino a sfiorare la sua mano. Credo che farebbe un salto fino al soffitto, urlando in preda al panico!

«Audrey, Murray, che sorpresa la vostra visita!», li saluta Ashford in tono cordiale.

«Parli di sorprese, ragazzo? Noi torniamo dall'India e scopriamo che il figlio del mio più caro amico ha preso moglie!».

«Lasciate che ve la presenti, allora. È lei, la mia Jemma», e con un cenno del capo m'invita a fare un passo in avanti.

«Salve!», ma subito dopo averli salutati, mi accorgo dagli occhi strabuzzati di Ashford e Delphina che qualcosa non va.

Ashford sibila tra i denti. «Si dice "Onorata"».

«Onorata», ripeto profondendomi in una riverenza come ho visto fare un sacco di volte dagli attori a teatro.

Ashford mi afferra per un gomito risollevandomi in posizione eretta. «Non essere ridicola», continua a sibilare.

La signora Davenport si aggiusta gli occhiali sul naso. «Che ragazza singolare».

«Altro che sì, non se ne vedono molte in giro di... esemplari del genere. Certo si vede che sei un'artista», continua Murray. «Credi che ti mancherà il teatro?».

Cerco di trattenere una risata fragorosa e assecondare la versione di Delphina. «È stato parte della mia vita ogni giorno e non sono ancora sicura di aver fatto bene a rinunciare. Sta a Ashford dimostrarmi di aver fatto la scelta giusta!», mi volto guardare mio marito facendogli l'occhiolino.

Il suo volto invece rimane impassibile. «Credo di avertelo già dimostrato, tesoro».

«Puoi fare di meglio», sibilo.

Murray ci guarda stranito e riporta il discorso sul teatro. «Lavoravi a qualche spettacolo che potremmo aver visto?».

Dipende. Avete tendenze maniaco-depressive? No. Non posso dirlo. «Cose piuttosto di nicchia, lavori molto impegnati, contenuti forti…».

Alla mia risposta vaga c'è un breve silenzio, poi Audrey mi pone un'altra domanda. «Partirete a breve per la luna di miele?»

«Sì», è la risposta di Ashford.

«No», la mia.

Murray si schiarisce la voce come a coprire la nostra ambigua risposta. «E avete già deciso dove andare?»

«Cuba», ribatto.

«Atene», proclama Ashford allo stesso momento.

Delphina interviene per nascondere un po' di polvere sotto il tappeto. «Stanno ancora decidendo, ne parlavano anche prima a colazione! La verità è che vorrebbero vedere tutto il mondo, ma non sanno da che parte cominciare», segue un'altra risata falsa.

«Fanno bene. Anch'io e la mia Audrey adoriamo viaggiare. Siamo sposati da più di trent'anni e non ci siamo ancora stancati di prendere aerei, treni e cambiare fuso orario».

«Come vi siete conosciuti?», chiede Audrey per cambiare discorso.

«A teatro», è la risposta di Ashford.

«A ballare», dico io.

Sia Murray che Audrey che Delphina si guardano interdetti.

Ashford corre ai ripari. «Io ero andato a teatro poi sono andato nei camerini per salutare un amico e lei era lì».

Poi continuo io, per sostenere la storia. «Sì, ma non puoi dire che ci siamo conosciuti. Ci siamo visti, ci siamo presentati, ma è stato solo quando qualcuno ha proposto di andare al locale argentino a bere qualcosa tutti assieme, che ci siamo conosciuti. Abbiamo parlato, riso e ballato il tango».

I tre sembrano riprendersi dall'attimo di stordimento, più rincuorati dalla nostra spiegazione.

Murray in particolar modo. «Ashford! Balli il tango?»

«Insospettabile, vero Murray?»

«Vorrei che anche mio marito sapesse ballare il tango!», sospira Audrey.

«Tesoro, ho provato per farti contenta, ma sono negato!», poi Murray si rivolge di nuovo a me. «Da dove vieni, Jemma?»

«Da Londra. Mia madre è di Londra, il mio papà invece è sco...». Ma prima che possa finire la frase, Ashford mi afferra di nuovo per il gomito e mi trascina verso l'uscita.

«Noi ora andiamo. Dobbiamo parlare dei dettagli del viaggio di nozze».

Riesco a malapena a captare le ultime parole della conversazione.

«Suo padre è sco...?», chiede Audrey.

«Scomparso», comunica Delphina. «Una brutta storia, una perdita terribile. Ma non rattristiamoci in un giorno così felice. Qualcuno desidera altro tè?».

16
La versione di Ashford

Vorrei entrare in coma e risvegliarmi domattina. Oppure cadere in una specie di trance. O qualcosa che mi renda incosciente per le prossime quattro ore.

No, non sta arrivando l'Armageddon. Peggio. Sta per avere luogo la cena di presentazione ufficiale di me e Jemma, i duchi di Burlingham, in società.

Mentre osservo la rampa delle scale, sono tentato di buttarmi di testa con un triplo carpiato, ma arriverei dritto nel salottino in mezzo agli ospiti, che mia madre sta intrattenendo nella nostra attesa. E Jemma non si vede. Rompo gli indugi e busso alla sua stanza. Niente, nessuna risposta.

È casa mia, no? È la stanza di mia moglie, no? E quindi avrò diritto di entrare se voglio (lo so, dovrei dire *quando* voglio, non *se*, ma non voglio mai)!

Apro la porta e dentro non c'è anima viva, a parte la TV sintonizzata su MTV, con Nicki Minaj che dimena il suo portabagagli in tutta la sua eleganza.

«Jemma?», la chiamo.

«Qui dentro!».

Accidenti! L'armadio mi risponde.

Per un microsecondo ho sperato fosse stata inghiottita dal pavimento.

«Vuoi uscire da lì? Siamo così in ritardo che di questo passo arriveremo puntuali direttamente al ricevimento dell'anno prossimo!», busso con insistenza.

«Non sono ancora pronta. Dammi dieci minuti!», mi prega Jemma, con la voce petulante come al solito.

«Puoi uscire anche senza quei dieci strati di stucco in faccia. Non ti ho sposato per la tua bellezza».

«Lo so. Mi hai sposato per i soldi».
«Sì, Jemma. Anche tu».
"Mi hai sposato per i soldi anche tu" è il nostro mantra quotidiano, ormai. Lo lasciamo cadere con nonchalance nelle conversazioni al posto della punteggiatura. Non so come abbiamo cominciato, ma è una cosa regolare. Forse per farci un bagno di realtà e prendere le distanze dopo tutti gli stucchevoli *amore* e *tesoro* che siamo costretti a scambiarci per dovere di scena.
Io ne farei anche a meno, ma lei è tanto irritante che riesce a tirare fuori il peggio di me. Giorno dopo giorno mi sento sempre di più un distillato di bile.
Appoggiato allo stipite della porta, osservo la sua stanza: è tutto sottosopra. L'apoteosi del caos. Non mi stupisce che lei abbia sempre un aspetto così… così… da Picasso! Sì, quando la vedo, mi sembra di guardare un quadro di Picasso: tutto scomposto, spigoloso, distorto. Solo che nel caso di Picasso si tratta di un linguaggio artistico, per Jemma credo sia accidentale: vestiti chiassosi, troppo provocanti o inadatti alle occasioni, i capelli dal colore improbabile e il trucco eccessivo. Davvero non capisco perché passi ore e ore a peggiorare il suo aspetto.
«Jemma, sto invecchiando ad aspettarti!».
«Impossibile», mi risponde la sua voce con tono sarcastico. «Più di così non puoi».
Ashford, sta' calmo. Devo stare calmo. No. «Sai che ti dico? Che vado da solo!», faccio per uscire dalla stanza.
«Dài, sono pronta!», dice lei, uscendo. «Andiamo».
Mi soffermo a guardarla sconcertato. «Vieni così?».
Ha legato i capelli in un'altissima coda di cavallo, e ove ciò fosse possibile, il suo biondo finto a ciocche fucsia sembra ancora più fosforescente del solito. Un maledetto neon. Per il resto, il vestito che le ho fatto portare dall'atelier giace ignorato nella scatola e al suo posto ne indossa uno viola acceso, dalla scollatura profonda e corto da lasciare gran parte delle gambe scoperte. Per non parlare della bigiotteria di pessimo gusto che ha scovato nei peggiori mercatini di Londra.
«Qualcosa in contrario?», mi risponde con aria di sfida agi-

tando la testa per far ciondolare la coda e i grandi orecchini a cerchio. Che cosa irritante.
Il mio sopracciglio si alza in automatico. «Tu che ne dici?»
«Direi proprio che vengo vestita così».
«Ti ho fatto mandare un abito perfetto apposta per stasera!», esclamo io al limite della sopportazione.
«L'ho visto, ma preferisco questo. Non preoccuparti, avrò di certo altre occasioni per indossarlo!».
«Per esempio?»
«A un funerale!», risponde Jemma con naturalezza.
La afferro poco gentilmente per un polso, le arrotolo un foulard un po' alla buona intorno alla scollatura e la trascino in corridoio. «Andiamo. Potremmo stare a discutere tutta la notte. So che ne saresti capace, quindi finiamola!».
Lei non mi risponde, ma sbuffa irritata, fino alla fine dello scalone.
Mentre gli ospiti si raccolgono fuori dal salottino, sentiamo mia madre annunciare: «Ebbene, dopo una così lunga attesa, ecco mio figlio Ashford, il duca di Burlingham».
Lance, alle sue spalle, tossicchia in modo abbastanza plateale.
«E sua moglie, l'adorabile Jemma», aggiunge lei secca, stavolta in tono molto sommesso e irritato.
L'ingresso è immerso nel più completo silenzio e credo non sia tanto ammirazione quanto piuttosto sconcerto.
Lo so cosa pensano tutti: questa serata non avrebbe dovuto avere luogo dopo il matrimonio, bensì prima, per l'annuncio del fidanzamento. La futura duchessa avrebbe dovuto essere presentata con largo anticipo, in un elegante abito di sartoria. Tutti si aspettavano un'altra donna al mio fianco, ma c'è Jemma che gli piaccia o no.
Lei è qui e le devono il massimo rispetto, perché qualsiasi oltraggio nei suoi confronti sarebbe un'offesa nei miei.
La sbircio e noto che il suo atteggiamento è cambiato. Non è più indolente e svogliata come poco fa, nel corridoio. È rigida, ha gli occhi sbarrati e stringe il mio braccio con tutta la sua forza.
L'ingresso è affollato e gli occhi sono tutti puntati su di lei.
«Mi spezzerai il braccio», sibilo.

«Chi diavolo è tutta questa gente? È una parata?», mormora Jemma.

«Non esagerare, mia madre ha invitato pochi intimi, una cosetta informale».

Sì, ci saranno una quarantina di persone, ma i ricevimenti formali arrivano senza problemi a cento, anche centocinquanta invitati. Ma non è che la cosa mi faccia piacere. Mia madre ha chiamato a raccolta tutti i suoi pezzi da museo. La più giovane è Celia Fansworth, la moglie di lord Fansworth, e a giudicare dalla foga con cui sventola l'invito e dalle sue guance paonazze, direi che sia entrata con tutti e due i piedi nella menopausa.

Poi ci sono i Davenport, i Porter (anche se Antonia è la regina del pettegolezzo e non capisco perché mia madre l'abbia invitata... Per farsi del male, forse, masochismo puro), i Norfolk, lord Balfourt con la sua terza moglie e, squillo di trombe, il duca di Mouthmour e Whilmshire, Sua altezza reale lord Cedric Neville.

È una vita che mia madre cerca di fare impressione su lord Neville. È lontanamente imparentato con la famiglia regnante e, nella testa di mia madre, questo è un collegamento sufficiente per arrivare alla regina. Ergo, invita il povero Neville a qualsiasi evento, che lui declina con quasi immancabile regolarità. Mi sconvolge vederlo presente stasera, ma al suo fianco scalpita la moglie, lady Laetitia che, se possibile, è anche più pettegola di lady Antonia. Ora mi è piuttosto chiaro perché lui si trovi qui, e nemmeno troppo contento a giudicare dalla sua espressione: il mio matrimonio è lo scandalo del momento e chiunque vuole venire a prendersi un pezzo della storia per portarselo a casa come souvenir, un po' come i turisti con i frammenti del muro di Berlino. So che questi nomi non vi dicono niente, ma dal giorno in cui ho aperto gli occhi, sono figure che, volente o nolente, hanno sempre fatto parte della mia vita, e questa costante non fa che ricordarmi di essere imprigionato in un circolo vizioso senza speranza di uscita.

Sarebbe tutto più sopportabile se ci fosse anche Harring, ma è già in volo con il team per la prossima tappa di Formula Uno.

Arrivati in fondo alle scale, mia madre agguanta Jemma come un avvoltoio per tenerla sotto controllo, mentre lady Antonia si aggrappa al mio braccio destro con la scusa di farsi scortare in sala. «E così, lo scapolo più appetibile del regno ci sorprende? Sai, c'erano molte scommesse su quando ti saresti deciso a prendere moglie».

«Non mi stupisce, lady Antonia. Da che ho memoria lei è un'accanita allibratrice, ogni qual volta si manifesti un evento degno di scommessa».

«Nessuno ha vinto». Nella sua voce colgo un celato disappunto.

«Il banco vince sempre», divago.

«E non sei curioso di sapere chi era la favorita?». Il tono di lady Antonia è sempre più stridulo.

«Mi stupisca», mi gioco un rene che il nome inizia con la P.

«Portia».

«Ma davvero?». Capirà il mio tono sarcastico o no?

«Hanno tutti puntato su di lei».

«Nessuno ha fatto saltare il banco, allora».

«Eppure erano tutti convinti che l'avresti portata all'altare alla fine di questa stagione. Io stessa…».

La faccio accomodare al tavolo. «Lady Antonia, è stato un piacere ma, se me lo permette, raggiungo mia moglie, temo che mia madre la stia monopolizzando un po' troppo», taglio corto allontanandomi. «Sa, lei la adora», non riesco a trattenermi dall'aggiungere.

17
La versione di Jemma

È un circo. Un maledetto, fottuto, circo!

E io sono l'orso che balla. O la foca con la palla, come vi pare.

Ovunque guardi ho degli occhi puntati addosso e Delphina mi strattona a destra e a sinistra per presentarmi a tutte le salme che ha invitato. E stasera c'è l'anticipo di campionato! È una partita importante e se portiamo a casa i tre punti, arriviamo a meno uno dalla capolista, ci giochiamo la stagione, e io... io devo starmene qui a stringere mani rugose di manichini titolati, mentre l'Arsenal scende in campo per una partita cruciale! Dio non esiste, o se esiste, mi odia!

Delphina sfoggia un inquietante sorriso che somiglia a un ghigno, o a una paresi, se volete, e quando nessuno ci vede, mi tira giù l'orlo della gonna e su il bordo della scollatura.

Non mi fa parlare, appena provo a dire qualcosa, lei risponde al posto mio.

Ma non invidio Ashford. Un mucchio di signore se lo stanno contendendo, strapazzandolo da una parte all'altra ed emettendo gridolini isterici ogni volta che apre bocca. La sua faccia sembra esasperata. Be', non può essere una serata di merda solo per me; è il karma, tesoro.

C'è un signore tutto cupo e imbronciato che Delphina mi ha presentato in modo più pomposo del solito. Un nome lunghissimo, Neville qualcosa, che ha risposto con un grugnito e nient'altro.

Dopo aver scambiato poche parole sul tempo, Neville se ne va a prendere il suo posto a tavola e Delphina emette un mugolio di delusione.

«Che c'è, Delphina? È innamorata di quel tipo ed è delusa che lui non l'abbia degnata di uno sguardo?».

Delphina strabuzza gli occhi sconvolta. «Ti ha dato di volta il cervello? Quello è il duca di Mouthmour e Whilmshire! È sposato!».

«Scusa patetica. Non sarebbe il primo!», mi torna in mente Alejandro.

«Oh, taci. Meno apri bocca, meglio è», ringhia Delphina.

«Quante storie per una battuta. Sembrate tutti così incazzati! Ma siete sempre così?».

Lei non mi risponde e taglia corto. «È ora di andare a tavola».

Siedo di fronte a Ashford, tra lord Murray e tale lady Valéry Fraser. Anche lei deve aver visto le due guerre mondiali, a giudicare da come stringe le labbra per trattenere la dentiera.

Grazie a Dio Delphina è a distanza di sicurezza, a recitare il ruolo della padrona di casa, tutta giuliva, seduta tra i suoi preziosi duchi di Mouthmour.

Noto che la mia amata suocera mette su un broncio da bimba capricciosa ogni volta che il duca si alza da tavola; cosa che, in effetti, accade spesso. Mah, sarà la prostata! Ce l'hanno anche i duchi!

Questo mi ricorda che è ora che io vada a controllare il risultato della partita!

È appena stato portato via il piatto dell'antipasto (viste le dimensioni della portata, non capisco perché fosse necessario un piatto) quindi ho almeno cinque minuti di bonus per arrivare fino alle cucine. Lì sono sicura che Lance ha già sintonizzato la TV sul canale sportivo.

«Chiedo scusa», allontano la sedia e scivolo verso l'uscita prima che Ashford possa fare domande.

A parte la sala da pranzo, il palazzo è deserto, quindi mi sfilo i tacchi e corro per il corridoio fino alle cucine. Dentro, tutti sono indaffarati a spignattare e Lance, previdente come sempre, è appena dietro i battenti, pronto a porgermi un cartoccio di patatine fritte. «Uno a zero per l'Arsenal. Se fosse arrivata dieci minuti fa, lo avrebbe potuto vedere, sono spiacente».

«Non importa. È il risultato che conta!».

Mi siedo sul bancone di acciaio tra le pile di piatti per godermi un po' della partita finché Lance mi si para davanti, con espressione mesta. «Mi duole interromperla ma stiamo per servire la zuppa».

Seguo la schiera di camerieri fino alla sala e incrocio, diretto dalla parte opposta, il duca musone. Di colpo mi rendo conto di essere scalza, così le mie mani meccanicamente mollano le scarpe per terra per calzarle alla velocità della luce ma inciampo goffa, urtando una delle armature schierate lungo il corridoio.

Il duca prosegue lanciandomi un'occhiata di disapprovazione. *Pff*, palloso come tutti gli altri.

«*Tesoro*, ti sei persa di nuovo?», mi chiede Ashford non appena mi risiedo. Il suo tono è senza dubbio irritato.

«Hai sentito la mia mancanza, *amore*?», l'accento sulle parole *amore* e *tesoro* è sempre molto marcato.

Ashford si stampa un sorriso in faccia. «Ho contato i secondi».

Lady Valéry s'intromette nel nostro copione. «Che belle le coppie di sposini novelli. Mi ricordate tanto me e Harold, sempre a cercarci! Ti ricordi, Harold?», chiede con un colpo di gomito al gufo impagliato alla sua sinistra.

La conversazione procede con commenti sugli eventi della futura stagione mondana, cavalli, regate, sull'uso di un pitch o un lob in un diciotto buche, tutti argomenti che non mi coinvolgono.

Appena tolgono i piatti della zuppa, scatto per tornare alle cucine, con Ashford che mi guarda truce.

Lance mi aspetta di nuovo con alette di pollo fumanti mentre mi risistemo sulla mia postazione. Grugnisco arrabbiata, notando che la partita è bloccata sul pareggio.

Lance prepara un hot dog su cui versa senape con generosità, così gli faccio posto sul bancone. «Dai, fammi compagnia!».

Lui scuote la testa e si sistema accanto alle porte.

Proprio un secondo dopo, queste si aprono ed entra il duca. Io resto pietrificata con un'aletta di pollo che mi spunta tra le labbra.

«Sua Altezza», dice Lance porgendogli l'hot dog.

«Grazie Lance».

«Se vuole accomodarsi sul bancone, Sua Grazia la duchessa stava già seguendo la partita».

Stavolta sulla faccia del duca non c'è più la solita espressione di disapprovazione, piuttosto una di curiosità.

«Manchester United?», mi chiede cauto.

«Vorrà scherzare! Arsenal tutta la vita!», esclamo appallottolando la carta unta del pollo.

Il duca sorride disteso. «Molto bene, in questo caso siederei molto volentieri accanto a lei, ma temo che la mia anca avrebbe da ridire», e si accomoda sulla sedia accanto alla porta. «Che piacevole sorpresa scoprire che la nuova padrona di Denby Hall è una tifosa dei Gunners».

«Fino al midollo signor duca».

«Mi chiami pure Cedric», dice strizzandomi l'occhio.

«A Delphina non piacerà per niente», commento.

Cedric sorride con lo sguardo fisso sulla TV. «Ci puoi scommettere».

Lance si schiarisce la voce e mi indica la porta. «Sono passati più di dieci minuti».

Cedric mi fa cenno di andare. «Rimango io a guardia del forte».

Quando mi risiedo al mio posto, Ashford mi assesta un calcio sullo stinco che io accolgo sfoggiando un sorriso tirato fino alle orecchie.

Lui sorride a sua volta e mi sussurra a denti stretti. «Devo proprio incollarti a quella sedia, eh, *tesoro*?»

«Se vuoi essere sicuro che non me ne vada, dovrai tenermi seduta sulle tue ginocchia».

«Se sparisci di nuovo, puoi stare certa che lo farò. Ora mangia il tuo filetto alla Voronoff».

«E se non lo faccio? M'imbocchi tu?», devo aver pronunciato la fine della frase con troppa enfasi perché Ashford per tutta risposta inforca un taglio di filetto e me lo infila in bocca. «Ogni tuo desiderio è un ordine, *amore*».

Per essere certo che io non lasci il mio posto, Ashford mi tiene la mano inchiodata al tavolo per tutta la cena. La stringe in una morsa d'acciaio tutt'altro che affettuosa.

I nostri vicini si sciolgono in carinerie e commenti sdolcinati sul romanticismo di mio marito. *Tzè*.

Non potrei mai adorare tanto Delphina quanto nell'esatto

momento in cui annuncia che i dolci e il caffè saranno serviti nel giardino d'inverno.

Non appena gli ospiti sciamano nel corridoio, io mi defilo nella direzione opposta, rassicurando Cedric che tornerò con il risultato finale della partita.

Stavolta sarà una cosa veloce, giusto il tempo di entrare, chiedere a Lance il punteggio e uscire, tanto il novantesimo minuto è scoccato da un pezzo. Se solo questo vestito avesse una tasca, avrei preso con me il telefono!

«Allora? Quanto? Quanto?», strillo in preda all'isteria irrompendo in cucina.

«Due a uno per l'Arsenal. Gol all'ottantaseiesimo minuto. Una partita al cardiopalmo», mi comunicano.

«Grazie!», urlo e mi rituffo nel corridoio verso il giardino d'inverno.

Entro con cautela strisciando contro le pareti e tra le fronde delle piante, ma mi sento agguantare per un braccio. «Jemma, la mia pazienza ha un limite».

«E lasciami, non vado più da nessuna parte! La partita è finita!».

Ashford sembra risvegliarsi da una trance. «Andavi a controllare il risultato della partita?»

«I miei complimenti, Einstein», lo sfotto.

«Ora stai qui e fai la moglie».

«Sì, padrone».

Cerco Cedric tra le teste cotonate delle signore e appena lo trovo gli faccio cenno del punteggio con le dita e i pollici in alto.

Quasi lascia cadere la tazzina del caffè per la sorpresa, strabuzza gli occhi e alza in modo impossibile le sopracciglia. È persino diventato paonazzo dalla gioia.

Ora però ha iniziato a emettere versi strozzati e gesticola con le mani battendosi il petto.

Nella stanza cala il silenzio, tutti si raccolgono in cerchio intorno a lui e io riesco a captare solo i mugolii.

«Il duca si sente male».

«Gli è andata di traverso una pralina».

«Per l'amor del cielo! Chiamate un dottore!».

Mi alzo in piedi sulla sedia per vedere meglio e, in effetti, Cedric ha tutta l'aria di star soffocando.

«Levatevi di mezzo», dico buttandomi tra gli ospiti, con Ashford ancora dietro di me, attaccato al mio braccio.

«Chiamate un'ambulanza!», grida una delle signore.

«Non c'è tempo per le ambulanze. Faccio io».

Mi piazzo dietro di Cedric cingendolo per la vita. Gli assesto ritmicamente e con forza un paio di colpi sull'addome con i pugni, finché la pralina incriminata non atterra davanti ai piedi di lord Murray e Cedric tira un grosso sospiro di sollievo. Almeno il duca non è tanto alto e abbastanza mingherlino da permettermi di mettere in atto la procedura. Se fosse successo a quel mastodonte di lord Murray, avrei rinunciato in partenza.

Delphina ha lo sguardo allucinato e corre a gettarsi in ginocchio ai piedi di Cedric. «Altezza, vi chiedo scusa per l'irruenza di mia nuora, non so proprio cosa dire!».

Cedric prende un sorso di caffè come se non avesse appena sputato l'Apollo 13 in pubblico. «Dovrei essere io a dire qualcosa. La sua prontezza di spirito mi ha salvato la vita. Ben venga l'irruenza se i risultati sono questi».

Delphina lo guarda disorientata. «Ehm… Certo… Lei…».

Intervengo in mia difesa prima che possa dire qualcosa di orribile. «Da quando Doug, il capo tifoseria, si è quasi strozzato con delle noccioline nella partita in trasferta contro l'Everton, il club ha reso obbligatorio per tutti i tifosi in curva frequentare un corso di primo soccorso. Avete idea di quanto ci voglia prima che un medico riesca a raggiungere un paziente sugli spalti?».

Gli ospiti guardano stupiti prima me, poi Ashford, me e di nuovo Ashford, finché un battito di mani, non tanto energico ma distinto attira l'attenzione. Lord Murray applaude nella mia direzione e poco dopo si unisce a lui lady Laetitia, la moglie di Cedric e poi tutti gli altri. Ashford sorride, sollevato, mentre tutti hanno gli occhi puntati su di lui. «Be', l'ho sposata perché è una donna piena di risorse».

Terminata la serata e salutato tutti, me ne vado in camera mia e mi abbandono sul letto.

A un tratto sento bussare alla porta comunicante.

È Ashford, nel disimpegno tra le nostre stanze.

«Devo ringraziarti. Hai salvato lord Cedric dal soffocamento. Brava».

«Non ho messo in imbarazzo il nome dei Burlingham?», chiedo sarcastica.

«Sì, certo, lo hai fatto. Hai una quantità di difetti impossibile da contare, sei inadeguata in quasi ogni situazione e sembra che ciò che dici non sia filtrato dal cervello, ma sei sveglia e sembra che una buona azione abbia cancellato una serata di per sé disastrosa».

«So quanto ti è difficile fare un complimento, quindi grazie! Per favore, fermati, prima di insultarmi più di quanto tu abbia già fatto».

«Allora, buonanotte».

«Già, buonanotte», e richiudiamo le porte tra di noi con sollievo.

18
La versione di Ashford

È passata una settimana da quella cena surreale.

Il giorno dopo mia madre si è ritirata torva nel suo studiolo a meditare su come sbarazzarsi del cadavere di Jemma.

Poi è arrivato il postino.

A parte la solita pubblicità e corrispondenza per me, c'era anche un biglietto scritto da lord Cedric di suo pugno, con il quale ringraziava mia madre per la piacevole serata, tessendo le lodi di Jemma. Mia madre vuole ancora ucciderla, ma stavolta senza farle provare dolore.

Ora che Jemma è stata accolta sotto l'impenetrabile ala protettiva di Neville, sembra che in società tutti abbiano accettato la sua anomala presenza, non senza inghiottire un boccone amaro. Ma chi siede sul podio più alto della scala sociale detta le regole, e lord Cedric ha dato la sua approvazione.

Devo dire la verità? Pensavo che la serata fosse stata un disastro totale, e l'ho pensato fino all'ultimo quarto d'ora, quando già mi prefiguravo un pubblico esilio senza appello. Non che la cosa mi sarebbe dispiaciuta.

Sono sempre stato convinto che, di tutti i difetti di Jemma, quello del tifo sfegatato per l'Arsenal fosse uno dei più irritanti: non si può dire che sia una testa di serie in fatto di femminilità, immaginatela a urlare volgarità in mezzo a un branco di ciccioni sudati. Capite cosa intendo?

Invece, pare sia stata proprio la sua passione per l'Arsenal a far breccia nel cuore di lord Cedric.

Dopo il suo biglietto di ringraziamento, il campanello ha iniziato a suonare in modo incessante, seguito da altri ringraziamenti e inviti a tutti i maggiori eventi della stagione.

Infatti, quando scendo per la colazione, trovo il tavolo apparecchiato, sì, ma di partecipazioni in carta pergamena di ogni foggia, che mia madre e Margaret studiano con la stessa attenzione di due strateghi che pianificano lo sbarco in Normandia.

«Se andiamo al garden party dei Walsingham, non possiamo declinare l'invito al tè dei St Jermyn, hanno pari titolo, ma quello dei St Jermyn è più antico. Lady Paulson ha fissato il concerto da camera la stessa sera in cui i Baxter-Coleridge hanno organizzato i *tableau vivant*, e non mi stupisce, vista la rivalità tra le loro famiglie, quindi accettare di partecipare a uno o all'altro sarebbe una chiara presa di posizione, dobbiamo rifletterci. Segnati tutte le date importanti, perché al prossimo incontro dell'associazione dovremo stabilire il calendario delle iniziative di beneficenza in modo da non sovrapporci ad altri eventi. Per non parlare delle date off limits: la regata di Henley, Ascot, il derby di Epsom, la finale di Wimbledon, l'esposizione floreale di Chelsea, le prime a teatro, il gala annuale della Serpentine…».

«E i miei tornei di polo», m'intrometto. «Avevo intenzione di fare colazione», dico lanciando uno sguardo disinteressato a tutti gli inviti.

«Infatti. Ho disposto che sia servita nel salottino privato. Qui abbiamo da fare, non vedi?», indica la cartellina rilegata in pelle su cui sta prendendo appunti. «Sembra che il mondo non possa fare a meno di noi. Lo sa il cielo cosa dovrò organizzare per contraccambiare a tutti questi inviti!».

Prima che cerchi di coinvolgermi nelle sue trame, mi avvio verso la porta, ma la mia uscita non la ferma.

«Ho un compito anche per te. Quella cosa che hai sposato, Jemma, benché sia del tutto inadeguata, ha riscosso approvazione. Quella di lord Cedric, almeno, ma degli altri non m'importa. Se piace a lui, anche gli altri se la faranno andare bene, ma non possiamo permetterci che ci metta in imbarazzo e che faccia parlare di noi».

«Ho fame, mamma», taglio corto, ma lei non mi sente nemmeno.

«Istruiscila. Devi insegnarle ad andare a cavallo e a danzare come si conviene. Dio non voglia che si metta a salire su un tavolo e ad agitarsi come se fosse in un promiscuo club dell'East End».

«Assumerò un istruttore», la liquido.

«Assolutamente no. Non può venirsi a sapere che tua moglie è un'incapace!».

Devo rimandare il mio diciotto buche con Harring per un tedioso pomeriggio con Jemma.

«Haz! Ciao, sono io. Senti, oggi pomeriggio non ce la faccio. Dovrai trovarti un altro per il golf». Dal telefono sento in sottofondo il rombo di un motore. «Haz? Mi hai sentito?»

«Sì che ti ho sentito, sono in garage. Sto provando degli assetti per l'auto. Vorrà dire che anticiperò l'appuntamento dal mio sarto», momento di pausa. «Ehi, ma perché? Che devi fare oggi?»

«Sono impegnato con Jemma. Le insegno a montare».

«Parker! Ci conosciamo da venticinque anni, puoi anche non usarle con me, queste metafore! Ho capito, vecchio porco, va' pure a farti cavalcare dalla tua mogliettina. Ci sentiamo domani per lo squash?».

Se Harring non fosse il mio migliore amico lo odierei, ma è una delle poche persone che mi rende sopportabile questa routine.

«Domani non posso. Il martedì ho gli allenamenti con la squadra di polo».

«Allora, magari vengo io al club, beviamo qualcosa insieme quando hai finito». Mi saluta e riattacca.

Devo mettere Jemma in sella e lei è a dir poco recalcitrante. L'ho mandata a chiamare tre volte prima che scendesse.

«Ci sono le repliche di *Friends*. Cosa c'è di così vitale che richiede la mia presenza?», ecco il solito piglio strafottente.

«Seguimi». Il suo atteggiamento mi fa passare anche la voglia di risponderle.

«Complimenti Ashford, la comunicazione è il tuo punto forte, te l'hanno mai detto?», ribatte sarcastica alle mie spalle.

Giungiamo alle stalle senza scannarci e la faccio sfilare tra i box mentre emette gridolini di stupore, salutando i cavalli apostrofandoli con "tenere bestiole".

«Questi sono purosangue di razza, tutti figli di campioni. Non *bestiole*, non sono i mini pony della fattoria ai quali fare le treccine».

Jemma non mi considera, è tutta impegnata a rimpinzare di carote Westfalia, la cavalla araba preferita di mia madre.

«La stagione mondana è fitta di eventi che prevedono uso o presenza di cavalli, quindi la materia dovrà diventarti il più familiare possibile. Non pretendo di vederti cavalcare alla testa della caccia alla volpe ma stare in equilibrio in groppa al cordone di partenza sarebbe quantomeno dignitoso».

«Che generoso da parte tua darmi la possibilità di elevarmi rispetto alle mie umili origini».

«Non c'è di che», rispondo.

«Ashford, scherzavo», puntualizza lei.

«Io no», obietto.

«Sì, sì, tu non scherzi mai, me ne sono accorta».

«John ci ha già preparato i cavalli. Tu cavalcherai Poppy e io ti affiancherò su Agincourt».

«A me piace quella!», protesta Jemma indicando Westfalia.

«Westfalia è il cavallo di mia madre. E poi non dire così, Poppy si offende», la rimprovero accarezzando il muso del cavallo, per rassicurarlo.

Jemma mi raggiunge borbottando tra sé e sé: «Che nomi assurdi».

«Hanno tutti un significato. Poppy, come il papavero in tributo ai caduti in guerra, e Agincourt, come la grande battaglia vinta da Enrico V nel 1415».

«E Westfalia?»

«È lì che è stata acquistata».

John la aiuta a montare in sella mentre mi affianco a lei su Agincourt. «Tieni le redini ben salde e le gambe vicine al cavallo. Tira le redini verso di te per fermarti, a destra o sinistra invece per voltare. Non dimenarti in sella, mantieni il baricentro: il cavallo è molto sensibile agli spostamenti di peso, potrebbe andare nella direzione che non vuoi. Non preoccuparti, per ora andremo al passo fino al recinto».

Mentre punto in direzione delle staccionate ed entro nel

campo, sento un crepitare di zoccoli veloci, mi volto e dietro di me non vedo che una nuvola di polvere.

«Jemma!», urlo. Parto al galoppo seguendo la sua scia. Cielo, che diamine ha combinato per far partire Poppy all'impazzata? Cavalco come al derby di Epsom e la agguanto un attimo prima che s'infili nel fitto del bosco della tenuta.

«Jemma, stai bene? Cos'è successo? Hai spaventato Poppy?», chiedo trattenendo le sue redini.

Sulla sua faccia è dipinta un'espressione beffarda, quasi di sfida. E Poppy è quieto e serafico come al solito.

«Ma che…?»

«Caro il mio duca-so-tutto-io, sei partito in quarta e non mi hai neanche lasciato parlare, ma ormai ho capito che anche provarci è inutile. Ho deciso di lasciarti parlare finché ne hai voglia, e poi fare di testa mia. Mentre farneticavi sulla mia inadeguatezza e sulle mie incapacità, avresti potuto chiedermi se ero mai montata a cavallo prima d'ora, ma è evidente che o non t'interessa, o sei tanto arrogante da pensare di sapere tutto tu». Fa una pausa fissandomi negli occhi. «Quando ero bambina, mia madre faceva la psicologa per animali in una fattoria nel Kent. Ho passato ogni momento libero dalla scuola in sella e, credimi, posso cavalcare senza i tuoi preziosi suggerimenti a prova d'imbecille».

Sento di aver perso completamente il controllo della mia mandibola, che ora pende in balia della forza di gravità.

«Vorrei avere uno specchio per farti vedere la faccia da baccalà che hai adesso. Però ti devo ringraziare; in questa noiosa vita, oggi mi hai offerto un passatempo niente male. Ora, vuoi startene lì a mangiare le mosche?», e così dicendo si riprende le redini dirigendosi con Poppy dentro il bosco.

Vorrei fare dietrofront e tornarmene alle scuderie. Sì, sono permaloso e sì, mi brucia aver fatto la figura del fesso. Ma la seguo anche se mi ha staccato di un buon tratto.

Nel fitto del bosco ho perso le sue tracce, così cavalco a intuito immaginando che sentieri possa aver preso. Jemma non sa nemmeno quanto è vasta la tenuta!

Sbuco in prossimità del lago, un grande specchio d'acqua circondato da salici piangenti dove venivo da bambino a giocare con i modellini di barche.

Per un attimo credo di essere solo, ma il riflesso sull'acqua mi dice che Jemma è sull'altra sponda, sotto le cascate di glicini.

Incredibile, a bocca chiusa, vista da lontano, non è neanche niente male.

Un momento... Ma che diavolo sto pensando?

19
La versione di Jemma

Forse non è proprio un mortorio. Tra Lance, lo staff e i cavalli potrei dire che c'è vita intelligente anche a Denby Hall.

Mi annoiavo a morte e passavo la maggior parte del tempo chiusa in camera a guardare programmi di cucina e repliche di serie televisive.

Se non altro, ora, mi sono fatta una bella cavalcata e per lo meno ho trovato qualcosa da fare per il futuro. Quando qualcuno, Delphina o Ashford, mi annoierà a morte, andrò nelle scuderie a prendermi un cavallo e sparirò nel bosco per qualche ora.

Ma non sono felice. I miei genitori sono completamente fuori di testa e vivono in un limbo in bilico tra gli anni Settanta e Ottanta, ma sono le persone più buone e generose al mondo; e mi mancano da morire.

Delphina è materna come una mantide religiosa e Ashford la evita come la peste, se non in quei rari (ma neanche tanto) casi in cui la usa come ariete e la scaglia contro di me giusto per infastidirmi.

La cavalcata mi ha ricordato che quando ero piccola seguivo i miei genitori nelle loro pazze attività. Per me erano degli eroi. Dei terapeuti per animali, avete presente?

Le persone strane come me, cresciute in modo ancora più strano, faticano a trovare amici e tutti quelli che ho avuto sono entrati e usciti dalla mia vita piuttosto in fretta e quasi nessuno ha lasciato un segno. Non ultima Sarah. Per tutto il tempo che abbiamo lavorato insieme al teatro, siamo state inseparabili, ma da quando se n'è andata a New York è come se fosse evaporata. All'inizio le ho fatto qualche telefonata, ma era sempre di corsa, diceva che mi avrebbe richiamato ma poi non chiamava mai. A conti fatti, a Londra ho tanti conoscenti, se vogliamo chiamarli così, ma nessun amico vero. È il prezzo da pagare quando si è strani, lo diceva anche Jim Morrison in *People Are Strange*. I miei genitori svitati, qui, tra gli spessi muri di pietra di Denby, mi mancano moltissimo.

Mi rannicchio sulla panca imbottita del bovindo a guardare fuori dalla finestra, cercando di farmi passare la malinconia.

Quando sento bussare alla porta, lo sconforto aumenta: non voglio né essere bacchettata da Ashford, né essere giudicata da Delphina. A malincuore do il permesso di entrare.

Grazie al cielo, è Lance.

«Sono venuto per chiedere se Sua Grazia la duchessa ha delle disposizioni da darci per la cena».

«Non è qui. Sarà nella serra a torturare le sue begonie», rispondo evasiva.

Lance si schiarisce la voce e si avvicina a me. «Permette una parola?»

«Certo».

«Quando io e il resto dei domestici parliamo di Sua Grazia, o la duchessa, è chiaro che ci riferiamo a lei», dice indicandomi.

Alzo un sopracciglio, scettica.

«A maggior chiarimento, la duchessa di Burlingham è colei che è sposata al duca di Burlingham. Lady Delphina è stata sposata al vecchio lord Henry Parker e, quando lui è morto, il titolo di duca è passato al loro unico figlio, Ashford Parker, che è l'attuale duca di Burlingham. Lei, lady Jemma, in quanto sua moglie, è quindi Sua Grazia la duchessa. Sola e unica oserei aggiungere».

«Sola e unica? E Delphina?», chiedo incredula.

«Dal momento del decesso di lord Henry è solo lady Delphina Parker o, più formalmente, duchessa vedova».

«Quindi», chiedo per ulteriore sicurezza, «la duchessa di Burlingham sono io e solo io?»

«Esattamente».

«E a tutti gli effetti sono la padrona di casa?»

«È ciò che ne consegue».

Prima che Lance possa uscire dalla stanza, lo fermo. «Lance, è ovvio che non volessi istruzioni per la cena da me. Perché sei venuto qui?»

«Sua Grazia, quest'ambiguità che aleggia nella casa deve finire. I domestici sono sottoposti a una notevole dose di stress non sapendo se dare retta a lady Delphina o alla nuova duchessa, la quale, è più che evidente, non è mai stata informata del valore della sua posizione. È una questione di ordine e io, come maggiordomo, ho il compito di ripristinarlo quando viene a mancare».

Così dicendo fa un breve inchino ed esce.

La duchessa sono io. Unica e sola. Delphina è solo la duchessa vedova. Molto bene, inizio ad avere qualche idea.

20
La versione di Ashford

I conti cominciano a tornare. Osservo gli estratti conto delle banche allineati sul piano di pelle della scrivania e finalmente nessuna cifra negativa minaccia la mia serenità. Certo, era molto più comodo lasciare che fossero Smith e Derek a occuparsi del mio patrimonio, ma visto il disastro che è accaduto, non intendo mai più perdere di vista le cose.

Mio padre si è fidato e, pur essendo un uomo accorto, non avendo il controllo della situazione ha permesso che il suo patrimonio venisse investito in modo incauto.

Un bussare leggero mi distoglie dalle mie riflessioni.

«Avanti».

«Ashford». È Jemma. Sono davvero stupito di vederla. Non è una persona molto delicata quando bussa.

«In cosa posso esserti utile?».

Jemma non risponde subito, si aggira con passo lento per lo studio, scorrendo le dita sulle coste rilegate dei libri contabili e sui faldoni dell'archivio, per poi sedersi nella poltroncina di fronte a me.

«Allora è qui che ti rintani, per tenerti alla larga da me».

«Ci sono un mucchio di posti a Denby per tenermi alla larga da te, non pensare di aver fatto chissà quale scoperta».

«Non che mi dispiaccia. Non ho motivi per volerti intorno».

«Posso sapere perché sei venuta qui?».

Jemma giocherella con una biro trovata sul ripiano. «Devo essere ufficialmente presentata alla tua alta società, partecipare alle feste e ai balli...».

«Naturale, sei mia moglie».

«Ma è anche arrivato il momento per te di conoscere la mia famiglia».

«Come scusa?», chiedo interdetto.

«Non ti chiedo di partecipare a serate pompose stringendo la mano a dei pezzi da museo, ma solo di venire a cena a conoscere i miei genitori».

Vorrei risponderle ma riesco solo a emettere un rantolo muto.

«Mi sembra il minimo. Qualsiasi marito normale conosce i genitori della moglie. Io ho conosciuto Delphina a sufficienza, ora devi fare la tua parte».

«Noi non siamo una coppia normale».

«Fa' uno sforzo, Ashford», il tono di Jemma inizia ad alzarsi di qualche ottava.

«E va bene! Quando?»

«Stasera», spara lei sicura.

«Stasera?», protesto.

«Proporti la cena con un ragionevole preavviso ti avrebbe dato la possibilità di inventarti qualsiasi balla per darmi buca. Stasera so che non hai impegni di alcun genere».

«Giochi sporco».

Jemma si alza appoggiandosi alla scrivania, osservando il piano. «Sono i conti della banca questi?», e mi scocca un sorriso a trentadue zanne.

Li raccolgo e li chiudo nel cassetto.

«Questo, Ashford, è giocare sporco. Come vedi, posso farlo, se mi metti in difficoltà».

«Jemma...».

«È una questione di rispetto, Ashford. Pensa ai miei genitori: la loro unica figlia si sposa in ventiquattro ore e il marito la porta a vivere a miglia da casa senza nemmeno volerli conoscere».

«Hai ragione. Lo faremo. Digli pure che stasera siamo a cena da loro», mi arrendo.

«Verrà anche tua madre».

Non riesco a trattenere una risata.

«E adesso che hai?»

«Jemma, sei proprio un'ingenua. Io posso anche essere il tipo da riuscire per una sera a trattarti come l'unica donna al mondo, ma invitare mia madre equivale a scavarti la fossa da sola».

«Ci deve essere. È la loro consuocera».

«Come vuoi», lascio la scrivania facendo spallucce e mi volto per uscire.

«E adesso dove vai?»

«Alle scuderie. Tra venti minuti mia madre prende il tè; chiedo a John un sedativo per cavalli».

«Mamma, stasera non ceneremo a casa», annuncio.

«Ah, davvero? Uscite?», chiede più per terrore che per interesse. Teme che porti Jemma in un posto in vista, frequentato da nostre conoscenze e che faccia sfigurare la famiglia Parker.

«Non "uscite". Usciamo», faccio una pausa per prepararmi al dramma che sta per compiersi. «Tutti e tre».

«Non mi pare che stasera fossero fissati eventi da calendario. Ho dimenticato qualcosa?»

«Affatto, mamma. Si tratta di una serata del tutto inedita. Siamo a cena dai genitori di Jemma, a Londra».

Mia madre fa tanto d'occhi, al punto da sembrare Chucky, la bambola assassina. «Non è possibile».

«È possibile, invece», taglio corto.

«Noi a conoscere i genitori di Jemma? È ridicolo. Il vostro sarà stato anche un matrimonio lampo, e se ci tieni tanto a conoscere i tuoi suoceri, fa' pure, ma *io*?», e ricomincia a girare il tè facendo tintinnare la tazza di porcellana.

Jemma sbotta: «E invece le cose stanno proprio così. Mi sono sposata e vivo in un castello a casa del diavolo, i miei genitori non mi vedono da un pezzo e non sanno nemmeno che faccia abbia mio marito, per cui mi sembra il minimo andare un paio di ore a cena da loro per presentarvi».

«Conoscerli non mi interessa. Non mi addentrerò in un tugurio con dei bifolchi. Faccio già un sacco di beneficenza».

Il viso di Jemma è una maschera di stupore e rabbia, e anch'io riconosco che la risposta di mia madre è andata ben oltre la villania.

«Nemmeno i miei genitori sarebbero interessati a conoscerla se sapessero che mia suocera ha la faccia come il culo, ma non mi piace inculcare pregiudizi nelle persone, per cui lascerò che siano loro a farsi un'idea su quale parte anatomica assomigli la sua faccia. Magari saranno più generosi di me».

Jemma ha tanti difetti, ma non si può negare che abbia una certa fantasia. In effetti, dopo tanti lifting, la faccia di mia madre potrebbe essere equivocata.

«Ashford, tua moglie mi ha offeso, l'hai sentita».

Jemma ha fatto quello che io non ho avuto il coraggio di fare in trent'anni, non sarò certo io a dirle di rimangiarsi le parole. «Be', mamma, se ho sentito bene, tu l'hai offesa per prima, sia lei che la sua famiglia, quindi per quanto mi riguarda siete pari».

«Tutto questo è assurdo». Mia madre fa per lasciare la sala.

«Ashford», sibila Jemma. «Ti ricordi quella questione del rispetto? Bene, se non convinci tua madre a venire a cena dai miei genitori, le spiattello tutta la verità sul fatto che stavate per finire sotto a un ponte prima che ti sposassi, e se tutto questo baraccone è ancora in piedi è solo grazie ai miei soldi, dopodiché dovrà baciare la terra su cui cammino, sono stata chiara?»

«Mamma», mi alzo in piedi di scatto. «Stasera andremo a cena dai Pears, tutti e tre, che ti piaccia o no. Conoscerai i tuoi consuoceri, che t'interessino o meno. Sarai cortese e gentile con loro, che siano nobili o meno. E chiederai scusa a Jemma, perché non hai nessun diritto di insultare lei e la sua famiglia».

«Non farò niente di tutto questo».

«Stupendo. Allora io venderò la tua tenuta a Bath su due piedi, oggi stesso. Non me ne faccio niente di quel maniero mastodontico che tu usi solo per farti bella davanti ai tuoi amici. E non ricambieremo nessuno degli inviti ricevuti, così che la tua reputazione sarà irrimediabilmente compromessa».

«Non oseresti», minaccia lei a denti stretti.

«Oserò. E alla fine di tutto questo, respingerò anche la visita reale qui a Denby. Sua maestà la regina troverà le porte sbarrate, quant'è vero Iddio».

A sentirmi nominare la visita reale, mia madre vacilla. Questa storia inventata di sana pianta ha messo radici profonde nella sua mente, tanto che ormai si aspetta di vedere la famiglia reale al nostro cancello da un momento all'altro. Questo suo desiderio è diventata la mia carta vincente.

«E sia», sibila in resa. «Andremo dai Pears».
«E sarà gentile», sottolinea Jemma.
«Bene», commenta mia madre.
«Bene», ribatte Jemma per avere l'ultima parola.
E proprio mentre le due furie escono in direzione opposta dal salone con il tavolo ancora imbandito, Lance richiama l'attenzione. «Sua Grazia, la duchessa».
Jemma e Delphina si voltano, rispondendo all'unisono. «Sì, Lance?».
E il gelo scende nella stanza.
Lance e io non osiamo guardarci. Le due si scrutano, cariche di astio, in quell'unico, perfetto istante in cui prendono coscienza l'una della posizione dell'altra.
Mia madre ha sempre saputo che il titolo di duchessa di Burlingham sarebbe passato a mia moglie, esattamente come l'ha ottenuto lei sposando mio padre ma, complice il suo attaccamento al titolo e l'avversione per la nuora, ha approfittato dell'ignoranza di Jemma, continuando a esercitare i suoi diritti di duchessa.
Jemma ci ha messo po', ma sembra che abbia avuto un'improvvisa epifania e mi sconvolge con un'affermazione che mai prima avrei pensato di poter udire.
«Sono sicura che Lance, con *Sua Grazia*, si stesse rivolgendo a me. E credo che sarà lo stesso per duchessa *di Burlingham* e tutti gli altri miei titoli».
«I *miei* titoli...», ribatte piccata mia madre.
«Che sono lady Delphina, o duchessa vedova, a seconda di quello che preferisce». Con la sua stoccata finale, Jemma lancia un'occhiata furtiva a Lance, che se ne sta tutto composto sulla soglia.
Mia madre soffia come un drago dal naso, stizzita, filando su per lo scalone, rigida come un pezzo di marmo.

La sera, mentre raggiungiamo Londra in auto, mia madre non proferisce parola. Arriviamo davanti alla palazzina dove abitano i Pears, in un quartiere periferico dai dintorni trasandati e con gente di dubbio gusto per la strada.

Jemma salta giù dall'auto nel pieno delle sue energie.
«Casa dolce casa».
«Non vedo niente che si possa chiamare casa da queste parti», borbotta mia madre sbirciando il quartiere dal sedile.
«Mamma», ringhio.
«Un posticino delizioso. Una bomboniera», commenta falsa.
Jemma infila la chiave nella toppa, ma senza successo.
«Devono aver cambiato di nuovo la serratura. Dannati scassinatori», poi lancia un fischio poderoso e dall'ultimo piano, come se fosse comparsa la mano di Dio, piove una nuova chiave.
Stavolta la serratura scatta e la porta si apre con un cigolio e grattando il pavimento. «Questa porta è sempre più imbarcata. Tenetela stretta altrimenti vi si chiude in faccia».
L'atrio è piuttosto nudo a parte un portaombrelli e una lampadina penzolante dal soffitto.
«Ultimo piano. Prendete fiato perché non c'è l'ascensore, ma vedrete che vista!».
Mia madre si guarda intorno spaesata come una bambina che si è persa alla stazione. «Ma è sicuro?».
Jemma è già a metà della rampa. «A parte una sparatoria nel '97, qui è tutto tranquillo. Al secondo piano abitava uno spacciatore, ma da allora sono molto più attenti a scegliere gli inquilini».
«Mia madre si riferiva alla scala», preciso.
«Certo! Solo che il corrimano non è fissato in alcuni punti, quindi è meglio se si regge alla corda. Xien dice sempre che lo aggiusterà, ma sono anni che non lo fa!».
Non ho la forza di chiederle chi è Xien.
Non so quante scale abbiamo fatto ma di sicuro siamo in alto. Jemma apre la porta dell'appartamento. «Mamma, papà, siamo arrivati. Oddio», e richiude subito la porta. «Non possiamo entrare».
«Cosa c'è?», chiedo.
«Cena annullata? Che peccato», mia madre è pronta a riscendere le scale.
Jemma mi sussurra: «I miei sono nudi».

«Siamo in anticipo? Non mi sembra», guardo l'orologio dubbioso.

«No! Nudi, nudi. Sai, sono nudisti, quindi per lo più girano nudi».

Chissà perché, invece di sconvolgermi, la cosa mi diverte. «Ti prego, fa' entrare mia madre per prima».

«No, ora entro e li faccio vestire».

Attendiamo sul pianerottolo alcuni minuti dopodiché Jemma ci apre la porta. «Entrate pure! Vi presento mio padre Vance e mia madre Carly!».

«Benvenuti!», ci accoglie una signora avvolta in un sari indiano. «Mettetevi comodi, fate come se foste a casa vostra. Toglietevi le scarpe».

«A casa nostra, di solito, le scarpe le teniamo», risponde secca mia madre.

«Oh, ma certo, allora tenetele. L'importante è che vi sentiate a vostro agio».

«Io sono Vance, il padre di Jemma. Non vedevamo l'ora di incontrarvi! Naturalmente non abbiamo fatto pressioni su Jemma, sapevamo che sarebbe arrivata quest'occasione, tutto con i suoi tempi».

Mi faccio avanti per presentarmi. «Ashford, il marito di Jemma».

Mia madre tende la mano a palmo in giù, com'è abituata per il baciamano. «Lady Delphina Parker, duchessa vedova di Burlingham».

Ma Vance, non solo afferra la mano nella sua stretta, ma le getta l'altro braccio intorno al collo attirandola in un abbraccio caloroso. Spero ci sia un ospedale qui vicino.

«La nostra consuocera! Carly, vieni a conoscerla!».

«Sto scolando il bulgur! Dammi un minuto!».

«Così venite dalle campagne, eh? Che meraviglia! A me e Carly manca la libertà degli spazi aperti».

Mia madre si schiarisce la voce. «Veniamo dalla nostra tenuta di famiglia, Denby Hall. Non è aperta campagna».

«Quello che intende dire mia madre è che abitiamo, in effetti, in campagna, rispetto al caos della metropoli londinese e con molto più verde e tranquillità che qui, sebbene la zona sia piuttosto popolata e abbiamo numerosi vicini. Non siamo isolati nella brughiera, ecco». Vance sembra una persona simpatica, non mi va che mia madre, con le sue risposte fredde e acide, faccia sentire queste persone a disagio in casa loro.

Sì, è vero, non è il genere di ambiente che noi chiamiamo casa, ma siamo ospiti, quindi la cortesia deve prevalere su qualsiasi pregiudizio.

Jemma e Carly rientrano in sala con una grossa ciotola. «A tavola!», e così dicendo mia suocera appoggia la portata su un basso tavolinetto attorniato da cuscini di ogni foggia.

Jemma e i suoi genitori si siedono in ginocchio sul pavimento, poi Vance ci invita a unirci a loro. «Avanti, non vorrete che ci mangiamo tutto noi!».

Mi siedo tra Jemma e Vance, mentre Carly attira mia madre verso di sé come se accogliesse sua sorella. «Vieni qui, Delphina! Questo è il cuscino più comodo. Arriva dal Kazakistan!», poi inizia a riempirle il piatto. «Ecco qua! Una bella cucchiaiata».

Anche Jemma e Vance si servono generosamente senza fare una piega.

«Cos'è?», domanda mia madre scettica rigirando la forchetta nel piatto di legno.

«Tabuleh», spiega Jemma. «È un piatto tipico libanese a base di bulgur, un cereale integrale. È condito con un mix di spezie e verdure!».

Mia madre spinge appena il piatto avanti a sé. «Potrei essere allergica».

Di fronte a questo suo secondo gesto di scortesia a mia volta prendo il cucchiaio e me ne servo una porzione più che abbondante. «Ce n'è di più per noi, allora». Nell'esercito, quando ero di stanza a Kandahar, ho mangiato cose ben più strane; credo che sopravvivrò a un cereale integrale.

21
La versione di Jemma

Pensavo che sarei stata a mio agio, dopotutto sono a casa mia, ma non è così e i motivi li ho ben chiari in testa, come se fossero accesi a neon lampeggianti: uno, temo che Delphina faccia qualche uscita spiacevole delle sue. I miei sono buoni e cari ma non stupidi, e se messi alla prova anche la loro pazienza ha un limite; due, ho paura che i miei genitori mi mettano in imbarazzo scendendo in dettagli intimi tra me e Ashford che loro, reduci dalla rivoluzione sessuale, affrontano con la leggerezza delle previsioni meteo; tre, incomprensibilmente vorrei fare buona impressione su Ashford.

Non riesco a capire perché, ma sono in allerta per captare un qualsiasi segnale che mi dica cosa stia pensando.

In merito all'ultimo punto sono piuttosto a disagio. Il nostro duca, il libro aperto del quale ho imparato a leggere ogni sfumatura di odio, ribrezzo, disgusto e irritazione, stasera non trasmette alcun tipo di reazione.

Sta lì, si guarda intorno, risponde con cortesia a mio padre, fa i complimenti a mia madre per la sua cucina (ma stiamo scherzando?) e non lancia frecciatine di alcun tipo come suo solito. Sembra quasi a suo agio.

Per la durata della cena i miei genitori raccontano dei loro viaggi di gioventù, dei concerti ai quali sono stati, della vita nelle comuni e nei kibbutz e Ashford ascolta con interesse. Poi, visto che Delphina non ha quasi toccato cibo, mia madre le ha diagnosticato un disturbo della frequenza vibratoria dell'aura e l'ha portata sulla terrazza per mostrarle le sue piante di fiori di Bach con cui prepararle un estratto.

Ashford invece resta a tavola servendosi fette di pane di segale e formaggio di riso.

Temendo che sia tutta una messinscena collegata alla mia presenza, perché sa che se si comportasse in modo meschino poi gli farei passare il quarto d'ora più brutto della sua vita, vado in cucina con la scusa di sciacquare i piatti e mi metto dietro la porta a origliare.

Sento la voce di mio padre forte e chiara. «Sai, Ashford, sei così diverso dal tipo d'uomo che attrae Jemma».

«Non lo metto in dubbio».

«Di solito ha l'inclinazione per tipi poco affidabili e bugiardi patologici che spariscono nel giro di un paio di settimane».

«Li faceva scappare lei?».

Ecco! Lo sapevo che alla fine la sua stronzaggine acuta sarebbe tornata fuori.

«Probabile».

Mi mordo la lingua per non piombare in sala e sbottare.

Papà! Che cosa stai dicendo?

«Nostra figlia non è mai stata semplice. Io e Carly lo sappiamo bene perché è anche un po' colpa nostra, visto che l'abbiamo cresciuta così. È impetuosa e istintiva e quando prende una direzione, corre dritta senza guardarsi intorno. Dà fiducia dal primo istante in modo incondizionato, ma spesso è mal riposta».

«Non è un mistero, siamo due persone molto diverse e veniamo da due famiglie molto diverse», risponde evasivo Ashford.

«Al mondo non c'è una persona uguale a un'altra, non importa il passato, ma il futuro da costruire insieme, è questo che fa una vera coppia. Guardarsi in continuazione alle spalle, da dove si è venuti, è il miglior modo per non vedere dove si sta andando e si rischia di finire a sbattere contro un muro. Io e Carly non avremmo mai avuto un futuro. Lo dico a cuore aperto: quando l'ho conosciuta, Carly era una ragazza stanca di una vita fatta di formalità e pretese della sua famiglia, ma non sapeva come sottrarsi alle aspettative che tutti nutrivano nei suoi confronti fin da piccola. Non ti nascondo che abbiamo avuto alti e bassi, e non è sempre andata bene, ma alla fine Carly ha scelto: vivere nel passato legata alle attese della sua famiglia o imboccare una strada tutta sua. Io facevo l'operaio e la sera suonavo in un garage con la mia band, cosa potevo offrire a una ragazza di Mayfair?»

«Un concerto», risponde Ashford scherzando.

«È quello che ho fatto. Vedi allora che mi capisci?»

«Non ne sono sicuro», risponde incerto Ashford.

«Ora forse no, ma tra qualche anno capirai. Se hai sposato Jemma su due piedi, vuol dire che questa consapevolezza è già dentro di te, ti serve solo tempo per maturarla».

«Spero di avere questo privilegio».

«Ora ti devo dire una cosa da padre: se fai soffrire Jemma, te la farò pagare. Hai visto dove viviamo, no? Conosco un sacco di gente disposta a metterti le mani addosso gratis e nella migliore delle ipotesi ti ritroverebbero in un container di scatolette di tonno. Sono un bel po' di scatolette, se fai due conti».

«Non è mia intenzione», si difende Ashford.

«Non lo è mai all'inizio».

Decido che la conversazione è durata abbastanza e così ritorno in salotto. «Vi sono mancata?»

«Sei la donna della nostra vita, certo che ci sei mancata», mi risponde Ashford con un sorriso smagliante. Bastardo. Se non fosse così maledettamente finto, una potrebbe anche crederci.

«Allora? Papà ti ha fatto vedere la collezione dei suoi dischi?», cerco di sviare la conversazione per non far capire che origliavo.

«Dischi?», chiede Ashford.

«Più di quanti tu possa ascoltarne in una vita intera». Papà si alza e io e Ashford lo seguiamo sul soppalco, dove sono stipate casse e casse di vinili. «Guarda qua. Tutto il meglio della musica mai suonata sulla terra».

«Saranno centinaia». Ashford si guarda intorno esterrefatto.

«Tremilaquattrocentosettantadue», dico io.

«Settantatré», mi corregge papà. «La settimana scorsa ho messo le mani su questo bambino», dice sventolando il quarantacinque giri di *Space Oddity* di Bowie. «Il singolo con *Wild Eyed Boy*».

Prima che possa prenderlo, Ashford me lo strappa. «Impossibile!», se lo rigira tra le mani guardandolo avanti e dietro. «La versione con la copertina originale è rarissima».

«E come si sente ancora bene!», gongola papà mentre fruga tra le casse. «Vedo che apprezzi. Che mi dici di questo?», e gli passa uno dei suoi sacri Graal.

«*Tinkerbells Fairydust*». Ashford è ancora più esterrefatto. «Del 1969! Ma non è mai stato ufficialmente pubblicato!».

«Avevo parecchi amici nullafacenti che bazzicavano la Decca e negli archivi si trovava di tutto».

«Stupefacente». E così anche Ashford si china sulle casse a spulciare gli album di mio padre.

«Il dessert!», chiama mia madre dalla sala.

Quando ci risediamo, lei ha già tagliato una fetta di crostata per tutti.

Delphina, dopo aver respinto ogni portata, decide di affrontare il dolce, che di tutte le pietanze servite è l'unica che ha un aspetto familiare e rassicurante.

Mentre la addento, noto una fragranza conosciuta e anche la consistenza non è proprio quella della frolla.

Preoccupata, rimetto la mia fetta sul piatto e con la mano blocco quella di Ashford prima che assaggi il dolce.

«Tesoro, cosa stai facendo?», chiede lui.

«Ehm, sei a dieta… Ricordi?», dico evasiva.

«No, non ricordo», e fa per rituffarsi sul dolce.

«Hai gli esami del sangue da fare, è meglio se eviti i dolci!».

Mia madre scoppia a ridere. «Non essere ridicola, Jemma!».

«Già», ribatte Ashford. «Di qualcosa bisognerà pur morire».

«Ma non di crostata, questo è certo! L'ho fatta con ingredienti naturalissimi prodotti in casa, biologici e sostenibili».

«È proprio questo il problema», sibilo. «Ashford, puoi venire in cucina un attimo?»

«Ma certo, amore della mia vita, tutto quello che vuoi».

Appena in cucina Ashford ringhia: «Che problema hai? Sto facendo il carino con i tuoi, no? La serata mi sembra andare anche benino e, strano a dirsi, ho più cose in comune con tuo padre che con te. Voglio mangiare la torta fatta da tua madre e mettere fine a questa sciarada!».

«Non puoi mangiare la torta!».

«E perché mai?»

«Perché mia madre ha usato la farina di peyote! Ecco perché! Se la mangi, tra un quarto d'ora ti troverai sul tetto a cantare *Lucy In The Sky With Diamonds* con una corona di fiori in testa, credendo di essere il quinto membro dei Beatles!».

Ashford inizia a ridere tanto che per reggersi in piedi si deve appoggiare al muro.

«E adesso cos'hai da ridere?».

Ashford non risponde e continua a contorcersi dalle risate.

«Dovresti almeno dirmi grazie...», lo rimprovero.

Lui mi tira per un braccio verso la porta a dare un'occhiata alla sala. «Troppo tardi, Jemma».

Delphina ha già spazzolato il piatto e si sta facendo servire un'altra fetta. «Signora Pears, devo farle i complimenti. Questo dolce è delizioso, questa marmellata di fichi d'India è sublime».

Ashford è alle lacrime. «Mia madre è fatta di peyote».

Torniamo a tavola cercando di monitorare la situazione ma forse mi sono preoccupata più del dovuto, perché la serata sembra procedere tranquilla.

Mia madre, che è l'immagine della serenità, sembra soddisfatta della serata. «Tisana digestiva per qualcuno? Delphina, nella tua aggiungerei una punta di passiflora rilassante».

«Che poi quella sera con Mick Jagger non c'era un bel niente da rilassarsi», spara Delphina.

Tutti la guardiamo interdetti senza capire.

Ashford la fissa stranito. «Mamma? Cosa c'entra Mick Jagger con le tisane?»

«I Rolling Stones erano in tour e io ero a Parigi per il debutto in società di una mia amica. La festa era al Ritz e io l'ho continuata in privato in camera con Mick», racconta Delphina con lo sguardo perso nel vuoto.

Tutti ci scambiamo occhiate attonite.

«Mamma ti rendi conto di quello che stai dicendo?»

«Certo che sì! Guarda che io a diciotto anni ero uno schianto. In realtà non avevo ancora diciotto anni, ma che importa? Se si tratta di Mick Jagger, l'età è trascurabile».

«Tua madre è andata a letto con Mick Jagger», sottolineo guardando Ashford con occhi sgranati.

«Non c'è niente di verificato», mormora lui scioccato.

«Abbiamo un'altra estimatrice di grande musica qui!», cerca di sdrammatizzare mio padre.

«Oh, i Rolling Stones se la possono tenere la loro musica. L'importante era vederli a torso nudo e, nel mio caso, non solo il torso». Delphina ruota gli occhi in preda ai ricordi. «Che notte!».

«Tu e papà non stavate ancora insieme, vero?», nel tono di Ashford c'è una vena di preoccupazione.

«No! Ma se anche fosse stato? Mick Jagger era Mick Jagger, certe occasioni nella vita si presentano una volta sola! E poi, quello che succede a Parigi resta a Parigi!».

Ashford è stupefatto. «Con questo inauguriamo le *Torbide cronache di Parigi*. Capitolo primo: avrei potuto essere il figlio di Mick Jagger».

«O di Keith Richards!», aggiunge Delphina.

Ashford tuona: «Mamma!».

«La farina di peyote», dico picchiandomi la fronte con una mano.

Ashford rimette in piedi sua madre e la spinge verso la porta. «Signori Pears, è stato un piacere. Noi togliamo il disturbo. Jemma, andiamo?».

22
La versione di Ashford

Questo pomeriggio s'inaugura la stagione di polo e ho la prima partita con la mia squadra. E la prima uscita in società di Jemma.

Come vincitori del campionato dell'anno scorso, abbiamo tutti gli occhi puntati addosso e io in particolare, perché ormai tutti sanno di me e Jemma. Molti interverranno all'evento esclusivamente per vederla.

Una parte di me vorrebbe che se ne stesse a casa ma non posso certo tenerla nascosta per sempre.

Gli ospiti alla cena "tra pochi intimi" hanno parlato a sufficienza per destare la curiosità generale.

Sono al country club, nelle stalle, a preparare il mio cavallo. Falkland è un bellissimo criollo argentino color cioccolato scurissimo, muscoloso e scattante e più di una persona mi ha chiesto di venderglielo. Soprattutto dopo la prestazione della scorsa stagione.

Mi occupo di lui di persona, cosa che gli altri giocatori non fanno, preferendo delegare il compito agli stallieri.

Mentre lo striglio prima di sellarlo sento bussare sulla parete del box.

«Oh capitano! Mio capitano!», è Harring.

«Haz! Sei tornato!», gli vado incontro e gli stringo il pugno. «Congratulazioni per la pole nel Gran Premio di Russia».

Lui fa spallucce. «Ordinaria amministrazione».

Harring è pilota di Formula Uno. Come erede al titolo di visconte si annoia molto. Siccome lo zio, eccentrico quanto lui, si fece la sua personale scuderia, Harring è cresciuto con la passione per i motori, finché non è stato abbastanza grande da pilotare le auto lui stesso.

Quando corre, è sempre molto teatrale. Per esempio, una volta, mentre dominava il circuito di Silverstone staccando le McLaren di addirittura quaranta secondi, a un giro dal traguardo, si è ritirato ai box e, quando i giornalisti l'hanno intervistato, lui ha risposto "Mi stavo annoiando".

Un'altra volta, in Bahrein, gli hanno dato una penalità per aver saltato le prove (era impegnato *altrimenti* con una modella di intimo) e il giorno dopo, in gara, ha rimontato tutti dal penultimo posto al secondo.

Non sarà molto professionale, ma quando corre vince. È una straordinaria combinazione di talento puro, fortuna sfacciata e totale assenza di senso del pericolo.

Un paio di volte ha anche rischiato di lasciarci la pelle.

Non è costante, non dà garanzie, ma è così spettacolare che le major fanno a pugni per sponsorizzarlo e sulla carena della sua Formula Uno non c'è più spazio. E poi corre con lo stemma di famiglia sull'alettone.

«Non dovresti essere in pista oggi? Salti le prove libere?», gli chiedo.

Harring fa spallucce. «Dall'inizio del campionato ho vinto tutte le gare. Questo giro non corro. Lascio salire anche un po' gli altri sul podio, altrimenti che divertimento c'è?»

«Sempre modesto...».

«E poi dovevo andare dal sarto».

«Ci vai ogni mercoledì!», gli faccio notare.

«Lo sai qual è il mio motto: "A chi cade male la giacca, peste lo colga!"», tuona orgoglioso.

Ai tempi del college io e Harring abbiamo avuto una parentesi di dandismo culminato in un'ossessione maniacale per i completi di sartoria. Solo che io, come tutte le persone normali, quando apro una parentesi, poi la chiudo. Harring invece le accumula.

Haz fa avanti indietro per il box. «Piuttosto, ero al club martedì sera, ti aspettavo! Come mai non sei venuto? Di solito passi sempre dopo una seduta del Parlamento».

«Dopo la riunione sono tornato a casa. Ora che sono iniziati gli impegni mondani, mia madre è come una tigre in gabbia. Poi c'è Jemma...».

«Ah, già, adesso che sei un maritino, non fai più notti brave con noi poco di buono, eh? A proposito di tua moglie…».

«Che c'è?», chiedo preoccupato. Avrà già dato spettacolo di sé?

«Oggi me la farai conoscere, no?»

«Be'… sì», esito.

«I miei genitori sono tornati da Cancún e mia madre ha incontrato lady Laetitia che le ha raccontato della – parole sue – stravagante cena a Denby Hall».

«Più che stravagante direi surreale».

«Ha detto che tua moglie ha lasciato a bocca aperta tutti quanti. Anche il duca Neville è rimasto rapito. Dopo il principio di soffocamento, almeno».

«Sai anche di quello?», chiedo.

«Soprattutto. Ora, senti, Parker, io non sono il tipo che giudica e non me ne frega niente di chi tu abbia sposato, purché tu sia felice, ma ciò che sto per dirti forse lo sai meglio di me».

«Allora perché ci tieni tanto a dirmelo?»

«Perché a volte sottolineare l'ovvio serve». Harring mi guarda dritto negli occhi e con un cenno della testa indica gli spettatori che iniziano a riempiere il parterre. «Quelli se la mangiano a colazione tua moglie».

«Non conosci Jemma!», scoppio a ridere io.

«Conosco loro, però. Disprezzano chiunque non abbia sangue blu e per loro vali quanto il conto che hai in banca. Potrai anche amare quest'adorabile Cenerentola di Lewisham, ma loro la faranno a brandelli. Per quanto mi riguarda, è già la mia migliore amica, ma per quelli no: è una parassita, il che è abbastanza paradossale se pensi che la nobiltà ha vissuto sulle spalle di questo Paese per secoli».

«Con questo cosa vuoi dirmi?»

«Che dovrai parare dei colpi. Parecchi».

«Grazie Haz».

«Non c'è di che», il mio amico fa per accendersi una sigaretta.

«Non provare ad accendere quella dannata sigaretta! È pieno di paglia qui intorno, coglione!».

«È l'abitudine», Harring se la sfila dalle labbra e si sporge dai box per guardare gli ospiti in arrivo. «Non manca proprio nessuno».

«C'è qualcos'altro che vuoi dirmi?», dopo anni di amicizia, capisco quando Harring gira intorno a qualcosa che deve dirmi ma non vuole dirmi.

«Tutti tranne Portia», aggiunge.

Alzo un sopracciglio con aria sinceramente stupita. «Sul serio?»

«Ti dirò di più: pare che, quando si è diffusa la notizia delle tue nozze, abbia fatto i bagagli e sia andata in Sudafrica da alcuni suoi parenti».

«In Sudafrica?»

«Si vede che in un posto più lontano non conosceva nessuno», ribatte Haz.

«Fatico a crederci...».

«Cosa? Che abbia parenti in Sudafrica?»

«No! Fatico a credere che se ne sia andata in Sudafrica per colpa mia intendo!».

«No, aspetta. La versione ufficiale è che è andata per partecipare a un progetto di censimento di leoni nella Shamwari Reserve».

«Quella ufficiosa?», chiedo scettico. Portia animalista? Da quando?

«Ne esistono varie versioni, ma tu non ne esci benissimo».

«Senti, mettiamo bene in chiaro una cosa: io e Portia non stavamo insieme e mai le ho fatto credere che l'avrei sposata».

Harring alza le mani. «Ehi, io ti credo, non è a me che lo devi chiarire».

«A nessun altro. Sono padrone della mia vita e delle mie scelte, e all'inferno ci vado come pare a me».

«Sai che sarai in ottima compagnia, Parker».

Tendo la mano guantata a Harring. «All'inferno?»

«All'inferno», mi risponde con quello che è diventato il nostro motto.

23
La versione di Jemma

C'è stata grande agitazione in casa per la mia prima uscita ufficiale: il primo incontro del campionato di polo al quale partecipa la squadra di Ashford. E quando dico "di Ashford", intendo che lui è niente meno che il capitano. Potrebbe mai ricoprire un altro ruolo? Certo che no, non mi stupisce che una persona come lui si trovi sempre nella posizione più importante.

Io parteciperò in veste di amorevole mogliettina che segue la partita in prima fila.

«Come Victoria quando andava alle partite di David Beckham?», ho chiesto a colazione.

«Ovvio che no! Non ti vestirai certo come una volgare *parvenue* alla quale è stato appiccicato un titolo nobiliare da un giorno all'altro!», è la risposta disgustata di Delphina.

Non volevo mica offendere nessuno, cercavo solo di farmi un'idea!

«Ho fatto preparare un tailleur perfetto per te, e naturalmente cercheremo di acconciarti i capelli in modo che quella tinta fucsia non dia nell'occhio».

Eccomi qui, nel "tailleur perfetto per me": sarà almeno due taglie in più, declinato in tutte le sfumature del porridge! Bleah!

Anche il reggiseno è uno di quelli contenitivi a fasce incrociate, perché non sia mai che si capisca che sono una donna.

Le scarpe sono tremende: delle ballerine che ho visto in giro solo ai piedi di gruppi di ordini religiosi.

Mi guardo allo specchio, con i capelli appuntati in una crocchia, e sbuffo sconfortata. Non voglio credere che mi tocchi davvero andare in giro così.

E invece sì. Quando l'auto si ferma per far scendere me e Delphina al club del polo, mi sento morire dentro sbirciando un'ultima volta il mio aspetto nello specchietto retrovisore.

È una bella giornata di sole e ci ripariamo sotto enormi tendoni; niente roba da circo, sono eleganti gazebo di ferro battuto con tendaggi svolazzanti di lino e organza immacolati.

Ci sono gruppetti di persone riuniti nei salottini di vimini sparsi qua e là, e camerieri che sciamano intorno offrendo calici di champagne e frutta fresca.

Delphina sembra conoscere tutti. Sventola la mano a destra e sinistra, e ogni volta che gira la testa devo evitare di essere urtata dalle larghe tese del suo cappello.

Vogliamo parlare dei cappelli? Le donne hanno tutte in testa dei monumenti! Anche il mio è impegnativo e fino a un secondo fa mi sentivo una perfetta imbecille con questo canotto scala uno a uno in testa che mi scivola da tutte le parti, ma ora mi rendo conto di essere addirittura tra quelle più modeste.

Prendo posto in uno dei divanetti a bordo campo, circondata dalle cariatidi amiche di Delphina. Se non altro lady Audrey Davenport e lady Valéry sono molto cortesi nei miei confronti e appena il duca Neville viene a salutarmi, loro si agitano tutte sulla sedia.

«Jemma cara, che onore! Sua Altezza, il duca Neville, è venuto a salutarti di persona!», cinguetta lady Audrey.

«E ti permette di chiamarlo Cedric!», le fa eco lady Valéry.

«La nostra Jemma ha questa innata dote di farsi adorare dal primo istante», commenta Delphina con un sorriso falso. «Ah, sì, Neville è davvero un uomo squisito. Ha sempre avuto molto rispetto per la nostra famiglia, ma da quando Ashford ha sposato Jemma, potrei affermare che siamo addirittura più uniti di prima».

Delphina si scioglie in sproloqui su Cedric che, a dire la verità, non l'ha nemmeno salutata. Mi domando come tutte queste balle risultino credibili.

«A proposito di Ashford! Non lo abbiamo ancora visto!», dice lady Valéry guardandosi intorno.

«Non siamo venuti insieme. Lui è arrivato prima per preparare il suo cavallo nelle scuderie».

Ecco la mia occasione per sganciarmi! «Se non vi dispiace, andrei a chiamarlo, così può passare per un saluto prima di scendere in campo!».

Lady Audrey batte le mani. «Che magnifica idea».

Chiedo a un cameriere di indicarmi le scuderie e lì trovo un viavai di uomini che si affaccendano intorno ai cavalli.

Da un box sento l'ormai familiare voce di Ashford e mi fermo sconcertata: è la mia immaginazione o sta ridendo? Mi sporgo all'interno del box e ne ho la conferma: sta proprio ridendo.

È in compagnia di qualcuno, ma non riesco a vedere chi sia, perché è dall'altro lato del cavallo.

Appena mi nota Ashford smette di ridere e schiarendosi la voce mi saluta, rigido come al solito. «Jemma. Sei arrivata».

Wow, che spirito di osservazione!

«Già, sono venuta a cercarti. Le signore al tavolo volevano vederti prima che scendessi in campo».

Da dietro al cavallo sbuca un ragazzo della stessa età di Ashford, con i capelli biondo scuro spettinati (quel genere di spettinato frutto di ore di barbiere), occhi azzurro-grigi e aria sbarazzina.

«La sposina nuova di zecca di Parker, presumo», il ragazzo viene verso di me e mi stringe la mano. «Kenneth Harring, Kid per gli amici. O Harring. O fortunato bastardo per chi mi odia».

Non riesco a trattenere una risata. «Io sono Jemma».

Poi si volta verso una ragazza che attraversa la corsia tra i box con un pony. «Ehilà, ci siamo fatte belle oggi?».

La ragazza arrossisce. «Non ho niente di diverso da ieri sera».

«Parlavo della cavalla...», ribatte Harring.

La ragazza lo guarda con occhi stretti a fessura. «Che bastardo».

Fisso con sguardo interrogativo Ashford e Harring, a turno, senza capire, poi Ashford mi spiega. «Harring è un consumato playboy senza alcun freno inibitorio».

«Con una particolare predisposizione per le battute crasse, volgari e politicamente scorrete», puntualizza l'amico.

«Siamo amici dai tempi del collegio, e poi di Oxford e di tutto quello che ci sta in mezzo».

«Non sei in divisa da polo», osservo io.

«Vorrai scherzare! Sono un pilota di Formula Uno, non posso rischiare di cadere da cavallo e rompermi un polso», obietta aggiustandosi la giacca color cachi sul completo di lino bianco e abbassandosi gli occhiali da sole.

«È una delle tante contraddizioni di Harring. A ogni giro del circuito corre il rischio di morire, però si preoccupa di cadere da cavallo».

«Il rischio è mio, no, Parker?»

«Tutto tuo e te lo lascio».

«Bene, quindi questa è la tua Jemma! Non ha l'aria di una londinese, se devo essere spudoratamente sincero».

Con Harring mi sento libera di parlare con franchezza. «A sua madre non sta bene il mio aspetto e ha tentato questa penosa trasformazione nella sua versione più giovane». Così dicendo, sfilo le forcine dai capelli, lasciandoli cadere sulle spalle. «Come non riesce a digerire questi», indico le punte fucsia.

«A Delphina sarà venuto un infarto!», commenta Harring osservando le mie ciocche.

«Purtroppo no», risponde Ashford.

Uno squillo di trombe chiama i giocatori in campo. «La partita sta per iniziare», osserva Ashford.

«Visto che tu non giochi, potresti unirti al gruppo dei matusa per aiutarmi ad abbassare l'età media», chiedo a Harring. È simpatico e penso che potrebbe raccontarmi degli aneddoti imbarazzanti su Ashford.

«In verità avevo in mente qualcosa di diverso», dice allungandosi a guardare qualcuno alle nostre spalle. «Alicia Trahern è uno schianto, oggi!».

Ashford lo guarda con aria scettica. «La Trahern? Ma hai sempre detto che ha delle orecchie a sventola grandi come parabole!».

«Ma oggi ha i capelli sciolti, non si vedono», e così dicendo Harring scivola in mezzo alla folla di spettatori.

Ashford fa spallucce. «Questo è Harring».

Mentre Ashford entra in campo con la squadra e io cerco di raggiungere il mio simpatico reparto geriatrico, incappo in uno squadrone di ragazze che avrà circa la mia età e... Oh mio Dio, vorrei sparire!

Quella stordita di Delphina mi ha fatto credere di dover andare in giro avvolta in tappezzeria stinta mentre tutte queste ragazze sono vestite in abiti all'ultima moda, colorati, corti e con gonne a balze svolazzanti: sembra di guardare una prima pagina di «Vogue»!

Quando si accorgono della mia presenza tra di loro, si allargano in cerchio e io mi trovo al centro.

«Lady Burlingham, suppongo. La nuova padrona di Denby Hall», dice la più alta guardandomi. «Sophia Skyper-Kensitt. Conosco Ashford da una vita», mi squadra di nuovo. «Che scelta stupefacente!».

«Singolare», le fa eco un'altra. «Eravamo tutte impazienti di poter incontrare la nuova duchessa».

«E che look delizioso», aggiunge una terza.

«Anche voi state davvero benissimo. Ho visto degli abiti simili in saldo da Selfridges».

Ammutoliscono e Sophia (credo) dice: «Non vado da Selfridges. Questo è opera del mio sarto».

Le guardo spaesata e vacillo: non voglio tornare dai nonni! Voglio stare qui con queste ragazze e parlare di moda e feste.

«Oh, be', allora potremmo seguire insieme la partita, che so, fare quattro chiacchiere, magari mi consigliate un bravo sarto, così al prossimo ricevimento potrò stare in compagnia anche di chi non ha vissuto la prima guerra mondiale!».

Sul viso di Sophia si dipinge un'espressione di avvilimento puro. «Il nostro gazebo è al completo, di solito manca sempre qualcuno ma oggi è la prima di campionato e sono venuti TUTTI», scandisce con forza. «Non c'è posto nemmeno per un cane. Di piccola taglia, per giunta», e tutte le altre attorno a lei ridono come se avessero sentito la battuta del secolo.

Ma era un'offesa?

«Allora speriamo nella prossima occasione», dico sistemandomi di nuovo l'odioso cappellone che mi scivola sulla fronte.

«Non vediamo l'ora», rispondono avviandosi verso il loro gazebo.

Io torno dai miei vecchietti.

Il reggiseno mi si è sganciato e per tutto il tempo lo sento pendere sulla schiena, provocandomi un fastidio allucinante, ma non posso certo sistemarmelo qui, così appena finisce il primo tempo, scatto verso i bagni.

Chiusa nel cubicolo della toilette mi sfilo giacchetta e camicia nel tentativo di riallacciare il gancetto. Maledizione a Delphina e i suoi reggiseni contenitivi della misura sbagliata. Mentre lo sfilo per accorciare le spalline sento la porta della toilette che si apre accompagnata da rumore di tacchi e risatine.

Come diavolo si chiama quella scopa secca dalla stretta di mano molliccia che ho conosciuto prima? Sophia. Sì, deve essere lei, riconosco la sua voce dall'impostazione studiata, e probabilmente è in compagnia di qualcun'altra di quelle bamboline di porcellana che erano al suo seguito.

«È valsa la pena venire solo per vederla. È uno spettacolo!».

«Un fenomeno da baraccone, vorrai dire!», dice una seconda voce sconosciuta.

«O un esemplare da zoo!», fa eco una terza.

Cerco di trattenere una risata, pensando all'ignara vittima dei pettegolezzi.

«Sul serio, ma l'avete vista come cammina? Ciondola come se si stesse riprendendo da una sbornia!».

«Per non parlare del vestito! Si vede lontano un miglio che l'hanno obbligata a indossarlo. Si agita come se volesse scrollarselo di dosso!».

«Credevo che Ashford avesse gusti migliori. Quella Jemma è decisamente ordinaria!».

«Scommetto che non parla nemmeno francese! O tedesco!», commenta una voce più stridula.

Rendendomi conto di essere io il bersaglio delle loro frecciatine, il riso che stavo trattenendo a stento muore sulle mie labbra. Dio, che rabbia che sento montarmi dentro! Vorrei andare là fuori a dirgliene quattro, prenderle per l'acconciatura e disfargliela. Sì, se fossimo allo stadio, risolveremmo le cose a modo mio. Se solo avessi i miei vestiti, potrei difendermi. Invece ho addosso questo sacco che m'imbarazza a morte e mi trovo addirittura a dover dar loro ragione: sì, l'hanno scelto per me e sì, mi hanno obbligato a indossarlo. Sì, non parlo il francese e nemmeno il tedesco. Ma non sono stronza come voi!

Il chiacchiericcio e le risatine sono interrotte dall'apertura improvvisa di una delle altre toilette, e una quarta voce estranea s'intromette. «Sai Linda, ho avuto il dispiacere di aver a che fare con il tuo tedesco, sia orale che scritto e sei alquanto carente in entrambi i casi. Per quanto riguarda il tuo francese non mi pronuncio. È la mia lingua madre per cui sarebbe un confronto impari».

Le tre pettegole ammutoliscono mentre dopo un breve scroscio d'acqua e il soffio della ventola asciugamani, la quarta persona sembra uscire dal bagno.

«Ci mancava solo quest'altra mangiabaguette».

«Cécile Loxley è una delle persone che vorrei fossero inghiottite dalla terra su cui cammina. Quella Jemma no, almeno lei fa ridere. La moglie inadeguata di Ashford Parker!».

Deglutisco a fatica, rizzando le orecchie per sentire il resto della conversazione, ancora seminuda nella toilette, con il reggiseno sul coperchio del water e le braccia strette contro il petto.

«Io avrei detto che si sarebbe sposato con Portia», commenta una.

«Sì, tutti lo pensavano».

«Io avevo parlato con Portia prima di Natale ed era fiduciosa che Ashford si sarebbe proposto entro la primavera!».

«Be', non è stata abbastanza svelta. La pescivendola è arrivata prima di lei».

«Era una truccatrice teatrale, credo», commenta l'altra.

«Non fa differenza», dice Sophia con noncuranza. «Piuttosto, visto che Ashford non è più roba di Portia, lasciatemi dire una cosa». Il suo tono si fa notevolmente più basso. «I suoi pantaloni da polo sono così aderenti da non lasciare nulla all'immaginazione! Si vede tutto, e accidenti se è dotato! Ce n'è da divertirsi lì!».

Il gruppo esplode in una risatina isterica.
«Quanto ben di Dio sprecato».
«Scommetto che quella Jemma non sa neanche da che parte cominciare!».
«Perché? Tu sì?», chiede una delle stronzette.
«Mi stai sfidando, Linda?», ribatte maliziosa Sophia.
Sento le mie guance infiammarsi. Quelle tre trovano Ashford attraente! Anzi, gli hanno esaminato spudoratamente il pacco!
Ora mi è tutto chiaro: ecco il perché di tutte queste donne alle partite di polo, e tutte dotate di binocolo. Non è per la competizione, ma per sbirciare le dotazioni dei giocatori attraverso i pantaloni aderenti!
Torno al mio posto appena la via è sgombra. Scruto la platea di spettatori sotto il tendone. Sophia e il suo codazzo di arpie sono assiepate alla staccionata con il loro plotone di snob, a bere champagne e ridendo, probabilmente di me.
Io invece sono confinata in mezzo ai reperti del British Museum che ogni due parole fanno battere le dentiere come nacchere.
Il secondo tempo comincia dopo pochi minuti, accompagnato dagli applausi del pubblico per l'entrata dei giocatori. Contro ogni pronostico, seguo la partita con molto più interesse. Se durante il primo tempo avevo contemplato il cielo con aria distratta, ora sono concentrata sul gioco, in particolare su Ashford. Lo osservo cavalcare sicuro, dare indicazioni ai compagni e motivarli. È l'unico in piedi sulle staffe, e con le redini in una mano, la mazza nell'altra, cambia direzione con piglio scattante e si tende sulla sella per colpire. È mio marito, ma non l'avevo mai considerato come uomo, né che le altre donne lo trovassero interessante. O attraente. O sexy! E soprattutto, conoscono la consistenza del suo "equipaggiamento" meglio di me.
Lady Valéry siede accanto a me, con il bastone da passeggio nella mano sinistra e il binocolo nella destra, presa dal match come se non avesse mai visto nulla di più avvincente.
«Mi scusi lady Valéry, potrei chiederle un favore? Potrebbe prestarmi il suo binocolo solo per un attimo?»

«Oh ma certo, cara», dice passandomi l'asticella argentata con un occhiolino d'intesa. «E... complimenti, ragazza mia!».

A match terminato me ne sto a fare da tappezzeria all'angolo del gazebo dove è stato allestito il rinfresco. Almeno questi nobili pomposi sono insuperabili nei banchetti! Quelli ai quali vado di solito, o sono per le inaugurazioni dei negozi dove devo fare a pugni per conquistare due tartine, o sono quelli dei bar dove, per mangiare, devo ordinare almeno un cocktail da dieci sterline e poi accontentarmi dei panini tagliuzzati e scaldati avanzati dal pranzo. Non capisco come mai nessuno qui approfitti del buffet! Forse hanno già mangiato a casa.

Ashford è alle scuderie a far preparare il suo cavallo perché venga riportato al castello, così, nell'attesa, poso il bicchiere di vino bianco vuoto sul vassoio e ne prendo un altro. A parte mangiare e bere non è che ci sia molto da fare, nessuno mi parla e nel circolo della terza età mi sento patetica.

Poi una mano mi sfiora la spalla e sento una voce, la stessa che ho sentito nel bagno mentre quelle tre pettegole sparlavano di me. «Jemma».

Mi volto lentamente, con circospezione. «Sì?»

«Cécile Loxley», si presenta la ragazza che sta di fronte a me. Vaporosi capelli rosso ramato, carnagione chiarissima, zigomi alti, occhi grigi grandi e penetranti, fisico atletico e, cosa strana, un sorriso sincero. Ed è l'unica presente vestita di scuro. Abito color canna di fucile e cappellino con veletta.

«Jemma Pears, ehm, Pa... Pa... Parker», balbetto inspiegabilmente.

«Dimmi, Jemma Pa-Pa-Parker, quanto tempo sei rimasta chiusa nel cesso ad ascoltare le malignità delle Sei-sei-sei?»

«Eri tu nel bagno poco fa?».

Lei alza un sopracciglio, come se avessi fatto la domanda più scontata del secolo. «Tu che ne dici?»

«Le *Sei-sei-sei*? Cosa vuol dire?», domando senza capire.

«Sophia Skyper-Kensitt, Linda Rickson e Julia Bromley. Nate rispettivamente il sei aprile, sei giugno e sei luglio. Per me molto più comodo riassumerle in Sei-sei-sei».

Il numero di Satana! A quelle tre sta proprio bene!
Mentre cerco qualcosa da dire all'unica persona che sembra contenta di rivolgermi la parola, Cécile fa cenno a qualcuno alle mie spalle, dopodiché prende un bigliettino dalla borsa e me lo piazza in mano. «Qui c'è il mio numero. Casa e cellulare. Fatti sentire in questi giorni. C'è anche l'indirizzo, ma non passare senza preavviso, rischi di non trovarmi in casa! Ora devo andare, a presto».
Se ne va e io resto lì, impalata, a contemplare l'elegante cartoncino ruvido écru vergato a lettere smaltate in rilievo con tanto di simbolo araldico.

Cécile Margaux Loxley
Marchesa di Hungeford
Foweyard Manor - Upton Hill - Gloucester
Olstrom House - Greeley Road - Hertfordshire
2, Hanover Square – Londra

24
La versione di Ashford

Neanche oggi, dopo la seduta alla Camera dei lord, sono passato al club.

È una mia abitudine incontrarmi lì con Harring per bere qualcosa o fare due chiacchiere, ma non è in città. È a Monaco per il Gran Premio.

Se non trovo traffico arrivo a Denby in tempo per guardarmi il Roland-Garros.

Lance è già istruito: non ci sono per nessuno tranne per la mia pizza.

Lascio l'auto davanti all'ingresso e lancio le chiavi a John, mentre salgo a tre a tre la gradinata fino all'ingresso.

Rimango bloccato nell'atrio quando sento un vociare femminile avvicinarsi nella mia direzione.

È mia madre con il comitato di beneficenza al gran completo.

«Oh, Ashford! Che bello incontrarti!», cinguetta lady Laetitia.

Lady Antonia le fa eco: «Già, proprio una bella sorpresa! Cosa fai da queste parti?».

Ma è lobotomizzata? «È casa mia, questa», rispondo accigliato.

«Oh, ma certo! Intendevo...», ribatte lei impacciata, accortasi della battuta infelice, senza sapere come concludere.

«Non avete una riunione in corso?», chiedo per tagliare la testa al toro.

«Infatti è così», conferma mia madre. «Oggi dobbiamo definire il calendario degli eventi di beneficenza e assegnare un'organizzatrice a ciascuno».

«Sono sicuro che farete un ottimo lavoro», cerco di non dar loro corda per defilarmi.

«Ashford, stai uscendo?», chiede Sophia da dietro il codazzo delle matrone.

«Veramente sono appena rientrato da una riunione alla Camera».

La Comesichiama accanto a Sophia starnazza: «Oh, e avete parlato di qualcosa d'interessante?»

«Solo d'implementazione delle misure di sicurezza antiterrorismo», trattengo appena uno sbuffo.

«Oh, ma allora è una fortuna che ci sia tu nel consiglio! L'ultima volta che lord Connors ha prestato servizio quando è stato? Durante la guerra di Crimea?», chiede Sophia sollevando un nugolo di risatine isteriche.

Povero vecchio Connors. «L'ammiraglio Connors ha massima stima sia del Parlamento sia della Corona, e a mio parere la sua lunga esperienza sul campo non può che essere un valore aggiunto», non parlerei con queste galline delle previsioni meteo, figuriamoci di piani strategici.

«Be', intendevo che il tuo punto di vista è di certo più aggiornato e dinamico», ribatte Comesichiama.

La fisso senza rispondere. So riconoscere un patetico tentativo di attaccare bottone.

Giuro che è più interessante litigare con Jemma; almeno lei mi dice quello che pensa senza filtri.

«Comunque se sei appena tornato, puoi unirti a noi!», propone Sophia con il plauso delle altre.

«Che splendida idea!», concorda Chelsea.

No! Non possono farmi questo. «Io... Veramente...».

«Dice bene Sophia!», s'intromette anche quella stronza di mia madre. «Unisciti a noi, così ci rammenti quando sono fissate le altre partite del campionato di polo in modo da non sovrapporre gli impegni».

«È tutto già segnato sul tuo calendario degli eventi, mamma», ringhio a denti stretti.

Ma lei fa finta di non sentirmi. «Dio non voglia che combiniamo qualche pasticcio con le date!».

«E Jemma? Non partecipa?», chiede lady Audrey.

«Credo che Jemma non sia molto interessata all'organizzazione di questi eventi», obietto. Io stesso mal digerisco tutto il carosello delle serate di beneficenza messe in piedi dalla

Union Jack Charity Society, non oso immaginare Jemma. Sì, non la sopporto, ma non farei questo nemmeno al mio peggior nemico.

«Andiamo, Ashford, non dire sciocchezze! È beneficenza! E poi è la nuova duchessa di Burlingham! Organizzare una serata per la raccolta fondi è quasi un obbligo morale se vuole inserirsi nel panorama mondano!». Lady Audrey è sempre più convinta della sua idea.

Mia madre rotea gli occhi terrificata al solo pensiero di ammettere Jemma all'interno della sua preziosa società di filantropi esibizionisti, ma lady Antonia e lady Audrey sono irremovibili.

«Ebbene, Ashford, ci faresti la gentilezza di accompagnare Jemma alla sala da tè? La attendiamo tra cinque minuti».

Faccio le scale imprecando contro tutti i santi. Questi sono i momenti in cui non mi sento padrone in casa mia. Voglio solo farmi i fatti miei, ma sembra che da ogni angolo sbuchi qualcuno che vuole qualcosa da me.

Trovo Jemma nell'accappatoio di spugna rosa, i capelli avvolti nell'asciugamano, stesa sul suo letto intenta a sfogliare una copia di «Cosmopolitan».

Lei anticipa ogni mia premessa: «Sei venuto a disturbarmi in questo prezioso momento di riflessione per quale motivo?»

«Per qualcosa per cui mi odierai», non posso non ammetterlo.

«Sei già a metà strada, per tua informazione», commenta senza nemmeno guardarmi.

«Mia madre è riunita con il suo comitato di beneficenza. Vogliono che tu le raggiunga».

«Ehi, guarda che io sono miliardaria. Non so cosa si siano messi in testa ma non ho bisogno della carità di voi altri snob», mi risponde Jemma con tono offeso, scattando dritta seduta sul letto.

«Jemma, non è a te che vogliono fare la beneficenza. Vogliono coinvolgerti nell'organizzazione delle loro serate. Come nuova duchessa di Burlingham ritengono tu debba fare attivamente parte della società, come tutte le brave donne sposate o aspiranti tali».

Jemma mi lancia uno sguardo carico di rabbia.

«A mia discolpa ti dico che mi sono opposto alla tua partecipazione».

«Oh, sono sicura che ci hai messo proprio tutta la tua energia nell'opporti».

Sì, forse non sono stato proprio incisivo.

«Se può consolarti, hanno incastrato anche me. Hanno deciso in qualche inspiegabile modo che la mia presenza è necessaria».

«Dio esiste, allora».

«Quindi scendi?», le chiedo per l'ennesima volta.

«Dammi un minuto. Mi vesto e arrivo».

Il minuto è diventato un quarto d'ora per un risultato, come sempre, discutibile.

Jemma fa il suo ingresso nella sala da tè vestita con una tutina aderente in ciniglia argento e i capelli ancora bagnati che le cadono sulle spalle, tra lo sguardo trasecolato delle ospiti.

Faccio per sedermi su una delle sedie più in disparte quando sento Chelsea trillare: «Qui sul divano accanto a me c'è un sacco di posto! Starai più comodo!».

«Preferisco partecipare da uditore», e mi siedo a debita distanza. Non sia mai che possano reputarmi un partecipante attivo. Non ne uscirei più.

Per tutta l'ora seguente dieci donne starnazzano cercando di prendere il sopravvento l'una sull'altra e riesco a malapena a cogliere le parole *taffetà*, *tableau vivant*, *sculture di ghiaccio*, *memorabilia*, senza riuscire a combinarle in una frase di senso compiuto.

Dalla sedia su cui è abbarbicata a gambe incrociate, Jemma mi lancia sguardi sinistri e carichi di astio.

Non posso biasimarla, mi odio anch'io. Se solo fossi rincasato cinque minuti più tardi!

Mia madre richiama tutte all'ordine con il tintinnio di una campanella fastidiosissima. «Signore, direi che siamo riuscite a stabilire un'egregia scaletta per gli eventi della raccolta fondi. Ora rimane solo da dividerci l'organizzazione. Una serata a testa mi sembra più che ragionevole. Io mi offro volontaria per la serata inaugurale. La stagione è ormai alle porte e non vorrei mettere in difficoltà nessuna di voi con i tempi stretti».

Poi, seguendo l'ordine in senso orario, ognuna delle presenti si sceglie una serata da organizzare, finché non è il turno di Jemma, che cade dal pero con aria trasognata.

«Jemma?», la sollecita mia madre. «Allora?»

«Allora che?», ribatte lei.

«La tua serata per il calendario di beneficenza...».

Jemma si stringe nelle spalle. «Pensavo a una festa».

Sophia sbotta: «Sono tutte feste!».

Sophia sta iniziando a farmi innervosire, inoltre è colpa sua se sono qui, quindi mi sento d'intervenire per rimetterla al suo posto. «Ti senti moralmente obbligata a commentare tutto quello che viene detto, Sophia?».

È evidente che lei si sente presa in contropiede. «Io volevo solo...».

«Non te l'ho chiesto perché m'interessa», poi mi rivolgo a Jemma, che mi guarda con tanto d'occhi. «Prego Jemma, finisci pure quello che stavi dicendo».

«Quali serate sono rimaste in calendario?», chiede lei stranamente remissiva.

«Vediamo, la serata dei cori gregoriani mi sembra un po' complessa...», mia madre e lady Venetia scorrono l'elenco. «La cena del ventennale è troppo strutturata...». Hanno la stessa concentrazione di due chirurghi davanti a un cuore aperto.

«Ma certo!», esclama lady Venetia. «La sfilata di beneficenza è perfetta».

«Tu dici?», chiede mia madre scettica.

«Sicuro! Ogni anno segue la stessa scaletta! Jemma dovrà solo preoccuparsi di smistare gli abiti che saranno donati e decidere in che ordine farli sfilare».

Mia madre sospira. «Te la senti?».

Jemma si stringe nelle spalle. «Perché no? È una sfilata, mica devo disinnescare una bomba!».

«E sfilata sia!», concede mia madre segnando a malincuore il nome di Jemma sulla sua cartellina.

Sciolta la riunione io e Jemma lasciamo la sala. «Di' un po',

Ashford. Hai preso pubblicamente le mie difese o è stata una mia impressione?»

«Per quanto irritante e fastidiosa tu sia, sei sempre mia moglie e chi manca di rispetto a te, manca di rispetto a me. E poi per quella minorata di Sophia mi sono perso le partite di oggi del Roland-Garros, con la sua idea di farmi partecipare alla riunione. Si meritava una punizione».

«Difendermi mi sembra il minimo, dopo avermi tirato in mezzo a quest'altra bella pagliacciata».

«Non ho scuse», ammetto.

«Già. Non ne hai. Dovrei toglierti la paghetta per questo».

Lance viene verso di noi. «La posta», e inizia a smistare le buste sul vassoio. «Queste sono per il duca», dice porgendomene una pila piuttosto voluminosa, «e questa per la duchessa», e allunga una busta a Jemma.

È una bella busta elegante in carta pergamenata con tanto di stemma, quindi non deve essere una delle sue conoscenze londinesi. «Chi è che ti scrive?».

Jemma allontana la busta. «Ti fai gli affari tuoi?»

«No», taglio corto.

Jemma si rintana nell'angolo dandomi le spalle per non farmela vedere. Le sono subito dietro. La supero di qualche spanna abbondante e non fatico a buttare l'occhio sul biglietto.

Scrittura elegante, inclinata. Veloce ma precisa. Stilografica a inchiostro cinese nero onice.

Alla partita di polo ti avevo detto di farti viva. Dove diavolo sei sparita? Hai perso il mio biglietto da visita? Mi farebbe molto piacere prendere un tè in tua compagnia, che ne dici di raggiungermi a Olstrom House venerdì pomeriggio? Non accetto un "no" come risposta. Ti aspetto.

Cécile Loxley

«Cécile Loxley?», chiedo ad alta voce in un misto di stupore e disapprovazione.

«Non ci posso credere! L'hai letto! È violazione della privacy!».

«Sta' calma! Non ti ha mica rivelato il terzo segreto di Fatima!».

Jemma mi guarda con aria di sfida, mettendosi le mani sui fianchi. «Sì, Cécile Loxley. Perché?».

Già, perché? «Perché è Cécile Loxley!».

D'accordo, forse non è proprio un'argomentazione vincente, ma se conosceste Cécile Loxley, vi basterebbe. È strana! È la persona più lunatica che abbia mai conosciuto. Polemica, nevrotica, un bastian contrario, impossibile e asociale. Non c'è una persona che riesce ad andarci d'accordo... Nessuno tranne forse, be'... Jemma.

25
La versione di Jemma

Armstrong, il maggiordomo di Olstrom House, mi guida fino all'*orangerie*.

Lady Loxley è seduta a un tavolo di ferro battuto bianco su cui è servito un abbondante buffet. È sempre vestita di scuro, con un lungo kimono di seta nero.

«Lady Loxley, buongiorno». La saluto con deferenza; non è mia abitudine, ma è la prima, tra tutti i nobili che ho conosciuto, a invitarmi a casa sua.

«Jemma, accomodati!», m'invita con calore quasi familiare.

«Grazie», siedo tutta impettita di fronte a lei, in silenzio. Anche lady Loxley tace, ma mi studia con attenzione e con i suoi profondi occhi azzurri.

«Non mi hai riconosciuto, vero Jemma?»

«Sì, ci siamo incontrate alla partita di polo...».

«Certo. Ma nemmeno in quell'occasione mi hai riconosciuto. È comprensibile, sono passati molti anni, quasi venti», commenta alzando gli occhi al cielo dopo la veloce conta anagrafica.

«No, direi di no...».

«Saint Francis Primary School. Il primo anno. Eravamo in classe insieme, tu hai frequentato fin dopo le vacanze di Natale, poi i tuoi ti hanno fatto cambiare scuola».

Annuisco. «È così, mi hanno ritirato per andare alla scuola pubblica».

«Ogni giorno i bulletti della classe mi rubavano il dolce e tu condividevi sempre la tua merenda con me. Non ti ho mai chiesto nulla, eri tu a offrirmi spontaneamente metà della tua fetta di torta di grano saraceno, e lo hai fatto tutti i giorni finché non te ne sei andata».

Faccio mente locale per tirare fuori dal mio archivio i ricordi delle elementari. Non mi ero fatta tanti amici alla scuola privata alla quale mi aveva iscritto la nonna. Tutti mi credevano strana perché andavo a piedi o in bicicletta, invece che accompagnata dall'autista, non avevo un'istitutrice e facevo le vacanze in campeggio. Ma c'era una bambina, minuta per la sua età, alla quale il cuoco di casa, francese, preparava sempre dei dolcetti golosissimi, e tutti i giorni qualcuno le rubava il cestino della merenda.

«Sei tu!», esclamo in un moto di sorpresa. Sotto quei lunghi capelli rosso scuro perfettamente in piega, c'è la mia ex compagna di scuola spaventata.

Lei mi guarda e annuisce. «Chiamami Cécile d'ora in poi, e dammi del tu. Non c'è ragione di essere formali!».

«Non ci credo! È incredibile! Non ti avrei mai riconosciuto! Sei... Be', hai ancora i capelli rossi e hai gli occhi azzurri... Ma ora sei alta!». Che cosa stupida da dire, sono passati vent'anni da allora, certo che è alta! «Sei atletica e hai l'aria di una che non si fa mettere i piedi in testa».

«Ho imparato tanto...».

«Come mai hai voluto vedermi?», domando spaesata.

«C'è da chiederlo? Non credevo che ti avrei mai rivisto e, *puff*, ti trovo sposata a Burlingham!». L'espressione allegra di Cécile è contagiosa e, anche se parla dell'uomo che mi sta dannando l'anima, non riesco a fare a meno di sorridere con lei, come se fosse una cosa divertente.

«Già, credo che nessuno si aspettasse che Ashford sposasse una come me».

«Avevi già attirato la mia attenzione quando non sapevo nemmeno chi fossi. Quando ho sentito i primi pettegolezzi, mi eri già simpatica. Tutti non facevano che dire "Sai la novità? Ashford Parker si è sposato! Una fuga d'amore con una ragazza di Londra! Una comune, niente titoli, niente famiglia aristocratica". Sono venuta al torneo di polo apposta per vederti dal vivo. Tutti parlavano di Jemma. Jemma qui, Jemma là... E poi, quando ti ho visto, mi sei tornata in mente!».

«Lo ricordo bene. In molti parlavano, anzi sparlavano di me quel giorno!», dico con astio velato pensando ai pettegolezzi nel bagno.

«Ti riferisci alle Sei-sei-sei? Oh mio Dio! Non darai retta a quelle spaventapasseri?»

«No di certo! Sono solo delle snob annoiate!», concordo fingendo di non essere stata colpita dalle loro frecciatine.

«Hanno dei grossi limiti», dice lei toccandosi la tempia con un dito. «Definirle snob è riduttivo».

«Quindi, Cécile, non sei loro amica?», mi assicuro.

Cécile alla mia domanda sgrana gli occhi come se avessi detto un'assurdità. «Dovrei esserlo?»

«Che ne so? Stesso ambiente, stesse conoscenze... Avete molto in comune, certo più di me».

«Jemma, non ho niente in comune con loro», fa una pausa sorseggiando la limonata. «In effetti, c'è stato un momento in cui credevo fossimo amiche. Frequentavamo lo stesso collegio ed ero sempre con Sophia, Linda, Julia e, naturalmente, Portia, la loro ape regina. Dividevamo la stessa camera e mi sembrava finalmente di far parte di un gruppo affiatato. Poi ho scoperto che sparlavano di me e frugavano tra i miei oggetti mentre non c'ero. Sono delle stronze, quindi non dar loro ascolto, si nutrono di cattiveria. Pessima dieta».

«Il perché sparlino di me lo so, non è un segreto, ma non capisco perché lo abbiano fatto con te».

«È presto detto. Sono marchesa di Hungeford, è uno dei pochi titoli ereditabili da una donna. I miei genitori sono morti, disgraziatamente, ma è un dato di fatto, e io ho un titolo senza alcun legame matrimoniale. Loro invece sono in corsa per assicurarsi un titolo a vita con il matrimonio. Quindi, punto primo: sono invidiose. Inoltre la mia famiglia è per metà francese da tre generazioni e quelle stronze ritengono che il marchesato si sia imbastardito con sangue francese. Non c'è niente da fare, gli uomini Loxley vanno pazzi per le parigine. Ergo, punto secondo: sono razziste».

«Wow, comunque sappi che sono pregiudizi che non mi riguardano. Non ho mai pensato a un titolo nobiliare in vita mia e quello che ho è solo una conseguenza del mio matrimonio. Ho sposato Ashford e mi sono ritrovata duchessa. Come il "Prendi due paghi uno" da Tesco!».

Cécile scoppia in una fragorosa risata. «Povero Burlingham! Due per uno da Tesco! Più che risparmio, regalato!».

Mi stringo nelle spalle. «Il razzismo non è un mio problema. Nella palazzina dove abitavo ci sono una famiglia turca, una vietnamita e una italiana, e più che vicini sono amici, per non dire parenti!».

Mentre prendo un sorso di limonata, mi trovo a pensare che per la prima volta, da quando mi trovo in questa doppia vita, mi sento a mio agio.

«E tu dopo le elementari cosa hai fatto?», le chiedo.

«Le medie e le superiori», poi abbozza un sorriso per la battuta, «e l'università. Mi sono laureata in Giornalismo e adesso scrivo sotto pseudonimo sul "Guardian". Tengo una rubrica che si chiama *Miseria e nobiltà* in cui racconto luci e ombre dell'aristocrazia, pubbliche virtù e vizi privati. E tu? Come sei finita in questo girone infernale?»

«Facevo la truccatrice di un musical di serie B. Ho incontrato Ashford dopo uno spettacolo ed è scoccata la scintilla. Non sapevo chi fosse, né che avesse un titolo. Nell'arco di una settimana avevo l'anello al dito e ho fatto il mio ingresso a Denby Hall tra gli sguardi stupiti di chiunque».

«Certo non sei una che passa inosservata».

«Lo stupore è negli occhi di chi guarda», ribatto.

«Saggia».

«Pensa che sono addirittura stata tirata dentro alla società di beneficenza di mia suocera, e sai chi ne fa parte? Le Sei-sei-sei».

«Posso immaginarle! Verdi d'invidia a rosicare nel vederti fare gli onori di casa a Denby».

«A proposito di Sei-sei-sei, stasera c'è un'altra fastidiosa serata elegante a casa di una di loro. La cavalla… Sophia».

«Non t'invidio».

«Come? Tu non vieni?», chiedo delusa.

«Non sono invitata. Tra la mia famiglia e quella di Sophia vige un'educata antipatia».

«Devo affrontare il trio satanico da sola?»

«Ovviamente no. Tutte le volte che ti danno sui nervi, tu agganciati al gomito di Ashford e fai la gatta morta. Schiumeranno d'invidia».

Schiumeranno, dice Cécile. Non lo so, nel dubbio una certezza ce l'ho: questa volta non m'infilo negli abiti preparati da Delphina neanche morta. Userò i miei. Ne ho uno comprato in saldo a Soho per sole undici sterline, tale e quale a quello che ho visto indossare una volta a Kim Kardashian: aderentissimo, verde mela con una scollatura sulla schiena che arriva fino ai fianchi e incrociato sul seno. Ho giusto una pochette di paillette dorate da abbinarci e dei sandali frangiati color lampone perfetti. No, stavolta del sacco della spazzatura non me lo faccio dare.

«Vorrei trovare parole per commentare il tuo abbigliamento, ma sono pietrificato», dice Ashford in tono secco mentre ci dirigiamo verso Crane House.

«Spiegami per quale assurdo motivo è stata organizzata la cena di stasera», gli chiedo io, spostando la conversazione su altro. Che il mio abbigliamento non gli piace lo so già, non mi va di approfondire l'argomento.

«Festa di anniversario degli Skyper-Kensitt», risponde telegrafico.

«Che assurdità! Un anniversario è un fatto privato! Io, se dovessi festeggiare il *mio* anniversario, vorrei farlo solo con mio marito, non con altre cinquanta persone alle quali non importa nulla se "anche per quest'anno siamo riusciti a non divorziare". Una cenetta romantica solo io e lui, scambio di regali, notte di passione...».

«Il marito è di fianco a te e non condivide la tua versione», osserva lui indicandosi.

«Mica mi riferisco a te! Io parlo del prossimo marito».

«Credi davvero che ci sia un altro pazzo disposto a sposarti?»

«Se non per me, per i miei soldi. Uno già l'ho trovato», gli rispondo guardandolo fisso negli occhi.

«Ma quando la finirai?»

«Mai. Tu mi provochi in continuazione!», ribatto.

«È un vizio che non riesco a togliermi».

«Tornando al discorso di prima, mi sembra un'assurdità chiamare a raccolta un'adunata di cinquanta persone per festeggiare una cosa intima».

«L'hanno chiamata "festa d'anniversario" perché "venite tutti a vedere il nostro salone appena affrescato per duecentomila sterline" pareva brutto».

«Duecentomila sterline per pitturare un soffitto? Secondo me li hanno fregati!».

Ashford, stranamente, ride. «Anche secondo me».

Quando entriamo nella magione degli Skyper-Kensitt, la sala del ricevimento è già affollata di ospiti. Sophia ci viene incontro non appena individua Ashford.

«Ashford! Ce l'hai fatta!», esclama lei con un urletto.

«A fare cosa?», chiede lui.

«Come cosa? A venire!».

«Sì, ho compiuto quest'incredibile impresa di percorrere le venticinque miglia scarse da Denby fino a qui con successo, anche stavolta senza morire, se è questo che intendi».

Sono stupita dalla prontezza di spirito di Ashford e dal sarcasmo delle sue battute nei confronti di Sophia. Io credevo che tutti questi ruffiani gli stessero simpatici.

Sophia abbozza appoggiandogli la mano sul braccio. «Ti va sempre di scherzare! Tua madre non c'è?»

«Aveva un concerto a Londra. Suona Stanev Kucera».

«Che occasione! Se non ci fosse stata questa festa non me lo sarei perso per nulla al mondo! Ma i miei ci tenevano tanto a festeggiare il loro anniversario che hanno addirittura fatto anticipare la fine dei lavori di ristrutturazione del salone! Hai notato gli stucchi del soffitto?»

«Ehm... È una cosa proprio...». Ashford alza gli occhi in cerca di un commento, ma non sembra molto convinto. «...fine».

«Si sente ancora odore di vernice», osservo io.

«Oh, Jemma, ci sei anche tu!». Finalmente Sophia mi degna della sua considerazione.

«Eh, già! E dallo stesso tempo di Ashford!».

Lui nota la tensione tra di noi. Sophia sarà pure carina con lui, ma a me non riserva gentilezza, anzi. «Non è ora di metterci a tavola?», chiede guidandomi verso i posti a sedere.

Quasi tutti hanno trovato il loro posto mentre io cerco il mio sui cartellini. Scommetto che quella stronza ha "accidentalmente" dimenticato di inserire il mio nome tra gli invitati.

«Oh no!», ci interrompe Sophia intromettendosi tra noi. «I segnaposti sono sbagliati! Ho fatto preparare la disposizione ieri, ma stasera il barone Reinhard von Hofmannsthal ci ha fatto l'onore di accettare l'invito all'ultimo. È arrivato da Norimberga apposta!». Così dicendo prende il cartoncino su cui è scritto "duca di Burlingham, lord Ashford Parker" e lo sostituisce con quello del barone.

«Quindi dove ci sediamo Ashford e io?», chiedo con il sospetto che Sophia voglia umiliarci e rispedirci a casa come ospiti non graditi.

«Ma, mia cara! Qui! Ho dovuto arrangiare velocemente la distribuzione, ma ho pensato che potrebbe essere molto stimolante per te fare la conoscenza del barone! È un ospite molto illustre! Tu, Ashford, puoi sederti laggiù tra lord Windham e me!», dice lei appoggiando di nuovo la mano sul braccio di Ashford con aria confidenziale.

Sbircio il segnaposto di chi siede alla mia sinistra, "Carter Willoughby" dice il cartoncino. Chi diavolo è Carter Willoughby? Ottimo, sono seduta tra due perfetti sconosciuti! Sì, non conosco tutti, è vero, ma gli altri invitati li ho già visti almeno una volta.

«Ashford potrebbe sedersi al posto di questo qui!», dico indicando la sedia di Willoughby.

«Oh, ma Jemma! È impossibile!», esclama Sophia con aria di chi abbia appena sentito una barzelletta.

«E perché?», chiedo irritata.

«Oh, per l'etichetta, sai...». Sophia si guarda un attimo intorno come a cercare di evitare le mie domande. «Ma lascia che ti presenti il barone. È una persona così interessante!».

Sophia scompare un secondo tra la folla per poi ricomparire al fianco di un uomo altissimo, calvo e dagli occhi azzurri, quasi bianchi. «*Lassen Sie mich Inhen die Herzogin von Burlingham vorstellen, die Sie noch nicht kennen*».

«*Die Herzogin von Burlingham! Es ist schön, Sie endlich zu treffen*», dice il barone rivolto a me, prendendomi la mano con un inchino accennato.

Cosa ha detto? Guardo con occhi pieni di panico Ashford, ma Sophia l'ha già trascinato via in tutta fretta. Ora capisco. La sua era tutta strategia: lasciarmi con il barone di proposito sapendo che non avrei spiccicato parola.

Il barone mi guarda con aria gentile ma interrogativa, aspettandosi la mia risposta.

«Ehm... *Hallo* Baron!», oddio, adesso cosa dico? A parte "Sachertorte" non so dire altro!

Il maggiordomo annuncia l'inizio del servizio e mentre gli ospiti si preparano ai loro posti, il barone mi avvicina la sedia per farmi accomodare. «*Bitte*».

Io gli faccio cenno con la testa per ringraziarlo. Mi sento come se avessi inghiottito la lingua.

Cerco Ashford all'altro capo del tavolo lanciandogli sguardi disperati in cerca di aiuto, ma Sophia e i suoi vicini lo impegnano in una discussione concitata, apposta perché mi ignori.

Il barone capisce presto che non è per timidezza che non parlo, ma perché non conosco una parola di tedesco, così inizia a conversare con l'altro suo vicino, il conte Warlock.

La cena è noiosa, tutti mi ignorano. Il tavolo è così largo che i commensali che siedono di fronte a me sono distanti mezzo miglio e tra di noi ci sono monumentali centrotavola di fiori a impedirmi di vederli in faccia. L'altro mio vicino di posto, tale Carter Willoughby, non si è presentato. Inizio a pensare che sia un ospite immaginario inventato apposta da Sophia per tenermi isolata.

26
La versione di Ashford

Ho mal di testa. Sophia non la smette di parlare e ogni tre parole le sue amiche scoppiano in risatine stridule. Gli altri invitati, invece, sono coinvolgenti come dei filetti di platessa.

Harring non c'è, domani ha la gara.

E quel cazzo di soffitto è pacchiano oltre ogni umana concezione. Un trionfo di finto barocco dorato e *trompe-l'œil* in un edificio di epoca tardo-neoclassica. Vorrei poter esprimere liberamente la mia opinione e dire che tutto quello stucco oro fa sanguinare gli occhi, ma la cortesia e il buongusto m'impongono di stare zitto e sorridere.

E annuire a tutto questo blaterare al quale non sto prestando attenzione.

Sono preoccupato per Jemma. È finita accanto al barone von Hofmannsthal e lei non conosce il tedesco, quindi immagino che stia annaspando.

Finita la cena, gli uomini si trasferiscono in sala da biliardo per i liquori mentre le signore si ritirano nello studiolo privato per la piccola pasticceria a scambiarsi pettegolezzi.

Adoro non essere donna.

Tranne che per la piccola pasticceria. Quella l'assaggerei volentieri.

Se ci fosse mia madre, paradossalmente, sarei più tranquillo perché Jemma avrebbe una compagnia capace di guidarla durante la serata e pronta a tenerla in carreggiata, ma l'augusta genitrice, come al solito, quando serve non c'è mai.

Complice la conversazione poco interessante e la mia scarsa spinta già dall'inizio a partecipare alla serata, appena la pendola batte l'ora accettabile per lasciare un evento, saluto tutti e mi dileguo per recuperare Jemma e tornare a Denby.

Solo che quando busso allo studiolo dove sono riunite le signore, Jemma non c'è.

Gesù! E dov'è andata a fare danni?

27
La versione di Jemma

Seguo a malincuore le signore dirette al salottino, dove la madre di Sophia propone con entusiasmo un caffè e cioccolatini. Come se mi andasse altro dopo tutte le portate orribili che ho dovuto mangiare per forza.

Fanculo alla solita fregatura: vassoi su vassoi di prelibatezze, ma vietato toccare.

Le invitate si sono già unite in gruppetti e bisbigliano tra loro.

In particolare le Sei-sei-sei.

In breve rimango sola in fondo al codazzo che tacchetta lungo il corridoio.

Istintivamente mi defilo. Non ho voglia di rintanarmi in un angolo a fare da osservatrice. Non vedo l'ora che questa serata finisca.

Imbocco un corridoio secondario, poi uno scalone che sale in una galleria. Non so dove sto andando, ma di sicuro non voglio continuare la serata nel covo di vipere.

Curioso in giro, poi decido di aprire una porta a caso e nascondermi un po' per i fatti miei. Magari schiaccio un pisolino; la cena era pesante quanto un blocco di cemento.

Entro in una stanza che sembra una via di mezzo tra uno studio, una biblioteca e un salotto. C'è un camino, poltrone, tavoli e vetrine di libri.

Se ho imparato una cosa, è che tutti questi palazzi sono pieni di stanze molto simili tra loro, dall'uso incerto.

«Buonasera».

A salutarmi è una voce proveniente da dietro l'alto schienale di una poltrona.

È una voce baritonale, con una sfumatura roca, ma inconfondibilmente maschile.

«Ah… Ehm… Buo… Buonasera». Cacchio! Pensavo che sarei stata sola.
«Una bella veglia funebre di là, non è vero?».
La battuta mi coglie di sorpresa. Quale altro pomposo invitato potrebbe sostenere un pensiero simile al mio: «Come?».
La poltrona ruota e il mio interlocutore mi guarda in faccia. «Il ricevimento. È da lì che vieni, giusto?»
«S…», la mia risposta rimane sospesa a metà. Sono colpita, non mi aspettavo di trovare nessuno, o almeno nessuno di così giovane. O così attraente.
Il mio interlocutore ha magnetici occhi azzurri come il ghiaccio, labbra atteggiate in un'espressione vissuta e lineamenti affilati. Il viso dai tratti sottili è incorniciato da una massa di capelli biondo cenere lunghi fino alle spalle, con un ciuffo spettinato che gli ricade sulla fronte. Anche l'abbigliamento è fuori dagli usuali schemi: sì, è elegante e i suoi vestiti non vengono certo da un mercatino delle pulci o dai saldi di una grande catena; no, sotto la giacca di sartoria lasciata aperta ha una semplice t-shirt bianca, e una lunga sciarpa di seta è avvolta morbida intorno al collo, al posto della cravatta d'ordinanza. Non siede sulla poltrona impettito e composto, ma la gamba sinistra è accavallata sull'altra, le braccia sono mollemente abbandonate sui braccioli e dalle dita della mano destra pende una sigaretta.
«Sì, un mortorio», confermo cercando di dare forma ai miei pensieri.
«Appunto, non mi meraviglia che tu sia scappata». Lo sconosciuto si alza e viene a grandi falcate verso di me. «Non startene lì sulla porta. Accomodati. Questa stanza è tanto non mia quanto non tua. Facciamo come se fossimo a casa nostra».
Mi sorride e passandosi una mano tra i capelli biondissimi m'indica il mappa-bar. Il minibar a mappamondo.
«Suppongo che essendo il primo a essere entrato nella stanza io debba fare gli onori di casa. Scotch?»
«Ehm…». Ma cosa diavolo sono diventata? Un pupazzo meccanico? Perché non riesco ad articolare parole di senso compiuto? Non pretendo frasi, ma almeno parole.

«Chiedo scusa, lo scotch non è un drink da signora. Uno Shirley Temple forse sarebbe di maggior gradimento».

«Va bene lo scotch. Liscio. Doppio».

«Signori e signore, abbiamo uno stomaco forte tra noi!». E inizia a versarlo nel bicchiere con scioltezza. «Deve essere stata una cena davvero insopportabile quella di stasera», commenta divertito.

«Non eri tra gli ospiti?», gli chiedo stranita.

«Sì, ma poi all'ultimo ho deciso di cambiare programma. Ho preferito la compagnia di me stesso», poi mi tende la mano. «Carter Willoughby».

Carter Willoughby! Quello che doveva essere il mio vicino di tavolo!

«Jemma».

«Bene, Jemma», dice alzando il suo bicchiere per incontrare il mio in un brindisi. «Ai ricevimenti insopportabili».

«Toglimi una curiosità: è tua abitudine presentarti agli eventi per poi dileguarti nel nulla?»

«Meno spesso di quanto vorrei. Sfortunatamente la maggior parte degli eventi richiede la mia presenza e quindi non posso esimermi dallo stringere mani, ma stasera è stata una piacevole eccezione. E negli ultimi cinque minuti ancor più piacevole».

Gli illustro com'è proseguita la serata. «I signori si sono ritirati nella sala da gioco per un brandy, mentre le signore prendono il caffè nello studiolo. Che poi è solo una scusa per spettegolare a ruota libera a gruppi di tre o quattro».

«E tu fai parte di un gruppo di tre o quattro?»

«Di nessuno, ma con ogni probabilità sono l'oggetto di discussione che accomuna i gruppi».

«Non che m'interessi, per cui non starò nemmeno a chiedertene il motivo, ma lascia che ti dica una cosa: se dessi retta a tutto ciò che dicono sul mio conto a quest'ora sarei già stato internato in una clinica psichiatrica».

«Mi rendo conto che sono persone annoiate a morte e che io, nel mio piccolo, ho portato una ventata di freschezza nelle loro vite, anche se si ostinano a negarlo».

Carter mi fissa con i suoi grandi e intensi occhi azzurri. «Non lo metto in dubbio».

«Piuttosto, dovrei avercela con te».

«Davvero? E come mai, se è lecito chiederlo?», domanda lui incuriosito.

«Il mio posto a tavola era tra due persone: il signor Carter Willoughby, che non si è presentato alla cena, e il barone von Hofmannsthal. Sono rimasta tutta la sera a recitare una pietosa scena muta con il barone che brontolava qualcosa in tedesco, di cui non capisco una parola».

Carter china il capo in gesto di scusa, facendo piovere una cascata di fili dorati sul suo viso. «Me ne rammarico. Se avessi saputo che a cena mi sarebbe spettata una così piacevole compagnia, non me la sarei certo persa. Sono in debito».

«E dimmi, ho buone speranze di incontrarti ad altri eventi simili?», non posso fare a meno di chiedergli.

«La probabilità è piuttosto alta».

«Allora credo che affronterò gli inviti in modo diverso. Scoprire che c'è qualcuno insofferente quanto me è stata la rivelazione della serata».

Mentre ci apprestiamo a fare un altro brindisi come a suggellare la nostra intesa, sento la maniglia della porta scattare. «Jemma, sei...», è la voce di Ashford. Nel vedermi la sua domanda rimane sospesa in aria. «...Qui». E dopo una pausa ancora più grave: «Willoughby».

Lo sguardo di Ashford si è spostato da me a Carter e lo sta squadrando con un misto di gelo e disprezzo. Strano che Ashford disprezzi qualcuno, lui va d'accordo con tutti.

Solito borioso.

«Sì, Ashford, come vedi, sono proprio qui», affermo richiamando la sua attenzione.

«Vi conoscete?», mi chiede Carter.

«È mia moglie», taglia corto Ashford con la sua solita villania.

Carter mi lancia un sorriso enigmatico, che per un attimo mi fa temere che la sua simpatia si sia trasformata in antipatia. «Se avessi saputo che ero davanti alla duchessa di Burlingham avrei usato un tono più ossequioso», dopodiché mi fa un breve cenno con la testa ed esce dalla stanza. «Parker», saluta Ashford ricambiando la freddezza di poco prima.

Ashford non ricambia e una volta che Carter è a distanza di sicurezza nel corridoio, si rivolge a me con tono quasi rabbioso: «Si è fatto tardi, è ora di andare».

«Come vuole il padrone», lo precedo fuori dalla stanza.

Mentre esco, sento Ashford afferrarmi l'orlo dietro dell'abito e tirarlo giù borbottando: «Questo cazzo di vestito».

John arriva davanti alla scalinata dell'ingresso e saliamo in auto diretti a Denby.

Per un po' Ashford tace e poi sbotta: «Cosa stavi facendo in quella stanza con Willoughby?»

«Quello che nessuno vuole fare con me: conversazione».

«Non essere ridicola, sei sparita subito dopo la cena! Potevi almeno unirti alle altre per provare a socializzare!».

«Ridicola io? Ma ti ascolti quando parli? C'eri anche tu alla cena, e non dirmi che non hai notato che non ho spiccicato parola con nessuno perché alla mia sinistra avevo una sedia vuota e alla mia destra un barone tedesco, e io non parlo una parola di tedesco!».

«Be', allora imparalo! Non è certo colpa mia se non lo conosci».

«Certo, cosa importa a te? Tu ti sei piazzato a un miglio di distanza all'altro capo del tavolo con tutta la tua cricca di snob. Sai, credo proprio che quella stronzetta di Sophia abbia fatto apposta a isolarmi!».

«Fai sempre la vittima!», m'incolpa Ashford.

«Io non lo faccio, lo *sono*! Tutta la tua amata alta società non fa che sparlare di me dietro e davanti alle mie spalle e sembra intenzionata a mettermi nelle situazioni più imbarazzanti possibili».

«Se non ci metti del tuo per inserirti, nessuno ti accetterà mai, lo vuoi capire questo? Tu te ne stai lì nel tuo angolo e speri che qualcuno abbia pietà di te e del tuo disagio e che venga a parlarti! È in arrivo una notizia flash per te: del tuo disagio non gliene frega niente a nessuno!».

«È in arrivo un'altra notizia flash: a Carter sì».

«Ma lascia perdere Carter!», dice lui in tono sprezzante.

«Ti piacerebbe, eh? Sei geloso? Sei invidioso di Carter perché lui non dà all'alta società tutta l'importanza che gli dai tu, ma credimi, in questo modo lui vive molto meglio di te».

«Guarda, Jemma, delle cose di cui stai parlando non sai *niente*», minimizza con tono tagliente.

«Tipico atteggiamento tuo: quando in una discussione sei con le spalle al muro, la chiudi lì».

«Per stasera abbiamo finito di parlare». Ashford è rivolto verso il finestrino e così faccio anch'io, finendo con il discutere con i rispettivi riflessi.

«Credimi, a me sta più che bene!». Figurarsi se ho voglia di confrontarmi con questo caprone.

«Mai quanto a me. Per una volta che te ne stai zitta».

«Ci tieni proprio avere l'ultima parola a tutti i costi, eh?»

«Non sono il solo, pare».

«Bene», ringhio.

«Bene».

28
La versione di Ashford

Ancora Willoughby. Di nuovo. Fanculo.

29
La versione di Jemma

Stasera ennesimo ricevimento. Non ho ancora ben capito a che diavolo servano!

Ci vado sempre malvolentieri, come il solito, ma se non altro stavolta la serata sarà più sopportabile: ci sarà anche Cécile e almeno non farò da tappezzeria.

E poi chissà? Magari anche Carter sarà tra gli ospiti. Non riesco a levarmi dalla testa il suo sguardo astuto e penetrante.

La serata è organizzata alla residenza del conte Warlock e da quello che ho capito ci sarà il concerto di una soprano russa, Olga Višnevskaja. Ho scritto il nome sulla mano per non sbagliare, nel caso qualcuno dovesse chiedermelo.

Quando arriviamo, per una volta, siamo accolti con simpatia e non posso non notare che tutti gli invitati nel salone ammutoliscono quando il duca Neville – il mio amicone Cedric – viene a salutarmi per scambiare quattro chiacchiere.

«Non sono dell'umore per sentir strillare una gallina sovietica dopo una settimana terribile come questa», borbotta lui.

«Per questo nemmeno io. Aver perso la finale di Champions League mi brucia ancora. A Denby eravamo tutti pronti a festeggiare la vittoria! Mai avremmo pensato di farci sbattere fuori tre a zero. Era un mese che io e Lance ci sognavamo questa finalona Arsenal-Real Madrid. Avevamo preparato un trionfo di cori da radere al suolo Denby Hall», concordo.

«Il vecchio Lance come sta?»

«Non si è ancora ripreso», commento scuotendo la testa.

«Chiedo scusa, raggiungo mia moglie, se non la smette di farmi segno con il ventaglio, temo possa decapitare qualcuno».

Mentre io e Ashford ci avviamo verso le poltroncine, una voce ci coglie alle spalle.

«Parker! Hai portato le lamette?». È Harring che butta un braccio sulle spalle di Ashford. «Ci sarà da tagliarsi le vene stasera!».

Io noto una familiare testa rossa e riccia e mi sbraccio tra la folla. «Cécile!», le faccio cenno di raggiungermi.

Lei è avvolta in un lungo abito da sera sempre nel nero che ormai ho capito essere il suo stile caratteristico.

«A proposito di suicidio...», sento commentare Ashford a bassa voce verso Harring.

«Cécile, questo è mio marito Ashford e il suo amico Harring», le dico presentandole i due.

Nessuno dice niente. Nessuno tranne Harring. «Vecchia arpia! Sei uscita dalla cripta?».

Ashford gli dà una gomitata ma Harring non coglie. «Vedo che sei venuta a portarci una ventata di allegria come al solito».

«E tu una ventata d'ignoranza», ribatte lei glaciale.

«Vi conoscete?», chiedo sorpresa dallo scambio di battute.

Ashford interviene per spiegare: «Vedi, siamo nati e cresciuti negli stessi posti, abbiamo fatto le stesse cose, frequentato le stesse scuole. Impossibile non conoscersi».

«Impossibile evitarsi», è il commento di Cécile.

«Vedo che sei ancora sociopatica!», la apostrofa Harring sempre con il suo sorriso scanzonato dipinto in faccia.

«Vedo che sei ancora privo di freni inibitori», sibila la mia amica.

Harring sembra sempre più divertito. «È uno dei miei migliori difetti».

«È anche modesto», osserva Ashford con ironia. «Questi due non si sopportano. Sono in guerra aperta dalle scuole medie».

«Neanche tu mi stai simpatico», dice Cécile indicando Ashford.

«Per carità, nemmeno ci tengo».

Harring s'intromette con la delicatezza che lo contraddistingue. «Stai ancora con il tuo nerd di Palo Alto?»

«Ovviamente», annuisce la mia amica.

«Nerd di Palo Alto?», domando.

«Sean Page», m'informa lei.

«Ha inventato *Razorstreaming*», gli fa eco Ashford. «La piattaforma di streaming e download pirata».

«Sei fidanzata?», chiedo stupita a Cécile. Non lo avevo considerato; lei è sempre così distaccata e indipendente che non ha l'aria di essere il tipo di donna da volere relazioni.
Lei conferma: «Da due anni. Sembri sorpresa!».
«Sì, anch'io sono sorpreso che sia durata così a lungo», fa eco Ashford, spalleggiando Harring.
«Non ci vediamo mai. Ecco perché dura», ribatte Cécile.
«La vostra vita sessuale deve essere davvero intensa!», commenta sarcastico Harring.
«Il sesso mi fa schifo», taglia corto Cécile.
«Forse perché ha un micropene?», chiede lui sempre più divertito.
«Questa conversazione è durata abbastanza. Jemma, andiamo a prendere qualcosa da bere?», dice Cécile rivolta a me.
«Assolutamente sì».
Mentre ci allontaniamo, sentiamo Harring vociare: «Salutami il tuo micropene americano!».

«Non corre proprio buon sangue tra te, Harring e Ashford», osservo.
«Non corre buon sangue tra me e la maggior parte delle persone che riempie questa sala. Odio antico. Abbiamo iniziato a detestarci da ragazzini e la cosa con gli anni si è amplificata. Ma preferisco chi mi disprezza apertamente rispetto alle moine delle Sei-sei-sei. Ashford e Harring hanno sempre fatto squadra, quindi, più che due individui, per me costituiscono un'unica entità. Ashford rappresenta la spocchia e l'arroganza di chi si sente migliore senza meriti apparenti; Harring è volgare, viziato ed esibizionista, e insieme formano un quadro piuttosto intollerabile, capace di tirare fuori il peggio delle persone».
«Vedo che riguardo a mio marito, la pensiamo allo stesso modo», mi lascio sfuggire.
Cécile la prende come una battuta. «Ah, ah, ah! Per sposarlo avrai avuto almeno un buon motivo tu».
«Sì. Il suo titolo». Se la mia risposta di prima l'ha fatta ridere, questa la fa scompisciare.

«Conosco bene la carta d'identità della scalatrice sociale tipo e, credimi, tu non ne hai i connotati».
Visto che rischio di parlare troppo, cambio argomento. «Chi se ne importa, parliamo di cose importanti! Non sapevo stessi con Sean Page! Non è l'eremita californiano megamilionario genio dei computer? Come diavolo vi siete conosciuti?».
Cécile minimizza con tono distaccato: «Ho visto la sua foto su un giornale. Mi è piaciuto.»
«E come lo hai conosciuto?»
«Gli ho fatto causa», è la sua risposta, come se fosse la cosa più naturale del mondo.
La osservo e concludo che essendo lei una persona fuori dagli schemi, in effetti, è un modo d'agire che le calza a pennello.
Mentre il barman prepara i cocktail agli invitati, sbircio tra le poltroncine le teste che ascoltano gli acuti del soprano.
Il mio sguardo si blocca su due occhi azzurro ghiaccio che puntano diretti nei miei.
È Carter!
Lui solleva un sopracciglio e con un impercettibile cenno della testa m'invita nel posto accanto al suo.
«Lady Burlingham», mi saluta a bassa voce non appena mi siedo.
«Ti prego! Detto così sa d'insulto».
«Forse l'avrei presa meglio se me lo avessi detto subito», ribatte lui.
«Se tu mi avessi chiesto: "Sei sposata con Ashford Parker?", allora ti avrei detto di sì. Non me lo hai chiesto, io ho ritenuto non necessario declamarlo... Non mi sembravi particolarmente interessato ai titoli».
«Nemmeno tu».
«Mi dispiace che tu abbia avuto questa impressione, ma non è così».
«Mi devi uno scotch. Liscio, doppio», ribatte lui.
«Ma quello scotch era degli Skyper-Kensitt!».
«Sì, ma te l'ho offerto io», sussurra scherzoso.
«Seconda fila, eh? Non vuoi proprio perderti niente del concerto?», noto io.

«Non ho potuto rifiutare».
«Nemmeno io», commento rivolgendo lo sguardo in direzione di Ashford.
Carter mi mostra il lettore MP3 che sporge dal suo taschino e indica l'auricolare che pende dal suo orecchio destro. «Costretto a essere presente, ma non ad ascoltare».
«Geniale».
Lui mi porge l'altro auricolare. «Per salvarti, stasera, posso offrirti solo i Dire Straits».
Nella mia vita ho immaginato di tutto: rose, cioccolatini, palloncini a forma di cuore, ma non ho mai pensato a quanto potesse essere romantica l'offerta di condividere un auricolare.
Sulle note di *Romeo & Juliet* non facciamo caso al concerto in sala e applaudiamo meccanicamente ogni volta che lo fanno i nostri vicini.
Io e Carter non parliamo, ogni tanto ci scambiamo qualche sguardo d'intesa e inizio a pensare che forse sia ora di mettere in pratica quella questione del matrimonio aperto.
A Carter interesso, è evidente, altrimenti non s'intratterrebbe tanto con una donna sposata.
E poi è la seconda volta che mi salva dalla noia!
Verso la fine del meglio dei Dire Straits sento una mano battermi leggermente sulla spalla. È Cécile.
«Io sto per andare, volevo salutarti. Tieni presente che Ashford è lassù, sulla balconata», dice lei indicandolo, appoggiato al parapetto dorato, «ed è incazzato nero. Non è per farmi i fatti vostri ma forse dovresti raggiungerlo».
Per un attimo il mio sguardo incrocia quello di Ashford e vedo i suoi occhi socchiusi per la rabbia, le sopracciglia aggrottate e le labbra serrate. Mi sta sfidando apertamente: alzati da quella poltrona e sali, oppure rimani lì e facciamo i conti.
Io ho la terza opzione.
Mi volto verso Carter e dico: «A proposito di quello scotch doppio che ti devo, che ne dici di andarcelo a bere? Stasera mi sento generosa».
«Ora?», chiede lui più divertito che insicuro. Lui non mi sembra mai insicuro.

«Sei venuto con la tua auto, no?»
«Come sempre».
«Allora è perfetto», dico, rivolgendo uno sguardo tagliente a Ashford che mi osserva truce dalla galleria.
Non appena salgo sulla Porsche di Carter scrivo un messaggio a Ashford.

Vado a bere qualcosa con Carter. Goditi la scimmia urlatrice della Siberia. Non aspettarmi sveglio.

«Andiamo al Mason's Head?», mi chiede.
Non so neanche dove sia. «Perfetto».

30
La versione di Ashford

«Vedo».

«Cosa?», strepita Harring.

«Vedo», ripeto.

«Sei impazzito? Prima lasci con una coppia, ora mi vieni a vedere con un asso e una figura sul tavolo senza neanche rilanciare?», chiede incredulo.

«Mmm», mugolo mentre osservo la pendola per l'ennesima volta.

Harring mi strappa le carte dalle mani. «Hai un full», e le lancia per aria. «Ma dove cazzo hai la testa stasera? Vuoi giocare sì o no?».

Dopo il concerto della russa e, soprattutto, dopo il messaggio di Jemma, non avevo più nessuna voglia di restare al ricevimento, così ho invitato Harring a Denby per una mano di poker.

«Sì… No… Non lo so».

Harring riunisce il mazzo e inizia a mescolarlo sventagliando le carte. «Vuoi parlarmi e dirmi che cazzo hai?»

«Non ho niente», ringhio.

«È da quando siamo tornati che hai lo sguardo assente e guardi l'orologio».

«Bene, allora!», mi arrendo. «Te lo devo dire perché sto impazzendo».

«Parla! Io qui che ci sto a fare?»

«Jemma è uscita».

«Lo so».

«Ti ricordi quella storia che ti dissi? Che io e lei ci siamo sposati ma che abbiamo concordato di essere una coppia aperta eccetera».

«Chiaro e cristallino».

«Non è andata proprio così: mio padre mi ha lasciato un mare di debiti e le banche mi stavano per pignorare anche le mutande. Jemma, invece, per ereditare i milioni di sua nonna e andarsene da quel buco a Lewisham doveva sposare un uomo nobile. Il mio avvocato che, guarda caso, era anche quello di sua nonna, ha combinato il nostro matrimonio, in modo che lei, diventando duchessa, potesse ereditare e che, con parte dei suoi soldi, io saldassi i miei debiti. È stato un matrimonio di puro interesse, ma qualche pettegolo ha fatto pubblicità alla cosa e quindi io e lei dobbiamo vivere da coniugi per un tempo ragionevole per rendere credibile la cosa. Per tenere separate vita sentimentale e affari siamo d'accordo che lei può avere le sue storie e io le mie».

Harring si alza sbalordito. «Mi serve un drink. Hai del brandy?»

«Puoi restare sobrio finché non ho finito?»

«Questa storia si fa sempre più avvincente», commenta lui.

«Tenendo fede a quest'accordo, Jemma non ha perso tempo. Dopo il concerto se n'è andata con...».

«Una donna di parola!».

«...con Carter Willoughby».

Harring sobbalza sulla sedia su cui si stava dondolando. «COSA? E tu gliel'hai lasciato fare?»

«E come potevo impedirglielo?»

«Dicendole che è un bastardo, per esempio?»

«Non ne ho il diritto. Poi penserebbe che lo faccia per gelosia!».

«Ed è vero?»

«NO!», urlo con impeto, quasi scioccato dalla domanda di Harring.

«Quel cazzone di Willoughby! Be', se il pensiero di lui che la prende per mano, le mette il braccio intorno alla vita, che le abbassa le spalline del vestito non ti disturba...».

«Non mi disturba, no. Mi fa impazzire! Mi nausea, mi disgusta e mi fa venire voglia di spaccare tutto».

Il mio amico alza gli occhi al cielo. «Strano, per uno che si è sposato solo per soldi...».

«E al mio amor proprio non ci pensi? Al mio orgoglio? Quella che è ufficialmente conosciuta come mia moglie esce e flirta con la mia nemesi. Tutti, ma non lui».

«La gelosia non c'entra niente, quindi?», rincara Harring.

«No!».

«D'accordo, ti credo. Faccio finta di non avere un cervello e ti credo».

«Ti ho chiesto di ascoltarmi, non di trarre conclusioni».

«Ora che ti sei sfogato presumo tu abbia ritrovato la tua lucidità per giocare un'altra mano di Hold'em, sbaglio?»

«Non sarò lucido finché non vedrò Jemma varcare quella soglia, quant'è vero Iddio!», tuono battendo un pugno sul davanzale. «Dovessi aspettare tutta la notte», mormoro tra me e me. Il pensiero di aver ancora una volta a che fare con quella mina vagante di Willoughby mi fa ribollire il sangue nelle vene.

31
La versione di Jemma

Dopo la sera del concerto mi aspettavo una reazione tipo esplosione nucleare da parte di Ashford, e invece niente. Il giorno seguente si è limitato a chiedermi com'era andata la mia serata e invitarmi a essere più discreta, in quanto, sebbene abbia il diritto di avere la mia vita e le mie storie, almeno devo cercare di non essere tanto plateale.

Forse ha ragione, ma io muoio dalla voglia di rimetterlo al suo posto. Ogni volta che sono obbligata a partecipare a quelle serate pompose sento il desiderio di vendicarmi su di lui, perché è del tutto a suo agio, nel suo elemento, e sembra che non gli importi nulla del mio isolamento e del mio disagio. E il fatto che a lui Carter non vada a genio è un incentivo a frequentarlo.

A Carter piaccio, ne ho la conferma. Dopo il famoso scotch del dopo concerto che ci siamo bevuti in quel pub semideserto, mi ha riaccompagnato a casa e mi ha quasi baciato. Ci siamo salutati e lui mi ha schioccato un bacio sotto all'orecchio (troppo preciso per essere incidentale) e un altro all'angolo della bocca. Se fossi stata un po' più sciolta, forse mi sarei fatta avanti io.

Stamattina si terrà una battuta di *drag hunting*, cioè, come mi ha spiegato Lance, una caccia simbolica durante la quale i cacciatori a cavallo, con le loro mute di cani, inseguono una scia che simula l'odore di una volpe, in un percorso di agilità di una decina di miglia, nel bosco. Da quello che ho capito, la stagione della caccia ufficiale apre a ottobre, ma trattandosi dell'ennesima attività durante la quale mettersi in mostra, il bel mondo aristocratico non se la fa mancare neanche durante la stagione estiva.

Nemmeno a dirlo, Ashford è il maestro di caccia nominato per la stagione, quindi per la famiglia Parker oggi sarà un evento di primo piano.

La caccia non riscuote le mie simpatie e, per quanto mi riguarda, tifo per la volpe, anche se questa volta non c'è.

Se non altro, non farò brutte figure visto che almeno a cavallo ci so stare egregiamente.

Ho anche una tenuta da cowgirl niente male! Gli stivali texani e il cinturone sono un reperto storico di mio padre (gli stivali vanno un po' larghi ma con due paia di calzini calzeranno alla perfezione); il giacchino di pelle smanicato con le frange sulla schiena l'ho trovato su una bancarella al mercatino di Brick Lane e il cappello da cowboy era in svendita in un negozio di costumi. Chi l'avrebbe mai detto che avrei avuto l'occasione di usarlo!

La battuta è ospitata nella tenuta dei Danbury, a Avon House. Quando mi unisco ai membri del circolo di caccia, dopo essermi cambiata, e Ashford mi vede, gli va quasi di traverso lo champagne.

«Non smetti mai di stupirmi. In negativo», ringhia tra i denti quando lo raggiungo.

«Non ho intenzione di mettermi in testa quegli scolapasta che usate tutti. E quelle casacche rosse vi fanno sembrare un plotone di piccoli aiutanti di Babbo Natale».

«E tu sembri uscita dal set di un film di Sergio Leone».

C'è anche Harring, che quando mi vede applaude divertito. «Vorrei averci pensato prima io!».

«Tu non dovresti nemmeno parlare. Non partecipi neanche alla caccia!», lo apostrofa Ashford.

«Infatti». Harring fa spallucce. «Io sono venuto solo per il buffet».

«Non c'è Cécile?», chiedo.

«No, non è più ospite gradita alle cacce da quando ha nascosto le volpi alle ultime tre battute...». Poi Harring s'interrompe per dar di gomito a Ashford. «Facciadaculo a ore undici».

Ashford si fa livido in volto e io mi giro per vedere di chi stia parlando.

È Carter, che appena mi vede mi saluta venendo verso di me.

«Ciao Jemma», poi rivolto agli altri due. «Harring, Parker».
«Non avevi niente di meglio da fare?», chiede Ashford.
«Pare che il meglio sia qui», è la risposta di Carter. Non vorrei essere presuntuosa, ma credo mi abbia lanciato un'occhiata.
«Non c'è niente per te qui».
«Strano», dice Carter sfilandosi un cartoncino dalla giacca. «Il mio invito dice il contrario».
Ashford e Harring strabuzzano gli occhi.
Ok, aiutati che Dio ti aiuta, dicono... No? Be', sapevo che mai nella vita Ashford avrebbe invitato Carter alla battuta, così ho sfilato uno degli inviti in bianco, l'ho messo in una busta con il suo indirizzo e l'ho nascosto tra quelli da inviare.
«Sembri sorpreso», osserva Carter.
«Di me stesso», risponde Ashford stringendo l'invito con rabbia.
La squadra di caccia si sta riunendo nella corte così Ashford restituisce con sgarbo l'invito a Carter. «È ora di andare».
Ashford salta in sella e al grido di "Tally oh" si mette alla testa della squadra.

32
La versione di Ashford

"Il mio invito dice il contrario".

Fottiti Willoughby.

Io non gli ho mandato un accidente. A quanto pare Jemma sembra completamente rapita da quel buono a nulla.

Lo guarda con gli occhi sgranati come se fosse l'ottava meraviglia del mondo, pende dalle sue labbra nemmeno fosse un guru.

Se sapesse quello che so io, gli starebbe a miglia di distanza.

Un momento.

Dove diavolo sono finiti?

33
La versione di Jemma

Cavalchiamo a perdifiato perché Ashford ha deciso di tenere alto il tiro, di sicuro per dimostrare di essere il migliore, come al solito. Presuntuoso. E poi nessun uomo che sia davvero sicuro di sé ha bisogno di dimostrare un bel niente.

Carter cavalca alla mia lunghezza e quando il gruppo fa per lanciarsi nel fitto del bosco, arrestiamo l'andatura fin quasi a trovarci al passo.

«Non raggiungi tuo marito?», mi chiede.

«Gli darò qualche lunghezza di vantaggio».

«Non lasciare che se lo prenda. È un Parker; crederà che sia merito suo», ribatte Carter affiancandosi a me.

«Non ne dubito».

«Non spendi mai troppi complimenti per Ashford».

«Tu vuoi sentirmi fare apprezzamenti su Ashford?», chiedo.

Carter mi si avvicina pericolosamente, il volto davanti al mio. «No, direi di no».

E il mio cavallo s'impenna. Da tranquillo come una mucca al pascolo, si ribella nitrendo di terrore permettendomi a malapena di tenere le briglie. Non fa caso ai miei "buono, buono, va tutto bene", mi disarciona dalla sella e parte al galoppo nel bosco.

Carter mi soccorre e nel rimettermi in piedi mi accorgo che la gamba sinistra non regge il mio peso.

«Che dolore!», mi lamento.

«Ti sei fatta male?»

«Nella caduta devo aver battuto il ginocchio. Non riesco ad appoggiare la gamba sinistra».

«Di certo non puoi continuare la battuta di caccia».

«E Poppy è fuggito imbizzarrito nel bosco! Non capisco cosa sia successo, era così tranquillo».

«Qualcosa deve averlo spaventato. Facciamo così, ora ti accompagno a Avon House, dove potrai stenderti su una bella ottomana con del ghiaccio. Sei d'accordo?». Carter mi tende le braccia per aiutarmi.
«Sono nelle tue mani», rispondo lasciandomi sollevare in sella.

Mi sento proprio coccolata. Carter mi ha presa in braccio per raggiungere il salottino privato, dove mi ha adagiato su un bel divano pieno di cuscini. Mi ha anche portato del ghiaccio per il ginocchio e champagne per alleviare il dolore.
«Sta' qui, riposati, brinda alla tua salute mentre io riporto il mio cavallo alle stalle. Sarò di ritorno tra poco».
Così dicendo, prima di andarsene mi dà un fugace bacio che non lascia dubbi.
Mi ha baciata! È durato un secondo, ma mi ha schioccato un bacio sulle labbra con sicurezza, come se fosse assolutamente sua intenzione. Gli piaccio! Ci avevo visto giusto!
Resto tutto il tempo con una mano sulle labbra a richiamare la sensazione della pressione delle sue labbra sulle mie.
Nella mia testa sento una vocina farmi l'elenco di tutti i motivi per cui Carter è il candidato numero uno per il podio del principe azzurro: bello, sveglio, cavaliere, galante, mi mette a mio agio, ha la battuta pronta… È perfetto.
Diabolico! Mi ha lasciato qui a torturarmi con la mia immaginazione.
Però il suo "tra poco" è un po' lungo. È quasi un'ora che se n'è andato.
Zoppicante, con il ghiaccio in mano, mi trascino per Avon House deserta alla ricerca di Carter.
Ti prego, fa' che non sia al primo piano, non posso affrontare le scale!
Passo davanti a una serie di porte chiuse finché da una non sento provenire delle voci.
Distinguo timbri maschili, giovani e uno sembra quello di Carter. Stanno ridendo di gusto. Mi chino per spiare dalla serratura se davvero si tratti di lui e, in effetti, ho ragione. È seduto di spalle ma riconosco la sua chioma dorata scompigliata. Non

conosco gli altri che lo circondano, ma vedo che reggono un ventaglio di carte.

Perché non è tornato da me?

Vorrei entrare per chiamarlo, ma l'ennesimo scoppio di risa mi blocca. Decido di ascoltare la conversazione per capire cosa li faccia ridere.

È Carter il primo a parlare: «...Parker mi fa quasi pena! È tanto attaccato al suo blasone che non vede nient'altro intorno a sé».

«Allora è una fortuna che ci sia tu a guardare le sue cose per lui, eh, Carter?»

«A cosa ti riferisci, Wandsworth?».

Il rosso alla sua sinistra ribatte sghignazzando: «A sua moglie, no?»

«Già, è da un po' che ci giri intorno, non sapevamo avessi un debole per le donne sposate!», commenta l'altro.

«Un debole io? Dài, siate seri! Vi sembra il mio tipo? Sembra che mi conosciate appena!».

«Non so se lei sia il tuo tipo, ma tu sembri di sicuro il suo. Ogni volta che ti manifesti, lei ti guarda adorante!», dice il tale di nome Wandsworth. Mi sta già antipatico.

«Be', non si può certo biasimarla, è sposata con quella statua di sale di Parker!», è la risposta di Carter.

«Allora lo ammetti! C'è qualcosa!».

«No, non ammetto niente perché non c'è niente. Sì, forse Jemma ha preso una cotta per me. Io mi limito ad assecondarla, ecco come stanno le cose. Non c'è niente al mondo che mi dia più soddisfazione che umiliare Parker, e non sarebbe la prima volta che una donna preferisce me a lui. Certo, da quello che mi aveva detto Portia, sembrava un'impresa più faticosa ma questa è caduta come una pera matura!».

«Portia?», chiedono i due amici all'unisono.

«Sì, abbiamo fatto una scommessa, di cui non vi dirò i termini. Dico solo che la mia sfida era sedurre la moglie di Parker e direi che ormai siamo al traguardo».

«Vorrei essere nella testa di Parker solo per sentire quanto gli pesano le corna!», esplode a ridere il terzo.

Carter è sempre più divertito dallo scambio di battute. «Fidati, è meglio di no. Ogni tanto penso a come diavolo gli è venuto in mente di sposare una truccatrice povera in canna pescata in qualche quartiere popolare! Si veste come un travestito di un gay bar di Hackney e quando apre bocca fa venire voglia di essere sordi. Se non avesse delle belle tette, avrei già rinunciato alla scommessa e l'avrei data vinta a Portia a tavolino».

Sento il mio viso rigato di lacrime. Non come quella volta alla partita di polo. Allora avevo preso le frasi delle Sei-sei-sei per delle calunnie da snob invidiose, ma Carter… Mi sembrava sincero. Credevo di interessargli davvero.

E poi cosa voleva dire quella scommessa? E di nuovo quella Portia? E le altre donne di Ashford con cui è stato?

Con gli occhi annebbiati di pianto mi trascino di nuovo verso il divano, ma stavolta chiudo la porta alle mie spalle e giro la chiave a più mandate per assicurarmi che Carter non entri.

34
La versione di Ashford

Durante la battuta mi sono fermato più volte a guardare alle mie spalle per cercare Jemma, ma né lei né Willoughby erano nel corteo.

Un terribile pensiero mi ha attraversato la mente da farmi sudare freddo. Mi sono ricordato di tutti i miei trascorsi con Willoughby e d'istinto ho girato il cavallo.

Ho passato a Davenport la guida della battuta e sono tornato indietro a cercarli.

Nel bosco ho riacciuffato Poppy, che mi correva incontro scalmanato e con il posteriore segnato da una ferita di sperone.

Mi sono passati per la testa mille scenari drammatici e ho setacciato il bosco nella speranza di trovare Jemma.

Niente.

Sono arrivato a Avon House ma di lei nessuna traccia.

Quando sto per tornare nel bosco, sento lo scoppio di una risata familiare in modo irritante: Willoughby.

Spalanco le porte della sala gioco e ci trovo Carter con Wandsworth e Branagh, o come li chiamo io: il suo coglione destro e il suo coglione sinistro. Lui, la testa di cazzo, è ovviamente in mezzo.

Lo stronzo si volta con un sorriso stampato in faccia. «Ehilà, Parker! Già preso la volpe?»

«Dov'è Jemma?», chiedo senza troppi giri di parole. L'ultimo che l'ha vista è lui, ci metto una mano sul fuoco.

«Ovviamente non con te», risponde lui con la sua solita faccia di bronzo. «Siediti con noi, Parker. C'è una sedia libera e Wandsworth sta tagliando il mazzo. Poker».

«Non gioco a soldi. Non ho bisogno di spillare quattrini ad altri, io».

«Cos'è? Hai paura di perdere?», mi sfida Willoughby.
È la domanda davanti alla quale nessun uomo può tirarsi indietro.
Muto raggiungo il tavolo verde, scosto la sedia facendola stridere sul pavimento e mi siedo. «Do io le carte».
Carter lancia un'occhiata d'intesa ai suoi due coglioni e poi butta lì con nonchalance: «Allora, sei un maritino felice ora».
«Credo di non sbagliare dicendo che non sono affari tuoi».
Lui guarda le sue carte e imperturbabile continua a provocarmi. «Già, non sarebbero affari miei, ma sembra proprio che Jemma la pensi diversamente».
«Ti consiglio di starle alla larga», ringhio.
«Se no cosa mi fai, Parker?». Poi si allunga sul tavolo verso di me e sibila: «Niente, come tutte le altre volte», e torna al suo posto con aria soddisfatta.
È vero, ho sempre lasciato correre, perché mi sono sempre ritenuto superiore per qualsiasi forma di vendetta nei suoi confronti.
«Non sei così importante da meritare la mia fatica, Willoughby».
Lui continua sempre a sfoggiare la sua aria spavalda. «Mettici i soldi al posto delle parole. Vuoi puntare o no?»
«Ci sto», dico spingendo una pila di fiches sul tavolo. «Tremila».
Wandsworth e Branagh hanno capito che non è aria e che è una questione tra me e Carter, quindi foldano, uscendo dalla partita.
Anche lo stronzo spinge le sue fiches al centro del tavolo. «Vedo i tuoi tremila e rilancio di altri tre».
Non potrei aspettarmi niente di diverso da lui. «Dieci».
Non mi piace fare puntate spregiudicate, ma ho una mano che mi conforta e spero che per una volta, la fortuna non sia dalla sua parte.
«Sai cosa c'è? Che questo rilanciare di tre in tre, mi annoia, potremmo andare avanti all'infinito. Mettiamo sul tavolo qualcosa di appetitoso», mi sfida lui.
«Sei proprio al verde, eh, Willoughby?»
«Mi serve qualcosa di stimolante. Punta qualcosa alla quale

tieni, qualcosa in cui ti riconosci. Qualcosa che non metteresti in pericolo», il tono di Willoughby è fastidioso.

«Io ho una lista bella lunga, ma per quanto ti riguarda, non tieni a nient'altro che a te stesso, e non vorrei vincerti nemmeno se fossi fatto d'oro».

«Sei venuto con la tua Jaguar?», fa cenno con la testa alla finestra.

«Sì».

«Bella. Roadster, del '56, duecentotredici cavalli. Si fa notare, un bel motore, versione da competizione. Un pezzo da intenditori», osserva lui con fare sibillino.

«Non è roba per te», commento in risposta alle sue insinuazioni.

«Non è detto», poi mi guarda dritto negli occhi. «Ci stai?».

È tutto tra le righe, basta saper leggere: ho abbastanza fegato da rischiare di perdere qualcosa a cui tengo, qualcosa di unico? Sì, stiamo parlando della Jaguar, ma il sottinteso è sottile: si riferisce anche a Jemma.

Sì, se fosse mia moglie per amore, non esiterei. Voglio davvero farlo? E che figura ci faccio se mi tiro indietro? È come se dessi a Willoughby il permesso di farmi fesso pubblicamente.

Se ci sto, gli dimostro di non aver paura di mettermi in gioco per ciò a cui tengo, ma rischio di perdere la mia Jaguar e vedere Willoughby al volante potrebbe farmi venire un infarto fulminante.

Lui sputa altro veleno. «In fondo non sarebbe una novità, se ti tirassi indietro».

Per chiedermi la Jaguar, Willoughby deve puntare almeno il suo valore: o ha delle carte spettacolari, o sta bluffando.

Ha l'aria di essere sicuro che io lasci, e se così fosse vincerebbe il piatto (su cui ci sono venticinquemila sterline) e la Jaguar. Senza contare la mia umiliazione. So quanto gli piace prendersi ciò che è mio.

Sfilo le chiavi di tasca e le lancio sul tavolo. «Ora scopri le carte».

Un cinque, un sei, più un sette, un otto, un nove spaiati che sono sul tavolo. Ha una scala, solo una fottuta scala.

Mi alzo in piedi lanciando le mie sul tavolo. «Full», e mi riprendo le chiavi, trionfante.

Proprio in quel momento vedo Jemma, zoppicante, sulla soglia della porta. Ha gli occhi gonfi e l'aria di aver pianto. «Andiamo a casa?»

«Sì», la raggiungo e la prendo in braccio, facendole cadere il ghiaccio a terra. «Andiamo a casa».

Prima di uscire lancio un ultimo sguardo a Willoughby. «Tieniti pure i soldi».

Jemma sembra scossa. La scorgo con la coda dell'occhio sul sedile accanto a me, stranamente seduta composta, quasi rigida, lo sguardo basso e di tanto in tanto tira su con il naso.

Una parte di me ha già liquidato la faccenda attribuendo la sua aria sofferente al dolore per la caduta, un'altra sente che c'è di mezzo Willoughby, ma non ho voglia di chiedere. Non credo che mi piacerebbe sentire la sua risposta.

Tutto quello che riesco a lasciarmi sfuggire, in tono asettico è: «Tieni premuto il ghiaccio, o il dolore non ti passerà mai».

Lei esegue, senza proteste.

Dopo qualche minuto di silenzio, mi rivolge una domanda che quasi mi sconvolge. «Sei arrabbiato con me?».

Oltre alla domanda, c'è il suo tono sommesso a stupirmi, tanto che mi ritrovo quasi a rassicurarla. «No. Per una volta non ce l'ho con te».

«Non avrei dovuto lasciare il percorso di caccia. E mi sarei dovuta mettere la divisa come tutti. Se non avessi usato questi stupidi stivali non mi sarei fatta nulla».

«Sei una cavallerizza esperta, sai cavalcare con qualsiasi paio di stivali».

Dopo ancora qualche attimo di silenzio, lei mi spiazza nuovamente con un'altra domanda. «Perché tra te e Carter non corre buon sangue?»

«Che non corra buon sangue è un eufemismo. A fatica posso stare nella stessa stanza in cui si trova lui. Credo che sia il momento di abbandonare tutte le mie reticenze sul caso e raccontarti dei nostri trascorsi, così da farti capire una volta per tutte di che razza di persona stiamo parlando». Mi accorgo che è attenta alle mie parole, ha smesso di guardare fuori dal finestrino e ora è rivolta verso di me. Io riprendo a spiegarle. «Io e lui eravamo anche abbastanza amici da ragazzini, si parla dei tempi di Eton. Lui era una simpatica canaglia, irresistibilmente furbo, ma io, lui e Harring formavamo una bella compagnia. Poi il suo atteggiamento nei miei confronti è inspiegabilmente cambiato. Ogni volta che frequentavo una ragazza, lui, dopo poco, si presentava da lei e metteva su la sceneggiata del "Sono il migliore amico di Parker, e non dovrei farlo, ma tu sei una ragazza speciale e meriti di sapere la verità: Ashford, durante le vacanze estive/di Pasqua/di Natale, ti ha tradito. Ha una storia con un'altra", dopodiché la infinocchiava con la recita del consolatore e quei cazzo di Dire Straits. Metteva su il disco di *Romeo & Juliet* e *tac*! Se le portava a letto. Ha fatto questo bel gioco sei volte. All'inizio non capivo perché tutte le mie ragazze sparivano e non mi rivolgevano più la parola, poi Harring lo ha colto sul fatto con Liza, la mia ultima fiamma, e tutto fu chiaro.

Da allora i nostri rapporti si ruppero, fino a quando non lo trovai nella mia stessa divisione dell'esercito in missione a Kabul.

Mentre eravamo in missione siamo rimasti a piedi perché lui, al quale spettava il compito di verificare il mezzo prima della partenza, non aveva fatto rifornimento. Siamo stati bloccati nel cingolato un giorno intero finché di notte non ho strisciato come un verme fino al campo base per tornare con un altro mezzo a prendere la squadra. Lui l'avrei abbandonato nel deserto».

«Non potevo immaginarlo», mormora.

«Avrei dovuto dirtelo prima».

«Non ti avrei dato retta», ammette. Con il dorso della mano si asciuga una lacrima.

C'è qualcosa, ma non vuole dirmelo, quindi io non chiederò. «Il ginocchio ti fa molto male?».

Lei si affretta a fare cenno di sì. «Sì, molto».

35
La versione di Jemma

A Denby vengo accudita come una bambina dai domestici che mi vedono sofferente.

Sono convinti che io pianga per il dolore e il mio ginocchio gonfio ne è la conferma.

Io però non faccio che pensare a quello stronzo di Carter e a tutte le cose orrende che gli ho sentito dire su di me.

Quando Ashford mi ha raccontato tutte quelle storie su Carter mi sono veramente resa conto di essere una stupida. Non ho avuto il coraggio di dirgli cosa è successo e non sono sicura che si sia bevuto la balla che il mio pianto fosse per il dolore della caduta.

Carter! Mi faccio schifo da sola al pensiero di aver potuto anche solo credere di innamorarmi di lui! Principe azzurro un accidente!

E provo pena per me stessa per la prima volta, pensando che si parli di me in quel modo. Certo, mai in faccia, ma ogni volta che esco da una stanza, l'argomento principale è la mia inadeguatezza.

Per me è stata una giornata misera, tanto che non ho avuto nemmeno la stoffa per litigare con Ashford (grande classico di chiusura dei nostri eventi mondani).

Lui si aggira per casa con un'aria stranamente tronfia (più del solito intendo) e a cena fa stappare champagne.

Se devo salvare me stessa, chiedo aiuto all'unica persona che parla la mia lingua. Lance.

Sembra una riunione segreta: ho concordato l'incontro con lui scambiando bigliettini sotto il piatto da portata durante la cena, e sono sgattaiolata – per quanto possibile con il mio ginocchio infortunato – nella sala degli stemmi, non appena Ashford si è chiuso in biblioteca.

Non sto facendo niente di illegale o di proibito, ma non mi va di far sapere i miei programmi visto che qui, a quanto pare, tutti non aspettano altro che io dia loro un pretesto per criticarmi.

Lance deve aver avvertito i miei passi nel corridoio perché non faccio in tempo a posare la mano sul pomello d'ottone che la porta si apre.

«Sua Grazia, prego, lasci che la aiuti a stendersi».

«Lance! Non ti ha visto nessuno, vero?», chiedo io lanciando un'occhiata furtiva per controllare di non essere seguita.

«No, sono stato molto discreto».

«Mi sento quasi presa in giro ogni volta che mi chiamate *Sua Grazia*. Ho venticinque anni, mi fa sentire una centenaria!».

«Sono dolente che si senta così, ma è l'appellativo che spetta a una duchessa», dice Lance con aria grave.

«Mi devo abituare, quindi...».

«Assolutamente, poiché sia il sottoscritto sia gli altri domestici e tutti quelli che vengono dopo di lei le si rivolgeranno con tale attributo».

«Come sarebbe "quelli che vengono dopo di me"?», chiedo curiosa.

«"Quelli che vengono dopo di lei"... Bene, molto bene, Sua Grazia. Mi ha dato un ottimo spunto per le nostre lezioni. Se ascolterà ciò che le dirò, non avrà problemi a inserirsi in società». Lance inizia a camminare in lungo e in largo, con passo impercettibile, sullo spesso tappeto blu mentre io lo osservo attenta sdraiata sul divano.

«Imparo velocemente, purché tu sia chiaro nelle spiegazioni».

«Il titolo di duchessa, quale moglie del duca di Burlingham, le dà la precedenza su tutti gli altri nobili e aristocratici con titoli minori. Ne evince che sarà preceduta da chi ha titoli più importanti. È fortunata: quale duchessa, si trova piuttosto in alto nell'ordine».

«Che figata!», esclamo entusiasta. «Persone obbligate a camminarmi dietro perché sono duchessa e loro no!».

«Precisamente, Sua Grazia. Una figata», conferma Lance

sempre impassibile. «Ma andiamo con ordine. Un corteo ufficiale si divide in ranghi: prima ci sono i duchi, poi i marchesi, i conti, i visconti e infine i baroni. Ovviamente lo stesso vale per le mogli».

«Sophia Skyper-Kensitt? Che titolo ha?», chiedo impaziente.

Lance riflette un attimo prima di darmi la risposta. «Contessa, fintanto che resta in casa del padre».

«Sì! Quella stronza può baciarmi il culo! E Linda Rickson? E Julia Bromley?», lo incalzo.

«I Rickson conti, i Bromley baroni», mi comunica lui senza esitazione.

Applaudo felice, nel mio piccolo, per avere una rivincita grazie al titolo che mi va tanto scomodo. Va bene, sarà come avere un paio di scarpe col tacco nuove: dolorosissime ma che vale la pena indossare.

«Tuttavia ci sono titoli più importanti ai quali deve dare la precedenza. Essere duchessa la colloca piuttosto in alto, ma non abbastanza da entrare per prima. Prima di tutti c'è la famiglia reale, seguita dall'arcivescovo di Canterbury, dal cancelliere, dal primo ministro, il lord tesoriere, e il lord del sigillo privato».

Ho smesso di ascoltare; sto facendo a mente i conti di tutte le persone che devono camminare rispettosamente dietro di me. «Quindi, come moglie di duca d'Inghilterra dal titolo ereditario sono praticamente subito dopo la famiglia reale!».

«E l'arcivescovo di Canterbury, il cancelliere, il tesor…».

«Sì sì, ho capito», lo interrompo brusca, «volevo essere più sintetica».

Lance lancia un'occhiata alla pendola. «Istruirla richiederà molta della sua pazienza».

«Domani faremo un'altra lezione?», chiedo io ansiosa.

«Come Sua Grazia desidera. C'è un argomento in particolare che le interessa approfondire?»

«Non saprei… È così fondamentale parlare il tedesco?», chiedo pregando con tutta me stessa di no.

Lance fa cenno di sì con la testa. «E il francese, naturalmente».

Mi appoggio con aria abbattuta allo schienale. Uffa, dovrei essere davvero un fenomeno per imparare due lingue!

Lance mi rivolge un sorriso rassicurante. «Troveremo di certo un altro tema interessante di cui discutere. Se Sua Grazia me lo permette, la scorterei ai suoi appartamenti. Temo non sia ancora in grado di camminare sulle proprie gambe».

«Grazie Lance». Gli faccio cenno di avvicinarsi così da potergli mettere il braccio intorno al collo.

Mi aiuta a distendermi a letto e mi posa la gamba su un soffice cuscino con aria paterna. «Per i prossimi giorni resti a letto e non si muova. Penseremo noi a ogni sua necessità».

Lui è già sulla soglia, e mi dà già le spalle quando lo fermo con voce timida: «E Portia? Che titolo ha?»

«Il padre è marchese».

«Oh», mi lascio sfuggire delusa. Non l'ho ancora conosciuta, ma speravo valesse meno.

«Ma la sua famiglia detiene il titolo solo dal 1832», aggiunge lui.

Un'inspiegabile soddisfazione mi riempie il cuore. «Grazie Lance».

36
La versione di Ashford

Noto che il posto a tavola alla mia destra è vuoto anche oggi. Dalla battuta di caccia Jemma è rinchiusa in camera. Non si sposta perché la distorsione al ginocchio la costringe a letto, ma ormai sono passati più di dieci giorni.

Non mi vuole né vedere né parlare – non che la cosa mi disturbi – ma vorrei proprio sapere se quel farabutto di Willoughby si è più fatto sentire.

«Della duchessa ci sono notizie?», chiedo con voce monotona per non suscitare in qualcuno il dubbio di un mio eventuale stato d'ansia. Per essere chiari: il sottoscritto non è in ansia per la duchessa, né credo lo sarà mai.

«È ancora nei suoi appartamenti», risponde pronto Lance.

«Quanti giorni sono che non esce? Dieci?»

«Undici, Sua Grazia», mi corregge lui.

«Undici. Mi sembra esagerato per una distorsione. Devo mandare a chiamare qualcuno? Un dottore? Un becchino? Un esorcista?».

Proprio mentre Lance apre bocca per azzardare una risposta, un rovinoso rumore di passi lungo lo scalone accompagnato da un: «È arrivato, è arrivato, è arrivato!», della ormai familiare voce di Jemma, ci interrompe.

«Stavo parlando di esorcista, giusto?», la mia domanda rimane sospesa nell'aria.

Riconosco lo scatto del pesante portone d'ingresso che si apre, proprio quando un furgoncino di un corriere vi si ferma davanti. Passano pochi secondi e il furgoncino se ne va e sentiamo di nuovo i precipitosi passi di Jemma salire le scale.

«Selvaggia», commenta mia madre.

È evidente che la distorsione è acqua passata.

Lancio uno sguardo interrogativo a Lance, che rimane impassibile dall'altra parte del tavolo. «Presumo che sia arrivata la serie in DVD di *Orgoglio e pregiudizio* della BBC», ci informa.

«Lance, potresti raggiungermi nel mio studio? Vorrei parlarti», chiedo, poggiando il tovagliolo alla mia sinistra.

«Sparecchio la colazione e la raggiungo».

Mi alzo in piedi con fare deciso. «Intendo immediatamente».

Mi siedo alla scrivania mentre Lance chiude la porta alle sue spalle.

«È seccante che io non sappia ciò che succede sotto il mio tetto. Ho la sensazione che tu sappia qualcosa che riguarda Sua Grazia. Qualsiasi cosa sia non è nulla che possa compromettere la sicurezza nazionale, quindi, ti spiacerebbe dirmi di cosa si tratta?»

«Si riferisce al motivo per cui non esce dai suoi appartamenti?»

«Una settimana e più d'isolamento? È una distorsione, non peste bubbonica, chi volete prendere in giro?», sbotto.

«La duchessa è stata, in effetti, indisposta, benché non sia il motivo primario del suo prolungato ritiro».

«E di cosa si tratta?», non posso nascondere la mia curiosità.

«Lady Jemma si è rivolta a me perché le impartissi lezioni di cultura generale e di tutte quelle nozioni che ci si aspetta una duchessa padroneggi».

«Cosa di cui si stava occupando mia madre, se non avevo capito male».

«Se mi permette, lady Delphina non ha trovato la chiave giusta per affrontare gli argomenti con lady Jemma».

«E *Orgoglio e pregiudizio*?», lo sollecito.

«In particolare, per rispondere al suo quesito, abbiamo di recente affrontato il tema delle conoscenze in materia di letteratura contemporanea, moderna e antica che per un frequentatore dell'alta società è opportuno avere. Si tratta di un bagaglio culturale assai ricco e, una volta dato uno sguardo alla biblioteca di Denby Hall, non ci è voluto molto a entrambi per capire che non avrebbe mai potuto leggere tutti i libri da me suggeriti in un tempo ragionevole. Lady Jemma ha bisogno di nozioni spendibili nel tempo breve e di assimilazione immediata. Così le ho consigliato le versioni cinematografiche di tutti i classici della letteratura».

«La serie della BBC?»

«Lady Jemma è stata molto impressionata dal film con Keira Knightley e quando ha scoperto l'esistenza di una serie TV, non ha potuto trattenersi dall'ordinarne una copia in DVD».

«Mi stai dicendo che da una settimana a questa parte Jemma sta guardando un film dopo l'altro per mettersi in pari con la mia biblioteca?»

«Ed è davvero a buon punto», conferma lui soddisfatto. «*Tess dei d'Urbervilles*, *David Copperfield*, *Addio alle armi*, *La lettera scarlatta*, *La fiera delle vanità*, *Cime tempestose*...».

«Grazie, Lance», lo interrompo. «Incredibile», commento tra me e me, ma forse non sono abbastanza riservato, tanto che Lance mi sente.

«È un metodo poco ortodosso ma molto efficace. Ho adottato la stessa tecnica anche per la storia e la geografia, suggerendole film di viaggi e biografie di personaggi eminenti».

«...E lei ti ha ascoltato senza protestare?»

«È stata lei stessa a chiedermelo», ribatte Lance in sua difesa.

«Idea brillante Lance. Meriti un plauso».

«Vorrei aggiungere che lady Jemma possiede una straordinaria capacità recettiva per le lingue straniere».

«Spiegati meglio», lo incito a continuare.

«È vero che lady Jemma non parla il tedesco e il francese, ma ha imparato l'italiano dai suoi vicini di casa, i De Marcello. Forse non avrà fatto un figurone con il barone von Hofmannsthal, ma quando un diplomatico italiano interverrà a una delle vostre serate, la vedrete sfoggiare una sicurezza impressionante. Nel frattempo le ho suggerito qualche film in tedesco e in francese. Ha un orecchio molto sensibile e credo che i progressi da quel punto di vista siano tangibili».

Scuoto la testa per schiarirmi le idee. «Quindi mi stai dicendo che si è volontariamente sottoposta a un corso accelerato di letteratura, storia, geografia e lingue? E che tutto questo sta dando risultati?».

Lance si limita a fare cenno di sì con la testa.

Io sono scioccato. Lo congedo e un secondo dopo che è uscito mi accascio contro lo schienale della poltrona.

Mi sento un verme. Un bruco. Una larva. Un qualsiasi invertebrato a vostra scelta purché molto in fondo alla catena alimentare.

Non mi sono mai risparmiato nello schernire Jemma per i suoi limiti, la sua mancanza d'iniziativa e le sue lacune, e ora scopro che di sua spontanea volontà si è messa a studiare e a darsi da fare.

E, cosa ancora più grave, io, che come marito dovrei prendermi cura dei suoi interessi e aiutarla a inserirsi in una realtà che non le appartiene, non solo ho delegato il compito a mia madre – alla quale non affiderei il mio peggior nemico – ma l'ho spinta a cercare aiuto in Lance.

E, ciliegina sulla torta, se pensavo che finché Jemma fosse rimasta ferma sulle sue posizioni, anch'io sarei potuto stare sulle mie, ora le carte in tavola sono del tutto sparigliate. Lei ha preso l'iniziativa di venire incontro alle mie esigenze, quindi, cortesia ed educazione vorrebbero che anch'io facessi un passo verso le sue.

Questo è un casino. Su due cose contavo: sulla sua cocciutaggine e la sua pigrizia.

È la prima volta che, guardandomi allo specchio, so di avere torto.

37
La versione di Jemma

Mi sono raccolta tra le coperte e i cuscini annidata nel letto a baldacchino come se fossi in una tana. Mi sto proteggendo dal mondo che, dopo lo schiaffo morale che mi ha assestato Carter, mi sembra ancora più freddo.

Credo di aver imparato a memoria ogni singola riga di *Orgoglio e pregiudizio* e ogni volta che leggo dei Bennet, mi sento riscaldata dall'affetto di quella bella e grande famiglia. Anch'io la vorrei, sono sicura che mi aiuterebbe in un momento così.

Voglio la mia mamma.

Be', adesso la chiamo, magari posso andare qualche giorno a casa dei miei a Londra.

38
La versione di Ashford

Sento Lance bussare al mio studio.
«Sua Grazia, posso?»
«Entra Lance», e gli faccio cenno di sedersi senza nemmeno alzare lo sguardo dalla corrispondenza.
«Non sarà necessario. Volevo solo comunicarle che la duchessa stamattina non ha consumato la prima colazione».
«Mmm», mugugno distratto. E allora?
«Non ha nemmeno dato istruzioni perché fosse servita in camera».
«Starà ancora dormendo». Le abitudini alimentari di Jemma sono al primo posto della mia personale classifica "non-me-ne-può-fregare-di-meno".
«Claire ha già fatto le stanze del piano e ha sentito che lady Jemma è sveglia».
«Bene, ora che sappiamo che la duchessa è viva anche oggi, la giornata può iniziare. Non è così, Lance? O c'è altro che devo sapere?». Inizio a essere davvero irritato. Lance è una delle colonne portanti di questa casa, ma il suo modo di girare intorno alle cose mi dà sui nervi, certe volte. Lo so che vuole sempre andare a parare da qualche parte, ma ogni volta, invece di dirmi le cose in modo diretto, parte dalle guerre puniche.
«Claire ha sentito lady Jemma piangere, in modo abbastanza concitato. Penso che un po' di conforto le gioverebbe».
Con la testa tra le mani mi appoggio al piano della scrivania con i gomiti, massaggiandomi le tempie. «Sai cosa ti risponderebbe mia madre? Che non sei pagato per pensare».
«Fortunatamente, Sua Grazia il duca non è sua madre».
«Già. Non lo sono», e mi alzo di scatto per uscire dallo studio.

«Prega che non lo diventi mai», sibilo a Lance prima di dirigermi verso la stanza di Jemma.

Indugio un attimo fuori dalla sua porta. In effetti, dall'interno provengono singhiozzi soffocati. Alzo gli occhi al cielo sperando non si tratti di un crollo emotivo da sbalzo ormonale premestruale.

O di Willoughby. Ti prego fa che non si tratti di Willoughby.

«Jemma», mi concentro per usare il mio tono più carezzevole. «Posso entrare?».

Silenzio.

«Jemma?»

«Un momento», risponde finalmente, con voce nasale.

Passano diversi secondi e inizio a pentirmi del mio gesto da buon samaritano, o meglio, della scena di marito amorevole che mi sto appropinquando a interpretare.

«Entra pure, Ashford».

La stanza è il solito casino, Jemma siede tutta composta come non l'ho mai vista fino a ora, dritta come un palo, e fa finta di guardare fuori dalla finestra, strategicamente voltata quasi di spalle.

«Non ho potuto fare a meno di notare la tua assenza stamattina, quindi sono salito per vedere se è tutto a posto». D'accordo, l'ha notato Lance ma non è carino sottolinearlo, no?

«Sì, certo, tutto a posto. Perché non dovrebbe?», la sua voce è strozzata e di un'ottava troppo sopra al suo normale tono, che già normalmente è bello alto.

«Scusa, ma non mi sembra. Sbaglio?»

«Sba… gli», dice tra i singhiozzi che non riesce a reprimere.

«Ok, hai ragione», dico prendendo la scatola dei cleenex e passandogliela. «Niente, niente? Sicura?».

Jemma deglutisce ma non proferisce parola.

«Facciamola breve. Tutta la casa sa che sei chiusa qui dentro a piangere. Le cose sono due: o è qualcosa per cui io, marito, devo consolarti, o la colpa del tuo pianto è mia. Se io esco da qui e tu stai ancora piangendo, tutti inizieranno a parlare di cosa non va tra noi, e credimi, l'elenco di lunghezza biblica di ciò che non va tra noi vorrei restasse privato».

Jemma fa un lungo sospiro. «Ho telefonato a mia madre perché mi piacerebbe andare a trovare i miei a Londra. Mi mancano e in questo momento mi sento giù, quindi mi avrebbe fatto piacere passare qualche giorno da loro».

«Bene, se stai piangendo per questo, sappi che per me è una cosa che puoi fare come e quando vuoi. Non penserai che io sia così stronzo da impedirti di vedere i tuoi?».

«Non posso andare comunque, dai miei! Il proprietario ha venduto il condominio in cui abitano a una grossa catena di distribuzione che sta comprando tutto l'isolato. I miei hanno ricevuto la lettera di sfratto ieri. Butteranno giù tutto per farci un centro commerciale!».

La osservo aggrottando la fronte. «Non vedo dove sia il problema. Con l'eredità hai acquisito innumerevoli immobili. Potresti sistemarli in una delle proprietà che erano di tua nonna...».

Lei mi guarda sconvolta. «Ma non capisci! Loro non sanno che io ho ereditato i beni della nonna, esattamente come tua madre non sa che eravate al verde! Pensano che sia andato tutto a un ramo lontano di parenti. Non sono stupidi. Se gli dicessi "Ehi, andate in una delle case della nonna, tanto è tutto mio", capirebbero che c'è qualcosa di strano. La nonna ha diseredato mia madre perché non ha sposato un uomo nobile, poi io sposo un duca ed eredito tutto. Non mi parlerebbero più! Forse, nella tua famiglia, il denaro avrà un certo peso, ma nella mia si dà più valore ai sentimenti». Lei sospira poi si soffia il naso rosso nell'ennesimo cleenex. «Perderei tutta la loro stima».

«Mi dispiace. Suona strano dirlo, ma so come ci si sente quando ti stanno per portare il tetto via da sopra la testa».

«Li voglio aiutare. Sono la mia famiglia, non posso lasciarli in mezzo a una strada».

Ho un'idea. «Compragli una bella casa nuova! Puoi dire loro che i soldi sono miei, non lo sapranno mai!».

Jemma alza le mani in segno di resa. «Mi sono offerta di comprare loro una casa, o pagargli l'affitto di un'altra, ma non lo accettano. Sono troppo orgogliosi per prendere soldi da me. Sono ancora la loro bambina, si sentono ancora loro quelli che devono correre in mio aiuto, non viceversa!».

Jemma, disperata, riprende a singhiozzare e si butta sul letto sfatto disseminato di DVD di film tratti da opere di Shakespeare, sorelle Brontë, e perfino Dickens. Cerco di confortarla con una pacca sulla spalla, quando da sotto il cuscino qualcosa attira la mia attenzione. Spunta l'angolo rilegato in pelle di quello che sembra un libro. Lo sfilo con due dita: *Orgoglio e pregiudizio*.

Jemma legge. Se devo essere sincero, non riesco a immaginarmi Jemma come lettrice, eppure è così.

Lei sta studiando, e tutto per essere all'altezza di una vita che non vuole.

Forse ha più forza di volontà di quello che io sono disposto a concederle e ora, più che mai, mi sento in torto per il mio disinteresse nei suoi confronti.

«Vedrai che si risolverà tutto», dico senza troppo entusiasmo uscendo dalla stanza.

Mentre scendo le scale, accelero il passo e un'improvvisa consapevolezza s'impossessa della mia mente. Anch'io sono passato da figlio ingenuo a diventare custode di mia madre, alla quale lascio credere di avere il polso della situazione, mentre invece la tengo monitorata per avere cura della sua vecchiaia. Per farla vivere con le sicurezze che ha sempre avuto, ho sposato una sconosciuta, per darle una ragione per svegliarsi la mattina la lascio credere in una fantomatica e quanto mai improbabile visita reale a sorpresa. Diciamocelo, è come quando da bambini ci facevano credere a Babbo Natale: è solo una bugia a fin di bene, perché bisogna credere in qualcosa di bello, bisogna sperare in qualcosa.

«Lance, vado a Londra, ci vediamo oggi pomeriggio».

Se Jemma ha superato i suoi limiti, io posso superare i miei.

Nemmeno la più piccola fibra del mio essere avrebbe pensato di rimettere piedi qui, ma trovarmi davanti al fatiscente palazzo dove abitava Jemma mi fa ricredere.

Citofono più volte ma poi mi ricordo che il circuito è scollegato. I Pears saranno in casa? Mah!

Non so se la buona o la cattiva sorte è dalla mia parte, ma non appena volto le spalle alla porta, ne esce uno dei bizzarri condomini. Pianto il piede in mezzo all'uscio e facendo i gradini tre a tre arrivo davanti all'appartamento dei genitori di Jemma.

Il pianerottolo è impregnato di odore d'incenso (e qualcos'altro) e dall'interno proviene il suono gracchiante di un giradischi. Busso con energia. «Signori Pears. Sono Ashford, il marito di Jemma».

«Arrivo», grida una voce femminile dall'interno.

Dio, ti prego, fa che siano vestiti.

«Ashford! Che sorpresa! Il mio oroscopo maya non aveva previsto nessuna visita!», mi apre mia suocera, vestita.

«Avevano previsto la fine del mondo nel 2012 e la stiamo ancora aspettando. Non mi fiderei molto di questi maya», ribatto io.

«Non stare lì sulla soglia, entra. Accomodati».

«Sto bene in piedi».

«Posso offrirti una tazza di *chai*?»

«Sono a posto grazie».

«Andiamo, il chai fa sempre bene. Pulisce l'anima».

Spero non sia un eufemismo per lassativo. «Giusto un sorso».

«Jemma non è con te?»

«No, in verità era piuttosto scossa stamattina. Mi ha raccontato di un problema che vi riguarda e sono venuto per parlarne con voi. Non c'è suo marito?»

«Come no? È tornato dalla radio poco fa. È sul tetto a innaffiare i ficus. Lo chiamo», poi Carly si sporge dalla finestra e grida: «VAAANCE! SCENDI DA LÌ! C'È ASHFORD!».

Vance rientra con ancora l'annaffiatoio sgocciolante in mano. «Ashford! Che bello rivederti! Ci fai compagnia per pranzo?»

«Ho altri affari da sbrigare più tardi. Sono venuto per parlare con voi di una questione che turba molto Jemma», cerco di mettere in fila il mio discorso ma la musica quasi sovrasta le mie parole. «Benché *All Along The Watchtower* sia uno dei miei pezzi preferiti e Jimi Hendrix sia un artista immortale, vi sarei grato se potessimo moderare il volume a un accompagnamento di sottofondo».

Vance mi fa cenno di sì, sollevando la puntina dal giradischi.

«Grazie. Sarò breve: Jemma stamattina mi ha informato che il padrone di casa ha venduto il palazzo e che il compratore vi ha dato lo sfratto. È vostra figlia ed è preoccupata per voi, vuole sapere quali sono i vostri piani e come può aiutarvi».

Per la prima volta noto i volti allegri dei Pears rabbuiarsi.

Vance si schiarisce la voce pur conservando un tono indeciso. «Be', non possiamo dire che sia stata una completa sorpresa, però, in cuor nostro speravamo si risolvesse in un nulla di fatto. Spesso si sentono tante cose che poi non si realizzano mai».

«L'affitto qui era molto conveniente», seguita mia suocera.

«Entro quando dovete lasciare la casa?»

«Una settimana».

«Una settimana? È assurdo!», protesto.

«Il contratto era scaduto già un mese fa, ma il padrone non l'ha rinnovato. Diceva sempre che non aveva tempo, ma al più presto ci avrebbe fatto firmare il rinnovo. E invece ci è arrivata la lettera di sfratto. Tecnicamente siamo abusivi in quest'appartamento già da due settimane».

«E come pensate di fare?».

Vance e Carly si scambiano uno sguardo misto tra il complice e il consolatorio che quasi mi stringe il cuore. Ho detto quasi.

«In qualche modo faremo».

«Ci siamo sempre arrangiati, abbiamo il nostro furgoncino...».

«Ahhh, il furgoncino non è un piano!», sbotto sconvolto dalla loro affermazione. «Vagabondare a bordo di un vecchio California è roba da neodiplomati. Avete sessant'anni ormai, avete delle necessità, non siamo ridicoli e guardiamoci in faccia. Jemma vuole sapervi al sicuro, non dispersi per le brughiere con un furgone del 1972».

«Ce la caveremo. Jemma non deve preoccuparsi per noi!».

Le loro affermazioni mi suonano assurde. «Se non vostra figlia, chi dovrebbe preoccuparsi? Lei vuole aiutarvi, può farlo!».

«Ma che razza di genitori saremmo? Chiedere denaro alla propria figlia perché non si ha più una casa? Dovremmo essere noi a salvare lei dai pasticci, non il contrario!», brontola Carly.

«Benissimo. La soluzione ce l'ho io, senza che dobbiate chiedere aiuto a Jemma: vi stabilirete a Denby Hall. Il castello è grande a sufficienza da ospitare una legione e sarete vicino a vostra figlia».

Loro mi guardano spaesati. «Ashford, non ci sembra il caso, davvero».

«A me sì. Sono il padrone di casa e sono sposato con Jemma, questo mi mette in una posizione più che legittima per farvi questa proposta. Jemma sarà più contenta sapendovi al sicuro e più felice potendo avervi accanto. Personalmente credo che nessun figlio dovrebbe svegliarsi ogni giorno senza sapere dove sono i genitori o se stanno bene. Non me ne andrò finché non avrete accettato».

«Non è una decisione semplice da prendere», tentenna Vance.

«Jemma non dovrà sapere per forza di questo nostro incontro. Passerete da Denby per salutarla, come foste di passaggio. Con il massimo della naturalezza v'inviterò a sistemarvi come ospiti negli alloggi privati dove avrete il massimo della privacy e della tranquillità. E, detto fra noi, resterete quanto vorrete», tendo una mano verso di loro. «Siamo d'accordo?».

Vance indugia un momento poi me la stringe. «Grazie Ashford, non lo dimenticheremo».

«Imballate tutto. Manderò qualcuno a prendere la vostra roba».

«Oh, non avremo molto. Abbiamo deciso di dare in beneficenza tutto quello che non sarebbe entrato nel Van».

«Tranne i dischi», sottolinea Vance.

«Molto bene. Vi aspetto a Denby, con i dischi».

39

La versione di Jemma

Siamo tutti *amichevolmente* riuniti per il tè del pomeriggio.
Non capisco perché dalle cucine mandino tonnellate di cibo che non si può mangiare.
Sul serio! Davanti a me c'è un tavolo apparecchiato con ogni ben di Dio: tramezzini, tartine, crostate, pasticcini, rollini alla cannella, pan brioche, e nessuno può toccarli.
Una volta ho allungato una mano verso un muffin e Delphina per poco non mi scagliava contro i cani.
Il cibo si guarda, è per bellezza, o, come dice lei, nel caso arrivi qualcuno.
Capirai, c'è un viavai di gente che facciamo concorrenza a un obitorio, qui a Denby.
Oggi però non mi attira nulla del ricco buffet. Ho lo stomaco chiuso da quando ho saputo che i miei genitori hanno ricevuto lo sfratto.
Da quando li ho sentiti l'ultima volta al telefono, mi hanno lasciato con un "Ci sistemeremo, non ti preoccupare", ma invece sono preoccupata eccome.
«Stai rimescolando il tuo tè da venti minuti abbondanti. Non ti piace?», osserva Ashford.
Mi riscuoto dalla trance. «No, è perfetto… Solo…».
«Non ti va? Faccio portare qualcos'altro?», m'incalza lui.
«Sono a posto. Grazie».
Delphina riappoggia rumorosamente la tazza sul piattino ed esclama agitata. «Cos'è questo?», puntando l'indice destro in aria a indicare il nulla.
«Cosa, mamma?»
«Questo rombo sordo. Non lo sentite anche voi?».

Rizziamo le orecchie per assecondare i primi segni di arteriosclerosi della vecchia.

«Viene da fuori, sta arrivando qualcuno dal vialetto».

In effetti, ora anch'io sento una marmitta scoppiettare. E una frizione che gratta all'ingranare di ogni marcia.

«Cosa diamine è quel coso?», chiede Delphina orripilata guardando fuori dal bovindo.

Raggiungo mia suocera al davanzale, incuriosita.

«Quel baraccone da ambulanti che sta venendo verso casa nostra!», sottolinea lei.

Delphina inizia a suonare con insistenza il fastidioso campanello per i domestici. Arriva Lance, dall'aria imperturbabile.

«Lance, raduna i domestici, sbarrate porte e finestre, chiamate la sicurezza! Stanno arrivando degli zingari!». Delphina è una maschera di terrore.

Il baraccone in arrivo non è altri che il vecchio California color melone dei miei genitori, e già da qui posso vedere lo scacciapensieri tibetano ciondolare dallo specchietto retrovisore. «La mia mamma e il mio papà! Sono loro!».

E mi precipito fuori dalla sala.

Lance spalanca le porte per farmi uscire e, proprio davanti alla gradinata di marmo bianco, il pulmino si ferma con un enorme sbuffo di fumo nero.

Il portellone si apre e scende mia madre, avvolta nel suo sari viola.

«Mamma!», le corro incontro tuffandomi nella sua nuvola di capelli impregnati di patchouli.

«Visto che adesso siamo senza fissa dimora, abbiamo pensato di venire a farti una visita!».

Papà ci raggiunge e si unisce al nostro abbraccio. «C'è un mucchio di spazio qui intorno! Possiamo accamparci da qualche parte senza dare fastidio a nessuno!».

«Oh, non siate ridicoli, questo maniero ha centinaia di stanze vuote! Sarà bellissimo avervi a casa! Buongiorno signori Pears!», Ashford compare sulla porta, le mani affondate nelle tasche con l'aria della persona più quieta al mondo. «Siete passati per una visita?»

«Poiché, per cause di forza maggiore, la nostra vecchia casa è ridotta a poco più che un cumulo di macerie, abbiamo pensato che fosse un'ottima occasione per riprendere a viaggiare e, perché no, partire proprio da qui, per dare un saluto alla nostra bambina!», annuncia mia madre con la sua voce allegra.

«Una splendida idea», concorda Ashford.

«Oh, ma non vorremo trattenerli troppo a lungo! Chissà che mete hanno in programma!», interviene Delphina facendo capolino dal portone.

«Be', io... Pensavo...», indugio non sapendo cosa dire.

«Mia madre intende dire che è molto felice di rivedervi e vorrebbe che foste nostri ospiti fino a quando non deciderete di ripartire. Denby Hall è casa vostra».

«Ashford, sei impazzito?!», mugugna Delphina tra i denti.

Rimango spiazzata dalla calma di Ashford; io pensavo di dover ingaggiare una guerra all'ultimo sangue con lui per difendere il mio diritto di stare con i miei genitori.

«Sul serio?», chiedo disorientata.

«Sono i miei suoceri, non posso negargli un breve soggiorno per far visita a mia moglie». Ashford non fa una piega. «Lance mostrerà loro gli alloggi. Nella galleria dell'ala ovest ci sono dei confortevoli appartamenti tranquilli e riservati che danno sul lago».

Chiaro, non si smentisce mai: nella sua gentile proposta comprendo che sì, i miei possono restare, ma relegati lontano da chiunque li possa vedere, sentire o incrociare.

«Ashford sei un vero amore!», cinguetta la mia mamma varcando il portone d'ingresso e saluta Delphina. «*Namasté*».

Mio padre la saluta con un cenno del capo, fischiettando *Satisfaction* dei Rolling Stones.

«Margaret», latra mia suocera. «I sali!».

40
La versione di Ashford

Lo sapevo che era solo questione di minuti prima che mia madre riversasse su di me la sua bile.

Si precipita dietro di me infilandosi in camera mia un attimo prima che io possa chiudere la porta.

«Ti ha dato di volta il cervello? Non crederai che io abbia intenzione di dare alloggio a quegli svitati?».

La ignoro mentre, guardandomi allo specchio, stringo il nodo della cravatta. «Sì».

«Sì? Tu sai chi sei? Che nome porti? Questa è Denby Hall, una delle residenze più antiche d'Inghilterra!».

«E noi apriremo loro le porte di quest'antica residenza come loro ci hanno aperto quelle di casa loro».

Mia madre scuote la testa in balia dei suoi pensieri. «No. Questa decisione non è altro che un colpo di testa e ora andrai a spiegare che è stato solo un malinteso…».

«Non farò niente di tutto questo».

Chiariamoci, questo non è il mio ennesimo colpo basso per far irritare mia madre e vederla perdere le staffe per mio squisito divertimento.

Jemma si sente sola e isolata, lontana anni luce dal mondo in cui ha sempre vissuto e ha diritto di avere accanto le persone che ama, e io non sono tra questi. Faccio un bagno di umiltà e anche un passo indietro: riconosco i suoi sforzi e i miei torti e quella che ci sta mettendo del suo è lei, non io. Il minimo che possa fare è questo.

Ho tanti difetti, ma certo non l'ingratitudine. Non è più una questione di soldi tra noi, sto parlando di un debito morale.

E voglio mostrarle che non sono niente di quello che Carter Willoughby possa averle detto, perché se ha parlato di me, di sicuro l'ha fatto male, per trarne suo vantaggio.

«Io non ti riconosco più, dov'è finito mio figlio? Prima sposi una signorina nessuno senza passato e senza futuro! Poi accogli a braccia aperte degli avanzi di galera…».

Con presa ferma blocco il suo polso che gesticola nervoso. «Sono persone oneste e di buon cuore. Sì, sono sopra le righe, ma non ho visto traccia di opportunismo nei loro occhi, cosa che non posso dire ugualmente di te. Quand'è stata l'ultima volta cha hai fatto qualcosa di spontaneo, qualcosa di non calcolato, eh mamma?»

«Io… Io…».

«Dici di non riconoscermi, ma mi hai mai conosciuto davvero? Mi ha cresciuto un esercito di tate e poi sono stato sballottato da un collegio all'altro finché non sono stato in età per intervenire alle cene senza scoppiare in pianti, o vomitare il caviale a sorpresa in sala da ballo».

«Ora mi stai attribuendo colpe che non merito».

«E allora di chi è la colpa?»

«Non ti ha mai dato fastidio tutto questo».

«Me lo hai mai chiesto se mi desse fastidio?», domando sensibilmente incazzato.

«Io…».

«No», taglio corto e faccio per andarmene.

«Non abbiamo ancora finito».

«Ho una seduta del Parlamento per la quale sono già in ritardo, quindi sì, abbiamo finito».

Mentre lascio la stanza, la sento borbottare: «Se avessi sposato Portia, tutto questo non sarebbe successo».

Rinfilo la testa nella stanza per ribattere: «Se ti piace tanto Portia, perché non te la sposi tu?».

41
La versione di Jemma

Giornata pesante. Denby Hall si sta riempiendo di scatoloni di vestiti donati dalle matrone aristocratiche per la sfilata di beneficenza e, siccome l'organizzazione spetta a me, devo anche selezionarli.

Io e mia madre affondiamo incredule in un guazzabuglio di stoffe.

«Mi sembra di essere caduta nel guardaroba di tua nonna Catriona», fa lei spiegando gli abiti.

«Ma cosa diavolo è? Un copridivano?», chiedo inorridita srotolando un lungo tessuto broccato.

«Credo sia una cappa».

«Per farci cosa?», difficilmente riesco a immaginarci qualcosa di diverso da un copridivano.

«Tua nonna ne aveva uno simile, lo usava come mantella».

Sollevo un pesante tessuto rivestito di perline. «Uh, guarda mamma! Una tenda per il vostro van!».

«È uno straordinario capo di alta sartoria indossato da Chantal Croydon per il battesimo del principe Carlo!», ci interrompe con voce gelida Delphina cogliendoci di spalle. «Dovrai scegliere tra tutti questi articoli i migliori per la sfilata!».

«Mia madre mi stava giusto aiutando in questo…».

Delphina alza una mano come a volermi fermare. «Permettimi, ma temo non sia la persona più adatta», poi rivolta a mia madre. «Senza offesa, Carly».

«Non credo ci voglia una laurea», obietto.

«Ma un minimo di buongusto, sì. E inoltre avrai bisogno di una traccia perché le tue modelle saranno le proprietarie dei vestiti e devi sapere cosa le valorizza!».

Io e mia mamma ci accasciamo contro lo schienale del divano, arrese di fronte alla petulanza di Delphina.

«Lady Mallory ha una carnagione molto particolare, quindi evita i toni del verde. Lady Sybill è molto alta, ergo non abbinare tacchi alla sua uscita. Antonia ha messo su qualche chilo negli ultimi mesi, perciò eviterei i suoi capi, mentre Marjorie ha un leggero tic, quindi devi stare attenta alla musica per spedirla in passerella con il giusto passo, altrimenti camminerà fuori ritmo per tutto il tempo. Forse ho ancora le foto delle sfilate degli anni scorsi nel mio studio, dovresti vederle!».

«No, grazie, credo che farò benissimo senza», dico scuotendo la testa.

«Oh, ma il mio non è un invito». Schiocca le dita in aria. «Avanti, seguimi!».

Alzo le mani in segno di resa, guardo esasperata mia madre e seguo Delphina.

Lei mi precede per i corridoi farneticando sulle sfilate degli anni scorsi, ma il mio udito ha smesso di ricevere e il mio cervello manda un disperato SOS: Mettiti in salvo!

Infatti, non appena mi trovo in prossimità di una porta, con scatto felino la apro e mi ci infilo.

42
La versione di Ashford

Jemma piomba nella sala relax come una furia e nel vedermi il suo sguardo è scioccato.

«Ho come l'impressione che non ti aspettassi di trovarmi qui», osservo.

«Ero in cerca di una via di fuga. C'è da organizzare la sfilata di beneficenza e tua madre mi sta facendo venire un esaurimento! Questa è una casa o un manicomio?»

«Jemma, stai sfondando una porta aperta! Anch'io non sopporto mia madre, ed è un argomento trito e ritrito. La mia coscienza ha già fatto pace con questa situazione molto tempo fa, dopo anni di terapia!».

Jemma strabuzza gli occhi incredula. «Terapia? Hai uno strizzacervelli? Come gli svitati?»

«In quest'ambiente avere uno psicoterapeuta è una cosa del tutto normale. È un rito di passaggio all'età adulta: prendi la patente, hai diritto di voto e fissi la tua prima seduta di psicoterapia», ironizzo.

«Come un Bar Mitzvah!», e Jemma mi batte un colpo sulla spalla. «Al Bar Mitzvah di Moshe, il figlio degli Abramovitz, i miei vicini, ci siamo divertiti da matti! Abbiamo cantato, ballato *Hava Nagila* tutti in cerchio… Un momento, forse quello era il matrimonio di suo fratello Shmuel». Jemma è partita per la tangente, come al solito.

Ormai so che è inutile cercare di fermarla, per cui la lascio finire. So che può sembrarvi incredibile, ma anche lei ha bisogno di respirare.

Finalmente s'interrompe e, fermandosi davanti allo stereo, regola il volume con attenzione e aria concentrata. «Stai ascoltando la *Primavera* di Botticelli?»

«Sarebbe Vivaldi, ma apprezzo lo sforzo...». Le sue parole mi spingono a farle una domanda. «Quindi *Orgoglio e pregiudizio* non lo molli più?».

Lei arrossisce come se l'avessi messa in imbarazzo.

«Che c'è? Non hai fatto nulla di male. Te lo chiedo perché sono incuriosito», dico cercando di metterla a suo agio. Non potrebbe essere più a disagio se le avessi detto di aver trovato un vibratore nel suo cassetto.

Jemma arrossisce come se stesse facendo una confessione. «Lo sai, sono una romantica...».

«Non credevo ti piacesse leggere». Non mi do per vinto.

«In generale è così, ma dipende dalla storia. È iniziato tutto quando mi sono fatta male. Ero bloccata a letto e per la noia ho acceso la TV. Il telecomando aveva le pile scariche e così mi sono guardata quello che c'era sul primo canale, dato che non potevo cambiare. Era un film con Keira Knightley, che mi piace un casino, e Matthew Macfadyen, che è troppo un figo». Eccola che inizia a infervorarsi presa dai suoi pensieri. «È una storia carina, sai? Lei, Lizzie, viene da una famiglia di cinque sorelle e la madre vuole farle sposare tutte. A un ballo incontra Darcy, che poi è Matthew Macfadyen, un pomposo aristocratico simpatico come la carta igienica riciclata, e fidati, so di cosa parlo, visto che a casa i miei usano solo quella!». Fa una breve pausa per assicurarsi di avere la mia attenzione. «Lui ha la puzza sotto il naso e non vuole fare amicizia con nessuno che non sia nobile e ricco come lui. Jane, la sorella maggiore di Lizzie, e il migliore amico di Darcy s'innamorano, ma Darcy li separa perché lei non proviene da una famiglia abbastanza nobile. Poi però si accorge di essersi innamorato di Lizzie e le chiede di sposarla, ma siccome non è capace di fare complimenti come una persona normale, la offende e basta. Poi Lizzie va in vacanza con gli zii e finiscono per visitare un supercastello, che scopre essere di Darcy. Lui, a sorpresa, si fa trovare lì e stranamente con Lizzie fa il carino e il gentile, tanto che lei non sa più se deve trattarlo bene o male. Mentre è in vacanza, sua sorella minore scappa con un ufficiale dell'esercito, quello che prima ci provava con lei. Per salvare l'onore della famiglia devono trovarli e farli sposare.

Anche Darcy va a cercarli, e senza dirlo a Lizzie li trova e li fa sposare a sue spese. Alla fine Lizzie si rende conto che Darcy è altezzoso e orgoglioso, ma ha un cuore buono e la ama, e lei decide di sposarlo perché è l'unico che sa tenerle testa», gli occhi di Jemma brillano animati dall'entusiasmo del racconto.

Mi godo per un attimo la sua aria soddisfatta prima di ammettere: «Ti offendi se ti dico che la storia la conoscevo già?»

«No, te l'avrei raccontata comunque».

«E al libro come ci sei arrivata?», chiedo, stavolta davvero incuriosito.

«Ho scoperto che la BBC aveva fatto una serie TV e io volevo approfondire la storia! Mi sono ricordata che *Orgoglio e pregiudizio* è uno dei libri che la scuola voleva che leggessimo, ma io non mi sono mai interessata. Almeno fino a qualche settimana fa, così ho chiesto a Lance se ce l'avevamo in biblioteca».

«Potevi chiederlo a me».

«Sii serio. Ti saresti limitato a prendermi in giro».

Scuoto la testa e alzo le mani. «Touché».

«Be', mi è piaciuto così tanto che ho voluto leggere anche tutti gli altri libri di Jane Austen. E poi, naturalmente, ho voluto vedere i film che ne erano stati tratti! Così ho ordinato i DVD su Amazon!». Jemma scatta verso la libreria mugugnando: «Lance dovrebbe averli portati qui, da qualche parte».

Poi prende i cofanetti e orgogliosa me li sventola davanti al naso. «*Persuasion*e, *Ragione e sentimento*, *Mansfield Park*, *L'abbazia di Northanger* e... *Ragazze a Beverly Hills*?» chiedo dubbioso.

«Ops, scusa, è la versione moderna di questo», dice porgendomi il DVD di *Emma*.

Jemma è fuori di testa, lo ammetto. Ma una fuori di testa buona.

Un discreto bussare ci interrompe.

«Oddio! Tua madre!», piagnucola Jemma.

«No, mia madre non bussa, mia madre sfonda le porte come un subcomandante delle forze speciali».

Lance fa capolino dall'uscio. «Lady Jemma, la marchesa Cécile Loxley la attende nell'atrio. La faccio accomodare?»

«Se non ti circondi di casi umani non sei contenta, vero?», chiedo mentre lei esce dalla porta.

Lei si limita a borbottare: «*Arschloch*[1]».

«Ti ho sentito», le urlo dietro mentre lei ormai è nel corridoio. Non riesco a trattenere un sorriso divertito.

[1] Arschloch: "stronzo" in tedesco.

43
La versione di Jemma

Quando torno nel salottino, mia madre e Cécile sono ipnotizzate (o narcotizzate) dagli sproloqui di Delphina, che rovistando tra gli scatoloni ha selezionato una serie di abiti irrinunciabili da presentare alla sfilata.

Ci lascia in pace solo quando scoccano le quattro, per andare a prendere il tè in veranda da lady Antonia.

Chiusa la porta alle sue spalle lanciamo tutte e tre un sospiro di sollievo.

«Belli, belli», commenta poco convinta Cécile, osservando i capi scelti da mia suocera. «Non ne indosserei uno neanche se ne andasse della mia vita, ma belli».

«C'è troppo rosa cipria per te, eh?», la stuzzico.

«E rosa pesca, e rosa antico, e lilla...», rincara mia madre spiegando le bluse. Mia madre è sempre avvolta in caftani mediorientali dai colori accesissimi, tutto questo pastello non fa per lei.

«Nemmeno io indosserei una sola cosa». Mi guardo intorno sconsolata. «A parte questa sottogonna in raso che sarebbe davvero rock con un bel bustino in denim slavato».

«Sì, peccato per tutto quel jersey che c'è sopra», dice Cécile buttando la gonna da parte.

«Questa blusa non è nemmeno tragica. Se togli il pizzo del colletto questo chiffon semitrasparente sarebbe sexy da morire con un reggiseno nero sotto».

Guardo tutti gli abiti selezionati da Delphina distesi sul pavimento e inizio a riflettere. Idea! Mia la serata, mie le regole.

«Bene, signore. Delphina vuole vedere sfilare questi vestiti all'asta? Così sarà! Però, avrò bisogno del vostro aiuto, del vostro silenzio e di molte forbici».

Spiego loro il mio piano e decidiamo la sorte di ogni indumento, finché non ci soffermiamo sull'ultimo.
«E con questa?», chiede Cécile.
«Con quel cadavere, intendi?», chiede mia madre osservando una vaporosa pelliccia di cincillà.
«Dobbiamo proprio presentarla alla sfilata?», chiedo supplicante, sperando in un no e in una pacca sulla spalla.
«*Naturalmente! Questa è la pelliccia indossata dalla bisnonna di lady Vattelappesca all'incontro con la zarina Alexandra Romanoff!*», risponde Cécile facendo il verso alla voce stridula di Delphina.
La guardo sconsolata. «Mettiamola da parte, magari qualcosa ci verrà in mente».

44
La versione di Ashford

Come per ogni evento del calendario di beneficenza, all'appello non manca nessuno. Dio non voglia che, assentandosi dalla serata, si fosse tacciati dell'onta di spilorceria ed egoismo. No, tutti sono pronti a mettere mano al portafoglio per vincere il titolo di "Animo più munifico della stagione", soprattutto coloro che devono farsi perdonare serate noiose o cene sgradevoli.

Mia madre siede al tavolo delle matrone della Union Jack Charity a scrutare con attenzione che tutti i presenti scuciano il minimo sindacale per essere ritenuti ancora socialmente accettabili.

A molti sembrerà ridicolo ma il tasso di tensione è tangibile. In particolare, le famiglie tra loro in competizione storica si danno guerra all'ultima sterlina per difendere l'onore del loro cognome.

La sfilata di moda è una cosa che piace molto alle signore, in particolare a quelle di una certa età, che hanno modo di indossare in passerella i loro vestiti sfoggiati in quella o quest'altra celebre occasione.

È meno gradevole per il genere maschile vedere i corpi delle signore in questione, scolpiti come sacchi di patate, fare su e giù con la leggiadria di uno sciame sismico.

«Ogni anno dico che sarà l'ultimo e non ci verrò più, poi, chissà come mai, l'anno seguente mi ritrovo qui con il blocchetto degli assegni in mano. Devo trovare il modo di spezzare questo circolo vizioso», si lamenta Harring ingollando un bicchiere dopo l'altro di champagne non millesimato (è una serata di beneficenza, non possiamo brindare alla salute con bottiglie pregiate in schiaffo alla povertà).

«Lo dici a me? Con mia madre dentro la società di beneficenza, io ho questo posto prenotato a vita. È un po' che sto valutando di riarruolarmi nell'esercito solo per chiamarmene fuori».

«Ci ha trascinato dentro anche Jemma, no?»

«È inevitabile. Ogni signora dell'alta società deve dare il suo contributo alla gestione degli eventi. Tra l'altro questa serata è stata organizzata proprio da lei. Vedi mia madre, laggiù? Sta cercando di non lasciarsi sopraffare da una crisi di panico. A essere sincero, io mi sento molto tranquillo e fiducioso. Jemma non può toppare! Questa sfilata è di una banalità tale che potrei organizzarla perfino io: prendi i vestiti delle vecchie, glieli fai infilare con l'aiuto di un po' di vaselina e delle spille da balia, attacchi la solita compilation *Orchite 1982* e *sbam!* le cacci su quella pedana una dopo l'altra sperando che con tutto quell'ancheggiare non parta qualche dentiera o qualche protesi al femore».

«Povere nonnine, lascia loro qualche soddisfazione per le ultime glorie».

Le luci si abbassano e uno spot illumina l'uscita.

La musica attacca: compilation *Orchite* come previsto.

Sullo schermo è proiettata la foto di lady Danbury alla premiazione di Wimbledon nel 1983 che stringe la mano a McEnroe.

Alzo il sopracciglio scettico: lady Danbury dal 1983 a oggi ha assunto una forma simile a uno scaldabagno, secondo quale legge della geometria può riuscire a indossare l'abitino della foto?

Non so se guardare o meno. È come in un film horror: non vuoi guardare ma un irresistibile istinto masochistico ti obbliga a tenere gli occhi aperti.

La musica cambia all'improvviso, facendo risuonare dalle casse la voce di Lady Gaga e la sala si riempie di fumo come nemmeno la stanza mia e di Harring ai tempi del college.

Mi volto verso il DJ e penso che alla fine della serata non passerà un bel quarto d'ora.

Mi arriva una gomitata in pieno petto e Harring mi strattona per la manica della giacca. «Guarda, cazzo! Guarda là!», e mi indica la passerella.

È la Danbury, sì, ma la nipote di diciannove anni. E il vestito che indossa ha poco di quello della premiazione di Wimbledon della nonna: è stato accorciato e alla giacchetta sono state strappate le maniche.

La sala è nel più totale silenzio: le donne per lo shock, gli uomini, invece, sembrano essersi ripresi dallo stato di coma neurovegetativo in cui agonizzavano fino a un minuto fa.

Segue la nipote ventenne di lord Perry che sfoggia il completo del campionato da golf della zia in versione rivisitata. Zia che, per inciso, non avrei mai voluto vedere con quegli short né dentro né fuori dal campo. Sua nipote, invece, raccoglie applausi entusiasti. Harring, per esempio, si sta spellando le mani.

Una dopo l'altra escono sulla passerella le figlie, le nipoti e le pronipoti di tutte le cariatidi presenti in sala, indossando gli abiti in formato ridotto e ristretto donati per la beneficenza.

Le signore sono mute statue di cera, mentre i gentiluomini non mi sono mai sembrati così animati. E così chini sui loro assegni. Harring e Samuel, accanto a me, hanno costituito una giuria improvvisata e, a ogni uscita, alzano un foglio su cui sbandierano il voto delle ragazze.

Perfino lord Neville, il duca reale, non ha ancora smesso di applaudire dall'inizio.

I signori saranno grati a Jemma in eterno, ma non vorrei essere lei una volta tornati a casa.

Forse rimarrò provvidenzialmente vedovo.

È quasi finita, quando l'ultima ragazza calca la passerella: indossa grandi occhiali da sole da diva anni Sessanta ed è avvolta in una corta pelliccia di cincillà bianca, e quando raggiunge la fine della camminata, con gesto malizioso ne slaccia la cintura, lasciando vedere che sotto ha poco altro: un body di pizzo color sabbia semitrasparente e una lunga collana di perle che le pende fino all'inguine.

«Chi-è-quel-la?», sillaba Harring con un filo di voce e il foglio di carta con il voto accartocciato tra le mani.

«Mia», non riesco neanche a dirlo. «Moglie».

Come a confermare le mie paure, lei si volta, leva gli occhiali e lascia scivolare la pelliccia dalle spalle.

È Jemma.

Posso sentire la sedia di mia madre che si ribalta e lei riversa a terra in preda a un mancamento.

Dopo che Jemma finalmente sparisce dietro il sipario, nella sala cala il buio.

Sono quasi certo che la bisnonna di lady Antonia avesse indossato qualcosa di più sotto la pelliccia, all'incontro con la zarina Alexandra nel lontano 1911.

«Qualcuno lassù ti vuole bene, Parker», mi dice Harring ancora su di giri per la serata.

«Non ne dubito», commento attonito.

La mattina seguente Denby è l'inferno in terra.

«Non starò qui a guardare mentre il nome dei Parker viene gettato nel disonore!», urla mia madre facendo portare fuori una lunga teoria di bagagli. «Me ne vado a Bath!», continua mentre la osservo indifferente sulla soglia.

«Non credi di essere un tantino melodrammatica?», chiedo.

«Melodrammatica? Tua moglie fa a brandelli pezzi di moda storici delle più alte esponenti della società e sfila seminuda in passerella e la melodrammatica sarei io?»

«Secondo me stai esagerando», faccio spallucce e rientro.

«Tu hai sposato una sciroccata, ti sei portato dietro la sua famiglia assurda, questo castello sembra un circo e tua moglie non fa che metterci in imbarazzo! Te lo dico forte e chiaro: qui di sana di mente sono rimasta solo io. Se a te sta bene farti umiliare e diventare lo zimbello dell'alta società fai pure, per quanto mi riguarda, non starò qui a guardare una nave che affonda».

Il suo monologo mi tocca appena. «Forse ti sfugge un dettaglio: io non ti sto trattenendo, sto esprimendo la mia opinione sulla tua reazione. Era una sfilata di beneficenza, non il lancio di un missile balistico intercontinentale. Se vuoi andare a Bath, fai pure, hai tutto il mio appoggio».

«Ci vado eccome a Bath! Qui non ho più motivo di trattenermi! Dopo il disastro di ieri sera possiamo scordarci anche la più minima possibilità di una visita reale! La regina non metterà mai piede in questo manicomio».

Mentre mia madre sta dando il meglio della sua isteria davanti all'auto pronta a partire, Jemma compare al mio fianco, serena e sorridente come se nulla fosse. «*Tadaaan*», esordisce sventolandomi davanti agli occhi un fascio di assegni. «Guarda qui! Migliaia di sterline! Ho fatto i conti e quando ho chiamato la banca per il versamento, mi hanno detto che alle sfilate della Union Jack non è mai stato raccolto così tanto!».

Guardo incredulo gli assegni firmati da tutti gli amici e conoscenti di mia madre. «Sorprendente!».

«E guarda!», Jemma mi pianta in mano il suo smartphone aperto su una pagina di Twitter. «Ben tre stilisti mi hanno taggato in un post per farmi i complimenti! Quelli veri! Quelli che fanno le sfilate di moda a Parigi! Un successo!».

A quel gongolare di Jemma, mia madre fuma come una pentola a pressione. «Un successo! Hai annientato anni di orgoglio e tradizione per la tua pagliacciata!».

Jemma guarda mia madre gelida, facendosi vento con gli assegni. «Da quello che ne so io, non si sfamano i poveri con l'orgoglio e la tradizione».

«Pienamente d'accordo», affermo.

Mia madre pesta i piedi e sale in auto strepitando: «Andatevene al diavolo tutti e due!», e la Rolls parte lungo il vialetto alzando una nuvola di polvere.

«Ma dove va?», chiede Jemma.

«Credo di doverti un favore».

«Perché?»

«Se ne va a Bath».

45
La versione di Jemma

La mia permanenza qui a Denby è miracolosamente più tollerabile senza la presenza di Delphina e della sua inquietante dama di compagnia.

Io e Ashford ci vediamo sempre poco, giusto durante i pasti, dopodiché lui sparisce nel suo studio, o se ne va a Londra per qualche riunione della Camera dei lord, al club con Harring, agli allenamenti di polo, ma questo equilibrio non mi dispiace.

Io posso girare indisturbata per Denby Hall senza dover camminare in punta di piedi e devo dire che è un posticino niente male, non mi sembra più quel maniero cupo e austero che mi aveva impressionato al mio arrivo. La bella stagione inonda di luce i grandi corridoi dalle vetrate istoriate (Lance mi ha detto che si chiamano così).

E poi il parco! È immenso, ci potrei cavalcare per giorni e non passare due volte per lo stesso punto.

Io e i miei genitori facciamo delle lunghe passeggiate nel pomeriggio prima del tè, che è anche un simpatico modo per far muovere quei poveri cavalli, altrimenti chiusi nel recinto o nelle stalle.

È passato parecchio tempo dal loro arrivo, più di quello normalmente accettabile per una breve visita. L'ho percepito da come Ashford mi chiede, nelle poche occasioni in cui ci parliamo, se i miei si trovano bene a Denby, se gli piace Denby, se la sistemazione a Denby è di loro gradimento. Troppo insistente perché non stia insinuando qualcosa.

Oggi Ashford rientrerà prima da Londra per prendere il tè con me e con i miei, ma ho come la sensazione che sia una scusa per chiedere loro di levare le tende. A causa di questo pensiero che mi balla in testa, non mi sto godendo la passeggiata nemmeno un po'.

In più, la bella giornata si è coperta di nuvoloni grigi all'improvviso e il bosco è immerso nella semioscurità, cosa che non giova al mio umore.

«Pulcino, cos'è quel muso?», mi chiede mamma.

«Sarà il cattivo tempo», rispondo vaga, non voglio metterli in allarme con i miei sospetti. Non per ora, almeno.

«Sii felice, ci sarà tempo più in là, nella vita, per essere tristi. Sei giovane, bella, fortunata e amata: per te il sole sorge ogni giorno!».

«Ashford è davvero un ragazzo a posto, cosa sorprendente rispetto ai tuoi standard, che, lascialo dire a un papà, erano sempre abbastanza preoccupanti», commenta mio padre che ci segue su Westfalia.

«Sì, viene da una famiglia conservatrice e retrograda, ma quello che contano sono i sentimenti e ci tiene a te», incalza mia madre.

Questi sono i momenti in cui mi sento una bugiarda e un'impostora: quando mento ai miei genitori, che hanno fatto della sincerità la loro regola di vita, nascondendo che mi sono venduta a un titolo per guadagnare un'eredità.

«Sta iniziando a piovere». Cambio discorso notando alcune gocce cadere sui miei pantaloni.

Mia mamma gira Agincourt sul sentiero del ritorno. «Allora sarà il caso di rientrare, prima che ci sorprenda un temporale!».

Arriviamo alle stalle non appena un lampo squarcia il cielo e una pioggia fitta scroscia con goccioloni pesanti.

Smontiamo per riportare i cavalli nei box, ma un fulmine seguito da un tuono assordante spaventa Westfalia che s'impenna e parte al galoppo verso il bosco.

«No, Westfalia!», urlo lasciando le briglie di Poppy e correndo inutilmente lungo il vialetto.

«Carly, Jemma, rientrate! Andrò a recuperarla!», dice mio padre risoluto rimontando in groppa.

Mentre fuori il temporale si fa più violento e il vento fischia tra i rami degli alberi, cammino su e giù per la stalla, nervosa e fradicia. Mia madre, invece, riempie di carote Agincourt, che nitrisce tutto contento.

«Vuoi calmarti, Jemma? Papà tornerà presto!».

«Tu non capisci! Westfalia è la cavalla preferita di Delphina! Se le succedesse qualcosa, sarebbe una tragedia. Ci mancava solo questa!».

Mia madre è il ritratto della calma. «Mi sembri davvero troppo agitata».

«Sono in preda all'ansia! Io qui sono sotto esame, lo sono dal primo giorno, e giusto perché lo sappiate, non sono la benvenuta sotto questo tetto e tantomeno voi. Non aspettano che un errore, un passo falso o una scusa per mettervi alla porta!», urlo a mia madre, per poi tornare a crogiolarmi nel mio dramma. «Perché Westfalia?»

«Delphina non c'è e non è necessario che venga a saperlo. Di Ashford non mi preoccuperei».

Sbotto, dimenticando tutti i miei buoni propositi. «E invece sì! Quando vi siete presentati qui a Denby a sorpresa, Ashford ha fatto buon viso a cattivo gioco, ma vedrete che si stancherà di avervi intorno nel suo castello perfetto!».

Mia madre mi viene incontro prendendomi tra le braccia. «Ora sei agitata, non sei lucida per ragionare. Va' in camera, fatti un bel bagno caldo e cambiati».

Quando rientro incrocio Ashford, che evito accuratamente, filando subito nella mia stanza. Sento solo che mi domanda: «E il tè?», ma io non gli rispondo.

Finalmente, a sera calata, papà riporta a casa Westfalia sana e salva liquidando la faccenda con "A questa fifona non piacciono i temporali".

A cena siamo solo io e Ashford, ai capi opposti del lungo tavolo, e ci scambiamo poche insignificanti parole. Si limita a dire che è contento che mio padre abbia recuperato la preziosa Westfalia e che domani prenderà il tè con i miei volentieri.

Messaggio ricevuto, stronzo: ora che non c'è più tua madre da infastidire con la presenza dei miei genitori, li vuoi rispedire a Londra sotto un ponte, ma non prima di avergli offerto una tazza del tuo maledetto tè.

Dopo cena salgo nell'appartamento dei miei genitori, dove trovo sul tavolo il familiare flaconcino di tintura di belladonna.

Mia madre la usava quando ero malata per farmi abbassare la febbre.

«Papà?», chiedo a mia madre quando la vedo uscire dalla camera da letto.

«Il cavalcare sotto la pioggia gelata gli ha provocato un po' di febbre».

Entro in camera, dove papà non ha una bella cera, e prendo il termometro dal comodino. «Un po' di febbre? Trentanove non è un po' di febbre!», mi arrabbio.

«Scenderà presto», risponde mia madre serena.

«Trentanove non scenderà con qualche goccia di belladonna!».

«Lo sai che non usiamo medicinali».

«Io invece sì, e adesso vado a prendergli un bel cocktail di aspirina!».

«Non approvo». Mia madre incrocia le braccia.

«Io invece sì», la contraddico decisa.

Mentre faccio ingollare le pasticche a papà, mamma scuote la testa con disappunto. «È tutt'oggi che sei intrattabile, non capisco cosa ti prende».

«Te l'ho già detto, ma a quanto pare non vuoi capire: credo che Ashford si sia stufato di avervi in casa sua. È passato quasi un mese da quando siete piombati qui, ha fatto buon viso a cattivo gioco, ma anche stasera a cena mi ha ripetuto che domani "vorrà prendere il tè" con voi».

«Ma è solo un tè, tesoro!», obietta mia madre.

«Mamma, leggi tra le righe: è solo un modo come un altro per darvi il ben servito!».

«No», mugugna papà.

«Cosa?», chiediamo io e mamma all'unisono.

«Non è così Jemma», continua lui borbottando.

«Non è così cosa, papà?». Mi avvicino meglio per comprendere le sue parole sbiascicate.

«Siamo stati invitati qui», continua lui. «Ashford è venuto a Londra di persona».

«Vance!», esclama mia madre con un tono stranamente ammonitore.

«No, Carly, lasciami dire. Ashford sapeva che eri preoccupata per noi, così è venuto a Londra, a tua insaputa, e ci ha offerto di stabilirci qui a Denby. Non ci ha dato scadenze o termini».

Le parole di papà mi suonano in testa senza prendere significato. «A… Ashford, hai detto?».

Mia madre viene a sedersi sul letto accanto a me. «Ashford non voleva farti sapere che era una sua iniziativa così ci ha chiesto di non dirtelo e presentarci qui a sorpresa come se fossimo passati per salutarti».

Sono senza parole.

«Non preoccuparti più di quel tè», mi rassicura. «Sento che nutri ancora una sorta di timore nei confronti di Ashford, il che è comprensibile, siete sposati da poco, ma con il tempo vi scoprirete a vicenda e comprenderai anche tutti i suoi modi per dimostrarti che ti ama, anche se non te lo dice».

Ho passato la notte in bianco dopo aver saputo questa cosa. E anche le notti seguenti non ho dormito per niente. Sento che dovrei almeno dire grazie, ma non so come.

46
La versione di Ashford

Io e Harring siamo negli spogliatoi del club dopo un'agguerrita partita a squash.

«Allora, che regalo ti faccio quest'anno?», mi chiede lui.

«Regalo?»

«Sì, la settimana prossima è il tuo compleanno, Parker!».

«Te lo ricordi sempre!».

«Il tuo compleanno cade sempre tra fine luglio e inizio agosto, a cavallo della pausa estiva del Gran Premio, impossibile scordarselo. Se mi chiedi il giorno, non lo so di preciso, ma così a spanne direi che è la settimana prossima».

«Apprezzo il gesto». Accetto Haz con i suoi pregi e soprattutto i suoi difetti.

«Be', dài, che regalo vuoi? Una scatola di Montecristo Sublime in edizione limitata? A ogni tiro è come respirare Cuba».

«Sigari? Non sono mica Winston Churchill!».

«Allora una cubana?»

«Un set da golf nuovo, se proprio ci tieni», lo imbecco.

«Va bene, allora i Montecristo me li tengo io; e anche la cubana».

«Goditeli alla mia salute». So che lo farà. Haz rischia di morire ogni volta che sale sulla sua monoposto, quindi nella vita non si fa mancare niente.

«A proposito di compleanno, anche quest'anno dovrò sorbirmi le voci bianche di Canterbury per tutta la sera, mentre tua madre ti trascina a farti fare gli auguri da tutti gli invitati?»

«Grandi novità! Mia madre ha avuto una crisi di nervi dopo la sfilata di Jemma. Ha fatto armi e bagagli e se n'è andata a Bath. Niente trituramenti di palle in frac».

«Sì! Allora sai cosa si fa? Volo privato e poi festeggiamenti a Marbella!», propone il mio amico.
«Non ci sono i tuoi, nella villa a Marbella?».
Harring fa rientrare i suoi piani. «Birretta in un pub del West End?»
«Vedo che ti sei ridimensionato».
«La mia è una vita difficile».
«Mai quanto la mia», puntualizzo.
«Sì, non t'invidio».
«Ti dirò, era partita in modo drammatico, la storia con Jemma intendo. Tutto quel casino tra i soldi e il matrimonio, vivere con una sconosciuta, liti ogni giorno, non ti dico poi quando è comparso sulla scena quella faccia da culo di Willoughby. Però negli ultimi tempi Jemma sembra molto più tranquilla. Non mi pianta più scenate per un nonnulla, non ha da ridire in continuazione su tutto e si è messa pure a studiare di sua spontanea volontà».
«Senza Delphina intorno diventa tutto improvvisamente più facile».
«Mia madre non rendeva certo le cose più semplici. Ah, poi adesso ci sono anche i genitori di Jemma, a Denby: Vance e Carly. Lui è un DJ e lei una terapeuta per animali. Sono un po' *sui generis*, hippy anni Settanta, ma persone simpatiche e affettuose. Fumano un sacco di marijuana. Ti piacerebbero».
«Non ho dubbi».
«E per quanto tempo dovete ancora fare gli sposati?»
«Un annetto più o meno, così ci ha detto l'avvocato».
«Comunque, ci pensavo dalla sfilata… Jemma ha davvero un fisico notevole. Belle gambe, belle tette. Non ho visto il sedere, ma due su tre bastano. Ci hai mai pensato a fartela?»
«Haz! Come fa una cosa del genere anche solo ad attraversarti l'anticamera del cervello?», sbotto.
«Ne hai avute di più brutte!», obietta lui.
«Non è questo il punto! Ha un bel fisico? Chissenefrega! Al mondo ci sono milioni di donne bellissime. Dopo l'inferno che mi ha fatto passare con il suo pessimo carattere, mai e poi mai potrebbe anche solo sfiorarmi l'idea!».

«Sta' calmo, cazzo. La mia domanda è più che normale: tu sei un uomo, lei è una donna, vivete sotto lo stesso tetto…».

«E allora per te andarci a letto sarebbe una conclusione automatica?»

«Boh, sì, non lo so, forse! Mi stai chiedendo se io mi farei tua moglie? Non puoi mettermi all'angolo così!».

«Questa discussione non ha assolutamente senso», taglio corto.

Belle gambe, belle tette… Come può averci anche solo pensato?

47

La versione di Jemma

«Cosa intende organizzare per venerdì sera?», mi sorprende Lance in fondo alla rampa dello scalone.

«Venerdì?», faccio mente locale, spaesata. «Pesce?».

Lance scuote la testa. «È il compleanno del duca».

«Lady Delphina non ha lasciato disposizioni?»

«Se n'è andata prima che potesse organizzare qualcosa. Ha solo spedito gli inviti per tempo, in modo che gli ospiti non prendessero altri impegni».

Oh-mio-Dio.

«Mi stai dicendo che venerdì prossimo a Denby arriveranno cento persone e non c'è nulla di organizzato?»

«Centodieci», mi corregge Lance.

«Centodieci persone e non c'è nulla di organizzato?», ripeto attonita.

Lui sembra imperturbabile. «Infatti, la sto sollecitando con dovuto preavviso».

«E tu una settimana lo chiami fottuto preavviso?»

«Dovuto, Sua Grazia. Dovuto preavviso». Lui non coglie il mio sconcerto.

«Non si può fare la stessa cosa che avete fatto l'anno scorso?», chiedo nel panico.

«L'anno scorso gli ospiti sono stati intrattenuti con il coro di voci bianche di Canterbury».

«Perfetto! Chiamiamoli e facciamoli tornare!».

«Il coro va prenotato almeno due mesi prima», risponde Lance impassibile.

Annaspo e sento il respiro che si fa corto.

«Si sente bene, Sua Grazia?»

«No», scuoto la testa.

«Attacco di ansia?». Lance ormai ha imparato a riconoscerli.
«Sì».
«Medicina?»
«Ti prego», lo supplico.
«Mi segua in cucina», dice facendomi strada.
Dopo cinque minuti sono seduta al bancone a sbocconcellare ciuffi rosa di zucchero filato. Il caldo, avvolgente, appiccicoso zucchero filato ha come effetto quello di tranquillizzarmi all'istante. Altro che tè!
«Ora che Sua Grazia è più serena, può valutare alcune soluzioni per venerdì».
«Un ballo?», azzardo.
«Quale tema?», chiede Lance.
«Per un compleanno serve un tema?», chiedo.
«Per un ballo serve un tema. Che andrebbe comunicato agli ospiti».
«Una cena?», tento di nuovo.
«Magnifico! Una cena danzante!».
«Quindi un ballo?», chiedo confusa.
«Se un ballo non ha un tema, allora è una cena danzante. Altrimenti si chiama ballo con rinfresco», mi spiega Lance.
«Non si finisce mai d'imparare», mormoro tra me e me. «Pensavo che essere Delphina sarebbe stato più facile».
«Ma lei non deve calarsi nei panni di lady Delphina».
«E allora che faccio?», domando sconsolata.
«Lei come festeggerebbe il suo compleanno?»
«Ehm, negli ultimi anni, barcollando piena di gin lemon da un pub di Shoreditch all'altro», confesso con una punta d'imbarazzo.
Lance non sembra approvare. «Non credo sia un'ipotesi percorribile».
«Da piccola era più facile. I miei mi portavano al luna park», dico addentando l'ultimo ciuffo di zucchero dal bastoncino. «Ma Ashford non capirebbe, non l'hanno mai portato al luna park».

48
La versione di Ashford

Io e Haz stiamo tornando a Denby, dopo due giorni di tiro al piattello nel castello di suo cugino Juni a Inverness, in Scozia. Non vado matto per il tiro al piattello e Juni ha una mira orrenda, ma Haz ha insistito tanto che non mi ha dato tregua per un giorno intero, finché non gli ho detto di sì per sfinimento. Se non altro, la famiglia di Juni ha una distilleria di whisky eccezionale nei bastioni del castello, quindi almeno la mia mano sinistra e il mio fegato sono stati occupati quarantotto ore con un doppio malto invecchiato in botti di Madeira.

Oggi è il mio compleanno e per la prima volta in trentadue anni di vita non sono previsti fastosi festeggiamenti a Denby.

Mia madre ha sempre organizzato celebrazioni faraoniche, se non per festeggiare me, almeno per avere una buona scusa per tirare Denby a lustro e invitare ogni singolo membro dell'alta società, con cene da undici portate e orchestre sinfoniche che avrebbero riempito la Royal Albert Hall.

È una sensazione strana e non so se mi piace: anche le brutte abitudini sono pur sempre abitudini.

Varcato il cancello di Denby, Haz guida su per il vialetto e io scorgo una lunga fila di Rolls e Bentley parcheggiate nei dintorni dell'ingresso.

No, mia madre non può essere tornata da Bath apposta!

Scendo dall'auto e attraverso tutta Denby Hall senza scorgere nei saloni alcun cenno di festeggiamento; anzi, tutto il castello sembra deserto.

«Bentornato, Sua Grazia».

«Lance! Di chi sono tutte quelle auto? Cosa siamo diventati? Un maledetto parcheggio?»

«Degli ospiti che sono intervenuti per festeggiare il suo compleanno e, per l'appunto, le faccio le mie più vive felicitazioni per il suo genetliaco».

«Festeggiare? Credevo che mia madre fosse a Bath!».

Lui non sembra darmi spiegazioni esaustive. «Lasciate che vi accompagni nel parco».

Usciamo dal lato ovest del palazzo che dà sul parco e stento a credere a quello che mi trovo davanti.

«Lady Jemma si è presa la libertà di organizzarle una festicciola».

Anche se ben oltre il tramonto, il parco è illuminato a giorno dalle luci di una dozzina di giostre. Sì, il parco di Denby Hall è disseminato di attrazioni: c'è la giostra con i cavalli, la ruota panoramica, il labirinto degli specchi, un calcinculo, un tirassegno, il martello con la campana, il tirapugni, bancarelle di caramelle, carretti di popcorn e hot dog, banchetti di frittelle, e stand dello zucchero filato.

E gli ospiti, nei loro vestiti migliori fanno la fila per salire sulle giostre o per addentare un krapfen fritto grondante di crema, come lord Neville, che ne tiene uno in ogni mano, senza nessun riguardo per le sue coronarie.

«Buon compleanno, Ashford. Delphina non aveva lasciato disposizioni per stasera, ma con gli ospiti in arrivo ho dovuto inventarmi qualcosa». Jemma è lì, in fondo alle scale, nel più luccicante dei suoi vestiti comprati ai mercatini di Portobello, con i capelli fucsia al vento e un sorriso a trentadue denti.

«È una fi-ga-ta!», esclama Harring al mio fianco.

«Non mi hai detto che ci sarebbe stato anche lui», ringhia la Loxley sbucando al fianco di Jemma.

«Harring era una parte fondamentale del piano!», spiega Jemma.

«Loxley, lo strizzacervelli non ti ha spiegato che dobbiamo convivere su questa terra e che devi fartene una ragione?», la sfotte Haz.

«Di quale dei miei tre strizzacervelli parli?», ribatte lei.

«Un luna park, eh, Jemma?», chiedo stupefatto, interrompendo la schermaglia tra Haz e Cécile.

«Da piccolo non ti ci hanno mai portato...».

«Perciò hai portato il luna park a Denby».
«Esatto», annuisce Jemma soddisfatta.
«E vuoi farmi credere che è stata un'idea dell'ultimo minuto?»
«Ultimo minuto no, ma degli ultimi cinque giorni».
«Sono lusingato. Ti sei data tanta pena per me».
«Sì, ma ci sono stati i miei genitori ad aiutarmi, e Cécile, e Lance e Delphina!».
«Mia madre?». Non mi sembra assolutamente una cosa che mia madre approverebbe.
«Sì, se non fosse andata a Bath, non avrei potuto realizzare tutto questo», sorride lei compiaciuta.
Mi guardo di nuovo intorno esterrefatto. «Cosa mi stai facendo aspettare per salire su una giostra?»
«Ruota?», propone lei.
«Tu vai a metterti in fila, io vado a prendere i pop corn».

«Denby da questa prospettiva non l'avevo mai vista». Osservo la tenuta, quando il sedile raggiunge il punto più alto della ruota.
«Sei fortunato, sei tra i pochi privilegiati che hanno una vita al di sopra di ogni standard. Vivi in un castello, hai un grande parco tutto per te, sei circondato da oggetti di lusso e opere d'arte», elenca lei.
«Jemma, tu hai una famiglia che ti ama. Io nemmeno nelle mie più rosee aspettative avrei immaginato di vedere i miei genitori tenersi per mano sulla giostra dei cavalli dopo trent'anni di matrimonio».
«E mio padre ha anche vinto un orsacchiotto per mia madre al tirassegno».
«E ha anche vinto un orsacchiotto per tua madre», puntualizzo.
«Allora, cosa ne dici? Questo compleanno ti piace?»
«Non ho mai avuto una festa così e sì, concordo con quello che ha detto Harring prima: è una figata».
«Ti devo ringraziare», dice lei con voce sommessa.
«E di cosa, scusa? Hai fatto tutto tu!».
«Per i miei genitori. So che sei stato tu a invitarli qui».
Ero stato chiaro, doveva essere un segreto. «Non avrebbero mai dovuto dirtelo».

«Mio padre aveva la febbre alta, dopo aver recuperato Westfalia. Se l'è lasciato scappare».

«Non potevo lasciare che i tuoi rimanessero senza casa. Dopotutto, tu con la tua eredità hai salvato Denby Hall», ammetto per la prima volta ad alta voce davanti a lei.

«Tu hai accettato di sposarmi. Se non fosse stato per il tuo sangue blu, non avrei mai avuto una sterlina e ora starei ancora truccando attori di musical in un teatro di serie B».

«Pace?», le chiedo alzando verso di lei il mio bicchierone di pop corn.

«Pace», lei fa lo stesso con il suo per brindare alla nostra tregua.

«Per tutto questo, come minimo, devo vincere anch'io un orsacchiotto per te».

49
La versione di Jemma

Il bello delle visite a Cécile è non avere rompiscatole (vedi Ashford) o impiccioni (vedi Delphina) che mi ronzano intorno. Qui vige la più assoluta libertà, quindi non sono costretta ad assumere posture scomode o limitare movimenti e gesti per rispettare l'etichetta.

Siamo sul patio e io me ne sto beatamente sdraiata su uno dei divani-sdraio circolari. Cécile è sul suo e tra di noi c'è un enorme carrello imbandito di ogni ben di Dio che, udite udite, è accessibile. Voglio una tartina? La prendo. Ne voglio un'altra? Me la metto nel piatto. Mi attirano i rollini alla cannella? Me ne servo quanti ne voglio. E Cécile fa lo stesso.

«Vorrei che questi pomeriggi durassero per sempre», sospiro.

«Ne possiamo avere quanti ne vuoi. Possiamo farlo ogni giorno».

«Sì, ma tra un pomeriggio e l'altro ci sono le orride serate mondane. È una tortura per me dover superare un esame ogni volta, sentire i risolini alle mie spalle e incrociare gli sguardi di disapprovazione», sbuffo. «Io ho fatto il massimo: ho letto tutta Jane Austen! Interrogami, forza! Chiedimi qualsiasi cosa!».

«Non c'è bisogno, si sente che hai lavorato su te stessa».

«Pensare che è stato del tutto incidentale! È iniziato tutto con un film, poi mi sono appassionata tanto da sviluppare sempre più interesse e sono diventata ingorda e curiosa di scoprire una nuova storia».

«Vedi? "Incidentale" è una parola che qualche mese fa non avresti mai usato!», sottolinea Cécile aggiustandosi gli occhialoni da sole.

«Non è abbastanza», obietto sconsolata. «Sono sempre troppo

o troppo poco qualcosa, mi sembra di essere Don Chisciotte che lotta contro i mulini a vento».

«Signori del pubblico, le citazioni letterarie continuano!», m'incita Cécile.

«Lo vedi? Lo fai anche tu? Mi prendi in giro. Come se anche per te, il fatto che io legga, che mi interessi di argomenti a me prima sconosciuti sia qualcosa di inverosimile!», protesto.

Cécile si alza con urgenza guardandosi intorno alla ricerca di qualcosa.

«Tutto bene?», chiedo dubbiosa.

«Sì, sì, forse so cosa fare per spiegarti il perché, ma prima devo pensare all'esempio giusto per fartelo capire».

«Non puoi provare con parole tue?»

«Resta lì, arrivo subito». Così dicendo, Cécile prende il carrello delle vivande e sparisce attraverso la porta di servizio. Dopo poco riemerge con le mani dietro la schiena.

Mi porge prima un involto di carta di giornale stropicciata, con un bignè mezzo sbriciolato, la glassa mal messa e la crema che deborda da tutte le parti.

«Cosa vuoi da me?», le chiedo.

«Bignè alla crema chantilly e panna glassato con caramello».

La osservo scettica.

Ora, con la mano sinistra mi porge un piattino in finissima porcellana di Limoges decorata, munito di forchettina d'argento. Al centro campeggia il medesimo bignè, perfettamente integro e dorato, con uno sbuffo lussurioso di chantilly sotto il cappello, ciuffi di panna regolari e minuscole stille di caramello luccicante. Sul piattino c'è anche una margherita appena recisa.

La guardo ancora più incuriosita.

«Bignè alla crema chantilly e panna glassato con caramello», ripete lei.

Allungo la mano verso il piattino. «Se non ti dispiace...».

Ma lei allontana la mano togliendomelo dalla presa. «Visto? Sei tu!».

«Sono io, cosa?», chiedo stranita. Voglio quel bignè.

«Il bignè!», esclama Cécile.

«Io sono il bignè», ripeto scettica.
«Sì, tu sei il bignè: sei fatta di fragrante pasta choux che profuma di burro, ripiena di vellutata crema chantilly e brillante di glassa dorata che ti si scioglie sulla lingua».
«Suona un po' porno», osservo.
«Tu sei il bignè, ma ti servi così», dice indicando quello avvolto nella carta di giornale. «Il contenuto è ottimo, ma la presentazione non è invitante. Lo stesso bignè, se si presentasse bene e con cura, tutti se lo strapperebbero dalle mani».
«Mentre siamo ancora amiche, finisci il discorso, perché dopo non sono sicura che lo saremo ancora», la metto in guardia.
«Non fare la permalosa e ascoltami, te lo dico dal profondo del mio cuore. Dentro di te hai un mondo meraviglioso, in più hai arricchito le tue qualità con un più vasto bagaglio culturale. Però il tuo abbigliamento e il tuo aspetto, benché io rispetti tantissimo le tue scelte, costituiscono un limite per le persone che non ti conoscono. Io sono una persona libera da pregiudizi, ma la maggior parte non lo è, come hai potuto vedere, e da parte loro è difficile dare credito a una ragazza che si presenta in minigonna di pelle, capelli fucsia, unghie verdi e che fa i palloncini con il chewing-gum, anche se ha una laurea in fisica quantistica!».
«La so!», scatto come una molla. «Fisica quantistica: branca della fisica introdotta dagli studi di Planck nel 1900 che descrive il comportamento della materia e delle sue interazioni con le radiazioni come fenomeni ondulatori di origine particellare costituiti da concentrati di energia misurati, appunto in quanti, contrariamente a quanto sostenuto fino ad allora dalla fisica classica», spiego tutto in un fiato.
«Appunto. Puoi avere tante cose da dire, ma devi metterti in una posizione tale per cui la gente con cui ti confronti abbia voglia di ascoltarle».
«Finché non ti fermo continua a parlare. Vuol dire che non stai rischiando la tua vita».
«Questa è una fossa di serpenti, dove il valore di una persona è direttamente proporzionale al proprio blasone. Per una donna è più difficile in quanto, per osmosi, assume il titolo

del marito, quindi deve faticare il doppio per dimostrare di meritare rispetto». Fa una piccola pausa. «Tranne me, ma non è di me che stiamo parlando». La osservo mentre si esibisce nel suo monologo. «Tu hai accalappiato uno degli scapoli più ambiti quindi hai già contro tutte le cagnette arrabbiate pronte a morderti le caviglie. Oltretutto sei nuova di quest'ambiente e vieni da un contesto del quale questa gente si prende gioco da sempre. Gli argomenti per prenderti in giro non devi servirglieli su un piatto d'argento, devi toglierglieli e farli morire di fame. Sai di essere molto superiore alle persone che hai incontrato finora, ma la consapevolezza non basta. Se vuoi giocare al loro stesso tavolo, devi immedesimarti in un personaggio che li fa sentire a loro agio».

«Mi stai dicendo che il mio look è sbagliato. Posso bermi tutta la biblioteca di Denby Hall, imparare tutte le lingue del pianeta, ma così come sono non sarò mai accettata? Cazzo! So mangiare a una tavola con quattordici posate e cinque bicchieri!».

«Sii un camaleonte. Non ti sto dicendo che devi cambiare tu, tu sei quella che sei e dentro rimarrai sempre così, ma fuori devi rivedere un po' l'architettura!».

«Ci penserò», rispondo dubbiosa.

«Non ti hanno umiliato abbastanza?». Il tono di Cécile si fa freddo.

Sospiro guardando altrove. Sono cose che ho già sentito mille volte, da Delphina e da Ashford. Certo, loro mi hanno esposto la cosa in modo diverso, come se io fossi quella sbagliata, e per ripicca verso i loro modi mi sono sempre opposta a qualsiasi cambiamento. Come potrei dare retta a Delphina o alle Sei-sei-sei che mi odiano?

Stavolta però lo dice Cécile, e Dio sa che finora è stata l'unica persona a interessarsi di me in questa gabbia di matti.

Forse vale la pena darle retta?

Dopo giorni di accurate riflessioni sul "discorsetto" mi reco alla residenza di Cécile, subito dopo pranzo. Stasera c'è il gran masque, ovvero un mastodontico (e come potrebbe essere altrimenti) ballo in maschera dato dal duca Neville in persona.

Abbiamo in programma una lunga prova abiti. Cécile ha fatto venire un sarto da Parigi e io, che non voglio essere da meno, le ho chiesto di poterne approfittare. Stavo pensando a qualcosa di molto scenico, rosso fuoco, piume, taffetà e lustrini... Ma niente poteva prepararmi a ciò che ho trovato al mio arrivo.

Il salone privato degli appartamenti di Cécile è stato allestito come un centro di bellezza, con tanto di poltroncine da parrucchieri e lettini per trattamenti estetici.

«Ahhh», mi accoglie uno strillo effeminato non appena apro la porta.

«*Pierre, pourquoi tu cries?*», chiede Cécile in francese.

«Urlo di terrore! Non mi avevi detto che era un caso così disperato!», protesta l'uomo osservandomi paralizzato.

«Non esagerare! Conosco le tue doti, so che farai un capolavoro», lo esorta lei.

«Mi sopravvaluti, *cherie*», commenta di nuovo lui con la sua erre francese.

Pierre inizia a girarmi intorno squadrandomi. «Se non altro la base è buona, c'è qualcosa su cui lavorare. Se fosse stata anche grassa me ne sarei andato *tout de suite*».

«Cécile, il tuo sarto mi sembra un po' esaurito», osservo.

«Non è il mio sarto», risponde la mia amica.

«Allora perché sto qui a prendere insulti gratuiti da uno sconosciuto?», chiedo con calma forzata.

Cécile si avvicina prendendomi le mani. «Ricordi il discorso dell'altro pomeriggio? Non ti arrabbiare, ma mi sono presa la libertà di chiamare Pierre. Ha un salone a Parigi tra i più esclusivi e con capelli e trucco è un vero genio. Non te ne pentirai. Prometto che se non ti piaci, alla fine ti rifarà i capelli rosa e le unghie verdi lunghe sei miglia», mi sorride speranzosa.

Guardo Cécile, Pierre e di nuovo Cécile. «Paghi tu, però».

«Con piacere!». Batte le mani entusiasta saltellando per la stanza.

Ormai è sera quando mi appresto a infilarmi in un vestito spettacolare e noto che sul mio telefono si sono accumulate un numero imbarazzante di telefonate di Ashford, chiuse da un ultimo secco SMS che recita: “Io sono già al ballo, tu arrangiati”.

Certo che mi arrangio, caro Ashford, come sempre, d’altronde. È da un pezzo che ho capito che in questa storia il principe azzurro sono io.

50
La versione di Ashford

Neville Manor è affollata dagli invitati vestiti con le maschere più stupefacenti. Mia madre è giuliva come non la vedevo da anni: fino a oggi non era mai stata invitata dal duca e adesso non crede ai suoi occhi. È tornata da Bath appositamente per pavoneggiarsi. L'ho persa, grazie a Dio, un attimo dopo che ha varcato la soglia per andare a mischiarsi a tutte le altre megere travestite da Elisabetta I. Si vedono lontano un miglio: parruccone rosso, tre strati di cerone bianco, gorgiera da tacchino intorno al collo e gonnelle dal diametro improbabile. Neanche a dirlo, gli uomini si dividono in due squadre: Enrico VIII magro ed Enrico VIII grasso. La versione grassa, per ovvi motivi, ha molti più fan.

Queste feste sono così prevedibili.

Per contro, visto anche il mio scarso stimolo a volermi impegnare in un travestimento complicato, ho optato per il Fantasma dell'Opera: mascherina bianca su metà volto, tight nero integrale e mantello con fodera rossa. Semplice e pratico.

«Chi cazzo sei? Batman?». Harring mi coglie alle spalle. Perché so che è Harring? Perché è vestito da se stesso, in divisa da Formula Uno. Con tanto di casco in testa.

«Sono il Fantasma dell'Opera», spiego.

«Hai solo metà maschera, lo sai?», mi chiede indicandomi il viso.

«Sì, il travestimento è così. Tu, piuttosto, guarda che non è carnevale! Lo sapevi che era una serata elegante?»

«Sì, ma poi ho pensato: ehi, sono una leggenda, e così mi sono infilato la mia tuta e il casco!».

«Ti sei scordato che era una serata in maschera e ti sei messo la prima cosa che hai trovato», taglio corto.

«Sì, è così», ammette lui riducendo il suo tono di qualche ottava, per poi cambiare discorso. «Ehi, sei solo stasera?»

«Così pare. Jemma è sparita nel primo pomeriggio per andare da quella sciroccata della Loxley e non l'ho più rivista».

«Wow, pigiama party tra ragazze!», esclama entusiasta. «Che cosa stiamo facendo qui? Uniamoci a loro».

«Nella tua mente contorta te le immagini fare a cuscinate in intimo sexy sul letto in mezzo a nuvole di piume d'oca. Quelle sono due arpie, se mettono le mani su di noi durante uno dei loro sabba satanici, come minimo ci tagliano le palle. Altro che pigiama party!».

«Ashford, spiegami perché ogni volta senti il bisogno di distruggere le mie fantasie».

«Spiegami perché le tue fantasie ultimamente includono Cécile Loxley».

«Dev'essere l'aspirina che ho preso prima con il Margarita. Tre Margarita».

«Fatto sta che se Jemma non si presenta, io faccio una figura imperdonabile. Sua Grazia il duca reale per qualche strano motivo la trova adorabile e ha espressamente richiesto la sua presenza alla serata, ma lei dov'è? Come al solito quell'egoista è andata per i fatti suoi, senza dire niente a nessuno e io adesso sto qui a fingere che sia in bagno».

«Stai diventando paranoico. Ti vado a prendere uno champagne che ti distende i nervi?»

«Tutta la bottiglia, grazie».

Harring si disperde nella calca mentre io rimango impalato ai piedi dello scalone d'ingresso, a valutare le maschere degli invitati in arrivo, in attesa di Jemma: Enrico VIII e Anna Bolena con tanto di scia di sangue sul collo di cattivissimo gusto; due cancellieri Cromwell; una Margaret Thatcher; l'arcivescovo di Canterbury; quello non so chi sia, quella... Aspettate un attimo!

Per un secondo resto bloccato a guardare la prima figura non ridicola della serata che fa l'ingresso in cima alla scalinata.

Ho una strana sensazione, come di déjà-vu. Tutto in lei richiama dei flash nella mia mente, che tuttavia non sono in grado di comporre in un'unica immagine.

Posso solo prendere atto di ciò che ho davanti: è una giovane donna (non troppo vecchia da vestirsi da Elisabetta I, non troppo giovane da travestirsi da principessa Disney), i capelli castano chiaro illuminati da riflessi caramello e rame cadono sulle spalle in morbide onde che fanno venire voglia di tuffarci le dita, il viso ha un incarnato roseo e splendente ed è coperto da una semplice mascherina di pizzo che incornicia profondi occhi blu. Scende le scale con passo leggero, avvolta in un abito di seta fluttuante color ghiaccio.

Una forza a me sconosciuta mi trascina proprio davanti a lei, quasi a bloccarle il passaggio, e senza alcuna esitazione dico: «Ce ne hai messo ad arrivare».

«Non è ancora periodo per le zucche. Ho dovuto fare l'autostop». Sotto tutta quella seta c'è proprio Jemma.

Le porgo il braccio per condurla in fondo alla scalinata. «Da cosa ti sei mascherata?»

«Da come vorresti che io fossi».

«Non era così che t'immaginavo».

«Come m'immaginavi? Muta?»

«Diciamo che superi la più rosea delle mie aspettative», ammetto senza remore.

Jemma appare interdetta, come se fosse già pronta a battagliare e ora si ritrovasse con una spada in mano senza sapere cosa farsene.

«Andiamo, Ashford, so che puoi fare di meglio. Quando sei in forma mi regali il massimo dei tuoi travasi di bile. Mi aspettavo una stoccata degna del tuo stile, così mi deludi!».

La osservo incuriosito. «Deve esserti costato un certo qual sforzo, o no?»

«È tutta una questione di forza mentale. E poi non sapevo più come scioccarti».

La guido al centro della sala, proprio mentre Harring ci viene incontro. «Champagne per te», dice offrendomi la flûte e afferrando la mano di Jemma. «E questa incantevole signorina mascherata che hai trovato per me». Alza la visiera del casco per presentarsi. «Kenneth Harring, erede al titolo di visconte di Westborough».

«Haz. Sono Jemma», gli risponde lei con una strana pacatezza.
«Co... Cosa? Jemma? Mi prendesse un colpo», esclama Harring sotto shock.
«Sta' attento a quello che desideri, Harring. Potresti ottenerlo!», esclama alle sue spalle Cécile, ammantata in strati e strati di taffetà nero.
«Loxley! Lato oscuro della forza! Da cosa sei vestita? Da maniaca depressiva in menopausa precoce?»
«Menopausa precoce, se serve a tenere a debita distanza i maiali come te», risponde lei con l'acidità che la contraddistingue.
«Ti stupiresti di quante signore mature apprezzino la mia compagnia», e così dicendo fa l'occhiolino al trio di dentiere imbellettate alla nostra destra.
Cécile fa una smorfia distogliendo lo sguardo. «Mi disgusti».
«Benissimo signori e signore, maniaci sessuali e sociopatiche», dico accennando a Harring e Cécile, «andrei verso la pista, c'è un lento che non mi fa troppo schifo. Jemma, vuoi seguirmi?»
«Con moderato piacere», mi risponde lei con un largo sorriso.
Jemma e io ci portiamo al centro della pista iniziando a muoverci al ritmo della musica.
«Allora?», le chiedo.
«Allora cosa?»
«Come mai questo cambiamento repentino? Cosa ti ha fulminato sulla via di Damasco?»
«Ho capito che serviva un cambio d'immagine», minimizza lei.
«E perché?»
«Per poter spaccare il culo a te e a tutti questi snob altezzosi».
«Ecco la duchessa che conosco!». Dopotutto siamo in tregua diplomatica, e le sue risposte mi fanno sorridere.
«Sul serio! Voi altri nel mio mondo non durereste un quarto d'ora. Vorrei vedervi prendere la metro all'ora di punta senza farvi schiacciare dalla folla! O uscire illesi dal primo giorno di saldi!».
«Ma non siamo nel tuo mondo», puntualizzo.
«Esatto, sono io che sono nel vostro, quindi non solo vi farò vedere che posso viverci benissimo, ma anche meglio di voi che ci siete nati».

«Sei in preda ai deliri di onnipotenza».
«Può darsi, ma tu non lo sei da sempre, forse? Hai paura che qualcuno ti rubi la scena?»
«Francamente no». Per qualche ragione ignota mi viene da mormorarle all'orecchio: «Ammetto che sei brava, ma hai ancora tanto da imparare».
«Non hai ancora detto nulla», mi rimprovera.
«Su cosa?»
«Su di me! Sul mio look. Mesi di proteste a ricoprirmi d'infamia e poi quando mi presento tirata a lucido come Harrods sotto Natale, non hai commenti da fare, se non chiedermi il perché!».
«Forse non hai notato una cosa, ma io sì», obietto.
«Cosa?»
«Quando hai fatto il tuo ingresso nel salone...».
«Cos'è successo?»
«Niente», rispondo serafico.
«Come niente?», lei si rabbuia.
«Per la prima volta da quando tu e io ci mostriamo in pubblico insieme, non è successo assolutamente nulla».
«Non capisco dove vuoi andare a parare».
«Te lo spiego: ogni volta che tu entravi in una stanza, calamitavi sguardi e attenzioni su di te. Ma non montarti la testa, non in senso positivo. Tutti si voltavano a guardarti, urtati dal tuo aspetto improbabile. Per la prima volta stasera sei passata inosservata. Nessuno si è voltato verso la scala allarmato come se avesse fatto irruzione una banda di rapinatori».
Jemma distoglie lo sguardo, abbassando il mento fino ad avere quasi il capo chinato.
«Ehi, non essere delusa. È sinonimo del fatto che il tuo restyling ha avuto successo».
«Se lo dici tu», Jemma non sembra troppo entusiasta della spiegazione.
«Lo dico io. E siccome stasera mi sento molto sincero ti dirò altre due cose. Apprezzo lo sforzo che hai fatto, nonostante tu ci abbia messo parecchio; inoltre chiunque sia stato, ha fatto un gran lavoro e stai davvero benissimo. Quindi, grazie».
«Sono tre cose».

«Eh?»
«Sono tre cose, non due: apprezzi lo sforzo, sono bellissima e grazie».
«Non ho detto che sei bellissima. Ho detto che stai benissimo».
«Tu non riesci proprio a fare i complimenti, vero?»
«Non forzarmi la mano».
Balliamo un po', in silenzio, poi noto il suo sguardo vagare per la sala, al che una parte di me che non posso dominare chiede: «Suppongo che tra i motivi del tuo cambio d'immagine ci sia anche qualcos'altro… O meglio, qualcun altro?»
«Chi?»
«Me l'hai sbandierato in faccia per settimane e adesso fai la finta tonta? Willoughby».
Jemma scuote la testa. «No. Willoughby non c'entra».
«Hai l'aria di star cercando qualcuno».
Lei si lascia sfuggire un mezzo sorriso. «Cercavo tua madre. Volevo provocarle un mancamento come la sera della sfilata».
«Non penso che riuscirai a raggiungere quel livello con il massimo del tuo impegno». Trattengo un sospiro: non me ne frega niente di mia madre. Se Willoughby non è più in pista, ho un problema in meno.
«Vuoi rilassarti? Mi sembra di ballare con il busto dell'ammiraglio Nelson per quanto sei rigida!».
«Sono sul chi va là. Sono certa che nel momento in cui abbasserò la guardia, mi rifilerai una battutina delle tue. Sono pronta a parare il colpo».
«E invece sono la persona più in pace con l'universo in questa sala. Non ci voleva molto a capirlo, eppure hai remato contro fino all'ultimo: tutto ciò che chiedevo, era una persona al mio fianco che non mi umiliasse o mi mettesse in imbarazzo».
«Peccato! Umiliarti è l'unica cosa che può ridimensionare il tuo ego smisurato, e metterti in imbarazzo l'unica ad abbattere la tua arroganza», ribatte lei con un sorriso angelico dipinto sul volto.
«Cioè, lo hai sempre fatto di proposito?», chiedo.
«In continuazione», risponde soddisfatta.
«Sei proprio una bella stronza».

Scivoliamo in silenzio sulle ultime note del lento prima che lei mi scocchi uno sguardo trionfante.
«Allora alla fine lo hai ammesso».
«Cosa?»
«Che sono bella».
Ha vinto. Stavolta ha vinto.

51
La versione di Jemma

Delphina con la sua fuga mi ha lasciato in una posizione difficile. Sì, ho sempre ritenuto quella donna uno spreco di spazio, ma ogni giorno che passa la gestione di Denby Hall mi coinvolge sempre di più. E, strano a dirlo, mi piace.

Per anni sono sempre stata subalterna a qualcuno, una gregaria, il fanalino di coda, mentre ora ogni decisione, fin nei più piccoli dettagli, sembra richiedere la mia approvazione.

Lance e tutto lo staff sono infinitamente carini nei miei confronti e fanno di tutto per mettermi a mio agio, ben sapendo che ogni cosa mi è nuova.

La società di beneficenza è un altro paio di maniche: io sono il loro esperimento e stanno lì con la lente d'ingrandimento a osservarmi.

Con la sfilata ho azzardato e mi è andata bene, ma non so quanto la fortuna sarà dalla mia parte, stavolta.

Ho ricevuto una telefonata da lady Antonia che, con un tono tranquillo, falso come i saldi di fine stagione, mi ha comunicato che dovrò occuparmi della serata che si era assegnata Delphina: il concerto del coro gregoriano nella grande serra messa a disposizione dal Country Club.

Io, di cori gregoriani, non so niente.

E poi dove vado a prenderli questi gregoriani?

Squadra che vince non si cambia e, siccome per la sfilata non sapevo che pesci pigliare, anche questa volta sono costretta a improvvisare.

Quando arriva la serata di beneficenza, la sala è gremita e lady Venetia è già sul palco pronta a prendere in mano l'evento che ho ideato. Non nascondo che ho un po' di dubbi sulla riuscita della mia iniziativa, e so che metà delle persone qui sedute è in attesa di un mio clamoroso fallimento. Incrocio le dita e spero che la mia buona stella, ancora una volta, faccia la magia.

«Signori e signore, *Madame et Monsieurs*, *Damen und Herren*, questa sera il calendario degli eventi dello Union Jack Charity Society propone un'iniziativa del tutto inedita, in sostituzione dell'esibizione del coro gregoriano, organizzata dalla duchessa di Burlingham, lady Jemma Parker! Un applauso d'incoraggiamento». Lady Venetia fa una piccola pausa per spostare l'attenzione su di me. «Sono sicura che l'iniziativa riscuoterà successo e mi rivolgo in particolare a voi, signore del pubblico. Come l'invito annuncia, più tardi si terrà un buffet leggero, seguito da danze, ma prima ogni signora sceglierà il suo cavaliere per la serata». Tra i posti a sedere si leva un brusio. «Ebbene sì, state per assistere all'asta dei gentiluomini qui presenti, che saranno messi all'incanto per lor signore. I cavalieri saranno a disposizione dei vostri ordini e desideri. Nei limiti di ciò che è lecito, ovviamente, mi rivolgo in particolare a voi, signore sposate. Mie care dame scegliete bene il vostro cavaliere, alzate la paletta numerata, battetevi all'ultima offerta per conquistarvelo e non dimenticate il libretto degli assegni. Siate generose, dopotutto è beneficenza, no? La base d'asta è cinquecento sterline!».

Sento tutti gli occhi puntati addosso e qualcuna che nelle retrovie sibila: «Che spregiudicatezza», o: «È una pazza».

«Partiamo senza indugi con il primo lotto: lord Havisham, prego, vuole raggiungermi sul palco?».

Lord Havisham si schiarisce la voce guardandosi intorno, incerto, per poi avviarsi verso lady Venetia, incoraggiato dalla sorella. È vedovo da più di quattro anni, oramai il lutto sarà superato.

«Molto bene, dunque: lord Havisham, nono conte di Twickens, appassionato di scacchi, maestro della caccia reale alla volpe, due volte campione con la squadra europea al torneo di golf per la Coppa Ryder».

La sala è immersa nell'imbarazzo, così che la sorella del conte sventola la sua paletta in aria. «Mille sterline».

«Suvvia Juliet, non vorrà sottrarre il conte a un'altra fortunata. Può averlo per sé quando vuole», la esorta lady Venetia.

Dal fondo della sala qualcun'altra sventola la paletta. «Duemila sterline».

«Ottimo, lady Smythe. Meno male che suo marito è in Belgio. Non lo diremo a nessuno, vero, amici? Acqua in bocca!».

Si alzano timidamente altre palette finché lady Smythe riesce ad aggiudicarsi il conte.

Una volta innestato il meccanismo, anche i signori seguenti hanno vita facile e il conte di Clerkenwell e il barone Fansworth salgono e scendono dal palco alla velocità della luce.

I gentiluomini che ho scelto sono frutto delle mie lunghe osservazioni della fauna aristocratica a queste infinite cerimonie. Ho inserito i vedovi per dare una scossa alle loro vite – non si sa mai cosa può venirne fuori –, gli sposati più autoironici – non sembra, ma qualcuno ne ho conosciuto: Murray Davenport, per esempio – e naturalmente gli scapoli e i single incalliti.

A proposito di single, ecco che lady Venetia chiama sul palco Harring. Ha accettato di buon grado di partecipare, anche se ha richiesto una condizione.

«L'ineffabile Kenneth Harring, signore e signorine, erede visconte di Westborough. Amante dei motori e pilota di Formula Uno, collezionista di champagne del 1995, deve alla sua villa a Marbella e al suo yacht di quaranta metri la sua perenne abbronzatura. Da lungo tempo ormai non si registra agli albi una sua fidanzata fissa. Sono aperte le offerte!».

Sembra un film western quando per la strada non c'è nessuno tranne polvere e balle di fieno rotolanti. La sala è immersa nel silenzio, potrebbero sentirsi cantare i grilli, se ce ne fossero.

Harring si leva la giacca dello smoking lanciandosela con nonchalance sulla spalla e iniziando a fare su e giù per il palco. «Avanti, signore, non siate timide», ammicca lui verso il pubblico. «È la vostra occasione. Per una notte soltanto».

Silenzio. A parte Ashford.

È accanto a me e sta ridendo tanto di gusto che temo possa venirgli un infarto. È quasi scosso da convulsioni, giuro. Lo vedo afferrare la mia paletta, con orrore.

«Mi sembra di vedere una paletta muoversi», indugia lady Venetia. «Duca di Burlingham? Temo che ciò che sta facendo sia un po' ambiguo… Le offerte sono riservate alle signore!».

La mia mano fa abbassare la sua paletta sul tavolo, con tanta forza da far tintinnare tra loro i bicchieri di cristallo.

Ashford si asciuga le lacrime che gli hanno velato gli occhi. «Devo sventolarmi per non svenire», deglutisce a fatica soffocando un'ultima risata. «Vai così, Haz».

Harring è ancora sul palco, impegnato nel suo défilé, lanciando occhiolini a destra e a manca, nel tentativo di suscitare qualche offerta.

Il problema di Harring è la sua pessima reputazione: tutte sono passate dal suo letto, ma nessuna ci tiene a farlo sapere in pubblico.

«Una sterlina», riconosco la voce venata da un sottile sarcasmo, dal tavolo dietro di me: Cécile.

«Lady Loxley, le ricordo che la base d'asta è di cinquecento sterline. In fondo è beneficenza!», la sollecita lady Venetia.

«Ebbene. Cinquecento sterline», ripete scocciata Cécile.

«Nessuna offre di più? Cinquecento e uno, cinquecento e due…». Momento di pausa. «Cinquecento e tre. La marchesa di Hungeford, lady Loxley, si aggiudica Kenneth Harring».

Harring scende dal palco e raggiunge Cécile, sempre con il suo sorriso sfacciato. «Lady Loxley, hai fatto un affare».

«Mi devi quattrocentonovantanove sterline», ringhia lei.

«Lady Loxley! È beneficenza», ribatte Harring.

«Non so se hai notato che ti ho salvato la faccia. Se non fosse stato per me, nessuna avrebbe fatto offerte».

«Tanto me le sono già fatte tutte». Si volta verso la figlia di sir Philip, in prima fila, ammiccando.

«Sei ripugnante», lo apostrofa Cécile.

«E sono tutto tuo, per stasera. Chissà, magari posso farti cambiare idea su quel tuo pseudo fidanzato nerd americano».

«Mi stai già facendo pentire», sospira la mia amica.

«Visto? Te l'avevo detto. E poi gli americani ce l'hanno piccolo!».

«Mi riferivo a te, idiota! Mi sono già pentita di averti vinto all'asta».

La voce di lady Venetia mi distrae dal loro battibecco. «E ora, ultimo lotto, che sono certa, animerà la sala. Per gentile concessione di lady Jemma, ecco a voi lord Ashford Parker, duca di Burlingham».

E Ashford accanto a me sbianca. «Ti ha dato di volta il cervello?»

«È per beneficenza», gli rispondo in tono angelico.

Spinge la sedia indietro con fare scocciato e si china a un soffio dal mio viso. «Tu e io facciamo i conti dopo».

Harring ha accettato di partecipare all'asta solo se avessi inserito anche Ashford. L'idea di metterlo in imbarazzo mi stuzzicava tanto che non ci ho pensato due volte.

Lady Venetia gongola quando lui sale sul palco. «Il dodicesimo duca di Burlingham, capitano della squadra di polo di West London, collezionista di auto d'epoca, due lauree e conosce sei lingue straniere. Le offerte sono aperte».

Una selva di palette si alza.

«Mille sterline».

«Millecinquecento».

«Duemila».

«Quattromila».

Le voci femminili si sovrappongono e nel volgere il mio sguardo al palco, noto l'espressione compiaciuta di Ashford. Se il buon gusto non glielo impedisse, sono certa che mi mostrerebbe il dito medio. Tendo il collo per vedere le proprietarie delle palette. Ci sono lady Valéry e lady Audrey. C'è la moglie di lord Cedric, perfino. E tutte le non sposate. Le Sei-sei-sei battagliano tra loro a colpi di zeri. Lo vogliono come se fosse fatto di cioccolata.

C'è anche una donna ferma sulla porta della sala. Capelli neri, mossi, acconciati sulla testa, sguardo sicuro e penetrante che punta dritto su Ashford. Non l'ho mai vista prima, ma mi basta uno sguardo per capire chi è: Portia. E la sua paletta è ben alta in aria.

Senza pensarci mi sbraccio con la mia paletta. «Ottomila sterline».

Lady Valéry ridacchia. «Lady Jemma, non c'è nessun bisogno di alzare le offerte».
«Dodici», offre con fermezza Portia.
«Quindici», è la mia controfferta.
È una mia impressione o Ashford trattiene un sorriso? Cos'è? Spera che Portia vinca l'asta? Ah, certo, gli piacerebbe umiliarmi così in pubblico, ma non sa chi ha davanti!
Portia alza di nuovo la paletta con gesto noncurante. «Diciotto».
«Ventimila», ringhio.
«Venticinquemila», dice Portia, diretta più a me che a lady Valéry.
Mi alzo in piedi e tuono: «Cinquantamila sterline». Poi, prima che lei possa aprire bocca, ribatto: «Sessanta».
Sento il suo sguardo glaciale addosso. Mi porto davanti a lei come se fossi allo stadio, faccia a faccia con il capo ultrà degli avversari, le strappo la paletta e sibilo: «Centomila sterline».
Sì, centomila. Sono ricca sfondata e intendo usare i miei soldi per vincere su una stronza arrogante e rimetterla al suo posto.
«Temo di non aver compreso l'offerta», chiede lady Venetia.
«Cento-cazzo-mila sterline», ripeto io scandendo bene le parole.
«Nessun'altra offerta?».
Mi volto e Portia si è volatilizzata.
«Centomila e uno, centomila e due, centomila e tre. Lady Jemma si aggiudica, ebbene sì, suo marito».
Speravo di spiazzarlo, ma Ashford scuote la testa sorridendo. Uno di quei bei sorrisi, quelli che gli accendono il viso come quando in una stanza buia si apre una grande finestra sul mare mentre sorge il sole… Che sto dicendo?
Sorride, scende dal palco, torna da me *e basta*! Oddio, devo smetterla di fissarlo.

52
La versione di Ashford

Dovrei odiare Jemma per questa storia dell'asta dei gentiluomini, ma non ci riesco.

So di avere ogni buona ragione per una bella sfuriata, ma per un qualche motivo non mi sento intenzionato ad "aprire il fuoco". Rabbia non pervenuta. Rancore non disponibile. Irritazione ai minimi storici.

Com'è consuetudine tra me e Jemma, le serate mondane terminano con un battibecco, ma stasera non ho appigli. Tregua o no, le tradizioni andrebbero rispettate.

La cosa che mi stupisce, è l'impegno che ci sto mettendo per trovare un pretesto qualsiasi, come se non volessi accettare che per una volta non ce l'ho con lei.

E devo confessare un'altra cosa che ho cercato di ignorare finora: quando sono sceso dal palco per raggiungere Jemma dopo che mi aveva vinto con le sue "cento-cazzo-mila sterline", invece di lanciarle sguardi in tralice carichi d'odio, avevo un formicolio alle braccia che mi spingeva ad abbracciarla e ho dovuto fare appello a tutto il mio autocontrollo per evitarlo.

L'abbraccio che il mio subconscio stava immaginando non era una stretta affettuosa. Affatto.

Lei stava lì, in piedi, con un'espressione di trionfo dipinta in viso, le mani sui fianchi fasciati in quel lungo abito in raso grigio che fa quella piega sulle natiche che manderebbe al manicomio anche un frate.

Basta!

Scuoto la testa come a volermi togliere da davanti quell'immagine e riconcentrarmi sulla strada.

Jemma siede di fianco a me a gambe accavallate e guarda fuori dal finestrino.

Nel buio della notte il vetro fa specchio e posso vedere che sul suo viso quel sorriso c'è ancora.

«Si parlerà per mesi della tua guerra di assegni con Portia».

«Qualcuno doveva farle capire qual è il suo posto. Se mi sono servite centomila sterline, non m'interessa».

«Allora il punto è tutto qui? Dovevi vincere su Portia?».

«Sì».

Cos'è quella cosa che sento nel petto? Spero e mi auguro non delusione! Delusione per cosa, poi?

«Oltre a Portia direi che molte altre signore hanno capito che la duchessa di Burlingham non è una con cui scherzare».

«Di sicuro è una con cui litigare forte», commento.

«E tu ne sai qualcosa».

«Parlo per esperienza».

Lei si volta a guardarmi. «Sono così terribile?»

«Devo essere spudoratamente sincero?»

«Stai scherzando? No! Quando mai una donna vuole una risposta sincera a una domanda?»

«Ho chiesto per levarmi il dubbio, visto che tu ci tieni tanto a non essere come tutte le donne», mi difendo.

«Sì, allora, puoi essere spudoratamente sincero, e io, per dimostrarti che non sono come tutte le altre donne, non mi offenderò. Spara a zero».

Senza pensarci rispondo: «Non sei terribile».

Jemma rimane a bocca aperta. «Ti ho detto di essere sincero».

«Non sei terribile. Forse all'inizio sì, ma col tempo mi sono abituato e tu sei migliorata parecchio, quindi direi che no, non sei così terribile».

«Non ero pronta a questa risposta».

«Come vedi sono capacissimo di spiazzarti, anche se sei un'attaccabrighe che vuole sempre avere l'ultima parola».

Quando rientriamo a Denby Hall, sono già tutti a dormire. Ci dirigiamo insieme verso le nostre camere, non prima che Jemma si sia sfilata i tacchi per non fare rumore. È un palazzo di centocinquanta stanze, non ha ancora capito che per quanto siano rumorose le sue scarpe, non potrebbe comunque svegliare nessuno.

In qualche angolo recondito della mia mente sento risuonare la parola "adorabile" ma cerco di ignorarla.

«Bene, Jemma», dico una volta giunti alle rispettive porte. «Ancora una volta la tua serata a tema per la società di beneficenza ha avuto successo. Devo riconoscertelo, anche se fuori dagli schemi, ci sai fare».

«Grazie», risponde lei guardando il pavimento. «Buonanotte».

Mentre mi cambio per mettermi a dormire sento bussare alla porta in comune. Vado a girare la chiave dalla mia parte e trovo Jemma, ancora vestita. «Volevo dirti che mi dispiace averti incluso a tua insaputa tra i gentiluomini da battere all'asta. Avrei dovuto chiedertelo. Grazie di esserti prestato al gioco».

«Era per beneficenza. Superato lo shock iniziale, ho sopportato bene la cosa».

«Be', volevo dirti che sono contenta di aver battuto Portia all'asta».

«Questo lo so».

Jemma esita un attimo prima di dire con voce sottile: «Centomila sterline ben spese».

Mi soffermo a guardarla incuriosito senza capire bene a cosa si riferisca.

«Allora, buonanotte Ashford».

«Buonanotte».

Lei esce, chiudendosi la porta alle spalle. Poco dopo sento accostare anche la porta dalla sua parte.

Attendo qualche secondo e niente. Un minuto e niente.

Niente giro della chiave.

Ormai ci sono dei suoni familiari e quelle rare volte in cui apriamo le porte comunicanti tra le nostre stanze, stiamo ben attenti a richiuderle a chiave: scatto della maniglia, tonfo del battente e giro della chiave nella serratura con almeno due mandate.

Stasera solo scatto della maniglia e tonfo del battente.

Niente giro della chiave. Forse si è dimenticata.

E se non si fosse dimenticata?

Se non avesse chiuso la porta a chiave di proposito?

Sa che me ne sono accorto?

Per snebbiarmi dai pensieri confusi che mi hanno ammorbato per una settimana, dalla sera dell'asta dei gentiluomini, decido di farmi qualche vasca in piscina e riconciliarmi con me stesso.

Aprendo i massicci portoni di quercia intagliati mi rendo conto che anche il mio ultimo santuario, l'unico angolo di pace rimasto di Denby, è stato profanato.

Jemma sta galleggiando spaparanzata su una poltrona gonfiabile, con un piede a mollo, un calice di champagne in mano e un paio di inspiegabili occhiali da sole in faccia.

Siamo al chiuso. D'accordo, la cupola vetrata della piscina effetto "cielo in una stanza" fa entrare molta luce, ma vi assicuro che gli occhiali sono un'esagerazione.

La piscina la fece costruire il mio trisnonno all'inizio del Novecento e a differenza di molte case, dove le vasche moderne sono una presenza pacchiana e ostentata, l'essere una signora di una certa età le conferisce molto fascino.

«Vedo che sei a tuo agio», osservo.

«Intendo recuperare il tempo perduto».

«Ti abitui piuttosto in fretta al lusso».

Jemma si abbassa gli occhiali sul naso per lanciarmi uno sguardo in tralice. «La mantengo io tutta questa baracca, no?»

«Non avevamo concordato che rimarcare il nostro accordo sarebbe stato superfluo?»

«Per quanto mi riguarda, siamo pari», risponde lei.

«Non saremo mai pari, noi».

«Ah no?». Jemma, con i piedi in acqua, scalcia con forza nella mia direzione, bagnandomi i pantaloni fino alle ginocchia.

«Molto maturo, complimenti. Contenta?».

Lei annuisce soddisfatta. Mentre mi volto verso l'uscita, noto il secchiello dello champagne a bordo piscina. Lo raccolgo sfilando la bottiglia. «La Côte Faron, Jacques Selosse... Hai dei gusti notevoli». Le lancio uno sguardo di sottecchi per assicurarmi di averla a tiro. «Goditi il lusso, allora», e la centro con la secchiata di ghiaccio sciolto.

«Sarei io la bambina?», protesta scivolando giù dal gonfiabile per raggiungere la scaletta. «Ashford, accidenti a te. Hai guastato il mio momento di raccoglimento interiore!».

Va alla sdraio di vimini ad avvolgersi in un accappatoio, borbottando imprecazioni tra sé e sé.

Mentre riappoggio la bottiglia nel secchiello, una spinta violenta mi colpisce per ritrovarmi un secondo dopo dentro la piscina. Jemma mi ha colto alle spalle e mi ha buttato dentro. Stupido io che mi sono messo in posizione vulnerabile. Anni nell'esercito e di studi strategici buttati nel cesso!

Mi appoggio al bordo scrollando via l'acqua dalla faccia, mentre Jemma ride di gusto per il suo trionfo.

Non finisce qui, stronzetta.

Faccio per uscire, ma nello slancio, anziché rimettere i piedi sul bordo, afferro con uno strattone i lembi del suo accappatoio e Jemma mi raggiunge in acqua.

Lei non si dà per vinta e anche se non ne comprendo il senso, continua a spruzzarmi, alzando con le mani fastidiosi schizzi.

Le blocco i polsi, non che la cosa mi richieda chissà quale sforzo, ma indugio un attimo, giusto per farle credere che la sua battaglia serva a qualcosa.

Lei s'irrigidisce, cercando di sottrarsi alla mia stretta, con l'unico risultato di trovarsi ancora più vicino a me.

«Adesso chi è che comanda?»

«Lasciami, lasciami», protesta senza troppa convinzione.

Da come si agita, capisco che sta scalciando come se potesse esserle d'aiuto, così la trascino verso il punto in cui so che l'acqua è più alta.

«Lasciami ti ho detto», continua a ordinarmi.

«D'accordo». La lascio e lei sprofonda fino agli occhi, sorpresa di non toccare.

Nuoto verso la scaletta, ma mi sento afferrare le spalle da due esili braccia, che mi avvolgono il collo.

Jemma tenta di spingermi sott'acqua, ma io mi libero dalla sua presa. «Se la metti così, non mi resta che affogarti».

Lei nuota più veloce che può per raggiungere la poltrona gonfiabile, ma prima che possa risalirci, la afferro per i fianchi e la trascino di nuovo giù con me.

Si dimena tra lo stretto spazio che ha a disposizione tra me e il bordo, e che io decido di ridurre ancora di più.

Siamo schiacciati l'uno all'altra e ansimanti per la lotta e, se devo essere sincero, non credo che a nessuno dei due dispiaccia.

Se a lei desse fastidio, la farebbe finita qui.

Mi rendo conto che mai come oggi, tra di noi, c'è stato tanto contatto fisico.

Continua a dimenarsi con sempre meno convinzione finché le sue gambe arrivano a cingermi la vita e il suo dibattersi si trasforma più che altro in un lento ondeggiare.

È possibile che mi stia stringendo? O è solo uno scherzo della mia immaginazione?

Nemmeno la mia presa è più così forzata e la trattengo con delicatezza.

La guardo. L'acqua ha lavato via tutte le tracce di trucco dalla sua faccia e benché non si trucchi più in modo pesante come prima, è sempre sorprendente vederla acqua e sapone, con le guance accese dalla concitazione e le labbra umide. A questa distanza ravvicinata mi rendo conto di quanto siano grandi i suoi occhi.

Il suo viso sembra così innocente, ma nel suo sguardo c'è una scintilla, un lampo di malizia che non mi permette di staccarle gli occhi di dosso.

Il suo respiro accelerato fa alzare e abbassare così il suo seno contro di me e la cosa mi tortura.

«Ha... Hai vinto», sussurra lei a fior di labbra.

«Hai combattuto bene», le rispondo.

Sulla carta questa sarebbe la situazione perfetta per un bacio. Soli, in una piscina, avvinghiati. Un bacio da manuale.

Ma lei è Jemma e io sono io, per noi non c'è manuale.

Lei rimane lì, sembra non voler fare altro. E se stesse aspettando la mia iniziativa?

No! Non siamo ridicoli, sarebbe inconcepibile.

Eppure... Al diavolo! Quasi quasi ci provo. Mi avvicino, vediamo come reagisce lei.

Inclino leggermente la testa, avvicinandomi in modo impercettibile al suo viso.

Un momento: ho le allucinazioni? È possibile che anche lei l'abbia inclinata dal lato opposto, quasi a volermi favorire?

Prendo coraggio e mi avvicino di un altro respiro.
«Sua Grazia?». La voce di Lance mi giunge ovattata dall'altra parte delle porte assieme al leggero bussare.
D'istinto lascio andare Jemma e mi abbandono all'indietro con due bracciate. «Sì, Lance». E lei ne approfitta per correre alle sdraio a prendere un telo e non appena Lance apre, sguscia fuori. Non prima di essersi fermata per un secondo sulla porta a lanciarmi uno sguardo enigmatico.

53
La versione di Jemma

Non mi riconosco più.

Non ho più pace da quel pomeriggio in piscina. O dalla sera dell'asta dei gentiluomini. Non so dirlo con precisione. So solo che sono pervasa da un senso d'irrequietudine che va e viene, che mi coglie alla sprovvista e che mi fa sentire completamente sottosopra.

Non riesco a non ripensare all'interminabile istante in cui io e Ashford ci siamo ritrovati avvinghiati.

Da allora non sono più padrona di me stessa.

È stato qualcosa d'istintivo, di primitivo, a cui non ho potuto fare altro che arrendermi.

È come se mi sentissi esposta a un pericolo, ma di un tipo nuovo, del tutto sconosciuto, che da una parte mi attira come un magnete e dall'altra mi spaventa a morte.

Mi sento come se pregassi sempre per stare da sola con me stessa e poi, all'improvviso, desiderare di vedere Ashford varcare la soglia. E quando succede, sono solo i miei freni inibitori a trattenermi dal saltargli al collo e stringermi a lui proprio come quel pomeriggio.

Le mie orecchie si tendono ogni volta che sento la sua voce, mi sembra che mi manchi il respiro quando lo vedo e il cuore batte a mille quando lo sento entrare nella sua stanza e tra di noi c'è solo quella porta a separarci.

Dove sono le mie risposte taglienti, la mia battuta pronta, la mia prontezza di spirito che accendeva i nostri botta e risposta?

Vorrei liberarmi di questa specie d'ipnosi, ma allo stesso tempo mi ci abbandono ogni giorno di più.

54
La versione di Ashford

«Arrocco», annuncia Harring spostando il suo re accanto alla torre.

«Sentiti libero di stupirmi con una mossa che non fai puntualmente da vent'anni, ogni singola volta che giochiamo a scacchi», lo schernisco io. «Che ne so! Una difesa siciliana in variante Svešnikov, o qualsiasi strategia che possa permettermi di stimarti ancora come un avversario temibile!».

Haz si versa un altro generoso sorso di brandy. «Pensa alla tua metà di scacchiera».

«Io ho ancora tutte le mie pedine».

Un tuono fa vibrare i vetri della stanza. L'estate che sta volgendo al termine è stata eccezionalmente bella e calda quest'anno, ma stasera il maltempo si sta scatenando con un violento temporale e una temperatura piuttosto fredda per gli ultimi giorni di agosto.

«Eh, no, cazzo!», sbotta Haz. «Ho appena dato la cera alla mia 911!».

«Vuoi dire che sei rimasto a guardare mentre lo faceva qualcun altro…».

Lance entra portando un vassoio di tartine e una cesta di legna per il camino. «Sua Grazia, lady Jemma ha chiamato per informare che, dato il temporale improvviso, trascorrerà la notte a Olstrom House, dalla marchesa di Hungeford. Rientrerà domattina».

«Non sei preoccupato che Jemma passi così tanto tempo con quella disadattata della Loxley?», chiede Harring.

«All'inizio magari sì, ma a dirla tutta mi sembra contenta di aver trovato un'amica, per quanto svitata».

«Svitata? È un caso da clinica di igiene mentale!», commenta Haz.

«Nemmeno Jemma è molto convenzionale…».
«Be', non sarà convenzionale, ma è un genio! Quel luna park party che ha messo in piedi per il tuo compleanno è stato una bomba! Per il suo compleanno dovrai darti da fare almeno un po'!».
«Cosa?», domando stranito.
«Compleanno, Ash. Quella cosa che hanno tutti, un giorno all'anno?»
«Merda. Quando è il suo compleanno?». Io e Haz ci guardiamo muti.
Lance tossicchia come per schiarirsi la voce.
«Sì, Lance?»
«Fra tre settimane», risponde pronto.
«Quanto?», chiedo allarmato.
«Tre settimane. Se posso osare, è un preavviso nettamente superiore a quello che ha avuto lady Jemma per organizzare quello di Sua Grazia».
Panico. «Non state lì a guardarmi come due stoccafissi! Aiutatemi! Cosa si fa in questi casi?»
«Gli auguri?», azzarda Haz.
«Hai altre banalità da proporre?».
Harring alza le spalle. «Non capisco! Fa' quello che fai sempre in queste occasioni».
«Cioè?», chiedo.
«Niente!».
«Sebbene lady Jemma non abbia espresso particolari desideri per il suo compleanno, credo che un omaggio potrebbe farle piacere», aggiunge Lance.
«Come la omaggio?», chiedo di nuovo nel panico.
«Biancheria intima commestibile», esclama Harring come se avesse trovato la formula per la fusione nucleare a freddo. «Quando frequentavo quell'attrice… Dài, come si chiama… Quella di quella serie TV… Quella dove muoiono tutti e lei è sempre mezza nuda… Hai capito, no?».
Lo guardo impietrito. «No. Non ho capito».
«Non importa. Biancheria intima commestibile. Avevo trovato un tanga al gusto ananas e cocco spettacolare, poi lei si è versata addosso il rhum…».

«Hai finito?», domando lapidario.
«Sì», taglia corto Haz, poi guardando il soffitto: «Che notte…».
«Jemma si è impegnata a organizzare qualcosa di originale per me, e sia che se lo aspetti o no, buona regola di cortesia richiede che io faccia lo stesso con lei. Non so: una cena, una scatola di cioccolatini, dei fiori?»
«Che ventata di freschezza, Sua Grazia», commenta Lance impassibile.
«Non essere sarcastico, Lance», lo apostrofo. «Scusate, ma io che ne so di compleanni di donne?».
Haz fa spallucce. «Be', hai frequentato molte donne…».
«Sì, ma mi sono sempre tenuto a debita distanza da tutte quelle cose che potessero indurle a pensare che tra noi ci fosse qualcosa di serio».
«Tipo?», chiede Harring.
«Tipo quelle tre regole che anche tu sai a memoria. La Bibbia! Mai farle dormire a Denby Hall. Mai invitarle a un pranzo o una cena assieme a mia madre. E mai e poi mai festeggiare insieme il compleanno!».
«Amen, fratello», risponde Haz.
«Lo sanno tutti che se si fanno queste tre cose con una donna, questa penserà automaticamente di avere una relazione stabile, e inizierà a pensare al matrimonio, ai figli, alle vacanze nel Dorset…».
«Posso fermarti un attimo?», chiede Harring interrompendo il mio monologo. «A: Jemma dorme qui ogni notte. B: Jemma ha convissuto abbastanza con tua madre da bastarle per tutta la vita. C: Jemma è già tua moglie!».
«Già!», esclamo. «E sai cosa odio più di tutto questo?»
«Cosa?», chiede Haz urlando quasi quanto me.
«Che tu hai maledettamente ragione!».
«Lance! Porta altro brandy!», esulta Harring.

La notte che ho passato a spremermi le meningi con Harring su cosa organizzare per Jemma è stata del tutto improduttiva. Alle due siamo andati nelle cantine a giocare a bowling con le bottiglie di Château Latour vuote, alle tre abbiamo ordinato una pizza d'asporto e abbiamo guardato le repliche di *Top Gear* e alle cinque abbiamo tirato freccette sul ritratto del mio triszio Walter (nessuno piangerà per questo, non era proprio ben voluto; e comunque è morto nel 1902).

Risultato: sul foglio "Compleanno di Jemma" c'è solo una riga illeggibile scarabocchiata nella nebbia del brandy, e Haz dorme scomposto sull'ottomana.

Anch'io ciondolo tra la veglia e il sonno sul divano finché lo squillo del cellulare mi desta di soprassalto.

Mia madre.

«Questa è la segreteria telefonica di Ashford Parker, in questo momento non posso rispondere...», biascico con voce impastata.

«Ashford, sto tornando», annuncia telegrafica.

Senza fare caso all'orario ripiombo nel sonno, svegliandomi giusto in tempo per rendermi presentabile e ricomporre la salma di Harring prima che la mia diabolica genitrice rientri a Denby.

«Quella selvaggia di tua moglie che fine ha fatto?», è l'amorevole saluto di mia madre non appena varca i pesanti portoni.

«È andata a fare visita a Cécile Loxley. Tornerà in mattinata».

«Molto bene, perché ci serve».

La guardo senza capire.

«A Bath ho incontrato il duca Neville. Ha trascorso là qualche giorno per riprendersi da una fastidiosa tosse. Non ci siamo parlati a lungo, ma mi ha sollecitato a inviargli l'invito per il compleanno di Jemma, ci tiene tantissimo a partecipare. La adora e non l'ho mai visto così entusiasta di partecipare a un ricevimento qui a Denby. Ashford, ci siamo. Stiamo entrando nelle grazie della famiglia reale, se ce la giochiamo bene, scommetto che riceveremo la visita della regina entro la fine dell'anno». Mia madre è esaltata.

«Tu detesti Jemma», sottolineo. «Te ne sei andata offendendo sia lei che la sua famiglia».

«Mettiamoci una pietra sopra. Se devo digerire Jemma per la visita reale, lo farò», dice sventolando la mano come se volesse cancellare il passato. «Non sapevo nemmeno che fosse il suo compleanno. In ogni caso, ho in mente qualcosa in grande, elegante, molto raffinato…».

Come non detto. Se volevo organizzare qualcosa di speciale per Jemma, mettendoci del mio, posso archiviare l'idea. Sarà la solita festa stile Delphina, una di quelle alle quali lei parteciperà mal volentieri, stringendo i denti.

55
La versione di Jemma

Mi guardo nello specchio, soddisfatta. I capelli sono acconciati con qualche ciocca morbida che sfugge sciogliendosi sulle spalle. Il vestito è una perfetta sintesi tra la vera me e quello che il buongusto e l'eleganza vogliono che sia: è un capo di Oscar de la Renta che è costato come un anno di stipendi da truccatrice, con una gonna gonfia e lunga, in taffetà di seta fucsia fandango e corpetto nero a bustino. Le scarpe sono nascoste sotto l'orlo, ma sapere di indossare quei sandali Caovilla incrostati di brillantini e dal tacco sottilissimo e vertiginoso mi fa sentire sensuale come non mai. Ho messo particolare impegno nel truccarmi in modo leggero ma impeccabile. Sì, forse qualche mese fa non mi sarei vèstita così, ma più mi guardo, più mi piaccio.

Mi lancio sguardi maliziosi nello specchio, perché so che la mia cura nel prepararmi non si è fermata al vestito e al trucco, ma è arrivata fino a quello che c'è sotto. Indosso un completo intimo La Perla ricamato con reggiseno push-up senza spalline.

So che nessuno vedrà cos'ho sotto il vestito, ma per tutto il tempo, mentre mi preparavo, non sono riuscita a non pensare a Ashford. E quando mi sono specchiata, con la sola lingerie addosso, ho pensato: "Se mi vedesse, ora, gli verrebbe un colpo", e forse è anche il motivo per cui ho girato in intimo per mezz'ora senza scopo su e giù per la stanza, nella speranza di sentire bussare alla porta in comune. Voglio Ashford? No! Però l'idea di provocarlo mi stuzzica.

Delphina è ritornata a Denby apposta per organizzare il ricevimento del mio compleanno, ci credereste?

Tutto il palazzo è stato messo sottosopra per la serata. Non so, magari io non avrei festeggiato il mio compleanno così, ma è il mio evento, stasera tutti gli invitati saranno qui per me ed è giusto che tutto sia fatto come si deve e anche se Delphina è una vecchia rompipalle botox e ossa, lei sa come certe cose vanno fatte e il darsi tanta pena per me mi fa pensare che forse inizio a piacerle, malgrado tutto.

Quando le lancette scoccano l'ora, puntuale, mi affretto fuori dalla stanza. Non ho visto Ashford per tutto il giorno e questo mi crea un'urgenza quasi come sentissi il sangue bruciare sottopelle.

Scendo lo scalone tra gli sguardi ammirati dei domestici e di Lance e raggiungo la sala da ballo.

Spalancando le porte mi trovo davanti a un vero spettacolo: dalle balconate ondeggiano lunghi veli di organza bianca. L'illuminazione è soffusa e le luci fioche dei candelabri si riflettono sul lucido pavimento di marmo.

Al centro della sala, a osservare gli ultimi ritocchi, c'è Ashford, impeccabile nel suo tuxedo dal taglio perfetto, con il risvolto della giacca in velluto. Mi viene incontro e non posso non notare come i suoi intensi occhi verdi puntino dritto nei miei e quanto siano scolpiti i suoi zigomi, e la sua mascella sia volitiva, e il naso perfettamente dritto, e la bocca… Basta!

Si ferma proprio davanti a me lanciandomi uno dei suoi rari, micidiali, sorrisi. «Allora? Che ne dici?»

«Be… Bellissimo», balbetto, perdendo tutta la sicurezza che sentivo fino a un secondo prima guardandomi allo specchio in camera.

E non so se il mio "bellissimo" fosse riferito all'allestimento della sala o a Ashford e più ci penso più non credo si trattasse della prima cosa.

«Non è un luna park». Quello di Ashford sembra quasi un tono di scuse.

«Ne ho avuti in abbondanza di luna park, non ne sentirò la mancanza quest'anno. Non ho mai avuto un ballo tutto mio».

Ashford mi prende sottobraccio conducendomi verso l'ingresso dove si stanno raccogliendo i primi ospiti, facendo accelerare il mio battito. «Potrebbe deluderti lo scoprire che questo ballo, più che tuo, sia di mia madre. Ha deciso di sotterrare l'ascia di guerra nei tuoi confronti e di usarti a denti stretti come ariete per penetrare nella famiglia reale».

Prima che io possa esprimermi, ci vengono incontro i miei genitori, tutti in ghingheri come non li avevo mai visti. Mia madre è addirittura baldanzosa. «Pulcina! Guarda qui! Non mi agghindavo così dal mio diciottesimo compleanno!».

«Ha un aspetto magnifico, Carly», si complimenta Ashford.

Be', non nego che, per la dieta sana e tutto lo yoga che fa, mia madre sfoggia ancora un fisico di tutto rispetto, anche se prossima ai sessant'anni.

«Indovina un po' chi verrà per festeggiare il tuo compleanno?», interviene papà.

«Chi?», chiedo.

«Sì, chi?», interviene Delphina con la sua solita voce glaciale.

«Amjad!», annunciano i miei genitori all'unisono.

«Sul serio!?», esclamo sorpresa.

«Sì, era di passaggio in città, ci ha dato un colpo di telefono e parlando del più e del meno gli abbiamo detto del tuo compleanno! L'ultima volta che ti ha visto avevi dieci anni e ci teneva a farti gli auguri, così gli abbiamo detto di fare un salto a Denby!».

Sono sbalordita. «Ma è magnifico!».

Delphina non sembra dello stesso mio parere, «Scusate, chi sarebbe Amjad?»

«È un vecchio amico dei miei genitori», spiego. «Dei tempi della comune a Wadi Jalal».

«Ha un talento naturale nel suonare il santoor e cucinava dei felafel da resuscitare i morti», aggiunge mio padre.

«E sta venendo qui, ora?». Delphina sembra in allarme.

«Un'ora fa si trovava a Londra, direi che ormai sarà qui a momenti. C'è anche suo fratello Mansour!», osserva mia madre.

«A questa festa interverranno solo ospiti selezionatissimi, tutto è stato organizzato con precisione chirurgica... Ashford, non possiamo permettere che una tribù di beduini rovini tutto!».

Lance si aggiunge al nostro gruppo, con la sua solita aria impassibile. «Lady Delphina, ha appena telefonato l'orchestra. Il pullman che li stava conducendo qui a Denby ha fuso il motore dalle parti di Winchester. Non riusciranno ad arrivare».

«Sai, mamma, credo che gli amici dei signori Pears siano l'ultimo dei tuoi problemi». Ashford sembra più divertito che preoccupato.

«Margaret», urla Delphina defilandosi. «I sali!».

«Non preoccupatevi. I vostri amici saranno più che i benvenuti stasera». Ashford ci rassicura.

Mentre gli ospiti arrivano uno dopo l'altro, io e Ashford li attendiamo all'ingresso. Mentre io ricevo i loro auguri per il mio compleanno, Lance e i domestici si affaccendano servendo fiumi di champagne, sperando di far passare inosservata la mancanza dell'orchestra.

«Sarà un disastro». Delphina ci sorprende nuovamente alle spalle, mentre accogliamo i Davenport. «Ho telefonato a tutte le orchestre di Londra, ma nessuna è disponibile. Dobbiamo annullare la serata».

«È impossibile mamma, non vedi che il salone è già gremito? Puoi rimandarli tutti e centocinquanta a casa, se stai cercando un disastro!», risponde Ashford a denti stretti. «Quello laggiù mi sembra proprio Neville; se vuoi iniziare a mandare a casa lui, accomodati!».

«Cosa diavolo sono quelle?», chiede Delphina indicando il vialetto.

Una scia di dieci Maybach nere e lucide, sventolanti bandierine sul cofano, sfila davanti all'ingresso. Appena si fermano, altrettanti valletti in divisa si preparano ad aprire le portiere, accompagnando da noi un gruppo esotico elegantemente vestito.

«*As-salāmu 'alaykum*», ci saluta il più alto ed elegante.

«Amjad!», strilla gioiosa mia madre. «*Wa 'alaykumu s-salāmu*».

Amjad, mia madre e mio padre si stringono in un abbraccio festoso, iniziando a parlare arabo finché non li interrompo. «Amjad! Per me niente abbraccio?»

«Per i novantanove nomi di Allah!», esclama Amjad in inglese stentato. «Sei proprio la piccola Jemma?»

«In carne e ossa!».

«Sei uno splendore! L'ultima volta che ti ho visto ti raccontavo le storie delle *Mille e una notte* per farti addormentare!».

«Amjad, ti presento Ashford Parker, duca di Burlingham. Mio marito», non nascondo che ho un piccolo tremito nel pronunciare le ultime due parole. «E questa è sua madre, lady Delphina».

«Il mio nome è Muhammad Amjad Rashid Al Thanyan, primo figlio di Hadi Muhammad Kalil Al Thanyan», si presenta lui.

Delphina sgrana gli occhi stordita. «Lo sce... lo sceicco Al Thanyan».

«Via, Delphina, non sia così formale. Amjad preferisce essere trattato con familiarità!», la esorta mio padre.

«Queste sono Fatima, mia prima moglie, Ora, mia seconda moglie, e Lathva, mia terza moglie. Mi accompagna anche mio fratello minore Mansour Hadi».

Ashford mi sussurra. «Mi stai dicendo che uno degli sceicchi più potenti degli Emirati è un amico di gioventù dei tuoi genitori?»

«Trent'anni fa, ai tempi della comune, non era lo sceicco! Suo padre lo era, e a lui piaceva vivere in modo libero e non convenzionale. Da allora sono rimasti molto amici e ogni volta che si trova di passaggio a Londra, fa un salto a trovarci!».

«Spero che il mio arrivo improvviso non sia stato una sorpresa sgradita», si scusa Amjad.

«No, è un onore, è un piacere, questa casa è la sua casa». Delphina si piega in un profondo inchino.

Mentre i miei genitori accompagnano Amjad nel salone, Delphina sembra rianimata per miracolo. «Uno sceicco a Denby! Ashford, questo evento passerà alla storia. Il duca Neville e uno sceicco!».

«Fino a cinque minuti fa avresti alzato le barricate e schierato una fanteria pur di respingere gli amici dei genitori di Jemma, e per inciso, questa è la sua serata, il suo compleanno, ricordi?».

Delphina rotea gli occhi come la bambina dell'*Esorcista* e se ne va a caccia del suo illustre nuovo ospite.

Ashford mi guarda mortificato. «Ti chiedo scusa per mia madre».

«Non fare sforzi inutili. Tua madre è imperdonabile e la accetto così com'è, come lei è obbligata ad accettarmi così come sono».

«Buon compleanno!». Harring fa il suo ingresso a Denby con la sua solita falcata sicura. «Dopo il luna park, stavolta speravo di trovare come minimo un toro meccanico, ma sono rimasto deluso».

Ashford sbuffa. «Mia madre ha fatto tutto da sola. Come vedi, la sua firma è piuttosto riconoscibile».

«Champagne millesimato del '97, portate pesanti come comodini di legno massello che digerirò dopodomani e quartetto d'archi soporifero...», recita Harring con aria arresa.

«Niente quartetto d'archi. Il pulmino li ha lasciati provvidenzialmente a piedi», lo informa Ashford.

«Dio esiste!», esulta l'altro.

Proprio mentre Cécile varca la soglia, dal salone da ballo giungono le note di *Bang a Gong* dei T. Rex.

«Questa sì che è musica!», esclama sorpresa la mia amica.

«Che cosa vuoi saperne tu di musica che ascolti solo marce funebri», la schernisce Harring.

«L'unica marcia funebre che m'interessa ascoltare è quella del tuo funerale e se lassù qualcuno mi ama, non dovrò aspettare nemmeno troppo». La loro faida si riapre.

Sciamiamo verso la sala da ballo e noto sulla balconata mio padre, con le cuffie, che armeggia con i suoi dischi.

«Tuo padre è un genio», commenta Ashford. «Ha collegato in filodiffusione lo stereo e il giradischi».

«Il mio papà sa sempre come salvare le situazioni».

«Però così corriamo un grosso rischio».

«E quale, Ashford?», gli chiedo.

«Che questa diventi la festa migliore di sempre».

Sulle prime gli invitati rimangono di stucco, sorpresi dalla piega presa dalla serata, ma il revival anni Settanta e Ottanta non dispiace a nessuno e presto l'atmosfera si anima e il centro della sala si riempie.

Mio padre ci sa fare e ci regala i successi di Jimi Hendrix, The Who, Doors, Janis Joplin, Beatles e il meglio della sua discografia.

I gentiluomini mi invitano ciascuno a ballare per rendermi

omaggio, viene servita una torta monumentale e Ashford mi infila al dito un mastodontico anello di smeraldi, cimelio di famiglia, come regalo.

È tutto perfetto, quasi da farmi male, al pensiero che sia solo una messinscena.

56
La versione di Ashford

La serata è terminata, anche gli ultimi ospiti se ne sono andati. Tornato nella sala da ballo, trovo Jemma seduta a uno dei tavoli, con il vestito raccolto sulle cosce, le scarpe sfilate e i piedi nudi.

Ha l'aria stanca ma felice.

Attorno a lei i domestici si affaccendano per riassettare il salone.

«È stata una festa sorprendente. Sembrava dovesse andare tutto per il peggio e invece tutti gli ospiti sono rimasti entusiasti. Lord Neville non la finiva più di farmi i complimenti», commenta Jemma.

«E tu sei contenta?», le chiedo raggiungendola. «È il tuo compleanno, non importa quello che pensano gli altri».

«Sì, mi sono molto divertita. Grazie per aver lasciato a mio padre il DJ set».

«È stato eccezionale», lo penso davvero.

«Sì, lui lo è».

«E il regalo? Ti piace?».

Lei si guarda la mano su cui luccica l'anello di smeraldi. «Sì, bello. È un anello importante, se mi ci butto in piscina, di sicuro andrei a fondo come il Titanic, è molto bello...».

«...Ma non è il tuo genere», concludo io, percependo un lieve imbarazzo nel suo tono.

Jemma si scusa con un filo di voce. «Non intendevo...».

«Non sei il tipo da fare i salti di gioia per forzieri di diamanti, questo l'ho capito».

«Non è quel genere di cosa che ho mai pensato di poter avere, quindi non ci ho fantasticato molto. E confesso la mia ignoranza: potrebbe essere fasullo e non me ne accorgerei».

Non riesco a staccarle gli occhi di dosso. «Però dovresti lasciarti viziare ogni tanto. Agli uomini piace».

Nel suo sguardo passa una scintilla. «Anche a te?»

«Anche a me», poi le tendo la mano. «Balliamo?»

«Abbiamo ballato tutta la sera».

«Con altre cento persone intorno». Le indico il centro della sala con un cenno della testa. «Vuoi farti pregare?»

«No».

Congedo i domestici e alla consolle di Vance scelgo uno dei suoi dischi d'annata.

La musica attacca e mi porto le braccia di Jemma intorno al collo, mentre le mie mani le cingono i fianchi.

«*A Whiter Shade Of Pale*, scelta di classe», osserva Jemma.

«Probabilmente è lo stesso disco che ascolta Dio».

«Tu e mio padre siete molto in sintonia».

«È una persona con cui è facile andare d'accordo, al contrario di...».

«Di me?», mi anticipa lei.

«No, stavo per dire di mia madre».

«Era più facile quando eri prevedibile, sai?»

«Che cosa era più facile?», chiedo.

«Detestarti», ammette con un sorriso beffardo.

«Posso rendertelo ancora più difficile, sai?»

«Come, per esempio?».

Avvicino il mio viso al suo in modo molto equivocabile e posso vederla vacillare. «Controlla il taschino della giacca».

Jemma indugia come se ci avessi nascosto una tagliola pronta a scattare e finalmente sfila le due dita dalla pochette.

Osserva i biglietti per qualche secondo prima di capire. «I biglietti in tribuna centrale per la prima di Champions League contro il Barcellona! A Barcellona! Mio Dio, non ci posso credere!».

«Ti sei impegnata così tanto per rendere speciale il mio compleanno che ho dovuto trovare qualcosa di altrettanto speciale per il tuo».

«Sono senza parole».

«Non servono. La tua espressione rivela tutta la gratitudine possibile».

«Come lo sapevi?»
«Sarò sincero. Lance mi ha tenuto informato sui sorteggi dei gironi».
Jemma si stringe nelle spalle quasi imbarazzata. «Adesso sono davvero in difficoltà».
«Come vedi non sono così ottuso da credere che un anello di brillanti possa farti felice. Ho imparato a conoscerti, nel bene e nel male, e la banalità non fa parte di te».
Jemma abbassa lo sguardo sull'invisibile spazio tra il mio corpo e il suo mentre ondeggiamo a ritmo di musica.
«Puoi alzare il viso? Credo tu sia arrossita e non vorrei perdermi lo spettacolo! È una cosa che accade così di rado!».
Alza il volto all'improvviso e c'è tutto quello che mi può uccidere: quei grandi occhi azzurri, profondi e liquidi, incorniciati dalle lunghe ciglia, il viso illuminato dalla luce ambrata dei candelieri e le labbra. Dio, quelle labbra sono diventate la mia ossessione: piene, carnose, perfettamente disegnate e socchiuse.
Vorrei baciarla. Potrei baciarla.
E lei ha l'aria di aspettarselo. Proprio quando sono a un millimetro da lei la musica s'interrompe e le casse emettono il brusco strappo della puntina che si alza dal giradischi.
È come se fosse entrato qualcuno a dividerci. Ci riscuotiamo prendendo le distanze, poi lei va a recuperare le scarpe, mi dà la buonanotte con voce sommessa e impacciata ed esce dalla sala.
Voltati.
Voltati.
Voltati.
Lo sapevo! Si è voltata! Si è voltata indietro.
Allora anche tu hai la sensazione di aver lasciato qualcosa qui, eh, Jemma? Qualcosa di sospeso nell'aria tra me e te?
Quando si gira di nuovo e se ne va, è come se una parte di lei fosse rimasta nella sala.
Io rimango in preda a un'ipnotizzante sensazione di déjà-vu, proprio come quel pomeriggio in piscina.

57
La versione di Jemma

Mi sfugge tutto.

Sono in preda alla confusione più totale.

Quella confusione che parte dalla pancia e arriva alla testa.

Avete presente quella sensazione di vuoto che si prova quando si precipita in caduta libera?

Una volta, al parco giochi, sono salita su una giostra a torre con i seggiolini che portavano in alto quanto sulla cima di un grattacielo, poi la piattaforma si sganciava facendo cadere i seggiolini. Ecco la stessa sensazione di vuoto, con lo stomaco che sale fino al cervello portandosi dietro il cuore.

Mi strappo di dosso il vestito con violenza strattonando i lembi del bustino finché non riesco a farlo cadere intorno alle caviglie.

Vorrei spogliarmi anche della pelle se potessi, tanto mi sento soffocare. Tanto che mi sento bruciare.

Spalanco la finestra e l'aria frizzante di metà settembre fa ondeggiare le lunghe tende che mi sfiorano la pelle come mille dita.

Se fossero quelle di Ashford.

È tutto vero allora. A una parte di me piace Ashford.

Ashford l'arrogante.

Ashford l'orgoglioso.

Ashford il viziato.

Ashford l'altezzoso.

Ashford che stasera era bello come un dio.

Non riesco ancora ad accettarlo. Ma non posso evitarlo.

Lo guardo e penso che sia bellissimo, non vedo l'ora che parli solo per ascoltare la sua voce, m'interessa perfino ciò che dice.

Sento dei rumori nella stanza accanto. È lui. È rientrato.

Mi sento cogliere dal panico. Misuro la stanza a grandi passi e poi finisco davanti alla porta comunicante. Non è chiusa a chiave. Da tempo non la chiudo più.

Mi appoggio contro la porta con mani, braccia, petto, ventre, gambe, come se potessi attraversarla con il mio corpo. Solo contro il legno lucido e freddo mi rendo conto di quanto la temperatura della mia pelle sia alta. Come possono quattro minuti di lento avermi ridotta così?

Basta, sono adulta ormai, devo prendere il controllo di quest'assurda ossessione e finirla.

Mi serve qualcosa, qualcuno, su cui spostare questo mio pensiero fisso una volta per tutte.

Per prima cosa, da domani, devo cercare di evitare Ashford il più possibile e rivolgergli la parola solo se strettamente necessario. Lontano dagli occhi, lontano dal cuore, e da qualsiasi altra mia parte anatomica che reagisce contro la mia volontà ogni volta che me lo trovo davanti.

58
La versione di Ashford

Dalla sera del compleanno, da quel quasi bacio, Jemma è diventata sfuggente.

È una specie di presenza qui a Denby: c'è, la sento ma non la vedo, e appena entro in una stanza lei esce dall'altra porta. È come un poltergeist.

Mia madre invece è diventata l'ombra di Vance e Carly, pende dalle loro labbra nella speranza di vedersi arrivare il sultano del Brunei o l'imperatore del Giappone da un momento all'altro e non fa che chiedere loro quando lo sceicco tornerà a farci visita.

Loro, con cortesia ed educazione, la assecondano.

Ma la loro benedetta figlia non è reperibile e vi giuro, credo di impazzire.

A volte vorrei fare irruzione nella sua stanza, mentre dorme e gridarle: "Prova a scappare, ora!", ma non è da me. Non ci vorrebbe nemmeno chissà quale sforzo, dato che da un bel pezzo non chiude più la sua porta a chiave, e anche questo mi sta facendo fumare il cervello: lo fa apposta? Non lo fa apposta? Vuole che entri?

Si stava meglio quando si stava peggio, quando tra noi era guerra aperta, perché almeno i confini erano chiari: tu stai lì, io sto qui e se ci dobbiamo rivolgere la parola, è solo per insultarci.

Ora no, siamo in quest'ambiguo cono d'ombra tra soci in affari, amici, complici, coinvolti in un sottile flirt (che, non lo nascondo, ho contribuito a creare) in cui non ho più il copione per il mio ruolo.

Ne parlerei con Harring, ma lo conosco troppo bene e so che non ha la sensibilità giusta per affrontare l'argomento. La finezza intellettuale non è il suo forte.

Stasera però c'è la prima a teatro e quindi, volente o nolente, Jemma verrà con me a Londra per presenziare l'evento.

Dopo un attento appostamento alla finestra del mio studio per individuarla, la trovo nelle scuderie intenta a strigliare Poppy e ne approfitto per ricordarglielo, dato che non vorrei che avesse studiato qualche piano per darmi buca.

«Ti stavo dando per dispersa», la colgo alle spalle facendola sobbalzare.

«Io... Ho avuto da fare», incespica senza guardarmi negli occhi.

«In un maniero che pullula di domestici, trovo la tua giustificazione poco plausibile».

«Scusa, hai bisogno di qualcosa?», sbuffa con tono irritato.

«Ero solo passato per ricordarti che stasera abbiamo la prima a teatro a Londra, nel caso lo avessi scordato».

Lei continua a strigliare energicamente Poppy che, infastidito dal tocco sgarbato, nitrisce. «Hai fatto bene. In effetti, lo avevo scordato».

«D'accordo, percepisco che la mia presenza non è gradita, benché siamo a casa mia e quindi non c'è nulla che ti autorizzi a trattarmi così. Fatti trovare pronta, alle sei ti aspetto nell'ingresso. Buona giornata», mi giro risoluto ed esco dalle scuderie. Stronza!

«Che cosa mettono in scena stasera?», mi chiede quando ormai sono sulla porta.

«Shakespeare. *La bisbetica domata*».

59
La versione di Jemma

Sono così nervosa che tremo come una foglia. Era meglio partecipare agli eventi sociali quando Ashford per me era solo un manichino blasonato e arrogante. Mi limitavo a presenziare, senza dare peso ad aristocratici ed etichetta.

Invece, nel caso della prima di stasera, non riesco a non pensare che in un universo parallelo, se io e Ashford fossimo sposati per amore, sarebbe l'uscita romantica perfetta: tenersi la mano a teatro, rubarci sguardi tra un atto e l'altro, lui che mi accarezza la gamba scaldando la seta del vestito, poterlo guardare senza dover abbassare gli occhi per non arrossire, fantasticare sulla linea delle sue spalle tornite disegnate dalla giacca che lo fascia alla perfezione, perdermi nei suoi brillanti occhi verdi accesi di passione, lasciare scorrere la punta del mio dito lungo la mandibola perfettamente delineata, passargli la mano tra le onde morbide dei suoi capelli e far crepare d'invidia tutte le altre donne mentre mi scorta nel foyer e non ha occhi che per me.

E invece no, no e no. Non posso infatuarmi di lui, perché questa cosa prima o poi finirà e quando sarà il momento, ho il diritto e il dovere di andarmene da Denby con la mia dignità integra e a testa alta, non come la fan sfegatata di una boy band, con le lacrime agli occhi e il naso gonfio.

Devo andare a questa prima? Benissimo, mi infilerò in quello strepitoso Zac Posen di chiffon e andrò incontro al mio dovere a denti stretti.

La mia determinazione va a infrangersi in pochi secondi, davanti a Ashford, statuario e perfetto, in frac.

Questo è un colpo basso.

In auto restiamo silenziosi mentre ci dirigiamo verso Londra, nel crepuscolo.

Lui non sembra affatto seccato, è semplicemente tranquillo, placido e sereno. Quella inquieta sono io. Forse oggi pomeriggio ho esagerato: nel voler mantenere le distanze sono stata addirittura scortese e lui non ha potuto non farmelo notare.

Mi faccio coraggio per scusarmi. «Mi dispiace per oggi pomeriggio. Sono stata sgarbata nei tuoi confronti».

«Grazie», è la sua risposta concisa. Tutto qui?

«Ero nervosa, avevo dei pensieri in testa e lo sai anche tu che ho un pessimo carattere. Non è una giustificazione, però ti ho risposto in modo scortese e non te lo meriti».

«È tutto a posto. L'importante è che tra noi regni la più assoluta civiltà». Non si volta e tiene gli occhi fissi davanti a sé, concentrato sulla guida.

«Di cosa parla questa *Bisbetica domata*?», cerco di far conversazione per spezzare la tensione.

«Lance non ti ha istruito sull'opera omnia dei maggiori drammaturghi inglesi?»

«Sono solo a metà con Shakespeare. Ho finito ieri di vedere *Antonio e Cleopatra*, quello con Liz Taylor».

«Allora, *La bisbetica domata* è una commedia degli equivoci basata sul personaggio di Caterina, una ricchissima damigella dal carattere irascibile e scontroso, ostinata e dall'intelligenza acuta e sottile che sposa controvoglia Petruccio, un nobile in decadenza in cerca di una moglie danarosa che spesso si prende gioco di lei e la umilia. Ti ricorda niente?».

Faccio orecchie da mercante. «No, direi di no».

«Infatti. Perché Caterina alla fine diventa una docile mogliettina innamorata», conclude lui con un sorrisetto beffardo.

Eccoci a Londra. È da tanto che non ci metto piede e le mille luci che accendono il West End mi riempiono gli occhi.

Il teatro è gremito, e una volta entrati nel foyer ci intratteniamo con alcuni gruppetti di conoscenti di Ashford (e di recente, anche miei) per i saluti di circostanza.

Naturalmente i Parker, come ogni famiglia nobile, hanno il loro palco riservato. Mi assale una sorta di panico quando Ashford chiude la porta rivestita di velluto alle sue spalle.

Questi palchi sono uno strumento malefico del demonio: in un luogo pubblico e affollato come un teatro, hanno la diabolica capacità di far ritrovare due persone da sole, immerse nella più completa privacy. Al buio, per giunta.

E già so cosa è successo le altre due volte che io e Ashford ci siamo trovati troppo da soli, troppi vicini e con troppa privacy.

Sposto la mia poltroncina il più possibile dalla sua e per evitare ogni contatto anche solo visivo, mi attacco il binocolo d'argento al naso e scruto la folla in platea.

Devo cercare qualcuno su cui spostare la mia attenzione.

Rapita dallo spettacolo, le due ore di messa in scena volano e non mi accorgo che sono avvinghiata al parapetto imbottito. Alla fine sono venuta meno ai miei buoni propositi e durante lo spettacolo non ho potuto fare a meno di scambiare qualche battuta con Ashford sulle scene più coinvolgenti. È innegabile: i battibecchi tra la coppia di protagonisti e i loro malintesi sono la copia carbone di quelli tra me e lui.

In auto, al rientro, non posso non notare che lui sta facendo, senza noto motivo, il percorso più lungo per arrivare a Denby.

«Se intendi guidare così per tutto il tempo, arriveremo a Denby passando per lo Yorkshire», lo stuzzico per capire cosa abbia in mente.

«Non ho sonno», risponde breve. «Guidare aiuta».

«Ho un'idea». Forse posso cogliere la palla al balzo e trovare la mia cura a questa cotta che mi sono presa. Chiodo scaccia chiodo, dicono…

«Non mi sentirai mai più dire una cosa del genere, per cui approfittane: esprimiti pure».

«Andiamo in un club», propongo.

«Il mio è un club per soli gentiluomini, non saresti ammessa».

«Non intendevo il tuo sacrario del machismo. Intendevo in un locale. A bere qualcosa, a ballare. Come due trentenni normali. Be', il trentenne sei tu. Io ne ho ventisei».

«Come se facesse quest'abissale differenza».

«Se io avessi dodici anni e tu diciotto lo sarebbe», obietto.

«Se tu avessi dodici anni e io diciotto, sarebbe illegale», ribatte lui.

«Io continuerò a sottolineare la differenza imperituramente».
«Imperituramente?», domanda lui incredulo. «Devo dire a Lance di smetterla. Era più divertente poter esercitare la mia superiorità culturale prendendomi gioco dei tuoi limiti».
«I miei limiti? Superiorità culturale? Ashford Parker, sappi che non solo ho raggiunto la tua cosiddetta superiorità, ma ci sono ampie probabilità che l'abbia superata».
«Non sfidarmi, perderesti».
«Parlando di sfide... Abbiamo sempre giocato nel tuo campo. Dovresti giocare nel mio, se non hai paura di perdere».
«Per esempio?», chiede.
«Io ho dovuto assistere a tè, garden party, pranzi, colazioni, tableau vivant, aste, tornei di polo... Hai giocato sempre in casa. Sarebbe il caso che ora ti misurassi con me sul mio terreno».
«Sono un gentiluomo e devo ammettere che hai ragione. Avanti, scegli il terreno».
«Siamo a Londra, andiamo in un club! Non sopravvivresti mezz'ora».
«Mi sottovaluti. Credi che un duca non abbia mai fatto vita notturna».
«Lo ritengo improbabile», dissento io.
«Molto bene, avrai l'occasione di ricrederti. Qual è la sfida?»
«Chi rimorchia di più».
Ashford scoppia in una fragorosa risata. «Come, prego?»
«Sono serissima. Entriamo in un club, flirtiamo con qualcuno e alla fine vediamo chi ha avuto più numeri».
Ashford annuisce. «Ci sto».
«Le foto che documentano un bacio valgono doppio», rincaro. D'altra parte, se devo trovare qualcuno che mi aiuti a sgomberare il cervello dai malsani pensieri che l'hanno affollato ultimamente, baciare uno sconosciuto mi pare il minimo.
«Non posso entrare in un locale e baciare donne a caso. Sono il duca di Burlingham! Finirei su tutti i giornali. E vale anche per te, duchessa», protesta lui.
«Se non ci stai, vuol dire che hai paura di perdere».
Lui sospira arreso. Ogni maschio cede a questa frase.
«Avanti! Dopo mesi di etichetta e bon ton ci meritiamo una

serata un po' spontanea e non si sa mai che qualcuno si porti a casa il suo trofeo per una sana botta e via».

«Vuoi concordare un tradimento?». Lui sembra sempre più incredulo.

«Siamo una coppia aperta, no?», domando, più per ricordarlo a me che a lui.

«Assolutamente», afferma.

«Allora ci stai?»

«Scegli il club. Ci andiamo subito», mi ordina telegrafico.

Quando arriviamo davanti al locale, a Shoreditch, Ashford parcheggia con sicurezza in un'unica manovra. Penso sempre che se fossi un'auto mi piacerebbe essere guidata da lui, perché i suoi gesti sono sicuri, netti, senza mai un accenno di tentennamento. Non strappa le marce, curva con precisione con un minimo tocco dello sterzo, accelera senza strattoni e frena dolcemente. E ogni manovra è fatta con sterzate ridotte al minimo sindacale, come se fosse dotato di un sensore naturale di parcheggio, anche nelle situazioni più impervie.

Cerco di distrarmi da questi strani pensieri sulla guida di Ashford. Che diavolo mi salta in mente?

«Non possiamo entrare vestiti così», mi soffermo osservando nostri abiti.

«Così come? Siamo il non plus ultra dell'eleganza!».

«Per il teatro forse… Ma per un club siamo pacchiani!».

«Non torno certo a Denby per cambiarmi!», sbotta lui già spazientito.

«Certo che no… Vediamo», rifletto un attimo. «Ci sono!», dico sfilandomi il vestito e rimanendo con la costosa sottoveste di seta e pizzo rosso geranio di Stella McCartney. Stacco il collo del vestito e lo drappeggio come scialle.

«Ora veniamo a te», dico studiando ciò che posso cambiare del look di Ashford. «Via la giacca», ordino.

«Non avevo dubbi», commenta.

«E il farfallino».

Tamburello le dita sul bracciolo, meditabonda. Manca qualcosa, ma non so cosa.

«Mmm, vediamo, il gilet va bene, ma… Ci sono», dico arrotolandogli le maniche della camicia fino metà dell'avambraccio e scompigliandogli i capelli per conferirgli quell'aria casual del tipo "sono troppo cool per pettinarmi, anche se ci ho messo mezz'ora".

«Ecco. Ora sei davvero se...», mi fermo un secondo prima di completare una parola per la quale mi punirei da sola. Stavo per dire che Ashford è sexy? Oddio, devo proprio trovarmi qualcuno.

«Davvero cosa?», m'incita lui.

«Ehm... Alla moda».

«Alla moda», ripete poco convinto.

«Allora? Vogliamo andare?», taglio corto scendendo dall'auto. Fino all'ingresso del club apro e chiudo la mano cercando di far sparire la sensazione del contatto con i suoi capelli e del formicolio che mi è rimasto tra le dita.

60
La versione di Ashford

Seguo Jemma che entra con piglio sicuro nel locale affollato.

«Che la caccia abbia inizio». Lei mi tende la mano per dare il via alla sfida.

La stringo di rimando, anche se devo ammettere che sono combattuto tra sentimenti contrastanti: la smania di vincere e il volerla controllare. Sì, inutile nascondercelo: una donna che vuole, trova sempre da rimorchiare in posti come questo. È come pescare con la dinamite; qualunque uomo agganci, sarebbe ben felice di darle il proprio numero, baciarla, portarsela a casa eccetera. Ha vinto in partenza. E non sono sicuro di essere d'accordo su questo.

Jemma si è allontanata uscendo dal mio campo visivo e così io mi dirigo verso il bancone. Mi serve alcol.

Mi appoggio a uno sgabello studiando la situazione e le mie eventuali conquiste.

Quella è troppo bassa.

Quella ha un naso enorme.

Quella ha la mandibola troppo quadrata.

Quella ha il culone.

«Cerchi qualcuno?», chiede una voce alla mia sinistra.

Mi volto: accanto a me si è seduta una ragazza. Carina. Per iniziare può andare.

«Ero arrivato con qualcuno, ma non ha più importanza. Ci ritroveremo dopo».

Lei mi guarda e mi sorride. «Io ero con le mie amiche, ma loro sono a fare la fila in bagno. Mi ero stancata di aspettare!».

«Immagino», che strazio fare conversazione nei locali!

«Sono Ellie», mi tende la mano. «Piacere».

«Ashford».
«Vieni spesso qui?».
Il mio sguardo vaga per la pista cercando di avvistare un vestito di seta rossa, con una fascia di pizzo che accarezza le cosce.
«Ashford, mi hai sentito?», ripete.
«Uhm, ah sì. Dicevi?»
«Ti ho chiesto se vieni qui spesso».
«No, affatto», rispondo distratto.
Eccolo! Vestito rosso che si dirige verso i bagni.
«Scusami», mi alzo e vado incontro a Jemma.
Mi sembrava che i capelli di Jemma stasera fossero ricci, ma magari ha sciolto l'acconciatura. «Jemma», la chiamo, ma non è lei. È evidente, non potrebbe essere più diversa.
«Non mi chiamo Jemma, ma se vuoi posso esserlo», risponde la ragazza con fare provocatorio.
«Scusa, ti ho scambiato per una persona che conosco».
«Non c'è problema. Io sono Ashley».
«Io Ashford», rispondo scrutando la fila verso i bagni. Niente abiti rossi.
«Che carino! Abbiamo nomi simili! Ashley e Ashford».
La fermo prima che inizi a elencare i nomi dei nostri ipotetici figli. «Sì, be'... Devo... Andare a fare una cosa. Ci si vede», e ritorno verso la sala.
Non so perché, ma trovare Jemma, è diventato imperativo. Ho bisogno di controllare se ha già agganciato qualcuno.
Procedo in direzione della pista, avanzando tra i tavoli, e mi scontro con una ragazza che si è appena alzata dal suo divanetto.
«Oh, scusa», dice lei scostandosi i capelli sulla spalla con un gesto non troppo naturale.
«Colpa mia», mi scuso.
«Sei al nostro tavolo?», mi chiede lei.
«Come?»
«Sì, sei anche tu qui per il compleanno di Faye?»
«No, a dire il vero no». Chi è questa Faye?
«Oh, mi sembrava di averti già visto, mi sarò sbagliata».
«Probabile che tu mi abbia confuso con qualcun altro». Niente vestiti rossi nemmeno qui ai tavoli.

«Mi chiamo Tamara, comunque. Piacere», allunga la sua mano verso la mia.
«Ashford».
«Allora, resti con noi?».
Eccola. È Jemma. Non ci credo, sta salendo sul cubo davanti alla consolle del DJ, mischiandosi in un gruppetto di altrettante ragazze scatenate.
Che esibizionista!
Tamara picchietta sulla mia spalla. «Resti con noi?».
Guardo Jemma, in un misto di astio e rivalsa. «Perché no?», rispondo con lo sguardo puntato verso la consolle.

61
La versione di Jemma

Da quassù vedo molto meglio. Appena entrati, io mi sono buttata direttamente in pista. Ashford non mi ha seguito e l'ho perso. L'ho avvistato al bar, ma quando stavo per raggiungerlo, si è alzato e se n'è andato. Ci ho messo un bel pezzo prima di vederlo nella mischia dei bagni. Poi si è rituffato nella folla e l'ho riperso.

Niente male per il duca di Burlingham, non lo facevo così disinvolto in un club!

Sono salita sul cubo proprio dalla consolle del DJ così da qui sono sicura di riuscire a rintracciarlo. Chissà se è con... Eccolo! L'ho visto! È seduto su uno dei divanetti in velluto, con una biondina in un vestito striminzito!

Un'altra! Ma allora è proprio sfacciato!

Sì, perché prima al bar era con una moretta minuta che sembrava pendere dalle sue labbra!

Poi alla toilette era in un angolo con una tizia con una scollatura davvero troppo volgare perché fosse il tipo che piace a lui!

È senza ritegno! E poi era lui quello che non voleva accettare la sfida! Cos'è? Crede di essere l'unico con un discreto sex appeal da attrarre il sesso opposto come un magnete? Chi ti credi di essere? Casanova?

Mi viene spontaneo iniziare ad agitarmi su e giù come una cubista professionista. E libero pure i capelli dall'acconciatura, lasciando che i boccoli ondeggino sulla schiena come una bandiera.

62
La versione di Ashford

Guardatela! No, dico, guardatela. Sta lassù su quel cubo ad agitarsi come una ballerina del Crazy Horse!

Lo so che il mio paragone con il Crazy Horse fa molto Harring, ma l'immagine rende l'idea.

Si è anche sciolta i capelli, che ora le sfiorano le spalle nude a ogni movimento. Per non parlare dell'orlo di pizzo della sottoveste che sale e scende sulle cosce in modo snervante.

Tamara accanto a me continua a versarsi da bere e continua a parlare di non riesco a capire cosa.

Mi ha visto. So che Jemma mi ha visto. Il suo sguardo ha incrociato il mio per una frazione di secondo, anche se fa finta che non sia successo.

63
La versione di Jemma

Quella bionda insulsa gli si è proprio appiccicata per bene! E poi si lamenta di me che parlo tanto! È da quando li ho visti che quella non sta zitta un secondo. Probabilmente gli ha raccontato tutta la storia della sua vita. E lui sta lì a sentire! Non voglio credere che la ritenga interessante.

64
La versione di Ashford

Jemma si dà da fare. In pista, proprio sotto la sua postazione sul cubo si è riunito un nutrito gruppetto di assatanati che, ci scommetterei Denby Hall, stanno cercando di sbirciarle sotto il vestito.

Scommessa che vincerei al cento per cento. So a cosa pensano i maschi.

E lei sembra compiaciuta da come sorride. E sa che io la sto osservando. Ha già guardato più volte nella mia direzione e ogni volta ha preso a muoversi in modo sempre più provocante. Almeno credo. Almeno mi sembra.

65
La versione di Jemma

Quel farabutto! Più me ne sto qui sul cubo a ballare più lui s'intrattiene su quel maledetto divano con quella bionda slavata che lo guarda adorante.

Ma cosa vogliono tutti questi tizi qui sotto?

66
La versione di Ashford

Ma cosa sta dicendo questa qui... Come si chiama... Tanya? Ehi! Un tizio è salito sul cubo proprio accanto a Jemma e le sta passando le mani attorno alla vita.

67
La versione di Jemma

Non è che il tipo che è salito sul cubo mi piaccia particolarmente. Sta anche allungando troppo le mani.

Sì, insomma, è così esagerato! Muscoloso in un modo quasi finto, abbronzato, con i capelli tirati dalla cera e dei vestiti davvero troppo attillati per un uomo. È volgare, senz'ombra di dubbio. Ma Ashford da qui mi può vedere bene! Be', che veda! Finora è stato lui a flirtare con quell'insignificante biondina. Beccati questo! Guarda qui!

68
La versione di Ashford

Al diavolo Tamara e al diavolo la sfida. Jemma non andrà a casa con quel soggetto!

69
La versione di Jemma

Piroetto su me stessa cercando di togliermi di dosso le mani del tipo, che non mi fanno troppo piacere, ma quando mi volto resto sconvolta nel vedere che Ashford è sul cubo proprio tra me e lo sconosciuto.

«Non è per fare scenate, ma giù le mani da mia moglie», lo sento dire.

«Tua moglie?», risponde il tipo incredulo.

Ashford, per risposta, alza la mia mano sinistra mostrandogli la fede. «La vedi questa?»

«Sta' calmo. Tu piuttosto, non lasciare sola tua moglie», protesta il tipo scendendo dal cubo.

«Puoi starne certo», è la risposta di Ashford.

«"Giù le mani da mia moglie". Che frase possessiva!», gli faccio notare.

«Non mi piace che altri tocchino le mie cose».

«Non sono una cosa tua, e poi non era lo spirito della serata», protesto senza troppa convinzione.

«Lo spirito è cambiato». Il suo tono si fa serio.

«Starai mancando alla tua biondina sul divano?». Qualcosa in me vuole indagare su quello che mi è sembrato un flirt bello e buono e che mi ha fatto ribollire il sangue fino a un minuto fa.

Ashford mi attira a sé come se nemmeno avesse udito la mia domanda. «Balla con me».

«Cosa?». La mia sorpresa non potrebbe essere più autentica.

«Balla con me». Ashford mi fa scendere dal cubo prendendomi per la vita.

La sua mano stringe la mia guidandomi verso il centro della pista.

«Lassù mi sentivo un po' esposto», osserva lui.
Non so cosa rispondergli. Qui tra la folla siamo più vicini di quanto non fossimo prima, per non dire schiacciati l'una contro l'altro.
«Sai cosa mi piacerebbe? Che rifacessi quella mossa che ti ho visto fare poco fa».
Nulla, nella mia mente c'è il nulla. Riesco a malapena a staccare i miei occhi dai suoi, e solo per seguire i movimenti delle sue labbra. «Di cosa stai parlando?»
«Di questo», stringe i miei fianchi attirandomi contro di sé e, accompagnata dalla sua spinta, il mio bacino inizia a oscillare insieme con il suo in un movimento morbido e lento.
La mia bocca si fa asciutta. «Ashford, quanti gin tonic hai bevuto?».
I suoi occhi fissano i miei con un'espressione di assoluta serietà. «Neanche uno. Mai stato più sobrio. Tu?».
Scuoto la testa in segno di negazione. Gli credo. Non sa di alcol. Posso sentire il profumo dell'Acqua di Parma sul suo collo, e velatamente di sudore. Niente gin. Solo Ashford.
Mi stringe contro di lui e fa salire e scendere le sue mani su di me guidandomi con gesti lenti e languidi e un trasporto che non gli avevo mai visto.
Non posso ignorare le parole esplicite della canzone che sta suonando, che sembra parlare per me, e se anche Ashford non le sta ignorando, posso dire che siamo a un passo dal baratro e non ci vuole niente per lanciarsi in caduta libera. Eccole di nuovo!
"*...I want your bite. Wanna feel your teeth on my neck. Wanna taste the salt of your sweat. Gonna rock your body all night. It's lust at first sight...*".
Voglio che smetta, ma anche che continui.
Il suo comportamento mi ha tolto ogni capacità di formulare pensieri coerenti, ma non riesco a tacere una domanda. «Che cosa stai facendo? Potresti avere ogni donna che vuoi...».
«Ce l'ho proprio davanti», e così dicendo affonda la testa nell'incavo del mio collo. Inspira profondamente e poi, a sor-

presa, la sua lingua sale in una carezza umida dalla clavicola all'orecchio. Il mio respiro è sempre più corto.
«Sei piuttosto docile stasera, Jemma», mormora.
Sono sopraffatta. Non c'è altro modo per descrivermi.
Ashford non si è limitato a flirtare con me. Le sue avance sono esplicite. E sono maledettamente felice per questo.
Ma sono concrete o mi sta solo stuzzicando?
C'è solo un modo per scoprirlo: metterci del mio e buttarmi.
Faccio scivolare le mie mani sul suo torace, sulle sue spalle, dietro il collo, fino a intrecciare le dita tra i suoi capelli. Mi premo contro di lui, il mio viso a un respiro dal suo.
Eccomi duca. O la va o la spacca. Prendere o lasciare.
E lui prende. Mi prende tutta.
Mi bacia come se volesse succhiarmi via l'anima, e io come se volessi riprendermela.
Il tempo passa e la musica continua, mentre io e lui ci muoviamo in modo avvolgente ed esplicito. Solo i vestiti, tra di noi, a mantenere quel limite labile tra la decenza e lo scandalo.
E lui mi tortura, perché sa che siamo in un luogo pubblico. Le sue mani che salgono lungo le mie cosce si fermano appena sotto l'orlo del vestito, a sfiorare il pizzo del reggicalze. Sa che lo inviterei a continuare.
«Ciao moglie», sussurra lui tra un bacio e l'altro.
Io avvampo, come se tutto il sangue del mio corpo fosse salito al viso. Non avrei mai pensato che una frase potesse essere più erotica.
«Sai cosa abbiamo iniziato?», mi sussurra tra i baci.
«Andiamocene di qui», annaspo.
«Non potrei essere più d'accordo». Lui afferra saldamente la mia mano e mi precede, fendendo la folla, diretto verso l'uscita.
Irrompiamo a Denby travolti da una passione sfrenata, a malapena capaci di fare le scale senza staccarci, tanto che Ashford mi prende in braccio.
«Ashford», protesto mentre lui scende con la bocca sulla mia scollatura. «Tua madre! C'è Delphina qui a Denby!».
«Delphina è piena di valium fino al midollo», risponde con-

tinuando a baciarmi. «Ci sono centocinquanta stanze. Non ci sentiranno mai».

Senza più remore, lascio che lui mi alzi la sottoveste fino alla vita, mentre io sfilo la sua camicia dai pantaloni.

Giunti alle porte dei nostri appartamenti, Ashford mi guarda malizioso. «Da me o da te?».

70
La versione di Ashford

Giace lì, riversa sul fianco sinistro e io dietro di lei, la abbraccio. Affondo il viso tra i suoi capelli per baciarle la nuca. La sua pelle ha un profumo unico e lo riconoscerei ovunque: dolce, zuccheroso, caldo e avvolgente. Inspiro con avidità e le poso un altro bacio sul collo. Se penso alla notte che è appena trascorsa, niente di ciò che è successo mi sembra reale. Invece è tutto vero. Quando siamo rientrati, ieri sera, non sembravamo più le stesse persone.

Non è nemmeno una di quelle mattine da "postumi del giorno dopo", in cui ti svegli con un plaid di lana infeltrita al posto della lingua e il retrogusto di vodka ancora sul palato, poi ti guardi, ti vedi nudo con una sconosciuta avvinghiata al collo e pensi: "Oh, cazzo!".

No, eravamo sobri e, tanto per stare sicuri, ce lo siamo detti più di una volta. Siamo finiti l'una nelle braccia dell'altro da adulti coscienti e consenzienti.

Ed è stato incredibile. Non abbiamo chiuso occhio fino all'alba. Jemma non aveva nessuna intenzione di lasciarmi dormire e io altrettanto. È stato come scaricarci di tutte le emozioni che avevamo addosso: per le scale, sul pavimento, nel letto.

Anche dopo queste poche ore di sonno, che per me sono state più una specie di trance, sento che la mia voglia non si è ancora placata, e sono pronto a riaccendere la sua.

Lei rotola sulla schiena e ci troviamo faccia a faccia, le mie labbra a sfiorare le sue.

«Buongiorno», la sua voce è un sussurro roco.

«Ciao moglie», mi lascio sfuggire quelle due parole magiche che ieri sera hanno innescato l'esplosione.

Restiamo in silenzio, a rubarci carezze poco innocenti per

un primo mattino, e in ogni punto del mio corpo che Jemma sfiora con le dita si risvegliano tutte le sensazioni di questa notte. Non avrei mai immaginato di pensarlo, ma… la voglio ancora. E ancora.

«Resterei qui tutto il giorno, e un'altra notte», sospira estatica.

«Possiamo. Chiedi e sarà fatto. Non sei duchessa di Burlingham per nulla. Puoi stare a letto quanto vuoi».

«Vorrei stare a letto tutto il giorno. Con il duca di Burlingham», sussurra scivolando su di me per rubare tutto il contatto possibile tra i nostri corpi e io la stringo.

«Posso proporti una deliziosa colazione a letto, Jemma?», le domando facendo cenno al carrello lasciato dai domestici nell'anticamera.

Fa una smorfia svogliata. «Non so. Non sono una fan delle colazioni a letto».

La guardo stupito. «Cosa? Non conosco nessuno cui non piaccia fare colazione a letto!».

«Mi sembra una cosa da malati. In ospedale ti danno da mangiare a letto».

La afferro sicuro per i fianchi rimettendola stesa sul materasso, inchiodata dal mio peso. «Adesso te la offro io una colazione a letto, e vediamo se riesco a farti cambiare idea su quella cosa dell'ospedale».

Mi osserva tra il curioso e il divertito, mentre porto il carrello ricco di ogni ben di Dio accanto al letto.

«Perché mi sembra che tu abbia qualcosa in mente?»

«Ce l'ho», le rispondo in tono tutt'altro che innocente.

Faccio scivolare il vassoio d'argento sulle candide lenzuola di cotone egiziano e inizio a lasciare una sottile scia di miele tra i suoi seni per poi leccarla via con una lentezza snervante.

E a succhiare delicatamente la marmellata dal suo collo.

E a mordicchiare i piccoli bocconcini di croissant posati sul suo ventre sfiorandola con le labbra.

71
La versione di Jemma

Se me lo avessero detto un mese fa, avrei scommesso la mia fortuna che non sarebbe mai potuto succedere. E avrei perso.

Io e Ashford.

Siamo anomali. Normali non lo siamo mai stati, il numero dei nostri difetti supera di gran lunga quello dei pregi. Ma i pregi...

Siamo rapiti e fuori controllo.

O meglio, un controllo lo abbiamo, almeno sotto il profilo pubblico.

Abbiamo così abituato le persone intorno a noi a vederci sempre così dignitosi, contenuti e distaccati, che ora sarebbe strano miagolarci nomignoli e scambiarci effusioni e pubbliche dimostrazioni d'amore, così continuiamo a dimostrarci i soliti, impassibili coniugi Parker, innamorati ma molto controllati.

Questo contegno non fa che accrescere la tensione e l'attrazione tra di noi, tanto che, appena possibile, appena una porta si chiude alle nostre spalle, ci lanciamo l'uno tra le braccia dell'altra divorandoci famelici.

Camminiamo in precario equilibrio tra la foia adolescenziale e la ninfomania.

La sera, almeno, nella privacy della sua camera, abbiamo davanti tutta la notte per abbandonarci alle nostre fantasie.

Se il suo letto potesse parlare... E la sala musica. E il suo studio. E l'armeria. E le cantine. Ho ancora il vestito macchiato di Borgogna... Chissenefrega! Tanto Ashford me l'ha strappato di dosso mezz'ora fa e giace abbandonato da qualche parte sul pavimento. Su di me voglio solo sentire le lenzuola del suo letto. E lui, naturalmente.

Mi rotolo contro il suo fianco, il viso a un soffio dal suo e ogni volta mi stupisco di quanto sia incredibile guardare quegli stupefacenti occhi verdi. È bello. Non so se ero cieca prima o se lo sono ora. Di sicuro prima ero accecata da tutti i miei pregiudizi e dal mio astio, ma c'è sempre stata una nutrita schiera di ragazze pronte a strapparselo dalle mani, a partire dalle Sei-sei-sei e quella Portia. Portia. L'ho rimossa, in parte ma non del tutto, e non so se sono saggia a ignorarla.

«Sei felice?», mi chiede spostandomi una ciocca dietro l'orecchio.

«Molto».

«Allora cosa vuoi chiedermi?»

«Io?», indugio.

«Sì, lo intuisco dalla tua espressione. C'è qualcosa che vuoi chiedermi».

Annuisco e mi faccio coraggio. «Penso sia arrivato il momento che tu mi parli di Portia».

«Portia?». Il suo sguardo è stupito.

«Derek, tua madre, Harring, tutti l'hanno nominata almeno una volta tranne te, e visto che è di te che si tratta, vorrei che mi facessi un quadro completo».

«Non c'è nessun quadro da fare», divaga.

«Tutti erano pronti a scommettere che vi sareste sposati. È chiaro che qualcosa c'era...». Per fargli capire che non sono sul piede di guerra strofino il mio viso contro il suo collo, inalando il suo profumo misto all'odore del sesso che abbiamo appena fatto.

«D'accordo, ma tieni sempre ben presente che tutto quello che ti dirò fa parte del passato».

«Registrato».

«Portia è una delle tante persone invitate con regolarità ai soliti ricevimenti, ci conosciamo da anni e sottolineo "conosciamo", non che siamo amici o altro. C'era quel rapporto cordiale che s'intrattiene tra persone che frequentano lo stesso ambiente. Poi, da quando lei, come le sue amiche, è entrata nella cosiddetta "età sposabile", me la sono trovata intorno sempre più spesso. Si serviva da sola su un piatto d'argento, se così si può dire. Io e Harring non siamo mai stati particolarmente inclini a volerci accasare alla svelta e ho sempre preferito tenere le mie avventure al di fuori delle regolari frequentazioni, giusto per non dare adito a troppi pettegolezzi». Ashford fa una pausa per essere certo di avere la mia attenzione. «Ma, c'è anche un "ma": Portia è una bella ragazza e io, pur dotato di tutto il mio autocontrollo, non sono un santo. È bastato un bicchiere di vino in più e delle sue avance più spinte del solito perché cedessi. La cosa è andata avanti parecchio, forse è sfuggita al mio controllo quando invece credevo di saper gestire la situazione. Approfittavo della sua disponibilità per mio purissimo divertimento, anche perché a lei sembrava stare bene, o almeno così diceva! Tuttavia, alle serate e agli eventi ci ritrovavamo sempre insieme, e per un motivo o per un altro finivo a fare da suo cavaliere. Aggiungi che mia madre incoraggiava la nostra unione e capirai che Portia deve essersi messa in testa di essere sulla buona strada per portarmi all'altare. E forse lo aveva messo in testa a molti altri. Io non le ho mai fatto pensare che ci fosse questa possibilità, ma credo che lei avesse una sua strategia: far sì che tutti ci considerassero una coppia anche se non lo siamo mai stati. Credeva che se tutti avessero iniziato a dirmi: "Come state bene tu e Portia insieme", "Portia è una donna da sposare", "A quando il matrimonio con Portia?", magari avrei finito per crederci davvero. Speranze prontamente disattese quando ha saputo che avevo sposato un'altra».

In realtà non so se mi piace quello che ho sentito. Forse non ero pronta, ma pensare che lui e Portia, alla fine, hanno davvero avuto una relazione, mi disturba.

«Cos'è quel broncio, adesso?», mi chiede Ashford sollevandomi il mento con due dita.

«Pensare a Portia nel tuo letto non mi mette molto a mio agio», ammetto.

«Se può farti sentire meglio, non siamo mai stati così intimi da condividere un letto».

Nella mia mente mi passano immagini di guardaroba, sgabuzzini, stalle, androni, loro due in piedi contro un muro e quant'altro. «No, non mi fa sentire meglio».

«E il fatto che io ora sia qui con te e non voglia essere da nessun'altra parte conta qualcosa?»

«Forse un po'», rispondo vaga.
«Qualcos'altro?», mi chiede attirandomi a cavalcioni su di lui.
«Quindi non ti manca Portia?».
Ashford preme i miei fianchi contro i suoi. Posso sentire la sua eccitazione. «A te cosa sembra?».
Scendo su di lui inarcando la schiena fino ad avvicinare il mio seno al suo viso. «Che ti piaccia ciò che stai guardando».
«Lascia che te lo dimostri», mormora con voce roca prima di affondare dentro di me.

72

La versione di Ashford

«Sembri un altro», è il commento di Harring mentre tira di fioretto sulla pedana.

«Forse perché di recente ho perso un po' la testa».

«Era ora! Benvenuto nel club!».

«Mi sento strano, ma strano in modo positivo».

«La droga fa quest'effetto, all'inizio».

«Sei un idiota», lo apostrofo.

«Dimmi qualcosa che non so», ribatte.

«A parte che mi sembra di avere le priorità di un quindicenne, direi che è tutto più o meno in ordine».

«Stai parlando con uno che sul capitolo pubertà non ci ha ancora messo una pietra sopra, quindi sentiti libero di sfogarti».

«Vorrei sempre stare a letto con Jemma e quando non ci sono, penso a quando ci sarò. I miei pensieri sono piuttosto unidirezionali».

«Hai sposato una sventola da standing ovation! Mi stupirei di te se non passassi ogni singolo istante della tua giornata a metterle le mani addosso».

«All'inizio era diverso», cerco di giustificarmi.

«All'inizio tu eri ingessato come un calco della National Gallery e lei sempre a disagio con l'espressione "Oh mio Dio, cosa sto facendo qui" dipinta in faccia. Non mi stupisce».

«Le cose sono cambiate».

«Sì, lei mi sembra più inserita e sicura di sé. Tu finalmente hai iniziato ad ascoltare anche la tua metà inferiore», dice Harring puntandomi il fioretto sotto la cintola. «Non ti nascondo che negli ultimi tempi iniziavo a temere che volessi diventare un monaco, eppure con Portia ci davi dentro…».

A sentire il nome di Portia scaglio il fioretto dall'altra parte della stanza. «Portia», borbotto tra me e me.

«Che hai adesso?»

«Avete tutti rotto l'anima con Portia. Portia qui, Portia lì. Sono andato a letto con Portia? Sì. Volevo sposarla? Assolutamente no. Siamo mai stati insieme ufficialmente? Non mi è neanche mai passato per l'anticamera del cervello! Per quanto tempo ancora devo giustificarmi per averci scopato qualche volta?»

«Parker, sta' calmo, nessuno ti chiede giustificazioni! Tantomeno io. Era per fare un esempio. Cosa ti prende?».

Mi siedo su una delle panche a bordo pedana e mi sfilo la maschera paracolpi. «Ieri Jemma mi ha chiesto di Portia. È un argomento che non abbiamo mai tirato fuori, ma ieri ha voluto sapere cosa c'era stato e, mentre glielo raccontavo, mi sono sentito a disagio. Lei era lì, accanto a me, nuda e bellissima e io non volevo fare altro che fare l'amore con lei di nuovo, ma non sapevo più se, con quello che le stavo dicendo, mi avrebbe voluto ancora».

«Sei un uomo, è normale che tu abbia avuto altre storie prima di lei».

«Non capisci. Non voglio che mi veda come uno stronzo, uno che si porta a letto le donne per divertimento e poi le pianta in asso».

«Uno come me, insomma», mi fa eco Harring.

«Esatto».

Lui mi dà una pacca sulla spalla. «Anch'io ti stimo, fratello!».

«E quindi, è così. Se tutti foste così gentili da archiviare il caso Portia ve ne sarei grato».

«Caso chiuso».

«Ti rendi conto? Io sono qui, con te, dovrei essere coinvolto nel nostro agguerrito duello un fendente dopo l'altro, e invece tutto ciò a cui riesco a pensare è dov'è Jemma, cosa sta facendo, cosa indossa e quanto tempo mi ci vorrebbe per sfilarglielo di dosso...».

«È normale, vuol dire che qui funziona tutto», dice Harring stringendosi il cavallo dei pantaloni.

«Ma io starei anche un giorno intero a contemplarla e basta!

Sono geloso perfino della Loxley, solo perché in questo momento è in sua compagnia!».

«A proposito della Loxley!», salta su Harring. «Che caratterino quella! Sto iniziando a domandarmi come deve essere a letto. Secondo me deve dare certe soddisfazioni…».

«La Loxley è asessuata e poi sta con quel nerd di Palo Alto».

«Be', mai dire mai…».

«Mi stai implicitamente confessando che intendi fare delle avance alla Loxley?», chiedo sconcertato da quello che credo di aver sentito.

«Chi? Io? Ma ti pare?». Harring strabuzza gli occhi. «No, stavo solo parlando per ipotesi».

73
La versione di Jemma

È un'altra placida mattina a Denby. A fatica lascio che Ashford abbandoni il letto per andare a farsi la doccia, senza però negarmi lo spettacolo del suo corpo nudo e scolpito mentre cammina verso la sala da bagno.

Io mi stiracchio, affondando ancora di più nei cuscini di piuma. Quante notti sono che non dormo più nella mia stanza? Non saprei dirlo con precisione: due settimane? Tre? Un mese?

Non lo so, ho deciso di non contare più i giorni, un po' perché è successo tutto così all'improvviso e in modo così confuso, un po' per scaramanzia. In passato ho sempre tenuto il conto delle ore, dei giorni, delle settimane, e la cosa non mi è mai stata propizia; veniva sempre fuori che, dei due, io ero l'unica davvero presa, perciò stavolta mi godo ogni giorno come se fosse il primo.

«Potresti venire a farmi compagnia!», m'invita Ashford, sotto lo scroscio del getto.

Lo raggiungo nella sala da bagno, sedendomi sulla grande sedia in vimini a coda di pavone.

«Cosa fai lì?», mi chiede.

«Vista splendida da qui», confesso con malizia. «Se facessi anche un giro su te stesso, sarebbe perfetto».

Lui esegue, divertito. «Sono alla tua mercé».

«Non lo trovi svilente?», gli chiedo.

«Ti dirò, ho sempre pensato che le donne che si davano in matrimonio a uomini molto più ricchi per migliorare la loro condizione sociale, avessero poco a cuore il loro amor proprio».

«Quanto a te?»

«Quanto a me, l'aver sposato una donna molto più ricca ed essere alla sua mercé...», esce dalla doccia raggiungendomi, apre le mie gambe accavallate baciando l'interno coscia, «...è la cosa più eccitante che mi sia mai capitata. E sai cos'altro penso?», sussurra lui sulla mia pelle. «Che la cosa che ti sta meglio addosso è il mio cognome e nient'altro, lady Parker».

Mentre mi abbandono di nuovo a lui, il suo telefono inizia a suonare con insistenza. Dopo averlo ignorato senza successo, Ashford decide di rispondere.

Sparisce in camera da letto, ha una breve conversazione poi torna da me.

«Era Derek», m'informa. «Ci chiede se oggi possiamo raggiungerlo allo studio».

Non ho fatto che rimuginarci, ma a essere franca, non immagino quale sia il motivo della convocazione; mi auguro solo che non ci siano problemi con i miei soldi.

«Quando un avvocato chiama, di solito non sono mai belle notizie», osserva Ashford mentre saliamo in ascensore.

Derek non sa nulla degli ultimi sviluppi perché, proprio come a casa, non vogliamo sbandierare la nostra relazione.

O mio Dio? L'ho chiamata relazione? È così strano… ma, in effetti, cos'altro è, se lui, soli in ascensore, sta appoggiato alla parete e mi tiene stretta al petto per tutta la durata della corsa, con il mento appoggiato con delicatezza alla mia fronte?

Dato che vogliamo mostrarci distaccati e indipendenti come quando è cominciata, prima che l'ascensore faccia *din*, Ashford mi bacia la punta del naso e mi lascia andare.

«Ho provato a immaginare di cosa si possa trattare, ma non mi viene in mente nulla», sospiro.

«L'avvocato vi riceve subito», annuncia la segretaria accompagnandoci nello studio.

«Jemma, Ashford, accomodatevi!», ci saluta Derek con calore. «Jemma, ti trovo cambiata dall'ultima volta che ti ho visto. Lasciami dire che sei splendida. Alla fine l'eredità di tua nonna Catriona ti ha giovato».

«Grazie. Ho lavorato su me stessa».

«E hai fatto davvero un ottimo lavoro. Anche tu, Ashford, mi sembri in ottima forma. Non avere più guai con le banche deve averti restituito parecchie ore di sonno».

«Sì, ma non troppe. Mi piace tenermi occupato». Così dicendo, Ashford, mi lancia uno sguardo allusivo. «Però, Derek, devo dire che la tua chiamata è giunta inaspettata».

«Eppure si è verificato un vero e proprio miracolo, quindi non potevo non chiamarvi».

«Miracolo? Non eri tu a dire che in campo legale non esistono miracoli ma solo strategie?», chiedo scettica.

«Già, hai perfettamente ragione. Mi correggo: un evento straordinario».

«Avanti, allora», lo incoraggio a spiegarsi.

«Sì, certo. Allora c'eravamo lasciati con voi due che avete sistemato le vostre questioni economiche ed ereditarie con il matrimonio».

«E fino a qui, tutti sappiamo…», inizio a perdere la pazienza.

«Naturalmente non ho smesso di analizzare le tracce finanziarie dei Parker e fino a poche settimane fa trovavo alcuni degli investimenti di tuo padre azzardati, se non ridicoli…».

«Per esempio?». Nemmeno Ashford sembra tollerare i preamboli di Derek.

«Per esempio patrocinare un bizzarro artista russo semisconosciuto in una scuola dismessa a Chipwick. Quest'artista, Goran Tretiak, è morto non più tardi di quindici giorni fa, se per overdose o suicidio non è ancora chiaro, e il valore delle sue opere è schizzato alle stelle. A New York, da Christie's, una è stata battuta all'asta per cinque milioni di dollari. Ecco, il duca Henry Parker, tuo padre, in qualità di suo mecenate, è proprietario di un gran numero delle opere da lui prodotte, quindi ora, Ashford, sei tu a beneficiarne. Una grossa casa d'aste di Londra si è già fatta avanti per due suoi lavori dell'ultimo periodo». Derek fa una pausa per lasciare che Ashford metabolizzi.

«Quindi?»

«Quindi, con la vendita delle opere di Tretiak potrai restituire a Jemma quanto ha versato alle banche per saldare i tuoi debiti! Non dovrete più portare avanti questa commedia dei finti sposini, non siete contenti? Inoltre, le rendite delle tue proprietà sono in netto miglioramento, senza i buchi del tuo conto da riempire, quindi, potrai comunque godere di uno stile di vita molto più che dignitoso. Pare che la farsa alla quale siete stati obbligati sarà più breve del previsto!».

«Cioè stai dicendo che possiamo anticipare il divorzio?», chiedo per capire se ho ben interpretato le sue parole.

Derek alza le mani in segno di resa. «Ora che è tutto sistemato, non vedo perché no!». Sul suo viso si accende un sorriso di trionfo. «Sì, lo so, tutte le volte che vi ho convocato, è stato per comunicarvi una notizia spiacevole o per sottoporvi accordi sgradevoli, ma stavolta non c'è bisogno di fare complimenti. Prendetela come l'opportunità di un nuovo inizio per entrambi!».

Non oso guardare Ashford. Vorrei davvero poter leggere nei suoi occhi cosa pensa, ma non ho il coraggio.

«Immaginando che per voi potesse essere una buona notizia, mi sono dato da fare per rendere la procedura il più veloce possibile e sto preparando le carte per il divorzio. Prima tornate alle vostre vite meglio è, no?»

«Ehm… Già», commento con pochissima convinzione.

«Davvero… fantastico». Anche nel tono di Ashford credo di non sentire troppo entusiasmo.

La verità è che è stata una doccia gelata.

Eravamo così presi dalla nostra "luna di miele" che avevamo del tutto dimenticato la questione del matrimonio-a-scadenza, e questa storia del divorzio mi è arrivata addosso come tram in corsa.

Lo so che dovrei ballare sulla sedia dalla gioia, ma non è quello che sento. Se penso di divorziare da Ashford, la mia testa risponde: no, ti prego, no.

Non è iniziata come una storia d'amore, ci siamo sposati per convenienza e abbiamo convissuto forzatamente finché qualcosa è cambiato. Noi siamo cambiati e adesso non vedo come potrei rinunciare a lui. Non voglio e basta.

«È chiaro che stavolta farò di tutto perché la cosa non abbia troppa pubblicità».

Ashford annuisce inespressivo. «Certo».

Oddio, a lui sta bene? Panico, panico, non riesco a deglutire.

«Jemma, hai qualcosa da dire?», mi chiede Derek.

Scuoto la testa, ho la bocca troppo secca per rispondere.

«Bene, allora dico a Jane di procedere con il vostro fascicolo. Non sapete quanto mi senta sollevato per aver risolto la vostra situazione!».

«Derek, credo di parlare a nome di entrambi se dico che questa notizia ci ha colto di sorpresa. Non eravamo preparati e, come potrai immaginare, sapendo di avere davanti a noi una cosa di più lunga durata, entrambi abbiamo organizzato le nostre vite al meglio per farla funzionare. Ora, forse, abbiamo bisogno di tempo per mettere in atto questa soluzione».

Perché ho il terrore a ogni parola che sento pronunciare?

«Quello che sto dicendo, Derek, è che apprezzo il fatto che tu ti sia già rimesso all'opera per sistemare questo casino, ma perdonaci se non ti diamo una risposta secca così su due piedi».

Derek sembra disorientato ma cerca di nasconderlo. «Certo, certo! Jemma vorrà avere il tempo di traslocare in una delle sue proprietà, inoltre avrete qualche impegno sociale da cui congedarvi... Naturale! Era comunque mio dovere informarvi. In ogni caso, io non procedo finché non ho una conferma ufficiale, per cui aspetto vostre istruzioni, anche se immagino non tarderanno ad arrivare».

Quando usciamo dallo studio, riesco a malapena ad aspettare che si chiudano le porte dell'ascensore prima che gli occhi mi diventino lucidi. Do le spalle a Ashford perché non voglio che mi veda. Non voglio che pensi che sono dispiaciuta.

«Non so cosa dire», sono le prime parole di Ashford.

«Allora non dire niente», rispondo io cercando di controllare il tremito della mia voce e sembrare il più distaccato possibile.

Non appena l'ascensore tocca lo zero usciamo come due furie. Io cammino veloce e Ashford sta al mio passo.

«Quindi, è finita», dico io.

«Pare di sì».

«Era quello che volevamo, no?». Cerco di mettere un po' di spirito nel mio tono, anche se sono espressiva quanto un robot da cucina.

«Dal primo giorno».

«E non abbiamo mai pensato di cambiare idea», affermo con poca convinzione.

«Assolutamente no».

«Bene».

«Bene», ripete lui.

Che cavolo. Siamo tornati quelli di prima.

74
La versione di Ashford

Cosa diavolo hai? Non mi sembri contenta! E allora perché parli come se questa cosa del divorzio anticipato fosse una manna dal cielo?

Io non ci sto capendo niente.

La storia dell'artista russo mi ha spiazzato e, certo, non era un'eventualità che avevo considerato.

Ho sempre saputo che la resa dei conti sarebbe arrivata, ma avevo preventivato di non dover affrontare la questione per un altro po', e confidavo sul tempo per consolidare ciò che è iniziato tra me e Jemma, in modo da prendere una decisione ponderata, e invece Derek ha calato questa carta, ribaltando la partita.

Non sono contento, no, perché devo riconsiderare un sacco di cose, in primis che non sono pronto né ho voglia di lasciare andare Jemma.

Poi è chiaro, sono sollevato: i miei debiti con le banche si appianano in uno schiocco di dita e mi posso riappropriare della mia dignità.

Ma Jemma?

Innamorarmi di Jemma non faceva parte del piano originale.

Innamorarmi? Ho detto sul serio così?

No, intendevo che mi piace, sono attratto da lei, la trovo sexy, divertente e in fondo è capacissima di reggere il ruolo di duchessa meglio di quanto pensassi, il che la rende più tollerabile del previsto. E poi non credo di aver mai incontrato una come lei. Se dovessi definirla, userei una sola parola, anzi due: Big Bang. Un caos meraviglioso e perfetto. Un'esplosione devastante ma che mette tutto al posto giusto. Con Jemma accanto, tutto torna.

Eppure adesso è così enigmatica e lontana che darei il mio

titolo e tutti i castelli per sapere dov'è. Perché non è qui accanto a me, sul sedile del passeggero. C'è, ma solo fisicamente.

Passiamo il resto della giornata separati: lei fuori a cavallo con sua madre, io a vagare per il castello senza meta, cercando qualcosa su cui concentrarmi, ma senza riuscirci.

A cena non parliamo e noto che lei mangia appena. Ci sono le alette di pollo fritte, perciò non è un buon segno.

Quando ognuno si ritira nelle proprie stanze, cosa che non accadeva da un po', il nervosismo sale oltre la soglia di tolleranza, tanto che vorrei prendere a pugni qualcosa.

Sento un singhiozzo provenire dall'altra parte della porta. È Jemma e quello è sicuro un pianto soffocato, e senza troppo successo aggiungerei.

La metta come le pare, può cercare di darmi da bere la balla che lei è più che felice del divorzio anticipato, ma quelle sono lacrime e, se tanto mi dà tanto, lei non è contenta quanto me.

Prendo coraggio e decido di mettere fine a questo nascondersi dietro a un dito. Spalanco le porte comunicanti tra le nostre stanze e la prendo tra le mie braccia. È rannicchiata sul letto, con il viso sprofondato in mezzo a una piramide di cuscini.

«Non dobbiamo fare niente che non vogliamo», le dico. «Io non voglio divorziare, ma se neanche tu lo vuoi, me lo devi dire forte e chiaro».

Per tutta risposta i suoi singhiozzi si fanno più forti.

«Jemma, Derek ci ha aggiornato sugli sviluppi, ma divorziare rimane una nostra prerogativa. Se non vogliamo, non dobbiamo. Io non voglio, Jemma. Tu?»

«No», sussurra tra le lacrime. «Non voglio. Non adesso che sono felice».

«Allora è solo questo che importa».

75
La versione di Jemma

Non divorzieremo. Abbiamo passato tutta una notte a parlarne. Non saremo la coppia perfetta, le nostre basi non saranno solide come quelle di altri, non c'è scritto sulla pietra che dureremo per sempre ma d'altra parte, chi ha queste certezze? Però, siamo qui e ora, siamo reali e siamo felici, quindi non ha senso cambiare lo stato delle cose.

Non so se sentirmi più tranquilla, ma l'aver fatto chiarezza mi permette di affrontare tutto in modo più maturo.

Prima ignoravo deliberatamente il fatto che il nostro matrimonio avesse una scadenza, ma ora so che entrambi, pur con tutti i nostri limiti, proveremo a gestire la nostra relazione.

Anche se la stagione mondana è agli sgoccioli, stasera siamo invitati all'ennesimo evento: un'installazione luminosa nelle serre dei Kew Gardens.

Ho telefonato a Cécile per domandarle come si sarebbe vestita e chiederle consiglio su cosa avrei potuto mettermi io, ma non mi è sembrata molto presente e ha tagliato corto dicendo che lei non ci sarebbe stata. Negli ultimi giorni la vedo piuttosto distratta, ma il suo carattere lunatico è uno dei tratti che la contraddistinguono e quindi non mi faccio troppe domande.

Qualche mese fa, sapere che non l'avrei avuta a tenermi compagnia nella fossa dei serpenti, mi sarebbe dispiaciuto davvero tantissimo, ma oggi non più.

Allora passavo tutto il tempo a evitare Ashford, invece stavolta l'idea di trascorrere tutta la sera saldamente allacciata al suo braccio mi piace proprio.

Quanto sono spettacolari questi Kew Gardens, con tutte queste piante colorate sotto le cupole vetrate! Ho vissuto tutta la vita a Londra, ma ammetto di non esserci mai stata prima. Con gli occhi sgranati cerco di catturare ogni particolare, ogni petalo, ogni sfumatura.

«Sei radiosa stasera», mi sussurra Ashford.

«Mi guardi con occhi diversi», rispondo.

«Può darsi, ma irradi luce».

«Come una scoria radioattiva?»

«Non provocarmi perché ti scagli una delle mie frecciate, sai benissimo che ne sono capace».

«Voglio controllare che tu non abbia perso il tuo smalto».

Ashford accosta le labbra al mio orecchio. «Ti farò vedere più tardi», e mi sfiora il lobo con i denti.

Io mi gelo, scorgendo un profilo familiare. L'ho vista una sola volta, ma quel viso è scolpito nella mia mente.

«Portia», annuncio atona. «C'è Portia, laggiù», faccio cenno con il capo.

Come se avesse percepito la mia attenzione, Portia si volta verso di noi, e anche se è dall'altra parte della serra, ostacolata da cespugli esotici, ricambia il mio sguardo, per poi rivolgermi un sorriso tagliente come una lama.

«Non c'è ragione di essere così tesa», mi sussurra Ashford.

«Mmm», mugugno poco convinta.

«È inevitabile che sia presente a questo tipo di eventi, ma non devi averci a che fare per forza».

«Dobbiamo restare a lungo stasera?», chiedo, faticando a sostenere quello sguardo glaciale.

«No, Jemma. Torniamo a Denby quando vuoi», mi risponde in tono comprensivo.

76
La versione di Ashford

«E così è rimasta impietrita, appena l'ha vista». Sono nei box del club di polo e mentre preparo il mio cavallo per la finale, spiego a Harring della serata ai Kew Gardens.

«Non posso biasimarla. Portia ha questo straordinario potere di trasformare le persone in pietra con il solo sguardo, tipo Medusa».

«Jemma ha reagito come se fosse costretta a sopportare un esame che non è in grado di affrontare, come se ci fosse una rivale della quale non è all'altezza. Eppure io non ho occhi che per lei, le altre non le vedo neanche».

«Sicuro che non le hai dato un'impressione diversa?», mi chiede Harring senza staccare gli occhi dal cellulare.

«No! Mai!», poi ci penso un attimo. «Be', sì, all'inizio forse sì, non ci sono andato troppo leggero, magari le ho fatto notare una volta di troppo che il suo atteggiamento e il suo aspetto erano inadeguati, ma adesso è diverso! È perfetta, ha carattere e personalità da vendere, e da sola vale dieci di quelle scope secche! Portia inclusa!».

Una terza ombra si allunga sul lastricato del box. «Non la pensavi così fino a qualche mese fa».

Merda.

È Portia e fa il suo ingresso tra me e Harring sbigottiti.

Harring, accidenti a lui, è svelto a raggiungere la porta. «Io, ehm, ho da fare, ho lasciato il forno acceso e… In bocca al lupo, Parker!».

«Solito cavaliere senza macchia e senza paura, Harring», commenta Portia una volta rimasti soli.

«Come mai qui?», chiedo cercando di sembrare il più disinvolto possibile.

«Mio fratello gioca nella squadra avversaria, non ricordi?»
«Naturalmente».
«Non mi chiedi come sto?»
«Come stai?», ripeto asettico.
«Bene», lei è indecifrabile.
«Sono contento».
«Oh, ne hai tutta l'aria».
«Scusa per prima», è tutto quello che riesco a dire. «Mi sono espresso...».
«Oh, ti stai scusando per le parole di poca fa? Devo essermi persa qualcosa perché non ricordo le scuse di quando sei sparito nel nulla e sei ricomparso con una fede al dito e una moglie di Lewisham. Ah, no, quelle scuse ora che ci penso non le ho mai ricevute». Portia è una maestra nel dissimulare il rancore; nonostante le sue parole, il suo viso è un'incognita.
«Amore a prima vista», spiego.
«Tu? Non crederai di prendermi in giro con una scusa così patetica».
«Che cosa vuoi da me, Portia?», chiedo esasperato.
«All'inizio volevo vendetta, poi solo farti sentire un verme. Ora non voglio proprio nulla. Sono una donna, sono abituata ai capricci degli uomini che, anche passati i trenta, restano dei bambinoni volubili e viziati. Però spero tu non abbia pensato che avrei fatto finta di niente, passando sopra a questa storia senza proferire parola?»
«Forse avresti preferito che io mettessi le cose in chiaro prima, ma io e te non siamo mai stati una coppia».
«E perciò non lo hai ritenuto necessario. Mi sta bene. Tanto per chiarire: non mi hai tolto né la fame né il sonno».
È esasperante! È come un boa constrictor che avvolge la preda prima di soffocarla tra le sue spire.
«Pace». A un tratto la sua espressione cambia, mostrando un sorriso civile e disteso. «Siamo adulti e dobbiamo convivere nello stesso ambiente. Facciamolo in un clima disteso e libero da imbarazzi», mi tende la mano. «Ora che il ghiaccio è stato rotto, non c'è ragione di evitarsi a tutti i costi. Possiamo respirare la stessa aria. Ti auguro di essere felice

e di trattare tua moglie meglio di quanto abbia fatto con me».

Le stringo la mano a mia volta. «Allora, ci si vede, Portia».

«Vado. Non voglio perdermi l'ingresso in campo. Ti faccio un in bocca al lupo, ma non sperare che stavolta io tifi per te».

«Crepi il lupo», la congedo.

Poco dopo l'uscita di Portia, è Jemma a entrare nel box.

«Raggio di sole!», la saluto prendendola in braccio.

«Credevo fossi con Harring».

«Infatti, se n'è andato poco fa».

«È uscita Portia poco fa, non Harring», la sua voce è incerta.

«Suo fratello è uno dei miei avversari. È passata per un saluto. E per chiarire».

«Chiarire cosa?», chiede Jemma in tono indagatore.

«Tutto. Che tra noi non c'era nessuna storia, che non avevo in programma di sposarla, che non mi sentivo in obbligo di giustificarmi con lei perché ho sposato te. Ora che è tutto chiaro e limpido, possiamo anche frequentare gli stessi posti senza pericolo di trovarci sotto il tiro incrociato di missili anticarro».

«Le hai detto che siamo felici?».

La bacio per cercare di levarle ogni dubbio. «Perché? Non si vede?».

77
La versione di Jemma

Dalla domenica in cui ho visto Portia uscire dal box di Ashford sono in una condizione di perenne preallarme. Ho lo stomaco chiuso tanto che non riesco nemmeno a mangiare.

Mi tornano in mente le parole di Ashford e anche se non sono mai stati insieme davvero, pensare che tra di loro c'è stato qualcosa mi strazia il cuore. E Portia… Ogni volta che mi vede, leggo nei suoi occhi che pensa che dovrebbe esserci lei al mio posto, come moglie di Ashford, come duchessa di Burlingham.

Non riesco più a trovare la grinta della Jemma che all'asta dei gentiluomini ha stracciato Portia con una sicurezza sfacciata. Forse perché allora, in tempi non sospetti, non provavo per Ashford quello che provo adesso, non avevo niente da perdere e mi importava solo di salvarmi la faccia. Ora mi sento vulnerabile e indifesa, in continua allerta come se ci fosse un pericoloso agente esterno pronto a minare il nostro delicato equilibrio. Portia.

«Tesoro, sii positiva. La tua aura sta sbiadendo!», commenta mia madre mentre le sto descrivendo Portia per la milionesima volta.

«Come posso esserlo se ogni singola storia che ho avuto in vita mia è sempre finita con dei tradimenti e con il mio cuore a pezzi? Ho il terrore che sia un film che si ripete».

«Ashford non è il tipo», borbotta papà. «Ne ho viste di tutti i colori con te, di tutti i tuoi ex non ce n'era uno su cui avrei scommesso un penny!».

«Ma dovete partire proprio ora?». Li guardo con occhi imploranti, nella speranza di farli desistere.

«Martha e Hollister hanno preso una fattoria a Matlock Meadows, e ci hanno chiesto una mano per avviarla. Siamo amici da trent'anni, non possiamo dire no. Tra stalle, voliere, conigliere e ovili ci sono un sacco di animali da accudire. Una volta avviata non avranno troppo bisogno di noi. Non è che per un mese appena!», mi rassicura mamma dandomi un bacio sulla testa.

Accidenti a Martha e Hollister! Sarebbero dovuti restare a Lewisham a vendere cristalli e candele nel loro negozio new age!

«Magari verrò a trovarvi!».

«A te e Ashford farebbe davvero bene cambiare aria».

«Andremo a Barcellona». Ho i biglietti della partita che mi ha regalato per il compleanno, ma a questo punto la partita non sarebbe più la priorità del viaggio.

«Partite, staccate. Dedicatevi solo a voi due. Avete già dato a sufficienza tra balli e ricevimenti!», mi esorta papà.

«Ma non stasera. C'è la serata di chiusura della società di beneficenza. Siamo ospiti dai Davenport».

La serata non potrebbe essere più cerimoniosa. I Davenport hanno aperto la grande galleria gotica con spettacolari volte a ventaglio e maestose vetrate istoriate, alte fino al soffitto.

«Ogni volta che metto piede in questa sala, penso sempre che da un momento all'altro potrei ritrovarmi nel mezzo di una singolar tenzone a cappa e spada», esordisce Harring, che fa il suo ingresso assieme a noi.

«Non preoccuparti, non c'è pericolo. Nel Medioevo si batteva in duello solo chi aveva un onore da difendere. Tu ne sei irrimediabilmente privo, sei l'ultima persona in questa sala a correre il rischio», commenta una voce femminile dietro di noi.

«Loxley! Smettila di sbucare alle spalle delle persone! Quanti anni hai? Tre?», sbotta Harring.

«Magari. Starei molto meglio. Allora? Per cosa dobbiamo firmare assegni stasera? Pozzi in Africa? Scuole in Bolivia?», taglia corto la mia amica.

«Reinserire i disadattati nella comunità», ribatte Ashford.

«Hai sentito Harring?», Cécile gli dà un colpetto con il gomito. «È la nostra serata!».

«Parla per te, Loxley. Io non voglio essere reinserito da nessuna parte».

«Non riesco a capire perché tutta l'alta società abbia storto il naso per mesi in mia presenza, mentre voi due in pubblico vi comportate anche peggio! Tu, Cécile, sembri uscita da *Shining*, invece tu, Harring, hai una reputazione imbarazzante! Senza offesa. Voglio bene a tutti e due, ma è un dato di fatto, siete i primi ad ammetterlo».

Harring s'inalbera tutto inorgoglito. «Lascia che ti spieghi una cosa: io sono nato che i miei non erano ancora sposati. Al tempo fu uno scandalo, ma mio padre era il figlio cadetto e il titolo di visconte sarebbe andato al fratello maggiore, mio zio. Sfortunatamente è morto pochi anni fa in un incidente d'auto senza lasciare figli e mio padre si è ritrovato visconte di Westborough. Questo fa di me l'erede al titolo, quindi, per i più io sono un fortunato bastardo. Ma è un diritto di nascita e quindi devono farselo piacere e baciarmi il culo».

«La mia storia invece la sai. Mezza francese da generazioni, misantropa, atea e ho potuto ereditare il titolo dai miei genitori. Posso odiare chiunque a mio piacimento, perché nessuno, nemmeno un marito, può sottrarmi il mio titolo», aggiunge Cécile.

«Adesso non fare la fenomena!», la apostrofa Harring.

«Per tua informazione, visconte Harring, come marchesa, io ti sto sopra».

«Ma davvero?», Harring ammicca.

«Cécile... Gliel'hai servita su un piatto d'argento!», noto.

Ashford è compiaciuto dello scivolone della mia amica. «Sì, Loxley, stavolta hai fatto un autogol. Andiamo a bere e diamo un senso a questa serata!».

«Comunque ti faccio i miei complimenti, Cécile. Stasera hai avuto la conversazione più lunga di sempre con Harring. Un autentico record».

«Hai ragione, sono un po' sotto tono. Devo tornare ai miei vecchi standard: insulti fulminei sotto i quattro secondi», brontola lei.

«Accettalo: invecchiando si diventa più saggi», la prendo in giro.

«Ma, tornando a prima, quando dicevi che vuoi bene a me e

a Harring, non intendevi allo stesso modo, vero? Cioè, a me ne vuoi di più, giusto?»

«Mettiamola così: se io fossi lesbica, saresti la mia prima scelta».

«Se io fossi lesbica, la mia prima scelta sarebbe una qualsiasi degli angeli di *Victoria's Secret*. Scusa, Jemma, ma punto in alto».

«Vaffanculo, Cécile», appena mi volto verso l'ingresso della sala resto atterrita. «Vaffanculo».

«Una volta sola basta, guarda che ho capito», protesta Cécile.

«Il secondo non era rivolto a te. È arrivata quella mantide religiosa di Portia!».

«Ma cosa t'importa? È accompagnata! È con... Come si chiama? Alopecia!», dice Cécile indicando il tipo che la accompagna.

«Chi?»

«Quello con cui è venuta! Alopecia! Senti, non mi viene in mente il nome, ma ricordo che all'università gli esami gli causavano così tanto stress che perdeva i capelli a ciocche, aveva la testa tutta a chiazze», Cécile stringe gli occhi per mettere meglio a fuoco la coppia. «Ora non saprei dire se ne soffre ancora, è rasato, però sono sicura che è lui. Strana scelta per una che puntava a un duca, presentarsi con quello!».

«Alopecia o no, la sua presenza m'infastidisce. Sapere che lei e Ashford sono nella stessa stanza mi fa... *Aargh*», non riesco a concludere la frase.

«Sì, se devo essere sincera in modo spietato, è da qualche tempo che non hai una bella cera. Hai l'aria tirata, lo sguardo stanco, il colorito spento... Ma mangi?»

«Poco. Non mi va. Ho dei pensieri in testa, lo stomaco chiuso e il cibo è l'ultima delle mie preoccupazioni. Cécile, io sono una cornuta seriale e trovarmi davanti il fantasma della ex di Ashford mi risveglia le peggiori paure».

«Non ci resta che sperare che Alopecia abbia un argano nelle mutande, così Portia avrà il suo bel da fare a tenersi impegnata».

«Ma tu non eri quella alla quale faceva schifo il sesso? Com'è che adesso ti metti a soppesare le dotazioni dei presenti».

«Sto solo valutando i vari scenari».

«Mentre tu valuti gli scenari, io vado in bagno».

78
La versione di Ashford

«La Loxley è da rinchiudere. Sbatterla in una di quelle belle celle con le pareti imbottite e buttare via la chiave», borbotta Harring.

«Ma perché le rispondi ogni volta che ti parla? Ignorala!», gli faccio notare.

«Siamo a una serata di beneficenza! Devo essere altruista con chi è meno fortunato di me!».

«Tu e l'altruismo siete due rette parallele. Non siete destinati a incontrarvi».

«A proposito d'incontri! Che cosa voleva Portia l'altro giorno alla partita di polo?»

«Chiarimenti. O meglio, prima umiliarmi, e poi chiarire. Ha puntato il dito contro noi uomini brutti e cattivi che spezziamo il cuore alle giovani donzelle innocenti».

«Innocente lei? Che si è fatta trovare a gambe aperte senza mutande sul tuo tavolo da biliardo?»

«Non te la dovevo raccontare quella storia».

«E tutte le altre: nella rimessa dei Leigh, nella serra dietro il ficus di tua madre, nella sala trofei del club del polo...».

«Haz, non mi serve il riassunto delle puntate precedenti!».

«Sono la tua memoria!».

«Sei la mia spina nel fianco! Comunque, alla fine Portia ha concluso che, siccome siamo obbligati a frequentare gli stessi posti, tanto vale metterci una pietra sopra e andare avanti con le nostre vite».

«Strano... Conoscendo Portia, avrei detto che la pietra te l'avrebbe messa al collo per poi buttarti nel Tamigi in una nebbiosa notte di febbraio».

«Considerando chi è la persona di cui stiamo parlando, non

escludo che un pensierino, all'inizio, potrebbe avercelo fatto», commento distratto guardandomi intorno. «Non vedo Jemma. Era con la Loxley».

«Non ne ho idea». Poi il telefono di Haz squilla, legge un messaggio e con fare sbrigativo mi dà una pacca sulla spalla. «Ho da fare, adesso. Buona serata Parker. A dopo. Forse».

Lascio Haz alle sue galanti avventure e decido di andare a cercare Jemma. Faccio il giro della sala ma non la trovo, quindi mi addentro nel dedalo di corridoi di Greer Hall.

Queste feste hanno qualcosa di diabolico: ogni volta che si cerca qualcuno, s'incontra chiunque eccetto chi si vuole.

Nell'ordine, sono stato bloccato da Murray, sir Robert, il duca Neville, lady Venetia e lady Augusta.

Mentre scendo lo scalone per tornare nella sala da ballo, scorgo una figura seduta sull'ultimo gradino, appoggiata alla ringhiera di marmo, affondata in una nuvola di tulle. Quando mi rendo conto di chi sia è troppo tardi per fare dietrofront e andarmene. Lei si è già voltata verso di me.

«Ashford!». Il suo tono è vagamente cordiale.

«Portia».

«Sei in fuga dalla pazza folla?»

«Nemmeno tu sei nel vivo della festa», osservo.

Lei solleva l'orlo della gonna mostrando il piede nudo. «Sono inciampata e ho preso una storta. Sto aspettando che il marmo freddo mi allevi il dolore. Purtroppo il mio cavaliere non è molto cavaliere e credo sia sparito nella sala del brandy».

«Vuoi che vada a chiamarlo?»

«Se devo essere sincera, no. Meglio soli che male accompagnati, e Lewis ne è l'ennesima conferma».

«Ha ancora l'alopecia?»

«Solo nei cambi di stagione», abbozza lei. «È uno dei tratti che lo rende affascinante».

Cala tra noi il consueto silenzio imbarazzante. So che dovrei dire qualcosa, ma allo stesso tempo vorrei trovare un modo carino per dirle che adesso, caviglia storta a parte, devo andare.

Lei mi guarda con un sorriso conciliante. «Avanti, non ti

andrebbe di accompagnare la vecchia Portia in terrazza? Se non altro posso stare più comoda e godermi il giardino illuminato».

Indugio. «Io...».

«Dài, non ti sto chiedendo la luna, dopotutto».

Prima che faccia di nuovo leva sui miei sensi di colpa, le offro il braccio per aiutarla a sollevarsi. Dio, toglimi questa croce.

«Non trovi strano che queste feste siano affollatissime, tutti smaniano per avere l'invito e poi siano piene di persone che cercano una scusa per appartarsi e avere un attimo di pace?», osserva. «Lewis, io, tu...».

«Ah, io veramente stavo cercando mia moglie».

«Ti sei fatto scappare la tua adorata sposina?»

«Era in sala con la Loxley. Sono andato a prendere da bere e quando mi sono voltato, erano sparite entrambe».

«La Loxley è una persona terribile. Tutti quelli che conosco la sopportano appena».

«È singolare, ma lei e Jemma vanno d'accordissimo». Sebbene Cécile non sia nella mia top ten delle persone più simpatiche, non mi va di parlarne male con Portia.

«Anche tu e Harring siete grandi amici, nonostante non vi somigliate per nulla».

«Ci completiamo. Ci conosciamo da venticinque anni ormai».

«E noi da quanto ci conosciamo?», mi chiede.

La faccio accomodare su una delle panche di pietra della grande balconata attorniata da edere.

«Non saprei».

«Ti ho conosciuto alla prima partita di mio fratello al campionato juniores di polo, quindici anni fa».

«Però, doppia cifra!». Dovrebbe importarmi?

«Già allora spiccavi su tutti gli altri. È sempre stata una tua dote naturale».

Io non rispondo al complimento con cui ha cercato di blandirmi, così Portia si stringe nelle spalle, cambiando argomento. «Voi uomini siete così fortunati! Con i vostri smoking siete sempre ben coperti, mentre noi, avvolte in questi veli di seta e taffetà, passiamo le serate a congelarci!», commenta strofinandosi le braccia con i palmi delle mani. «Ti chiederei la giacca, ma poi farei soffrire il freddo a te».

Con uno sbuffo impercettibile mi sfilo la giacca e gliela passo. Perché ogni sua parola mi suona come un ricatto, come se le dovessi qualcosa per averla piantata in asso? Se non mi sentissi obbligato a essere cortese, almeno in pubblico, l'avrei lasciata parcheggiata sullo scalone.

«Avanti, siediti, non startene lì in piedi! Tanto prima o poi Harring, la Loxley o tua moglie passeranno di qui! Hai più probabilità di ritrovarli se li aspetti che non cercandoli per tutta Greer Manor».

Mi siedo, accontentandola e decido di chiarirle le idee. «Non vorrei che qualcuno, vedendoci qui, iniziasse a favoleggiare o mettesse strane idee in testa a Jemma».

«Sa di noi? A Jemma l'hai detto?»

«Sì. Come puoi ben immaginare la cosa non le è piaciuta e non posso darle torto».

«Se lei ti ama come dici, deve credere a te, non ai pettegolezzi che le giungono all'orecchio».

«Lo sai che è un ambiente difficile».

«Oh, guarda! Una ciglia!», dice lei passandomi un dito sullo zigomo. «Soffia ed esprimi un desiderio».

Prima che possa respingere la sua mano dalle mie labbra, sento un brusio dalla sala delle feste e vedo che gli inviati si sono riuniti a capannello proprio davanti a una delle vetrate aperte sulla balconata.

79
La versione di Jemma

Quando riapro gli occhi gira tutto. Sono abbagliata dai candelabri e sento il freddo del marmo contro la schiena mentre su di me sono chinate un numero indistinto di facce.

«Jemma». È Ashford.

S'inginocchia accanto a me sollevandomi contro il suo petto. «Che cosa le è successo?».

Audrey Davenport arriva porgendomi un bicchiere. «Tieni cara, acqua e zucchero. Oh, Ashford è stato terribile! L'abbiamo vista ansimare pallida come un cencio e prima che riuscisse a dire qualcosa, si è accasciata a terra!».

«Lascia che te lo dica, Ashford, tua moglie ha un aspetto terribile», brontola Neville. «Domani manderò il mio medico personale a Denby».

«Lady Audrey, le chiedo la cortesia di far preparare la nostra auto. Jemma ha bisogno di riposo. Forse il vino e la calca l'hanno stordita».

Io non proferisco parola; non so cosa dire. È vero, mi sento uno straccio, ma non penso che la colpa sia del vino o della ressa.

Quando sono uscita per prendere una boccata d'aria ho visto dalla finestra Ashford e Portia in balcone, al chiaro di luna, in un atteggiamento di inequivocabile flirt. Lui mi dava le spalle, ma non aveva l'aria di stare respingendo le sue avance. Poi lei gli ha accarezzato il viso e lì ho iniziato ad avere dei giramenti di testa. Poi non ricordo più nulla.

Resto muta fingendo uno stato di semincoscienza finché non rientriamo a Denby. Lascio che mi mettano a letto come una bambola di pezza – il mio letto, nei miei appartamenti – e appena resto sola mi abbandono alle lacrime finché non mi addormento.

Il mattino seguente siedo sola in sala da pranzo, dove mi viene servito ogni ben di Dio per aiutarmi a ristabilirmi, ma niente mi ingolosisce. Sono a pezzi.

Ashford, già vestito impeccabilmente in uno dei maglioni di cachemire che gli donano tanto, viene verso di me per salutarmi. «Mi fai preoccupare! Volevo fare colazione con te a letto e invece ti trovo già in piedi!».

Non appena fa per baciarmi, una violenta ondata di nausea mi assale e mi alzo di scatto verso l'uscita.

Non mi toccherà con le stesse mani che hanno toccato Portia.

L'immagine di ieri sera, di loro due sulla balconata, è ben impressa nella mia mente e ogni volta che ci ripenso, mi assale la sensazione di malessere che mi ha fatto svenire.

Sento Ashford afferrarmi per un braccio. «Dove vai? Sì può sapere che cos'hai?»

«Lasciami, Ashford», gli ordino.

«No, se non mi dici qual è il problema».

«Se non vuoi farmi vomitare sul pavimento tirato a lucido del tuo castello secolare, ti consiglio di lasciare subito il mio braccio».

«Jemma, è da ieri sera che non mi parli. Non so nemmeno se stai bene o no? Ricordi che ti ho trovato svenuta sul pavimento? Ho il diritto di essere preoccupato per te!».

«No, Ashford, non sto bene, se è questo che vuoi sapere. E no, non hai diritto di essere preoccupato». Mi libero con uno strattone dalla sua presa. «Vado da Cécile».

80
La versione di Ashford

È sfibrante. Quando Jemma fa così, mi svuota di ogni energia. Vorrei poterle entrare nella testa, per leggere tutte le cose che non mi dice.

C'è un'ipotesi sinistra che mi sfiora ma che non oso proferire: forse mi ha visto con Portia, o peggio, qualcuno le ha detto di avermi visto con Portia, magari ingigantendo la cosa con particolari immaginari.

Io sono più che in pace con la mia coscienza.

Sono nello studio, cercando di concentrarmi sulle valutazioni dei quadri dello sventurato artista russo che, con la sua morte, pare avermi restituito il mio benessere economico, ma non ci riesco.

In più sono preoccupato che la Loxley possa fomentare Jemma contro di me.

Lance bussa alla porta. «Miss Portia chiede di essere ricevuta».

«Come?», chiedo attonito.

«È appena arrivata».

Se non la ricevo io, sono sicuro che farà in modo di incontrare mia madre, la quale le chiederà di trattenersi per il pranzo, e voglio evitare che facciano squadra. La riceverò, sarò conciso, poi la accompagnerò personalmente alla porta, con la preghiera di non prendersi mai più la libertà di presentarsi a Denby non invitata.

«Falla entrare».

Quando fa il suo ingresso nel mio studio, non stacco gli occhi dalle mie carte.

«Disturbo gli affari?», domanda allegra chiudendosi la porta alle spalle con un leggero tonfo.

«Di cosa hai bisogno?». Il mio tono è secco e distaccato.

«Sono passata a restituirti la giacca», risponde lei facendo oscillare l'uncino con il capo incellofanato. «Ieri sera, nel trambusto, sei andato via senza che riuscissi a restituirtela».

«Potevi lasciarla a Lance».

«Ne ho approfittato per farti un saluto e ringraziarti della tua cavalleria, ieri sera».

«Vedo che la tua caviglia sta molto meglio». Non posso non notare la sua andatura sciolta e i tacchi.

«Il ghiaccio fa miracoli», risponde con naturalezza. «Tua moglie, invece? È in forma?»

«È già uscita di casa sulle sue gambe, quindi direi proprio di sì. Ci vuole ben altro che uno svenimento, per metterla al tappeto».

Portia si avvicina alla scrivania dal mio lato per sbirciare il mio lavoro. «La gestione del patrimonio deve essere alquanto noiosa... Se vuoi, posso farti assistere da mio padre. È un consulente finanziario molto capace».

Chiudo di scatto il fascicolo. «Portia, il tuo gioco sta diventando fastidioso, e non mi piace».

«Quale gioco?», chiede lei con aria ingenua.

«Questo! Questo girarmi intorno, questo cercarmi, attaccare bottone con ogni scusa. Cosa stai facendo, che scopo hai?»

«Sai, se fossi davvero innamorato come dici, non ti faresti spaventare da quello che tu chiami "gioco"... Se è così che ti senti, devo presumere che una parte di te è tentata a cedere!».

«Cedere a cosa? Di cosa stai parlando?»

«Di me, di noi. Ho sempre creduto che il capitolo tra noi due non fosse chiuso, e dopo ieri sera ne sono più che sicura. Jemma è una parentesi passeggera, ma io ci sono stata e ci sarò *sempre*».

«Questo non è vero, e sai perché? Ti svelo un segreto su noi uomini: se una cosa la vogliamo sul serio, non ce la facciamo scappare. Se avessi voluto che tu diventassi mia moglie, non avrei tergiversato tanto a lungo».

Portia non sembra minimamente scossa dalle mie parole.

«Ti svelo io qualcosa su voi uomini: non sapete cosa volete. Non lo sapete mai. Ma io ho avuto pazienza e l'avrò. Alla fine ti stancherai di Jemma e ti mancherà quello che c'è stato tra di noi».

«Non c'è stato niente tra di noi, Portia».
«Lascia che ti rinfreschi la memoria». Si china su di me per darmi un bacio.
Non avrei mai pensato di provare repulsione per una donna, ma in questo momento è così: ne sono disgustato. La respingo senza cura. «Sei pazza e l'idea di sposarti non mi ha mai sfiorato allora, né mi sfiorerà mai».
Mentre lei raccoglie la sua borsa fissandomi con sguardo truce, noto con orrore che la porta dello studio è aperta.

81
La versione di Jemma

Lo sta baciando.

Lo sta baciando!

Portia ha le mani avvinghiate alle sue spalle e le labbra sulle sue.

Sento di nuovo il respiro in affanno come quando li ho visti là, sulla terrazza ieri sera.

In preda alle palpitazioni mi allontano. Non so quale parte di me, una parte fino a oggi sconosciuta, stia tenendo le redini del mio lato melodrammatico, quello che di solito, in un caso come questo, mi avrebbe spinto a piombare nella stanza strepitando e lanciando le prime cose capitate a tiro. Qualcosa dentro di me sta cercando da qualche parte una copertina calda con cui avvolgermi dopo questa doccia gelata, un pezzetto di cioccolata dopo questo boccone amaro. Non sento rabbia, forse quella arriverà dopo, o non arriverà mai. Vendetta non sembra essersi presentata all'appello e Violenza giace comatosa in qualche recondito angolo, nella mia testa.

Se non fossi tornata indietro, non avrei mai visto quella scena orribile. Perché sono tornata indietro?

A metà strada per arrivare da Cécile, mi sono sentita in colpa per quello che avevo detto a Ashford, ho fatto fare inversione e sono tornata a Denby, per scusarmi, per parlare con lui. E lo trovo con Portia! Sensi di colpa un accidente!

Mi trascino nella mia camera, ma prima di accasciarmi sul letto vado alla porta comunicante con la stanza di Ashford, che negli ultimi tempi è sempre rimasta aperta, e giro la chiave con una doppia mandata.

È l'istinto di protezione che agisce. Ancora una volta, dopo che ho lasciato cadere le difese e mi sono mostrata vulnerabile, sono stata colpita alle spalle. Non ho mai sentito il cuore sanguinare tanto quanto oggi. Nella mia mente si rincorrono flash confusi dei momenti più belli degli ultimi mesi, quando tra me e Ashford sembrava essersi avverata una favola segreta, solo nostra, bruscamente intervallati dall'immagine vittoriosa di Portia che lo stringe o di loro che si scambiano un bacio, lontano da occhi indiscreti, i miei.

Non ce la faccio. Vorrei sfogarmi abbandonandomi a una di quelle sfuriate che in questi casi mi riescono così naturali, ma nulla. Non sono in grado di reagire. Proprio come quando li ho visti sulla terrazza. Non sono intervenuta per dire la mia, ma ho battuto in ritirata con il mio orgoglio ferito e con i cocci da incollare.

Non oso nemmeno aprire gli occhi, perché temo di vedere le pareti stringersi su di me.

Perché è successo ancora una volta? Perché è successo con Ashford?

Reagisco allarmata alzandomi di scatto, quando vedo la maniglia della porta comunicante abbassarsi invano, una volta, due volte, prima di sentire la voce di Ashford chiamarmi.

«Jemma, sei lì dentro?».

Se non rispondo, penserà che la stanza sia vuota e che i domestici abbiano chiuso la porta per sbaglio. In questo modo posso prendermi altro tempo.

Ashford smette di chiamarmi e se ne va.

Non se ne va, ora sta bussando alla porta principale e non posso più fare finta di niente. Di sicuro Lance gli ha detto che sono rientrata ed entrambe le porte chiuse a chiave sono un messaggio fin troppo chiaro, perfino per lui.

Controvoglia gli apro, consapevole che non posso fingere che vada tutto bene.

Ashford entra e tenta di abbracciarmi. «Jemma, perché ti sei chiusa dentro?».

Faccio un profondo respiro prima di riuscire a proferire una frase di senso compiuto. «Vi ho visto. Tu e Portia, mentre vi stavate baciando, nello studio».

Lo sguardo di Ashford è attraversato da un lampo di orrore. «Non sai cosa hai visto».

«Secondo te sarei cieca? Me lo sono immaginato? Puoi negare che eri tu?».

Silenzio.

«Il tuo silenzio parla per te».

«Ha fatto tutto Portia: è arrivata con una scusa, poi ha cominciato a farsi avanti in modo sempre più pressante, ma io l'ho respinta».

«Mio eroe!», urlo esasperata.

«L'ho respinta», ripete.

«Non è quello che ho visto io».

«Ma si può sapere di cosa stiamo parlando?»

«Di te, di noi, di amore e di verità, ecco di cosa stiamo parlando. Della relazione che hai con Portia, proprio mentre io penso che tra me e te sia nato qualcosa».

«Non ho nessuna relazione con Portia!».

«Non mentirmi! Mio malgrado, ho fin troppa esperienza di tradimenti per non riconoscere una bugia».

«Jemma, stai sbagliando tutto».

Perché le sue argomentazioni sono così deboli? «Smettila. Tu non mi vuoi, non mi hai mai voluto, almeno all'inizio non nascondevi il tuo disprezzo nei miei confronti, ma la cosa più crudele che tu abbia fatto è stata mettere in piedi questa finzione!».

«Cristo, Jemma, ma quale finzione?»

«Questa! Tu che mi corteggi, che sei attratto da me, che mi ami! E poi te la fai con Portia alle mie spalle! Nelle stalle del club di polo, sulla terrazza dei Davenport, perfino qui nel tuo studio!».

«Portia non la voglio e non la vorrò mai».

«Vallo a raccontare a qualcuno che ha voglia di crederti».

«Non so come posso essere più sincero di così!».

«Non è la prima volta. Vi ho visto, anche al ballo, sulla terrazza! Lei ti stava addosso come se ne andasse della sua vita».

«Aveva preso una storta!».

«Sei patetico, non riesci nemmeno a inventare scuse migliori!

Vi ho visto e tutto il sangue mi si è prosciugato nelle vene. Sono svenuta e quando mi sono ripresa tu eri lì accanto a me. Ho pensato che fosse solo uno scherzo della mia immaginazione, ma quello che ho visto oggi è una conferma del fatto che non mi sono inventata niente!».

«Jemma, stai cercando delle scuse per farla finita? Perché sappi che non servono!».

«Oh, non ho dubbi che saresti felicissimo di tornare di nuovo libero, con tutta quella fila di donne che sbavano al tuo passaggio! Non starò qui a ostacolare la tua vanità!».

«E tu non vedi l'ora di tornartene a Londra per andare in giro per locali a metterti in mostra».

«Non sono una delle mogli manichino mute, cieche e sorde alle quali siete abituati voi altolocati. Io ho un briciolo di amor proprio e non lascerò certo che me lo porti via tu!».

«Sei libera di non credermi, tanto ho visto che non sei disposta ad ascoltare ragioni che non siano le tue. Testarda e ingestibile. Lo sei sempre stata! E di sicuro darti una ripulita e guardare un film con Keira Knightley non hanno cambiato il tuo carattere!».

«Sai cosa penso? Che questo era un treno destinato a fermarsi». Mi sfilo rabbiosamente la fede dall'anulare e la scaglio dall'altra parte della stanza. «Faccio i bagagli, non resterò un minuto di più a farmi prendere in giro da un borioso vanesio bugiardo e traditore come te. La mia vita non mi ha mai fatto schifo quanto questi ultimi mesi passati con te».

«Fatti un esame di coscienza, ragazzina! Vivere con te renderebbe anche il più ragionevole degli uomini un caso da clinica psichiatrica! Chiediti come mai tutti quelli con cui sei stata ti hanno tradito. Sposare un duca è la cosa migliore che ti sia mai capitata! Hai avuto più fedeltà in sei mesi che in tutta la tua vita».

«Ma quale duca. Tu sei un bastardo».

«Vuoi insultarmi dopo le calunnie che ti sei inventata su di me? Accomodati! Dio sa che sono abbastanza signore da lasciartelo fare».

«Allora fa' il signore ed esci dalla mia stanza».

«È il mio castello, quindi questa è la *mia* stanza, e ci rimango quanto voglio, con o senza di te dentro».

«Sta' tranquillo, non ci resterò ancora a lungo», ringhio.

«Bene».

«Bene».

«Me ne vado, ma non certo per rispondere ai tuoi ordini. Ho di meglio da fare».

Lui sbatte la porta dietro di sé e per un millesimo di secondo vorrei rimangiarmi tutto quello che ho detto.

Non resterò qui un minuto di più.

Punto al guardaroba per svuotarne tutti i ripiani, prendendo abiti, pantaloni, maglie e chi sa cos'altro perché i miei occhi sono annebbiati di lacrime, e non riesco nemmeno a vedere ciò che sto facendo.

82
La versione di Ashford

Giuro che mi tremano le mani per quanto sono incazzato. Sono incazzato con Jemma perché non mi lascia spiegare; ha già sputato la sua sentenza e io non ho modo di potermi difendere.

Sono incazzato con Portia perché è chiaro che, col suo comportamento verso di me, accarezzava la speranza che io e Jemma ci lasciassimo. È una maniaca calcolatrice e avrei dovuto aspettarmi che avesse qualche strategia nel taschino. Non ha rispetto per niente e per nessuno, tranne per i suoi piani.

E sono incazzato con me stesso perché, per quanto voglia scagionarmi da qualsiasi accusa, sono un coglione.

Sono un coglione perché nella mia superficialità non sono stato chiaro con Portia, tenendola a debita distanza. Ho voluto trattarla con tutta la cortesia che l'etichetta richiede e questo ha solo favorito i suoi piani. Se avessi messo da parte tutte le buone maniere e le avessi chiuso la porta in faccia, avrei evitato ogni equivoco.

Sono un coglione per non averle mai dato dei chiari segnali che una vita con lei non m'interessa e non m'interesserà mai.

Sono un coglione perché era una scopata facile e me ne sono approfittato, senza mai definire il fatto che non fossimo una coppia.

Sono un coglione perché, una mano dopo l'altra, le ho servito ottime carte per giocare la sua partita.

E ci siamo andati di mezzo io e Jemma.

Jemma è piena di difetti, lontana anni luce da quella che credevo fosse la donna per me, ma sfortunatamente è l'unica che voglio.

Ho dormito in biblioteca, stravaccato sul divano, su cui mi

sono accasciato dopo aver preso e rimesso a posto almeno dieci libri senza riuscire a leggerne nessuno.

Non so che ore siano, ma quel che è certo è che nessuno è venuto a cercarmi.

Provo una punta di delusione. Io e Jemma abbiamo avuto discussioni di ogni genere, usando tutti i toni della nostra estensione vocale, e una piccola parte di me si aspettava, o quantomeno sperava che, una volta sbollita la rabbia, sarebbe venuta a cercarmi per chiedermi spiegazioni e ragionare insieme da persone adulte.

Ho la coscienza pulita.

Sento concitazione per i corridoi, segno che il castello è già sveglio.

Esco dallo studio e mi affaccio alla ringhiera per capire a cosa è dovuto il fermento. Tutti sono affaccendati in un muto viavai: porte che si aprono, porte che si chiudono, chi sale le scale, chi le scende, i valletti si passano bagagli. Poi Claire annuncia a fil di voce: «Il taxi è arrivato».

Chi diavolo è arrivato?

Mi dirigo verso il salotto privato che dà sul viale d'ingresso per spiare il misterioso ospite.

Passo davanti alla camera di Jemma; la porta è aperta e nella stanza lei non c'è.

È piuttosto presto per i suoi standard, sono solo le otto e un quarto.

Mi fermo sulla soglia con circospezione. «Jemma», chiamo piano.

Nessuna risposta. Avanzo di qualche passo e noto un particolare inquietante: è tutto in ordine. Non c'è nulla fuori posto, ogni superficie è lucida e sgombra, le poltroncine sono tutte libere e i cassetti tutti chiusi, senza niente che debordi. Un terribile pensiero si affaccia alla mia mente, ma prima entro nel guardaroba per avere conferma.

Vuoto.

Con passo svelto raggiungo il salottino privato che affaccia sul vialetto e vedo un taxi davanti all'ingresso: il taxista è pronto alla guida e sul sedile posteriore una figura resta immobile a guardare fisso davanti a sé, mentre intorno i domestici si affollano per caricare i bagagli.

Sta andando via! Se ne sta andando sul serio!

«Se ne sta andando!», grido incredulo mentre scendo le scale all'impazzata.

Varco l'ingresso proprio quando il taxi fa inversione e risale il vialetto verso i cancelli, alzando una nuvola di polvere.

Tutti i domestici mi guardano esterrefatti.

83
La versione di Jemma

«Mi aspettavo vostre notizie da un momento all'altro. Certo ci avete messo più di quanto avevo previsto, ma comunque, eccoci qui», osserva Derek impilando diversi fascicoli sulla sua scrivania. «Come mai non c'è Ashford?»

«C'è bisogno della sua presenza?», chiedo asettica.

«No, ma visto che gli atti riguardano entrambi...».

«Aveva degli impegni», taglio corto. «Ho voluto accelerare le cose per quanto riguarda la mia parte».

Derek batte le mani. «Allora procediamo!». Mi porge una penna e gira verso di me una pila di fogli. «Ho messo un post-it accanto a tutte le righe su cui devi mettere la firma».

Inizio a siglare una pagina dopo l'altra come un automa. So che dovrei leggere tutto, ma non ne ho la forza. Il pensiero che mentre io me ne sto qui, Ashford e Portia sono da qualche parte a fare la coppia felice, mi fa ribollire il sangue nelle vene.

«Alloggi nella casa di tua nonna Catriona a Mayfair, ora?»

«No».

«Allora stai ancora a Denby?», m'incalza Derek.

«No».

«Mi sembri cupa, spenta... Scusa se te lo dico, ma non hai una bella cera».

«Ti ringrazio Derek. Sono le parole che ogni donna vorrebbe sentirsi dire».

«Non intendevo offenderti, ma ti ho visto più in forma di così».

«Passerà. A proposito della casa di mia nonna, ci ho pensato e voglio venderla. Non me ne faccio nulla di una palazzina vittoriana di quattro piani in cui vivere da sola perché i miei non possono metterci piede. Ti do il mandato per curare la compravendita in mia vece».

«Va bene. Il mercato non attraversa un bel periodo, ma è un immobile di lusso e il lusso ha molto mercato. Posso parlare con qualche banca. Hanno sempre clienti facoltosi a caccia di proprietà di valore».

Poso la penna sul tavolo. «Sono divorziata ora?»

«Deve firmare anche Ashford, ma direi che sei sulla buona strada per diventarlo».

«Bene», dico alzandomi svogliata.

«Ti faccio sapere per la casa», mi dice Derek tendendomi una mano per salutarmi.

Mentre torno in taxi all'hotel in cui starò per un po', decido di fermarmi da Godiva per buttarmi anima e corpo su una scatola di tartufi al cioccolato. Magari approfitterò anche del servizio in camera. Al Mandarin ho preso una suite, con terrazza panoramica su Hyde Park, vasca idromassaggio e megaschermo.

Se sono fortunata, troverò un film strappalacrime tipo *Le pagine della nostra vita* o *Love story*. Perfetto: cioccolato, lacrime e film d'amore. La triade della sindrome premestruale.

Un attimo! Perché sulla mia agenda non ho segnato niente?

Niente ciclo il mese scorso.

È impossibile! Come ho fatto a scordarmene?

Una farmacia! Faccio fermare il taxi.

84
La versione di Ashford

Introvabile. Sembra essersi fatta di nebbia. L'ho chiamata e richiamata ma al telefono non risponde. “Utente inesistente”, dice la voce registrata. Deve aver cambiato numero.

Derek non ne sa nulla, non sa dove sia. L'ha vista solo la settimana scorsa.

È andata da lui a firmare le carte per il divorzio.

Quando oggi è passato a Denby a portarmi i fascicoli, non volevo credere ai miei occhi.

Ho cercato i genitori di Jemma alla fattoria nel Derbyshire. Ho guidato fin là, ma loro se n'erano già andati.

I tizi naïf che mi hanno accolto, mi hanno detto che Carly e Vance sono ripartiti in fretta per raggiungere la figlia, ma non hanno saputo darmi un recapito.

Non ho voglia di vedere nessuno. Nemmeno Harring.

L'ho sentito al telefono e sono stato telegrafico.

Haz, che non spicca proprio per la sua diplomazia, mi ha offerto conforto mandandomi una cassa di armagnac.

Non è vero. È anche venuto un paio di volte a Denby, ma io non ero dell'umore adatto e mentre cercava di distrarmi con i mirabolanti racconti delle sue ultime gare, io fissavo il soffitto completamente ipnotizzato.

Sono il fantasma di me stesso. Mi muovo trascinandomi da una stanza all'altra cercando di percepire di nuovo la sua presenza.

Sono andato in camera sua, ho levato la chiave della porta del corridoio e mi sono tenuto quella della porta comunicante.

Ogni tanto entro e me la immagino lì, dove l'ho vista tante volte, sul letto a leggere le sue riviste. Però è andata via, e nella stanza non sento nemmeno più il suo profumo.

Vorrei trovarla, costringerla ad ascoltare la mia versione, farla ragionare, ma poi penso che devo rispettare la sua scelta e lasciarla andare. Non ho più nessun diritto, se mai ne ho avuto uno.

85
La versione di Jemma

L'inverno ha un solo colore: grigio.

Tutto è spento, tutto è smorzato dalla nebbia e dalla pioggia, perfino gli odori sono grigi.

Seduta alla finestra rincorro con il dito le gocce di pioggia che bagnano i vetri.

Non so da quanto sono qui. Se non ci fosse la mamma che entra portandomi il vassoio del pranzo o della cena, non mi accorgerei nemmeno del trascorrere delle ore.

«Coraggio Jemma, qualcosa lo devi pur mangiare».

«Non mi va, mamma», dico allontanando la ciotola di quinoa.

«Non puoi stare digiuna. Se vuoi portare avanti questa gravidanza, lo devi fare in modo responsabile».

Intreccio le mani sul ventre che sta prendendo una dolce curvatura. «Non so nemmeno se sto facendo bene».

«Io non ho la risposta giusta. Devi capirlo da sola, ma se proprio me lo chiedi, l'idea di diventare nonna mi piace da matti. E anche a tuo padre».

«Sono sola».

«Non lo sei», mamma mi accarezza i capelli. «Ci siamo noi».

Ho fatto tre test di gravidanza e tutti e tre hanno dato lo stesso risultato: positivo.

L'interruzione non l'ho valutata neanche per un secondo.

Ho pensato che, per una volta, qualcuno lassù mi ha dato una chance di essere amata incondizionatamente e per sempre.

Non sarei più stata sola. Sì, forse per me e questo bambino sarà più dura che per altri, io avrò solo lui e lui avrà solo me, ma avrà tutto il mio amore, quello che tutti hanno sempre rifiutato.

Ashford non lo saprà. Non permetterò che lui e tutta la negatività del suo mondo rientrino nella mia vita.

Sto cercando la forza d'animo per andare avanti, ma non è facile. Non riesco a non pensare a tutti i momenti belli che ho vissuto con lui, quando sembrava vero, quando sembrava che stesse succedendo proprio a me.

E quindi me ne sto qui, a osservare i giorni che passano, in una casa che ho preso in affitto per me e i miei genitori, che hanno cura di me con ogni premura.

È ben diversa dal mio seminterrato buio o dall'appartamento sgangherato dei miei. Alla fine mi sono messa una mano sulla coscienza e, non senza imbarazzo, ho confessato a mamma e papà di aver ricevuto la consistente eredità della nonna Catriona (tralasciando il particolare del vincolo di matrimonio con Ashford per poterne entrare in possesso).

Sulle prime la cosa li ha lasciati abbastanza esterrefatti, non lo nego, ma il rancore è un sentimento a loro sconosciuto.

Il fatto di ritrovarmi a casa ad aspettare che le ore passino senza nulla a tenermi occupata mi ha investito come un autobus in corsa. A Denby ero sempre impegnata a prepararmi per qualche evento, o a cercare di nascondermi da Delphina, o a seguire le preziose lezioni di Lance.

Qui, invece, niente. Questo perenne far niente mi tormenta. La settimana scorsa sono anche tornata al teatro, a chiedere se avessero bisogno di me per qualsiasi cosa, anche spolverare il palcoscenico gratis, pur di tenermi impegnata. Ma il teatro è chiuso e la compagnia, come avevo previsto, si è sciolta.

Così me ne sono tornata a casa, fermandomi in un negozio di libri usati per cercare una copia di *Orgoglio e pregiudizio* e della *Bisbetica domata*.

Ho fatto del mio meglio per allontanare Ashford dalla mia vita, cambiando numero, tagliando i ponti con Cécile, privando anche Derek di ogni mio recapito. Anche i biglietti per la partita Barcellona-Arsenal sbiadiscono, dimenticati in qualche cassetto, ma irrimediabilmente lui riaffiora nei miei pensieri e, quando il pancione inizierà a vedersi, avrò sotto gli occhi ogni ricordo della nostra breve e falsa storia.

86
La versione di Ashford

Non è venuta per cercare me, ma la faccio entrare lo stesso. Sono giorni che rimugino pensieri confusi nella mia testa e non so a quali dare retta. Vedere Cécile alla porta mi ha quasi dato una sensazione di sollievo.

Come quelle medicine amare, disgustose, ma che sei contento di prendere perché sai che poi starai meglio.

Cécile entra in salotto con passo sicuro, si accomoda sulla poltrona accanto al camino, appoggiando i gomiti sui braccioli. I fasci di luce che filtrano dalla finestra alle sue spalle ne disegnano la figura conferendole un'inquietante aura mistica.

«Stai da schifo, Burlingham».

Una battuta d'apertura in perfetto stile Loxley. Non c'è nessuna sfumatura offensiva nel suo tono, solo spietata sincerità. Ed è vero, ho un aspetto orribile, l'ho pensato anch'io stamattina.

«Non giri mai intorno alle cose, Loxley».

«È così evidente che far finta di nulla sarebbe da ipocrita. Non ti vedevo così da quando a scuola ci hanno fatto vedere *Schindler's List*».

Sospiro, ma non le rispondo. Ho voglia che parli lei. Dio, quanto vorrei che parlasse lei.

«Dov'è Jemma? Sono rientrata da Bruges ieri e l'ho chiamata per invitarla da me, ma il telefono era staccato. Poi Lance mi ha detto che non c'è, e tu mi fai entrare, inspiegabilmente. E hai un aspetto di merda».

«Tu cosa sai?», le domando in tono brusco.

«Che cosa dovrei sapere?», mi chiede di rimando.

«Se n'è andata. Jemma è andata via». Nel pronunciare quelle

poche e brevi parole, chiarissime nel loro significato, la voce mi si strozza in gola.

«Via… Via?».

Mi accascio esausto sul divano di fronte a lei. «Ha fatto i bagagli con tutte le sue cose ed è andata via».

«Mi sembra un po' improvviso. Così dal nulla? Sembra un gesto fin troppo impulsivo pure per me».

«Abbiamo litigato», ammetto con una punta di vergogna. «Ci siamo detti delle cose atroci, ci siamo tolti le fedi, lei… Lei è convinta che io abbia una relazione con Portia!».

«Ce l'hai?», chiede Cécile diretta come uno sparo di fucile.

«Dio, no! Non potrei mai… Non c'è…».

«Non c'è paragone, sono d'accordo», conclude lei.

«Tu le hai parlato? Con Jemma intendo».

«Ovviamente no. Se così fosse stato, non sarei qui. Sai dove posso trovarla?»

«Non ne ho la più pallida idea».

«A Londra», ipotizza.

«Forse a Dover, o nel Devonshire».

«Non dire cazzate, Burlingham. Jemma non è il tipo da leccarsi le ferite in un castello isolato a casa del diavolo. Non può essere che a Londra!».

«Se fosse in città, lo avrei saputo! Derek mi avrebbe detto qualcosa!». Almeno credo.

«Dovrò trovarla io», dice Cécile in tono pratico, alzandosi dalla poltrona per andarsene.

«E come credi di riuscirci?»

«Ho tante pessime conoscenze a Londra che saprebbero trovare uno spillo nella neve. Troveranno anche lei. Cristo, Burlingham. Non mi sei mai stato particolarmente simpatico, ma vederti così mi spezza il cuore».

«Se la trovi, parlale, dille che mi hai visto, che non sono mai stato con Portia».

«Lo so che non sei mai stato con Portia. Non potresti mai, dopo una come Jemma. È l'unica che è riuscita a farti sembrare un vero uomo. Per un po', almeno».

«Che intendi dire?», chiedo offeso.

«Che se fossi un vero uomo verresti a Londra per cercarla e dirglielo di persona».
«Non perdi mai occasione per metterti un gradino sopra agli altri».
«Perché lo sono», ribatte altezzosa Cécile dandomi le spalle diretta alla porta.
«Vai a letto con Harring, vero?».
Alla mia domanda lei si blocca come una giostra inceppata. Cécile è una brava ragazza in fondo, una delle migliori che abbia conosciuto, ma ogni tanto ha bisogno di essere riportata con i piedi per terra.
«Co…». È interdetta.
«Da quanto ci vai a letto? Almeno un mese, non è così? Forse anche di più».
Lei si gira cercando di ricomporsi. «Non capisco cosa ti stai inventando».
«Non credo di inventarmi niente». La fisso.
Cécile si fa rossa in viso, leggo l'imbarazzo nei suoi occhi.
«Harring è il mio migliore amico, Jemma ti vuole bene. Il tuo segreto è al sicuro con me. Dio solo sa se Harring ha bisogno di una donna che lo metta in riga, e se c'è una che può farlo sei tu. Il tuo atteggiamento di superiorità non attacca con me. So molte più cose di quanto pensi. Adesso aspettami, mentre mi cambio. Non appena sarò pronto tu e io setacceremo Londra fino ai bassifondi per trovare Jemma».
Per una volta, Cécile mette a tacere la sua arroganza e si limita ad annuire.

Siamo stati al teatro, dal vecchio proprietario dell'appartamento dei suoi genitori, alla residenza che era di sua nonna Catriona, che udite, udite, è stata venduta pochi giorni fa.
Siamo stati a torchiare Derek, ma nemmeno lui sa dove sia Jemma. È in città ma lei si è guardata bene dal fargli sapere dove vive.
È da qualche parte, là fuori, e non vuole saperne più nulla di me.
Devo farmene una ragione.

87
La versione di Jemma

Sono una botte. Non mi vedo più la punta dei piedi e devo fare la pipì ogni mezz'ora.

Ieri notte mi sono svegliata alle due con la voglia di mango.

Nessuno dei miei vestiti mi va più bene e ciondolo dal divano al letto infagottata nei caftani intrisi di patchouli di mia madre.

Oggi sono stata dal ginecologo per l'ultima visita e lui, con aria serafica, picchiettandomi sulla spalla, si è complimentato con me per il mio stato di salute, per il non aver preso troppi chili (boh? Io non vedo differenze tra me e un pachiderma) e ha cercato di instillarmi entusiasmo perché, a detta sua, "siamo agli sgoccioli".

Che battuta idiota. Solo un uomo può fare ironia su una donna prossima alla rottura delle acque.

88
La versione di Ashford

È da mesi che penso di vivere in un girone dantesco.

Mia madre si è messa in testa di selezionare di persona la prossima duchessa di Burlingham, perché ritiene il mio giudizio inattendibile, visti gli ultimi *imprevisti*.

Sì, ha relegato Jemma a un mero imprevisto sulla strada della sua pianificazione strategica.

Da quando Jemma se n'è andata, è un andirivieni di aspiranti al titolo che mi sono ritrovato accanto a cene, eventi, serate inedite organizzate ad hoc.

Più di una volta sono state ospiti a Denby la nipote/figlia/cugina di, tutte stranamente in fuga da Londra con la scusa di cercare "un po' di aria buona" e "la simpatica compagnia di mia madre".

E si aspettano anche che io ci creda. Nemmeno il diavolo in persona vorrebbe la compagnia di mia madre.

Ha perfino provato a ripropormi Portia, ma quando quella sera non mi sono presentato lasciandole appese come due insaccati, credo che il messaggio sia arrivato forte e chiaro.

È ovvio che poi è stato il turno di Sophia e dei suoi cloni.

Mi limito a fare presenza, imbalsamato nella più totale apatia.

Non me ne frega più niente di niente e più il tempo passa senza Jemma, più Denby mi sembra un mausoleo vuoto.

L'unico che vedo e sento volentieri è Harring, anche se ora che è ricominciato il Gran Premio, riusciamo a vederci solo tra una gara e l'altra.

Tipo oggi. Rientrerà a ore dall'Azerbaigian.

Per impegnare il tempo e sfuggire ai piani mefistofelici di mia madre, prendo Agincourt e vado a farmi una lunga cavalcata nel parco.

Senonché, quando rientro, trovo un numero preoccupante di chiamate perse di Haz.

«Haz? Ventitré telefonate? Non mi cercavi con questa insistenza da quando ti hanno arrestato alla dogana di ritorno da Bangkok!».

«Saresti stato insistente anche tu, se un ispettore ti stesse per perquisire con un guanto in lattice in una mano e lubrificante nell'altra».

«Stavolta per cosa devo spendere le mie conoscenze?»

«Ti ci puoi seppellire con le tue conoscenze! Ti chiamo per Jemma!».

Sentire pronunciare il suo nome mi colpisce come una padella in faccia. «Je… Jemma?»

«Sì! L'ho vista! So dove abita!».

«In Azerbaigian?»

«No, a Londra! Egerton Gardens».

«E quando sei tornato a Londra?», chiedo io.

«Ieri, ma sono dettagli. Be', l'ho vista entrare in un portone di una di quelle case vittoriane in mattoni rossi. Proprio davanti all'Egerton Hotel».

«E perché non l'hai fermata?»

«Ah, ecco, non ero per strada. Ero *dentro* all'Egerton Hotel. Secondo piano. Suite Supreme. Belle vetrate».

«Ma potevi…». Poi un momento di nauseante lucidità frena i miei pensieri. «Oh mio Dio! Haz!».

«Eh avevo le… ehm… mani impegnate».

Alzo gli occhi al cielo. È Haz, bisogna accettarlo così com'è. «Sei sicuro? Potresti esserti sbagliato…».

«C'erano anche i suoi. Si fanno riconoscere».

«Dove sei ora?»

«Ancora qui», risponde con voce venata di autocompiacimento.

Nella mia pausa per riflettere sento che il mio amico inizia a canticchiare nella cornetta.

«Se ti azzardi a cantare *Sex Machine*, riattacco».

«Ehi, ehi, frena. Non ti ho detto la cosa importante!».

«Il numero civico!», lo sollecito.

«NO! Che è incinta!».

Quasi mi cade il telefono per terra. «Incinta?», mi si gela il sangue nelle vene. Ho sempre avuto la muta consapevolezza che si sarebbe rifatta una vita, ma questa conferma è come una campana a morto. Certo, ha incontrato un uomo, magari uno che ama davvero, abitano in una bella casetta calda e accogliente e hanno fatto un figlio.

«Sì! Incinta! Hai presente quando una aspetta un bambino?»

«Ma ne sei sicuro?», chiedo sconsolato.

«O è incinta o è ingrassata molto, ma a giudicare dalla mia esperienza, quello non mi sembrava grasso!».

«Esperienza in fatto di gravidanze?», osservo scettico.

«Non sai quante ne ho evitate».

«Jemma è incinta». Non so se lo sto ripetendo a me stesso o a Harring. Il pensiero di lei e un altro uomo che stanno per avere un bambino insieme mi getta nello sconforto.

«Ebbene sì».

Muto, faccio un breve calcolo mentale. «Di quanto?»

«Di quanto cosa?»

«Di quanti mesi è incinta?», ripeto spazientito.

«Ah, ma che ne so? Non sono mica una cazzo di ostetrica!».

«Ma dalla pancia! Quanto era grossa? Sei, sette mesi?»

«Ash, scusa se entro nei dettagli, ma in quel momento ero impegnato a regalare un orgasmo pirotecnico e il fatto che ci trovassimo davanti alla finestra, ti assicuro, è stato puramente casuale. Scusa se non ho approfondito lo stato di gravidanza della tua ex moglie. Di quanti mesi è? Come fai a domandarmi una cosa del genere!».

«Fottiti, Haz», sbotto nella cornetta.

«Se non nove mesi buoni, di sicuro otto abbondanti». Sento una voce femminile lontana dall'altro capo del telefono.

«Che c'è tesoro?», chiede Haz alla voce femminile.

«Era una pancia bella grossa. O sono gemelli o un nono mese».

Haz si rivolge di nuovo a me. «La regia mi dice o gemelli o nono mese».

Nove mesi. Riscorro il calendario all'indietro. Nel lago, nelle stalle, nella chiesetta nel bosco, in macchina... La lista è lunga, ma se Jemma è incinta di nove mesi, il bambino non può che essere mio.

«Haz, sto arrivando. Vengo a prenderti».

«E chi si muove?»

«Ah, ehi... Salutami Cécile. *Tesoro*!». Anche se alterata dalla linea telefonica e ovattata per la distanza, riconoscerei quella petulante ovunque.

In preda alla frenesia mi precipito dalle scale per arrivare a Londra in un lampo.

«Grazie Lance», dico sottraendogli le chiavi dell'auto e infilandomi in macchina. «Tempismo perfetto».

Appena metto in moto, una voce alle mie spalle mi sorprende: «Ma, Ashford! Dove diavolo stiamo andando!».

Mia madre.

Quando arrivo all'Egerton Hotel richiamo Harring che, dopo qualche minuto, esce dalle porte spettinato, con la camicia abbottonata male e metà fuori dai pantaloni.

«Allora, lei dov'è?», gli chiedo.

«In una di quelle case laggiù».

«Scusate, lei chi?», s'intromette mia madre abbassando il finestrino posteriore.

Harring mi guarda confuso. «Tua madre?»

«Non è voluta scendere», rispondo secco.

La ignoriamo e ci precipitiamo lungo la teoria di portoncini scuri tutti uguali. Su nessuno c'è il nome di Jemma, quindi decidiamo di citofonare a tutti.

Case vuote, nessuno in casa, domestici che non sanno nulla. Sembra che non abbiamo fortuna, finché una signora anziana esce da una delle case.

«Signora!», ci precipitiamo da lei. «Conosce una ragazza di nome Jemma?»

«Jemma? No, non mi dice niente...», scuote la testa.

«È incinta», mi sbrigo a dire io. «Nono mese».

«Oh, sì Jane!», esclama la signora.

«Jemma, non Jane», la correggo.

«Sono più che sicura che si chiami Jane».
«Haz, non era lei!», gli dico deluso dalla certezza che abbia preso un abbaglio.
«Come no! Era con Vance, con il codino, e Carly, vestita d'arancione. Ne sono certo!».
«Oh, sì, Carly», ribatte l'anziana. «Fa delle torte al rabarbaro e zenzero deliziose!».
Io e Haz ci guardiamo. «È lei! Ha usato un altro nome!».
«Signora, questa Jane ha un marito? Un fidanzato?»
«Oh, no, povero tesoro. È sola, ma abita con i suoi genitori! Tre porte più in là, a sinistra…».
Io e Harring scattiamo come centometristi.
«Ma non la troverete! È uscita che sarà un'ora. Stava andando in ospedale… Ormai ci siamo».
«Ospedale? Quale?»
«Credo il St Mary's…».
«Andiamo», faccio cenno a Haz di salire.
«Guido io, sono pilota di Formula Uno».
«Non se ne parla neanche. L'auto è mia e guido io».
Harring tende la mano per avere le chiavi. «Se guido io, arriviamo prima».
«Se guidi tu, ci ucciderai tutti», obietto.
«Dài! È una Rolls Royce Phantom! Ti prego, ti prego, ti prego. Voglio guidarla da sempre!».
«No».
«Sei in debito con me», si impunta Harring.
«Fottiti!», gli lancio le chiavi.
«Dove andiamo?», chiede Cécile già seduta sul sedile del passeggero.
«Lei non viene con noi», protesto con Harring.
«Provaci tu a convincerla».
«Va' dietro, Loxley», ringhio.
«Io dovevo andare alla riunione della società di beneficenza», protesta mia madre.
«In questo momento non potrebbe importarmi di meno, mamma. Jemma sta per avere un bambino. Il nostro bambino».
«I sali!», piagnucola lei. «Sto per sentirmi male».

«Se provi a vomitare sui sedili, giuro che ti faccio scendere!», la minaccio.

Incuranti dei divieti, abbandoniamo l'auto in doppia fila per fare irruzione al St Mary's Hospital. Appena arrivo alla reception del reparto maternità dichiaro in tono ansiogeno: «Io sono il papà».

L'infermiera scuote un momento il capo cercando di inquadrarmi: «Il papà di chi?»

«Jemma Parker».

«Non ci sono pazienti di nome Jemma Parker», obietta.

Avrà dato il nome da single, accidenti a lei. «Pears! Jemma Pears».

L'infermiera è sempre più incredula. «Francamente ritengo che sia troppo giovane per essere il padre della signora Pears!».

«No, non di Jemma, del bambino che sta partorendo! Jemma è dentro? È già nato? Posso entrare?», faccio per scavalcarla ma lei cerca di sbarrarmi la strada.

«Quindi lei è il signor Pears, giusto?»

«Parker, sono Ashford Parker!».

Sembra del tutto intenzionata ad approfondire. «È suo marito, allora?»

«Sì».

«No», ribatte mia madre.

«È il marito sì o no?», domanda di nuovo l'infermiera.

«Sono il marito, ma poi abbiamo divorziato, e lei dopo ha scoperto di essere incinta», spiego sintetico.

«È una storia lunga, ma semplice da capire», commenta Cécile.

«E lei chi è?», la indica l'infermiera con fare stizzito.

«Una che parla troppo e ha opinioni su tutto», la liquido.

«Io so come farla tacere», s'intromette Harring.

«E lui cosa c'entra?», chiede l'infermiera a Harring.

«Io, niente, ci vado a letto e basta», lui fa spallucce.

L'infermiera sembra sempre più confusa. «Quindi lei è il marito da cui ha divorziato e lui quello che va a letto con sua moglie. Ma chi è il padre?»

«Io», tuono.
«Lui», urlano Cécile e Harring.
«È tutto da dimostrare», obietta mia madre.
«La signora è con voi?»
«È la nonna», affermiamo tutti all'unisono.
«Facciamo ordine! Io sono il duca di Burlingham, per Dio! Lei è mia madre, quindi la nonna, io sono il marito della partoriente e padre del bambino, e questi due vanno a letto insieme e non c'entrano un cazzo. Posso vedere Jemma, adesso?»
«Chiedo al medico. Aspetti qui».

Quando l'infermiera torna, io sono pronto a seguirla, ma lei mi ferma di nuovo. «Mi dispiace. La paziente non vuole che lei entri».
«Non è possibile!», protesto.
«In ogni caso, le consiglio di mettersi seduto e aspettare». Il suo tono non ammette repliche, così, sbuffando, mi siedo su una delle poltroncine nel corridoio, in silenzio a braccia conserte, ma sono fuori di me.
Né Harring, né Cécile, né mia madre si azzardano a dirmi nulla perché lo hanno percepito.
Dei passi vengono verso di me e qualcuno mi siede accanto. «Ricordi che ti dissi che se avessi fatto soffrire mia figlia te l'avrei fatta pagare?».
Mi volto e alla mia sinistra c'è Vance. «Se ti dico che la sto già pagando, mi credi?».
La sua espressione è indecifrabile. «Il fatto che tu sia qui, oggi, mi dice che c'è qualcosa che Jemma non sa. Quella donna, Portia, non significa nulla per te, vero?»
«C'è sempre stata solo Jemma. Ma non mi ha dato la possibilità di spiegarmi». Dopo una breve pausa, gli domando: «Perché nessuno mi ha detto che Jemma era incinta?»
«È stata una sua scelta, io e Carly l'abbiamo rispettata. Personalmente, non la condivido. Penso che assumerti le responsabilità di padre sarebbe tuo diritto e dovere. Una gioia immensa, ma anche una preoccupazione costante. Guarda me, mia figlia ha ventisei anni, si è sposata, sta per partorire, ma per me è

sempre la mia bambina bisognosa di coccole e protezione. E non passerà mai».

«Non c'è nulla che voglio di più», mormoro con lo sguardo fisso sul pavimento.

Vance mi dà una pacca sulla spalla e capisco che ha compreso.

Restiamo in silenzio, in attesa, per ore. Il sole è tramontato da un pezzo quando Carly ci raggiunge annunciando. «Faranno un cesareo, tra poco la porteranno in sala operatoria».

A sentire la parola "cesareo" mi allarmo. «Sala operatoria? C'è qualche problema?».

Lei scuote il capo. «Il feto è in posizione e le contrazioni sono ravvicinate, ma la dilatazione non è sufficiente. Le hanno indotto la rottura delle acque e nonostante le flebo non va oltre i cinque centimetri. Il dottore ha deciso di procedere col cesareo, ma non mi è sembrato preoccupato».

«Da quanto è in travaglio?»

«Stamattina ha voluto che l'accompagnassi a fare la manicure e lì ha iniziato ad avere qualche dolore. Quando siamo rientrati, poco dopo le undici, le fitte si sono fatte sempre più intense e ravvicinate, così l'abbiamo portata in ospedale e dopo la visita l'hanno ricoverata perché il travaglio era iniziato. Due ore fa sono entrata in sala parto con lei, ma niente di fatto. Ora torno da Jemma, ormai saranno pronti all'intervento», dice guardando l'orologio. «Ashford, sono contenta che tu sia qui».

89
La versione di Jemma

Morirò, lo so. Un essere umano non può sopportare tutto questo dolore.

L'ostetrica non sembra dello stesso parere. «Va bene, da adesso, quando sentirà una contrazione, provi a spingere, d'accordo?».

Se devo essere sincera, non sono più in grado di distinguere quando ho una contrazione e quando non la ho. «Non ce la facciooo».

Non so da quanto sto così, con i piedi sulle staffe, a gambe aperte, senza nessun progresso.

E senza più forze.

Ci mancava solo Ashford. Sì, a un certo punto un'infermiera si è avvicinata a mia madre dicendo che era arrivato un certo Ashford Parker, asserendo di essere il padre.

Ho guardato mia madre tra le lacrime e tutto quello che ho fatto è stato scuotere la testa in un "no", prima che mi cogliesse un'altra fitta a farmi gridare di dolore.

Poi il medico annuncia: «Non andiamo oltre i cinque centimetri, qui e le contrazioni sono già troppo ravvicinate. Fate preparare la sala operatoria, procediamo con il cesareo».

Mia madre va a informare papà e quando torna le basta vedere i miei occhi per rispondermi. «Sì, Ashford è fuori con papà».

«Non dovrebbe essere qui».

Lei mi stringe la mano mentre l'ostetrica spinge la barella verso la sala operatoria. «Ora non pensarci. Preoccupati solo di farmi diventare nonna».

È stupefacente. Guardo il mio bambino nella culla trasparente accanto al mio letto ipnotizzata. È perfetto.

Io sono distrutta ma più lo guardo più penso che lo rifarei.

Quando l'ho detto all'infermiera ha ribattuto: «Ne riparliamo quando sarà finito l'effetto dell'anestesia».

«Ciao mammina». È la voce di Cécile, che fa capolino dalla porta. «Si può?».

Le faccio cenno di entrare. Mi sento in colpa nei suoi confronti. Lei è stata meravigliosa con me e io sono sparita senza un saluto, senza dirle una parola. Ero talmente sconvolta, arrabbiata con Ashford e schifata da tutto e da tutti che ho seppellito anche lei insieme a tutto il mio passato.

«Avrei voluto chiamarti mille volte, Cécile. Ma non ce l'ho fatta».

Lei mi ferma, alzando una mano. «So tutto. Non voglio le tue scuse, non me le devi». Si sporge sulla culla, curiosa. «Meno male che somiglia a te».

«Non ti dico il dolore. In certi momenti ho creduto di morire».

«Impossibile. Ti ho visto sopravvivere a cose peggiori», ribatte lei. «A Delphina, per citarne una».

«Ti prego, non ricordarmela».

«È la fuori anche lei. È stata col fiato sul collo del povero personale sanitario, per esaminarne professionalità ed efficienza. È un caso se la sicurezza non l'ha sbattuta fuori». Cécile tende un dito per toccare il nasino del piccolo. «Ciao, io sono la zia Cécile».

«Vuoi prenderlo in braccio?», le chiedo.

Lei spalanca gli occhi in uno sguardo di terrore. «Noo, no, no. Potrei romperlo. Io sono una persona totalmente priva di istinto materno».

«E cosa farai quando ne avrai uno tuo?»

«Non lo avrò. Non voglio un comitato di baroni della medicina che mi guarda nuda, a gambe aperte, aspettando che una cosa grande come un melone esca dalla mia vagina».

Cécile riesce sempre a strapparmi una risata. «Sono contenta di vederti. Mi sei mancata».

«Solo io?», mi domanda lei.

«Cosa intendi?»

«Ashford».

«Ti prego, no. Non farlo», la imploro.

«Ascoltami, se io ci metto la faccia per parlarti di lui che, come sai, tollero a malapena, forse quello che ho da dire merita di essere ascoltato».

«Solo se intendi insultarlo».

«Ashford è innamorato pazzo di te, da quando te ne sei andata è l'ombra di se stesso e sei il suo pensiero fisso».

«Tu non lo hai visto! *Io* sì! Ha baciato Portia», ringhio. La rabbia ha risvegliato in me una forza che credevo aver esaurito durante il travaglio.

«È stata quella puttana di Portia a baciarlo, lui l'ha respinta. Non lo capisci che non la vuole, quella pazza psicopatica? Vuole te».

«Non è stato in grado di dimostrarmelo».

«Perché tu sei una dannata testona e non gliene hai dato la possibilità. Vedi solo quello che hai voglia di vedere e se non te ne fossi andata in fretta e furia, tagliando i ponti con tutti, forse ora non staremmo facendo questa conversazione».

«Conversazione che non ho voglia di fare».

«Tuo figlio ha diritto all'affetto di un padre e lasciami dire che non ho mai visto Ashford preso così tanto da qualcosa in tutta la sua vita. Hai fatto un miracolo, lo hai reso umano! E poi, vuoi forse dirmi che non lo ami anche tu? Perché mai avresti tenuto suo figlio, allora?».

Distolgo lo sguardo senza rispondere e lei, prima di uscire, mi accarezza i capelli. «Sono qui fuori».

Devo essermi appisolata, anche se per poco, e mi ridesto sentendo i versetti del piccolo.

Nella stanza c'è qualcuno in piedi, davanti al mio letto e mi dà le spalle. Riconosco quel profilo. È Ashford. Quando si volta verso di me, sento mancarmi il respiro.

Tiene tra le braccia il mio fagottino, guardandolo trasognato.

«Tua madre mi ha lasciato entrare», dice senza staccare gli occhi dal bambino.

Lo fisso senza sapere cosa rispondergli.

«Un maschio. Se ha ereditato il tuo carattere, probabilmente governerà il mondo». Poi mi guarda. «Come ti piacerebbe chiamarlo?»

«Brandon», rispondo. «Non dovresti essere qui».
«Io invece credo di sì. Di tutti i posti della terra, credo che questo sia l'unico in cui dovrei essere in questo momento». Poi viene a sedersi accanto a me porgendomi il bimbo. «Abbiamo fatto proprio un capolavoro».
«Abbiamo? IO l'ho fatto. Tu sei arrivato dopo nove mesi e vuoi prenderti anche dei meriti?»
«Credo che tu ti sia scordata di dirmelo».
Però non lo ascolto più, rapita da quel faccino con le piccole labbra perfette, il naso minuscolo, i sottili capelli arruffati che gli velano la testolina. «Non ho mai visto niente di più bello».
«Nemmeno io».
«Potrai fargli visita qualche volta, se vuoi», dico, ammorbidita, a Ashford.
«Sei seria?», lui sembra sconvolto.
«È già molto, considerando che non avrei mai voluto che tu lo sapessi».
«Jemma, io non voglio vedere nostro figlio *ogni tanto*. Io lo voglio crescere e voglio farlo con te. Non siamo perfetti, non lo saremo mai, ma tutto quello che so è che tu sei l'unica con cui voglio passare la mia vita. Le persone normali di solito s'innamorano, si sposano, fanno un figlio e nel peggiore dei casi iniziano a non sopportarsi e divorziano. Tu e io abbiamo fatto tutto alla rovescia: ci siamo odiati, ci siamo sposati, poi ci siamo innamorati, abbiamo divorziato e adesso abbiamo un figlio. Non siamo mai stati normali. Perché pretendere adesso di fare le cose secondo le regole?»
«Innamorati?», chiedo io.
«Sì, innamorati. O almeno, io mi sono innamorato di te».
«Quando lo hai capito?».
Ashford sorride. «Credo che sia iniziato tutto la serata della sfilata di beneficenza, quando davanti a tutta l'alta società ti sei presentata seminuda su quella passerella. Ho capito che non esiste nessuna come te».
Mi mordo il labbro inferiore cercando di reprimere un sorriso spontaneo.
«Guarda che lo vedo, che stai sorridendo». Con una mano

solleva il mio viso perché lo guardi negli occhi. «Per te quando è stato?».

Deglutisco, confessando imbarazzata. «Forse da quella prima sera al ristorante, quando mi scambiasti per la cameriera».

«Sono stato uno stronzo», ammette.

«Sì, lo sei stato». Poi non riesco a non fargli la domanda. «E Portia?»

«Portia è stato un malinteso, e sono certo che tu sappia che non è lei che voglio, solo non vuoi ammetterlo. Non vuoi concederti che per una volta, nella tua vita, qualcuno scelga te. Hai paura di soffrire e quindi non vuoi più illuderti che le cose possano andare bene, ma lascia che ti dica che questi mesi senza sapere nulla di te, passati a cercare il tuo fantasma tra i muri di Denby, mi hanno aperto il cuore in due fino a dissanguarmi».

«Credi che io non sia stata male?»

«Allora perché lasciarci?».

Scuoto la testa senza convinzione. «Fidarsi di qualcun altro è sempre un salto nel vuoto».

Ashford mi prende la mano. «Ma io salto con te».

La porta si spalanca con un tonfo violento, e Delphina irrompe nella stanza gridando: «Un erede!».

90
La versione di Delphina

Se non ci fossi io, questa casa andrebbe a ramengo. Spero che Dio mi lasci ancora molti anni da vivere perché nessuno ha il polso della situazione come me.

Oggi è una giornata cru-cia-le.

E tutto deve svolgersi con precisione certosina.

Un matrimonio e un battesimo, insieme, lo stesso giorno, con gli occhi dell'intera aristocrazia puntati addosso e io ho studiato ogni singolo particolare a tavolino con Margaret.

Mio figlio si risposa. Jemma, di nuovo. Esce dalla porta e mi rientra dalla finestra. Se non altro ha migliorato molto il suo aspetto. Non i suoi modi, ma a bocca chiusa fa bella figura.

I suoi genitori li definirei folcloristici, per essere gentile, ma Jemma e i suoi sono un pacchetto completo, prendere o lasciare.

Mi domando come dei selvaggi del genere possano avere amicizie come lo sceicco Al Thanyan! Gli ho riservato tutti gli appartamenti dell'ala ovest al secondo piano, con una vista panoramica della tenuta. Spero gli siano sufficienti, visto che è arrivato con un seguito di cinquantasei persone.

«Oggi a Denby avremo trecento ospiti. Margaret, abbiamo tutti sotto controllo?»

«Sì, lady Delphina», risponde lei pronta.

«Lo staff della sicurezza è già attivo?»

«Ai cancelli, all'ingresso, nel parco e nella cappella».

«Le cucine sono operative?»

«Stanno ultimando i dessert».

«Il defibrillatore per lord Neville?»

«È a portata d'infarto».

«Ha già fatto due bypass, teniamolo monitorato. Dio non

voglia che ci scappi un morto reale in casa. Il bromuro per Harring? Quell'infoiato ci farà denunciare per atti osceni».

«Ho già stanato lui e lady Loxley appartati nella serra. Due volte».

«Trova qualcosa da far fare alla Loxley e tienila a distanza da quel maniaco sessuale. Va' a controllare Jemma. Io vado a prendere il piccolo Frederick Brandon Ashford Philip perché gli ospiti vedano che nessuno ha mai avuto un nipote più bello del mio. Assomiglia così tanto al mio Ashford quando era piccolo, con quelle guanciotte rosa e gli occhioni grandi!». Non è affatto vero che assomiglia a Jemma!

«Mai visto bambino più bello, lady Delphina».

«Gli hai fatto mettere la veste battesimale di famiglia, vero? Quella di pizzo di Fiandra con lo stemma dei Burlingham ricamato?», la minaccio.

«Sì, lady Delphina».

«Eccellente, puoi andare», la congedo.

La cerimonia è andata a meraviglia. Jemma è riuscita a percorrere tutta la navata della cappella di famiglia senza farsi cadere il diadema dalla testa, il che è un successo.

Poi è stato il turno del battesimo e il piccolo Frederick Brandon Ashford Philip non ha emesso un solo vagito, quando il prete gli ha versato l'acqua santa sulla fronte. Che contegno, si vede già che è nato per essere duca!

«Voi due mi ucciderete», dico rivolta a Jemma e Ashford.

«Questo è il piano originale», mi risponde mio figlio.

«Non è divertente», obietto svuotando l'ennesimo bicchiere di champagne. Sono molto stressata, mi merito tutto l'alcol che scorre su questa tavola.

«Non sottovalutiamola, Ashford. Finora non ci siamo riusciti».

«Jemma», dico togliendole il bicchiere di vino. «Stai allattando, non dovresti bere».

«Tu, invece sì, mamma? Con tutti gli ansiolitici che prendi?»

«Capirai, li prendo da così tanti anni che non mi farebbe effetto neanche la bomba a idrogeno. C'è ancora una fetta della meravigliosa torta di Carly?», chiedo.

«Prego, Delphina, si serva pure». La mia consuocera mi porge un piattino ricolmo di crostata.

Carly ha un unico pregio: fa una torta paradisiaca. A ogni morso mi sembra di essere più leggera. È proprio vero che ci sono cibi che nutrono la mente.

«Ehm, Delphina, è già la terza fetta... Non vorremmo mai che andasse a finire come a quella famosa cena a casa dei miei...», mi dice Jemma.

«E come, scusa?».

Ashford tossicchia imbarazzato. «Mick Jagger... Parigi... I Rolling Stones».

Bei tempi... «Ah, Parigi! Se non ricordo male, quel weekend c'erano anche i Led Zeppelin. Robert Plant era bello come un semidio! Non mi ricordo se l'ho incontrato prima o dopo la notte con Lou Reed. O era Rod Stewart? Vance ce l'hai un suo disco? Metteresti su *Do You Think I'm Sexy?*».

Jemma si sporge sul tavolo verso di me. «Toglietele la torta!».

La musica s'interrompe bruscamente e mi alzo in piedi contrariata. «Be'! Non avevamo collaudato l'impianto proprio ieri sera? Non sarà mica andato in cortocircuito, vero Margaret?».

Lei mi guarda atterrita. «Lady Delphina...».

«DIO SALVI LA REGINA! DIO SALVI LA REGINA! DIO SALVI LA REGINA!», esclamano gli ospiti.

«Sedetevi!», faccio gesto con la mano. «Vogliamo sistemare l'impianto? Tra poco i testimoni devono fare il discorso!».

Una voce mi coglie alle spalle: «Se non sbaglio, di solito sono io ad accordare il permesso di sedersi, ma la cosa non mi stupisce. Avevo sentito che i modi della famiglia Parker erano un tantino cambiati negli ultimi tempi. Non immaginavo a tal punto, però».

Mi volto per rispondere e vedo *lei*, vestita nel suo inconfondibile completo gonna-giacca color pastello e cappello in tinta, i guanti bianchi e la borsetta al braccio.

Mentre tutta la sala si profonde in un inchino, non riesco a pronunciare altro che: «Margaret! I sali».

91
Epilogo

Non vissero tutti felici e contenti. Delphina non si è più ripresa dallo shock della visita reale e si è autoesiliata nella remota tenuta dei Parker nello Yorkshire, con infinita gioia di Ashford e Jemma, che ora non sono più assillati dalla sua presenza.

Ora Jemma può andare allo stadio e Ashford sta iniziando a diventare tifoso dell'Arsenal.

Vance ha convertito in orto una generosa porzione del parco di Denby per coltivare verdure biologiche.

Il piccolo Frederick Brandon Ashford Philip non ha tate ed è cresciuto dalla mamma e dal papà, che però da mesi non chiudono occhio.

Harring non ha ancora ammesso a se stesso che quella con Cécile è una storia seria, anche se ha cancellato tutti i numeri delle modelle della New York Fashion Week. Va ancora dal suo sarto ogni mercoledì mattina.

Cécile ha ridotto i suoi psicoterapeuti da tre a uno solo, e non si veste più solo di nero, ma anche di blu scuro.

Carly non fa più le torte al peyote.

Ringraziamenti

Prima di tutti voglio ringraziare te, lettore, che hai dedicato il tuo tempo alle pagine che ho scritto e hai dato fiducia al mio lavoro.

Se ti è piaciuto, sono contenta di averti regalato qualche ora di divertimento e distrazione, se invece non ti è piaciuto per qualche mia mancanza, mi scuso con tutta la mia umiltà per averti annoiato.

Ringrazio Jane Austen, la mamma di tutte le scrittrici rosa, dalle cui opere ho preso qualche spunto senza la pretesa di volerla imitare.

Ringrazio Elisa, amica psicologa, molte volte amica, ma tante altre volte psicologa. In realtà, spero che lei non legga i ringraziamenti, altrimenti potrebbe iniziare a mandarmi le sue fatture.

Un grazie a Silvia, perché una persona così speciale, tutti dovrebbero averla accanto.

Katia ha tutta la mia gratitudine per la pazienza dedicata a ogni mia mail di SOS, a cui ha risposto con tutta la sua disponibilità, anziché dirottarla nella casella "spam".

Ringrazio i miei genitori, per tutto il loro supporto in ogni cosa che faccio.

E poi, ci sono tutti coloro che hanno reso possibile questo, una nuova vita per *Matrimonio di convenienza*: tutte le blogger che in seguito alla mia prima autopubblicazione hanno dato una chance al lavoro di una sconosciuta; alla Newton Compton Editori e in particolare a Martina Donati e Alessandra Penna, che con pazienza mi ha messo sulla strada giusta per rimettere ordine tra le righe di *Matrimonio di convenienza* e guardarlo da un'altra prospettiva.

Playlist

Caro lettore, la musica fa parte della mia vita quanto la lettura, la scrittura e il dipingere e la stesura di questo romanzo è stata accompagnata dal mio instancabile MP3.

Condivido con te alcuni dei pezzi che hanno acceso la lampadina della mia ispirazione, suggerendomi alcune delle pagine che hai appena letto.

All You Need Is Love, The Beatles
Sharp Dressed Man, ZZ Top
Just A Gigolo, Louis Prima
All The Right Moves, One Republic
Romeo & Juliet, Dire Straits
Bang A Gong (Get It On), T. Rex
That Don't' Impress Me Much, Shania Twain
A Whiter Shade Of Pale, Procol Harum
Can't Pretend, Tom Odell
Crazy For This Girl, Evan and Jaron
What Would Happen If We Kissed, Meredith Brooks
I Want Your Bite, Chris Crocker
Delilah, Florence + The Machine
Cupid's Chokehold, Urban Strangers
Speaking Of Truth, Laleh
Stolen, Dashboard Confessional

Indice